토끼전·장끼전

한국
고전
문학
전집
033

토끼전·장끼전

정출헌 옮김

문학동네

머리말

조선 후기에는 민간에서 전승되던 동물우화를 소설적 편폭으로 확장시킨 우화소설이 유행했다. 현전하는 우화소설을 보면, 조선 후기 향촌 사회에서 구성원 사이에 벌어진 갈등과 대립을 다루는 작품이 대부분을 차지한다. 우화소설에서는 토끼와 자라, 장끼와 까투리를 비롯하여 두꺼비, 노루, 사슴, 여우, 호랑이, 황새, 개구리 등 별별 동물이 다투고 경쟁한다. 상석을 차지하기 위해 거짓말을 늘어놓으며 서로 자기가 어른이라며 나이 다툼을 벌이는 『두껍전』 유형, 쥐와 다람쥐가 관가에 찾아가 재물 다툼을 벌이는 『서대주전』 유형이 대표적이다. 그저 그런 부류들이 서로 잘났다고 으스대는 꼴이라든가 부패한 수령과 결탁해 재물을 탈취하려는 모습으로 향촌 사회에서 벌어지고 있던 세태를 희화화하고 있다. 실제로 조선 후기에는 향촌 사회의 주도권을 장악하려는 가문과 가문 또는 개인과 개인의 각축이 치열하게 벌어졌다. 신분제로 유지되던 향촌 사회의 위계질서는 재물의 힘이 점차 강력해지면서 부유한 평민과 실세한 사족 사이에서 심상치 않은 갈등이 발생하기도 했다. 우화소설은 그와 같은 향촌 사회의 급속한 변화상을 비판적 시각으로 포착하고 있다.

『토끼전』과 『장끼전』은 이런 부류의 우화소설보다 훨씬 심중한 문제를 다룬다. 이들 작품은 미천한 신분의 판소리 광대가 판소리로 다듬어 수많은 청중을 대상으로 넓은 공간에서 불리며 열렬한 사랑을 받았다. 판소리야말로 조선 후기 최고의 연행 예술로 꼽히는 바, 열두 마당 가운데 우화소설이 두 편이나 들어 있다는 사실에 주목하지 않을 수 없다.

판소리계 소설이 우리 고전 서사 가운데 최고의 성취를 이루었다고 평가할 수 있는 이유 중 하나로 주인공의 파격적인 캐스팅을 꼽아야만 한다. 고전소설의 작가들은 주인공을 으레 영웅적 인물 또는 재자가인으로 설정해왔다. 하지만 판소리 광대들은 그런 관행에서 벗어나 평범한 인물을 주인공으로 발탁했다. 인간 취급도 받지 못하던 천한 기생 춘향이 사랑을 성취한다는 이야기, 눈먼 아버지의 젖동냥으로 길러진 심청이 그 은혜에 보답한다는 이야기, 찢어질 듯 가난하면서도 끝까지 선한 마음을 잃지 않은 흥부가 부자 된다는 이야기가 그러하다.

그런 판소리 광대들이 길짐승 토끼와 날짐승 꿩의 삶에까지 눈길을 주었다. 꿩과 토끼야말로 힘없는 존재들이다. 향촌의 주변 논밭을 전전하며 곡식 낟알을 주워 허기를 채우던 장끼와 까투리, 조정의 미관말직에 있으면서 하찮은 존재로 취급받던 자라, 목동 · 포수 · 매 등에게 쫓기며 살아가던 토끼는 조선 후기 최하층의 부류인 유랑민의 모습과 비슷하다. 판소리 광대들은 유랑민들이 고난에 찬 삶을 살아가면서 엄혹한 시련을 어떻게 헤쳐나가는지를 우화를 통해 보여주고자 했다.

우화소설은 동물을 주인공으로 삼고 있기에 시시껄렁한 우스갯소리처럼 취급하기 쉽지만 그 안에 담긴 의미는 참으로 심중하다. 『장끼전』에서 오랜 굶주림을 견디지 못해 인간이 놓은 덫에 걸려 비명횡사하는 장끼의 죽음도 비극적이다. 하지만 장끼 부부가 겪어야 하는 엄혹한 상황은 거기에서 그치지 않고 혼자 남겨진 아내 까투리는 극한의 나락까지 떨어지게 된다. 과부를 차지하려는 수컷들의 회유와 겁박에 맞서 까투리는 수절과 개가라는 선택의 갈림길에 놓이는데, 정절이 목숨보다 중하다고 여겨진 봉건사회에서 까투리가 개가를 선택한다는 결말은 결코 허투루 보아 넘길 수 없다.

봉건국가의 군주로 상징화된 용왕의 죽을병을 고치기 위해 육지 동물 토끼를 잡으러 가는 소동을 벌이는 『토끼전』은 참으로 문제적이다. 평소에는 거들떠보지도 않던 자라에게 위험한 육지에 가서 토끼를 잡아오라는 임무가 부과되는 과정도 그러하지만, 수궁과 전혀 상관없이 살아가던 토끼에게 희생을 강요하는 것은 어처구니없다. 용왕의 부당한 요구를 받아들이지 않을 수 없던 자라와 용왕의 요구를 거부하고 달아나버린 토끼의 엇갈린 행보라는 놀라운 결말은 충절이란 명분으로 백성의 희생을 당연시하던 봉건국가의 부당한 요구 앞에서 개인의 선택을 보여준다.

조선 후기 유랑민이 겪은 고난과 그로부터 비롯된 비극적인 삶, 그러나 이를 꿋꿋하게 이겨내는 까투리의 모습을 통해 조선 후기 하층 여성의 전형을 볼 수 있다. 그리고 봉건국가의 침탈에 시달리던 토끼의 생기발랄한 모습을 통해 지배층의 끝없는 탐욕과 허위의식을 풍자하고 있음을 발견하게 된다. 이 때문에 판소리계 우화소설이 이룩한 고도의 사회의식과 정치의식은 과거의 유산으로만 읽히지 않는다.

바로 지금 우리에게도 그런 부조리한 요구와 회유가 끊이지 않고 있고, 그때마다 어떤 선택을 내릴지 결단하지 않을 수 없다. 어쩌면 지금 이런 시대야말로 판소리계 우화소설의 두 주인공인 토끼와 까투리의 결단과 선택이 더없이 밝은 빛을 발하는 순간이지 않을까. 부익부빈익빈의 사회현상이 점차 심해지며 재물의 위력이 힘없는 사람의 희생을 강요하거나 인간으로서의 존엄성을 무시할 때 어떤 결단이 필요한가를 생동하게 보여주기 때문이다. 고전소설 『토끼전』과 『장끼전』이 오늘날까지 읽히는 이유다.

2024년 1월

정출헌

차례

토끼전

장끼전

원본 『토끼전』

원본 『장끼전』

〖 일러두기 〗

1. 『토끼전』은 서울대학교 규장각에 소장된 필사본 『별토가鼈兎歌』를 저본으로 삼았다. 『장끼전』은 고려대도서관 한적실에 소장된 필사본 『자치가』를 저본으로 삼았다. 다만 『자치가』 원본 가운데 23장과 24장이 찢겨나가고 없어, 이 부분은 영화출판사에서 간행된 구활자본 『장끼전』의 해당 대목으로 채워넣었다.
2. 원전에서는 장을 나누지 않았으나 독자의 편의를 위해 큰 사건 단위로 장을 나누고, 각 장마다 사건의 특성을 잘 보여주는 소제목을 붙였다. 현대어역본도 이에 따랐다.
3. 원전의 뜻을 해치지 않는 범위에서 오늘날 독자들이 쉽게 읽고 이해할 수 있도록 현대어역을 하되 종결어미와 고어 등은 판소리계 고전소설의 맛을 살리고자 원문의 표현을 그대로 살리거나 약간의 윤색을 가했다.
4. 현대어역본에서 설명이 필요한 구절이나 어휘는 각주를 통해 그 뜻을 밝히되 사전을 찾아보면 바로 확인되는 것에는 굳이 각주를 달지 않았다.
5. 필사 상태가 좋지 않거나 원본의 훼손으로 판독하기 어려운 경우에는 글자당 □를 표시했다. 다만 글자 수가 명확하지 않은 경우에는 '판독 불가한 대목 몇 자 또는 몇 행'으로 처리했다.
6. 원본에 잘못 필사된 글자나 한자의 와음이 있는 경우에 원본 상태를 그대로 보여주되 각주 또는 현대어역을 통해 바로잡았다.
7. 의미를 분명하게 알 수 없는 구절이나 어휘는 주석을 통해 '…인 듯' 또는 '미상'이라고 구분하여 밝혔다.
8. 필사본 원본에는 간혹 행간에 작은 글씨로 내용을 보완한 대목이 있다. 이럴 경우 원문에 [ ]로 표시하고, 현대어역본에서는 본문으로 처리했다.

토끼전

용왕의 잔치와 발병

사해 용왕신이 모두 근본이 있것다. 동해 청룡은 하명河明이요, 남해 적룡은 축융祝融이요, 서해 백룡은 거승巨乘이요, 북해 흑룡은 옹강禺疆이라 했다. 당나라 천보天普 연간에 봉하기를 동해 용왕은 광연왕廣淵王이요, 남해 용왕은 광리왕廣利王이요, 북해 용왕은 광택왕廣澤王이요, 서해 용왕은 광덕왕廣德王이라 하였으니, 지위가 아주 중했다. 남해 광리왕이 영덕전靈德殿 새로 지어 조주潮州 땅의 당나라 사람 여선문余善文이 들어와서 상량문 지은 뒤에 큰 잔치를 베풀었다. 그때 삼해의 용왕을 청하니 군신과 빈객이 수레 일천 대에 기마 일만 마리를 타고, 강의 우두머리와 시내의 무리가 일시에 모여들었다. 구중궁궐에 성대한 잔치를 벌이고, 종과 북을 연주하는 소리가 골짜기를 울렸다. 큰 술잔을 어지러이 주고받으며 이삼일을 노닐더니 풍악이 끝나매, 광리왕이 바다의 더운 바람을 뱃속에 과하게 쏘여 온몸에 병이 들었으되 이상스럽게도 여러 병이 겸하여 들었던 것이다.

머리에 두풍에 천규창天規瘡을 겸하고, □두 □□에 연주창 겸하고, 눈에 안질에 쌍다래끼 겸하고, 코에 비창에 폐풍창 겸하고, 입에 감창에 아구창 겸하고, 혀에 중설에 설강증舌强症 겸하고, 목구멍에 후비창喉痺瘡에 쌍당창雙單瘡을 겸하고, 귀에 이롱에 월창창月瘡瘡을 겸하고, 견비통에 낌알이리며, 등에 등창 곁들이고, 주마담에 유주창流注瘡을 겸하고, 슬한증에 학슬풍을 겸하고, 음허화동에 노채를 겸하고, 황달에 흑달이며, 체증에 관격을 겸하고, 설사에 이질 곱똥을 겸하고, 곽란에 토설吐泄을 겸하고, 신낭 □제증에 토산土疝을 겸하고, 밑구멍에 탈항증에 치질 겸하고, 넓적다리 가래톳에 배로 들어 내종이며, 배꼽 밑에 장옹이며, 수종다리 습창이며, 발등에 정종인데, 홍사정에 흑사정黑絲疔에 사두정을 곁들이고, 반신불수 전신불수 웬일이냐? 시기時氣 열병 염병이며, 소범상한 자주 앓고, 배에 부종은 페문에 북 달아놓은 듯하고, 손가락이 다리 같고, 정강이가 허리 같고, 눈은 꿈적꿈적, 코는 벌룩벌룩, 불알은 달랑달랑 하는구나. 어떠한 병이건대 구색 갖춰 곁들였노? 온몸을 둘러보니 앓는 곳 제외하고 성한 곳 하나 없다.

이럭저럭 여러 달을 신음하니, 조정의 모든 벼슬아치와 약방의 도제조都提調가 황황급급히 늘어설 때, 정언正言 천정어 여쭈오되,

"대왕의 병세가 날로 위중해지니, 침을 맞고 약을 복용해보십시오."

왕이 말하기를,

"윤허하노라."

각도 각읍의 수령 방백에게 공문을 내리니, 천하 명의 모두 들어온다.

주周나라 편작扁鵲이며, 당나라 장중경張仲景 손사막孫四邈 허사백許士伯 화타華陀 편작이며, 조선 명의 허준과 이삼하李參夏며 손서백孫書伯이 다 들어와 약을 쓰되, 명함에 이름을 적어 올리고 모두 쓸 때 당나라 약재를 들여라.

주사 인삼 우황 사향 안중산安中散 패독산 팔미탕八味湯 육미탕 경옥고 운모고 자금정紫金錠 적복령 백복령 백작약 생지황 숙지황 창출 백출 육

계 부자 대황 망초 남성 반하 천화분 지골피 천산갑 토사자 우슬 택사 회향 초초炒草 당귀 천궁 강활 독활 목통 감초 사륙군자탕四六君子湯 청서육편淸暑六篇 보중익기탕 청풍보군탕淸風補君湯 팔물탕 신기탕腎氣湯 보비탕補脾湯 오미탕五味湯 삼초탕三焦湯 백사지 울어렁탕 인삼황금탕을 다 들여 써도 조금도 효험 없었으니, 병세에 맞춰 약방문을 내자.

체증이 위중하다 평위산 들여라. 창출 이 전錢, 진피 향부자 각 일 전 다섯 푼, 지실只實 후박 감초 각 다섯 푼에 생강 세 조각과 대추 두 개 달여 복용하고, 식체거든 신곡 맥아를 더 넣고, 육체거든 빈랑 산사를 더 넣고, 상한으로 약을 쓰면 정기산을 들여라. 곽향 소엽 각 일 전, 백지 복령 대복피大卜皮 후박 진피 길경吉更 감초 각 오 푼에 생강 세 조각과 대추 두 개를 달여 복용하고, 패독산을 쓸 요량이면 강활 독활 시호 전호 지각知角 길경 천궁 백복령 인삼 감초 각 일 전에 박하를 조금 넣어 생강 세 조각과 대추 두 개를 달여 복용하고, 또다른 약방문으로 다스릴 때 금갈탕金葛湯을 들여라.

창출 소엽 향부자 승마 갈근 진피 천궁 맥문동 감초 각 일 전에 황백 패모 더 넣어 생강 다섯 조각에 녹두 일곱 알을 달여 복용하고, 입에 갈증이 심하거든 갈근을 배로 넣고, 두통이 심하거든 백지를 더 넣고, 대변이 나오지 않거든 대황 망초를 더 넣고, 소변이 나오지 않거든 저령 택사를 더 넣어 오륙 첩을 들여 써도 조금도 효험이 없었으니, 심신이 허약한 병에 약을 써보리라.

십전대보탕을 들여라. 인삼 감초 백복령 백출 숙지황 백작약 천궁 당귀 육계 황기 각 일 전에 생강 세 조각과 조 두 개를 달여 복용하고, 콩팥이 허하거든 신기탕을 들여라. 팔미탕 재료에 오미자 더 넣어 달여 쓰고, 심장이 허하거든 보심탕補心湯을 들여라. 천문동 맥문동 석창포 백복령 인삼 익지인 구기자 지골피 황련 황기 각 일 전을 연이어 복용하고, 기운이 허하거든 황정 토사자를 더 넣고, 지라가 허하거든 백출 산약을 더 넣고, 폐가 허하거든 오가피 모려분을 더 넣어 십여 첩을 들여 써도 효험이 없으니, 중풍을 다스릴 때 방풍통성산 달인 물에 청심환을 갈아 쓰고, 두풍이 심하거든 강활 방풍 더 넣어 십여 첩을 달여 복용하되 끝내 효험이 없었더라.

아무리 해도 치료할 도리가 하나 없고, 병은 점점 골수에 깊이 들고, 나라의 재물은 점점 바닥났다. 명의들이 있는 부서를 살펴본다 한들 명의를 얻을 길 전혀 없고, 헛된 양기陽氣만이 간간 발동하니 이 일을 어찌할꼬?

도사의 출현과 처방

영덕전 높은 누각에 벗 없이 홀로 누워 탑상을 아주 탕탕 두드리며 대성통곡할 때 어느 용의 울음이 웅장하지 않으리오. 용이 운다, 용이 운다. 아주 큰 소리로 울며 하는 말 마디마디가,

"하늘에는 뜨거운 바람과 장맛비가 내리지 않고 바다에는 거센 파도가 일지 않아 태평하다. 그런데 괴이한 병을 얻어 남해궁에 누워 있으되, 살려줄 사람 없었으니 이 아니 가련한가?"

용왕이 아들과 손자를 불러 후사後嗣를 의논하더니, 하루는 푸른 구름과 검은 안개가 궁전 앞을 두르더니 나부끼는 바람에 가랑비가 잠깐 오며 옥피리 소리가 들렸다. 한 도사 들어오되, 쌍쌍의 동자가 좌우에서 모셨으되, 하나는 생황을 불고 하나는 옥피리 불며 화양건에 학창의 입고 오승장五升杖에 백우선 들고 봄바람에 비껴 내려오니 모습도 단정하고 골격도 준수하다. 상산사호 죽은 후에 안기생安期生과 같다마는 적송자와도 방불하다. 옥으로 만든 난간 부여잡고 나는 듯이 올라서서 길게 읍을 하되 허리 굽혀 절은 않고 병의 차도를 묻거늘, 광리왕이 이때 책

상에 기대어 묻기를,

"선생은 누구시며 무슨 일로 누추한 곳에 내려오셨으며, 병든 사람에게 무엇을 묻고자 하십니까?"

도사 말하기를,

"이 늙은이는 천상의 태을선관太乙仙官으로 약수弱水 삼천리의 해당화 구경과 흰구름 덮인 요지연瑤池淵의 천도복숭아를 얻으려 가다가, 여기를 지나며 바람결에 들으니 대왕의 병세가 위중하다고 하옵기에 뵙자고 왔나이다."

광리왕 반겨 듣고,

"감사무지하옵니다. 원컨대 도사는 병세와 진맥을 자세히 알 것이니 즉시 효험을 보는 약을 일러주소서."

도사 말하기를,

"진맥을 보고 나서 일러주리다."

도사가 진맥을 보려 할 때, 사람 같으면 소상少商 어제魚際 대연大淵 경개徑槩 외관外關 내관內關 간사間使 곡지曲池, 앞뒤의 단중膻中 거궐巨闕 상완上脘 중완中脘 제중臍中 신궐神闕 얼른 보고, 삼리三里 절골絶骨 신총神總 사혈四穴 풍맥風脈 후맥後脈 주맥主脈 신맥神脈 후중주맥後中朱脈을 다 보련마는, 이 진맥은 비늘 밑으로 나오는 것이 발목뿐이니 어디를 잡고 진맥할까? 할 수 없이 과메기 엮듯 주섬주섬 엮어 쥐고 두루 맥을 보는 것이었다.

"심장과 소장은 화火요, 간과 쓸개는 목木이요, 폐와 대장은 금金이요, 신장과 방광은 수水요, 비장과 위장은 토土라. 간과 목이 태란太亂하니 목은 토를 이기니라. 비장과 위장이 상하고 심장과 화가 태성太盛하여 화가 금을 이기니 폐와 대장이 변풍變風하고, 간과 쓸개의 경락이 쇠진하고 심장과 신장의 경락이 쓰러지니 몽정은 절로 난다. 비장과 위장의 맥은 한몸의 으뜸이요, 간과 쓸개의 맥은 한몸의 근본이라. 이 병환은 음양으로 난 병이라 삼백육십사 혈의 맥처脈處마다 들었으니, 약으로 의론하건대 삼자양친탕三子養親湯 보음보정연수고補飮補精延壽膏 연년익수단 회생산 회천탕 반룡진주환班龍眞珠丸, 선녀의 주승자主承子, 한무제의 장생방, 마고의 선녀단仙女丹, 삼신산의 불사약을 다 들여 써도 효험을 보지 못하리다. 잠깐 생각해보니 단방문의 쉬운 약이 있나이다."

"무엇입니까?"

"황장목을 대톱으로 쪼개내어 대패로 곱게 밀어 관 위아래에 대는 널조각의 좌우를 잘라 모막이 두 푼을 넣고 간장을 더 넣어 쓰면 단박에 낫겠소."

광리왕 듣고,

"도사께서는 내가 죽겠다는 말이오?"

도사 말하기를,

"대왕의 병세를 보니 신농씨가 온갖 풀을 맛보고 찾은 약초는 모두 쓸데없고, 상극으로 약을 써야 약이 되오리다."

"무엇이 상극이 되나이까?"

도사는 한참 침묵하다가 말하기를,

"진세塵世에 있사오나 궁벽한 땅이라 구하기 어렵소이다."

왕이 말하기를,

"오고가기 어려운 것과 약을 얻고 못 얻기는 오직 수궁의 권력에 달려 있도다. 약의 이름이 무엇이오?"

하늘이 보낸 도사가 말하기를,

"인간 세상의 첩첩산중 사람 없는 곳에서 오고가는 토끼의 간이 아니라면, 염라대왕의 큰삼촌이요 동방삭이 조상이요 강림도령이 사촌 처남이라 해도, 뫼 '산山' 밑에 벗 '붕朋' 하고, 누를 '황黃', 샘 '천泉', 돌아갈 '귀歸' 하오리다".[1]

광리왕이 들으시고 눈물 흘리며 묻기를,

"어찌 그렇다는 말이오?"

도사 말하기를,

"대왕은 진辰이요, 토끼는 묘卯라. 묘卯·을乙·손巽은 음목陰木이고, 간艮·진辰·술戌은 양토陽土이오니, 목극토와 음양으로 상극이옵고, 홍범 오행에 풀어 일컫기를 갑甲·인寅·진辰·손巽 대강수大江水요, 진辰·간艮·사巳·산山 원속목元屬木이라 했으니, 수는 목을 살리고 목은 토를 이기니 어찌 약이 아니 되오리까? 때마침 목이 토를 이기고 수는 목을 살리니라. 지금 고치지 않아 고질병이 되면, 뒷날 편작이라도 고치지 못하리다."

이때 용왕 들으시고,

"그러하다. 그렇지만 청해와 진세 사이는 넓은 바다 밖에 흰구름 떠다니는 구만리라. 아득한 수국 가운데서 한번 수고를 무릅쓰겠다는 마음을 내더라도 약수 삼천리로 가로막힌 수국과 진세를 오고가는 길이 음계와 양계처럼 다른데 어찌 서로 미치리오. 백왕伯王 부월傅越의 영혼이 잠시 머물러 있고 일월 태산의 발자취가 영영 끊겼는데 어찌하잔 말인가? 만승천자 진시황도 짝 없는 영웅이요 영악한 천자였지만 조그마한 불로초를 못 얻어먹어 죽었고, 만고영웅 한무제도 오십삼 세에 죽었고, 팽조彭祖와 동방삭은 천자의 위엄이 없으나 삼천갑자를 살았으니, 흥망성쇠에는 때가 있고 수명의 길고 짧음도 하늘에 달려 있느니라. 그러할지라도 토끼라 하는 짐승은 바다 밖에서 해와 달이 밝은 때 정처 없이 떠다니는 흰구름처럼 거리낌없이 다닌다니 그를 어찌 구하리오?"

도사 말하기를,

"옛말에 '태산 아래에 깊은 골짜기 있고, 어진 집안에 머리가 희도록 벼슬하는 사람이 있고, 요순의 나라에 고요 같은 신하 있다' 했으니, 대왕의 어진 덕에 공업을 이루려는 신하가 없으리까? 수부水府 조정의 모

---

1) 뫼 '산(山)'~돌아갈 '귀(歸)'하오리다: 죽어 황천으로 돌아간다는 의미인 '崩, 黃泉, 歸'라는 구절을 풀어 말한 것이다.

든 신하를 불러 가려 뽑아 보내옵소서."

그 말이 옳다 하고 전교를 내릴 때, 도사는 간곳없는지라.

수궁 신하들의 갑론을박

수국의 모든 신하를 일시에 불러들여 공사公事를 의논하게 하니, 물고기가 모두 벼슬 직품을 차례로 띠고 들어온다. 기로신耆老臣에 으심이며, 봉조하에 오징어며, 영의정에 금고래며, 좌의정에 거북이며, 우의정에 금린어며, 약방 도제조 가물치며, 부제조에 민어며, 비국당상에 청어며, 어의에 잡등어, 대동당상에 홍어며, 판의금에 불거지, 지의금智議禁에 돗중어, 동의금에 갈치며, □서에 증어曾魚며, 판서 농어, 승지 도미, 도사에 수어, 찰방에 전복이며, 한림학사 도루묵과 충훈부사忠勳府使 새우며, 도승지 문어며, 좌승지 황어요, 우승지 노어요, 이조판서 꽂게, 이조좌랑吏曹佐郎 방어요, 이조우랑吏曹右郎 죽지미, 호조판서 석어石魚요, 참봉에 상어요, 학령장學令將 꺽정이, 별낭청別郎廳에 장대壯大며, 병조판서 준치며, 병조참판에 가오리, 형조판서 정어요, 형조참판 영어, 예조판서 도미며, 공조판서 천어며, 공조참판 방게, 훈련대장 전어, 금위대장 어용어魚用魚요, 좌포장에 북어요, 우포장에 고등어, 대사간에 숫조개, 대사헌에 대구요, 교리에 낙지요, 지평장령持平掌令에 청아리, 별장에 광어요, 선혜낭청宣惠郎

廳 홍합이며, 환관에 꽁치, 수문장 메기, 무예별감 동조개, 태자 별감 깔대기, 청주 자사 도롱뇽, 해변 찰방 송사리, 만포첨사萬浦僉使 웅어요, 내별군사內別軍使 망둥이, 외별군사外別軍使 올챙이, 금군의 모지질이, 눈 큰 준치, 허리 긴 갈치, 등 굽은 새우, 원참군黿參軍 남생이, 별주부 자라와 넓적 광어, 수많은 곤장이며, 모래무치, 피라미, 전어, 방어, 명태, 변태變太, 북어, 대구, 상어, 꼴뚜기, 가자미, 까치복, 말치, 준치, 가물치 및 뱀장어 등이 영덕전의 넓은 뜰로 빼각빼각 모여든다. 용왕이 좌우를 돌아보니 세상에 나가면 밥 반찬거리와 술 안줏거리가 다 들어오는 것이었다.

광리왕이 말하기를,

“경들을 두고 보니, 과인은 어물전 도물주 기운이 많네그려. 장사꾼들이 모여 있는 저잣거리가 아니면 무엇인고? 좌우의 여러 신하 가운데 어느 신하가 세상에 빨리 나가 토끼를 잡아다가 과인의 병을 고치리오?”

좌우의 물고기 머리에 귀신 얼굴을 한 졸개들이 서로 돌아볼 뿐 묵묵부답이거늘, 용왕이 이때 혀를 끌끌 차며 탄식하여 우는 말이,

“남의 나라에는 충신이 있어, 자기 허벅지 살을 베어 임금을 섬긴 개자추, 초나라를 속이고 죽는 길을 택한 기신도 죽을 뻔한 임금을 살렸으니, 군신유의 중하도다. 슬프다, 우리 수국의 많은 물고기 가운데 충신이 없었으니, 이 아니 원통한가? 죽는 것밖에 별수가 없다. 애고애고, 서러운지고.”

한창 이렇게 통곡할 때, 정언 천정어 말하되,

“세상이라 하는 곳은 인심이 흉악하여, 수국의 물고기 얼른 보면 주로 잡기만 하니 보내기가 어렵소이다.”

“산이 높으면 골이 깊다 했으니, 승상 거북이 어떠하뇨?”

정언이 여쭈오되,

“승상 거북은 등에 하도낙서河圖洛書가 점점이 그려져 있고 지략은 있

사오나, 복판이 대모玳瑁인 까닭에 세상에 나가면 상하 인민 남녀 불문하고 거북을 잡아다가 대모장도, 관자, 살임리, 탕건 뫼뚝이를 앞다퉈가면서 씁니다. 그런고로 성공하지 못하옵고, 죽고 사는 것이 갈릴 테니 보내기 위태하오."

영의정 금고래가 반열 앞으로 나서서 아뢰기를,

"신이 비록 재주 없사오나 한번 힘을 쓰면 만릿길 다녀오는 수고를 꺼리지 않습니다. 지난해에 청련거사靑蓮居士 이백을 등에 업고 천상 백옥경에 잠시 다녀왔사오니, 어찌 토끼 잡기를 근심하오리까? 빨리 세상에 나가 토끼를 잡아다가 대왕을 회춘하게 하오리다."

"경은 바다가 아니면 연명하기 어려운데 세상에 나가다 수염 긴 노인을 만나면 내장이 썰려 속절없이 죽을 것이니, 물결에 밀려 용천龍川에 나뒹굴면 세상 사람의 보배가 되리라. 눈은 빼어 앵무광鸚鵡光 되고, 수염은 빼어 바느질자 되고, 사동이는 절구통 되고, 살코기는 기름 내어 양푼에 나눠 가져가느라고 동이 날 것이니 못 가리라."

해운군海雲君 방게가 열 발을 쩍 벌리고 살살 기어들어와 엎드려 여쭈오되,

"신의 고향, 인간 세상이라. 산림 벽계 시냇물의 모래 속에 몸을 감추고, 달 밝은 날 소나무 대나무 사이에서 달 바라보는 토끼와 안면이 있사오니, 이제 바로 세상에 나가 긴 발가락에 힘을 주어 토끼 놈의 등을 꼭 집어오리이다."

"네 말은 기특하나 다리 열 개를 모두 갖춰 빨리 걷고 집기는 잘하지만, 세상에 나가면 단단한 껍데기 속에 살이 있고 두 눈이 하늘을 향해 있어 속이 텅 비어 있다. 그런고로 중한 일을 만나 무엇이 얼핏 하면 물러나니 앞으로 나아가는 것만 못하니라. 뒷걸음질치기를 잘하니 못 가리라."

이리할 때 수문장 메기가 와다닥 달려나와 하는 말이,

"수국에 아무리 충신이 없다 한들 어찌 너 같은 요물을 세상에 보낸단 말이냐? 신이 세상에 나가 토끼를 잡아오리다."

정언의 말이,

"메기는 수염이 훌쩍 길고 좋은 풍채에 입이 커서 세상에 나가 푸른 산 푸른 계곡의 시냇가에서 요깃거리를 얻으려고 이리저리 다닐 적에, 사립 쓴 어옹이 가랑비 흩뿌려도 낚시하느라 돌아가지 않느니라. 낚시에 끼워 물에 풍덩 담근 미끼를 먹을 욕심으로 덜컥 삼키면 단박에 낚아다가 세상의 이질, 복통, 설사로 죽게 된 사람들이 끓여먹고 졸여먹는 보신감이 될 테니 보내기 위태하오."

"수국 사신으로 물개가 어떠하뇨?"

정언이 여쭈오되,

"물개는 음험한 존재라. 암컷이라도 보게 되면 되는대로 범하오니, 너무 많이 만나 색심色心으로 제 몸을 죽이리다."

까치복이 여쭈오되,

"신이 충성을 다해 목숨을 바치겠사오니, 신이 세상에 나가면 신의 피와 알을 이천만 백성이 먹고 죽거든 공신功臣을 보내 토끼를 잡아다가 약에 쓰게 하옵소서."

"네 말은 기특하나 세상 사람의 마음이 영악하여 너의 피와 알을 개도 안 주고 거둬들여 참살만 간장에 졸여 먹는다 하니 보내기 위태하다."

"낭청 새우가 어떠하뇨?"

정언이 여쭈오되,

"낭청 새우는 용맹이 매우 뛰어나 뛰기는 잘하나, 세상에 나가면 일찍 죽을 기상이라. 죽을 때는 빛깔부터 변하니 보내기 위태하오."

이리하던 차에 궁녀 조개가 나오는 것이었다.

칠보단장에 화관을 쓰고, 백만 가지 교태를 부리며 붉은 치마를 입고,

감도는 향기는 낭자하고 허리는 넓적한데, 옆걸음으로 공손히 애걸하며 엎드려 아뢰는 말이,

"신이 비록 여자이나 나라의 녹을 먹는 신하니 어찌 앉아서 죽기를 기다리이까? 세상에 빨리 나가 토끼를 만나면 뾰족한 입을 담빡 물고 발발 끌게 되면, 토끼 아니라 단산 호랑이라도 잡아오리다."

정언이 여쭈오되,

"궁녀 조개는 철갑을 든든히 하고 있으니 자기 한몸 방어하는 계책은 좋겠지만, 옛글에 이르기를 조개와 도요새가 서로 물고 싸우는 것을 어부가 앉아 지켜보고 있다가 둘 모두를 잡는다고 했다. 도요새는 조개 물고 조개는 도요새 물고 서로 놓지 못할 적에 어부들이 잡아다가 만두피 만드는 바탕으로 쓰니 보내지 못하리라."

별주부의 자원과 작별인사

공론이 결판나지 못하고 있을 때, 영덕전 옆에서 한 신하 들어오되 우묵한 눈에 짧은 다리로 몸을 굽혀 네 번 절하고 상소를 올려 엎드려 아뢰기를,

“황공하게 아뢰옵나이다. 신은 순임금의 지극한 덕이 빛나 「순전舜典」·「남풍가南風歌」와 오색구름이 감싸고 있는 궁궐을 사모하고, 문왕의 인의가 넘쳐흘러 삼 년 동안 하늘에는 뜨거운 바람이 불지 않고 바다에는 파도가 일지 않음에 흰 꿩을 바치며 사모함을 드러내옵니다. 황하와 창랑의 맑음과 위기와 환란을 대비하는 법도는 어진 임금 용왕에게 달려 있고, 어진지 어질지 못한지와 어진 일월에 천지가 환히 빛나는 태평성대는 수부에서 이뤄지는 것이 아니라면 용궁에서 이뤄지지 않겠습니까? 용왕의 은덕이 어진 덕에서 나왔으니 어찌 금수에까지 미치지 않겠습니까? 이런 성세를 만나도 옥체가 편안하지 못하시니 신하된 도리로 어찌 움직임이 없겠습니까? 이로 보건대 구중궁궐의 봄빛은 한몸에 불어오는 거센 바람에 부서지고, 춤추며 우는 봉황은 모란 꽃송이 가운데

서 너울거립니다. 삼가 생각건대 신은 수국 충신의 후예입니다. 주머니 속에서 송곳이 삐져나오듯 빼어난 능력을 갖고 있던 모수의 재주, 숯을 삼켜 벙어리 되어 시장에서 구걸하고 다니던 예양의 충성, 여섯 나라를 종횡하던 소진의 언변, 맹획孟獲을 일곱 번 잡았다가 일곱 번 풀어주던 제갈공명의 재주를 품고 있사오니, 바다 밖에 사는 일개 토끼를 잡아오지 못하겠나이까? 바라옵건대 성상께서는 분분한 저의 뜻을 환히 살피시어 이제 소신이 세상에 나가도록 특별히 정해주신다면, 달 밝은 청산에서 노니는 늙은 토끼를 잡아와 지금의 옥체가 안녕하게 되시는 것이 신의 소원이리이다."

광리왕이 보시고 말하기를,

"충성스럽도다, 충성스럽도다. 수국의 충신이여! 신하답도다, 신하답도다. 주석柱石 같은 신하로다!"

신하들이 말하기를,

"소하와 한신은 패공沛公 유방이 긴요하게 쓸 만한 재목이라 하고 항우는 쓰지 못할 재목이라 하더니만, 수국에서는 충신이라. 그러나 세상에 나가면 왕배탕王背湯이 된다 하니 보내기 위태하오."

자라 여쭈오되,

"신이 목을 내고 들이고, 초한이 싸우던 시절 홍문연鴻門宴에서 방패를 끼고 곧장 달려들어갈 적에 번쾌가 썼던 둥근 방패를 등에 지니고 있고, 네 발이 재주 있어 물위에 높이 떠서 망보기를 잘하오니, 인간 세상에서는 염려 없사옵니다. 하오나 수국에서 태어난 몸이라 토끼를 모르오니 토끼를 그려 용모를 파악하게 해주옵소서."

용왕이 크게 기뻐하여 수국의 화가 불러들여 토끼 화상을 그린다. 동정유리洞庭琉璃 청황연青黃硯에 하도낙서 분명하되 거북 연적에 비단 같은 가을 물결로 오징어로 하여금 먹을 갈게 하고, 대황모칠大黃毛筆 양두필兩頭筆을 반쯤 넌짓 풀어 단청 채색 두루 섞어 흰 연꽃 그려진 얇은 종이 한

장 주르륵 펼쳐놓고 토끼 모양 그려간다.

천하 명산 명승지의 경관 보는 눈 그리고, 난초 지초 온갖 향초의 꽃 따먹는 입 그리고, 두견새 꾀꼬리 지저귀는 소리 듣는 귀 그리고, 봉래산 방장산 구름안개 속에 냄새 잘 맡는 코 그리고, 첩첩한 푸른 산에 해와 달 뜰 때 이슬 때리는 꼬리로다. 백옥처럼 얼음이 언 절벽에 눈 내린 달밤에 바람 막는 털 그리고, 수많은 계곡과 봉우리 꽃숲 속으로 뛰어가는 발 그린다. 두 귀는 쫑긋, 눈은 말똥, 입은 뾰족, 코는 빼꼼, 몸은 오뚝, 꼬리는 뭉툭, 다리는 말쑥, 털은 몽실, 이리저리 그려갈 때 좌편은 청산이오 우편은 녹수로다. 층암절벽 굽은 데 계수나무 그늘 속에 들락날락 엉금 주춤 멈춰 서는 토끼 얼른 그려내니, 아미산峨嵋山에 반달 뜰 때의 토끼인들 이보다 더하겠는가?

자라가 토끼 화상을 받아들고 품안에 품자고 한들 앞섶이 없어 품지도 못하고, 옷고름 없어 매달 수 없고, 주머니 없어 넣을 수 없다. 그냥 들고 나오면 물이 묻을 것이요, '어찌할꼬' 무수히 생각하다가 한 꾀를 내어 목을 쑥 빼고 신연사령新延使令이 증서 메듯 얹어놓고 움츠리니, 물 한 점이 어찌 묻을까? 사은숙배하고 하직하니, 삼공육경이 모두 나와 하직하되,

"천하를 위하는 사람은 집안을 돌아보지 않는다 한다. 댁에 가게 되면 소소한 처자들이 분수없이 만류하면 막중한 대사에 마가 낄까 염려되니, 행장을 바로 차려 세상 나가는 험한 길 평안히 다녀옵소."

별주부 말하기를,

"여러 대감이 하나만 알고 둘은 생각지 않네. 내가 칠십 노모 모시고 있거늘 나갈 때 반드시 아뢰고 돌아와서는 반드시 얼굴을 보이고, 놀러 나갈 때 반드시 가는 곳을 알려드려야 한다는 것을 모르겠는가? 충신은 효자 중에서 구하는 법이라 했으니, 효도 없고서야 어찌 충성이 있겠는가?"

그런 중에 한 녀석이 내달으며,

"여보게, 주부의 선대 일을 알기에 하는 말이오."

"에잇, 불효 되라 하렵니까? 알면 병이요 모르면 약인데, 방정 떠는 일 그만두고 평안히 계시오."

자기 집으로 돌아와서 자라가 늙은 모친께 하직하니, 자라 모친 달려 나와,

"여봐라, 주부야! 내 말 듣거라. 내 나이 칠십인데 삼대독자 너를 두고 죽은 뒤에 네가 장례를 잘 치러주리라 믿었더니, 험한 세상 네 나가니 이 아니 민망하냐? 너의 조부 시아버님 세상에 나가 식탐을 과히 부리다가 쇠 낚시에 목이 꿰어 속절없이 죽어갔다. 너의 부친 서방님도 세상에 고기잡이하러 나가더니 푸른 물결 높이 떠서 이리저리 다닐 적에 창수槍手를 보고 눈치 빨라 백사장에 숨었는데 창수의 날랜 솜씨로 창을 한번 휘두르니 기어이 쇠꼬챙이에 등을 꿰어 속절없이 죽었다. 내력이 그러한지 너도 세상에 나가려 하니, 이 아니 민망하냐. 제발 가지 마라."

별주부 대답하되,

"어머니, 염려 마옵소서. 임금 섬기는 도리 분명하고 천지신명이 빛나거늘, 하물며 객지에서 죽으리까?"

별주부 앞으로 또 암자라가 나오면서,

"어와 저 낭군님! 물결치는 강 깊은 물에 우리 둘이 마주 떠서 큰 물고기 중간 물고기 잡아먹던 그런 재미 다 버리고 만리타국 나가시면 어느 날이 돌아오는 날이오? 어느 때 돌아오시려오? 독수공방 이내 신세 마음 부칠 곳 전혀 없네. 제발 가지 마오."

이렇듯 만류하니, 별주부 화내며 하는 말이,

"에잇, 요망한지고. 여편네가 나랏일을 모른 채 사사로운 정만 생각해 무엇을 알겠느냐? 왕명을 받들고 가는 사신으로 만리타국에 연장도 없이 산짐승 잡으러 가는데 방정스레 우는고? 울지 마라!"

일견 꾸짖더니 별주부 제가 울것다.

"못 잊겠네, 못 잊겠네. 아무래도 못 잊겠네."

암자라 묻는 말이,

"무엇을 못 잊겠나? 못 잊을 것 없건마는, 복숭아꽃 핀 정원의 방에 계신 늙으신 부모 못 잊겠나?"

"아니, 그것은 팔경[1]일세."

"옥창玉窓 앵두 깊은 규방에서 꽃을 보던 절대가인 못 잊겠나?"

"아니, 그것도 천리千里처럼 머네"

"그러면 눈앞의 난초 같은 어린 자식 못 잊겠나?"

"아니, 그것도 딴판일세."

"그러면 부모와 처자 외에 그 무엇을 못 잊겠나?"

별주부 대답하되,

"이것저것 다 버리고, 다만 자네 두 다리 사이에 있는 가죽 송편 못 잊겠네. 요즘 들어 눈에 걸리적거리는 놈 많이 보이네."

"누가 눈에 걸리적거린다 말이오?"

"그 음흉한 놈, 남생이란 놈. 명색 없이 나더러 외사촌이라 하고, 형이니 아우니 하며 아주 너털웃음 지으며 집 걱정 전혀 말고 탈없이 다녀오라 하데. 내 본시 그가 눈에 걸리적거렸는데 어슴푸레한 밤이면 내 집에 무엇 하러 그리 자주 다니는고? 내 나가도 문단속 단단히 하고 잠자리를 가려 자오. 몸 그르쳤다는 뒷소문이 빨리 나기 쉬우니."

이렇듯 말을 하니, 암자라 화를 내어,

"에잇, 자라 중의 잡雜자라로다."

이렇듯 하직하고 수정문水晶門 밖 썩 나서니 경치도 매우 좋다.

---

1) 팔경(八境): 미상

별주부의 육지 구경과 모족 회의

맑은 하늘가 붉은 해는 동쪽 바다에 둥실 높이 뜨니, 해가 돋는 골짜기의 잠든 안개 월봉月峯으로 돌아든다. 예장촌豫章村에서 개가 짖고 회안봉回雁峯에 구름 떴다. 갈대꽃은 눈처럼 희고, 부평초는 물위에 떴다. 어룡은 잠이 들고, 두견새는 날아든다. 하늘처럼 넓은 동정호에 물결이 가을을 알리니 금관성 가을 물결이 여기로다. 앞발로 푸른 파도를 찍어 당기고 뒷발로 푸른 물결을 아주 탕탕 차니 은어 같은 저 물결이 점점이 흩어진다. 이러저리 앙금앙금 덩실 솟아올라 동정호 칠백 리를 사면으로 바라보니, 악양루 높은 집에는 두보가 지은 글귀 "오나라와 초나라는 동남쪽으로 갈라졌고, 하늘과 땅의 그림자는 밤낮없이 떠 있노라"가 새겨져 있다. 글로 자웅을 다투고, 창오산倉梧山 검은 구름으로 소상강이 침침하고, 낙포洛浦로 가는 배는 조각달 떠 있는 무관武關에 갇힌 초나라 회왕懷王의 원혼이라. 강산도 수려하고 경치도 장하다. 구름 속에 나는 새는 한무제의 편지 물고 요지연으로 돌아가는 서왕모의 청조로다. 강기슭에 귤빛이 짙으니 황금이 천 조각이요, 갈대꽃은 바람이 일어나니 백설이 일만 점이라. 안개 걷힌 회계산會稽山에 아득히 높은 산은 겹겹이 솟아 있고, 바람 없는 맑은 호수에는 물결이 절로 일어나니 물은 출렁 깊다. 만산은 첩첩, 국화는 점점, 벽수는 잔잔, 낙화는 낙락, 산새는 편편, 다래 열매, 칡넝쿨, 넓적 떡갈나무 얼크러져 뒤틀어졌고, 천리 시내는 천상에 뒤덮여 바다 가운데로 출렁 울렁 퀄퀄 주르렁청 소리 나고, 어기야 지국총 어선 돌아들고, 갈매기 해오라기 한가히 잠이 들고, 이슬 내리고 맑은 바람 부는 가을 경치를 송옥의 부賦와 굴원의 글에 부쳤도다.

큰 바다 경치를 다 본 후에 원근의 산천을 바라보니, 화락한 산새 소리는 시냇가 물소리와 섞여 울고, 기암괴석은 곳곳에서 절로 봉우리를 이루고, 높은 산 폭포동瀑布洞 폭포 소리는 허공에 솟아 있고, 누각에 깃들인 새는 석양에 오락가락 솔밭 사이로 날아드니, 산림을 날아다니는 새들만 보일 뿐이다. 지는 저녁노을은 고니와 나란히 날아가고, 가을 호수는 넓은 하늘과 같은 빛깔이라. 왕자는 어디 가고, 그가 지은 「등왕각서」를 읊을 줄 모르는고. 선명한 저 붉은 꽃은 두견새 소리로 붉어 있고, 기묘한 저 푸른 풀은 강어귀에 난새·봉황·공작이 깃들고, 청학·백학 노니는 곳에 온갖 잡새 날아든다.

금천강金千江 구경하던 온몸을 꾸민 봉황이며, 구만리 먼 하늘을 다 뒤졌다 남명南溟까지 날던 붕새, 집 떠난 지 천 년 만에 이제 돌아온 영위새, 창해를 메우려다 못 이뤄 애만 쓴 정위새, 둥지를 지은 높은 나무에 자기 집에서처럼 사는 비둘기, 가을 물은 넓은 하늘과 한 색인데 지는 노을과 나란히 나는 따오기, 화락하게 짝지어 황하 모래톱에서 부부유별하는 진경새, 먹이 물어다가 부모 은혜 갚던 까마귀, 살양자치 시월장깃[1] 저 까투리, 꽃 진 푸른 산 비 갠 날에 울고 가는 자규새, 백성 집에

1) 살양자치 시월장깃: 미상.

날아들어 지지배배 울던 제비로다. 삼월 봄바람에 짝을 지어 높이 떴다 고니새, 점점이 나는 백구 백로 쌍오리, 목 짧은 원앙새, 느시[2] 물수리, 강 위의 두루미, 끼룩끼룩 기러기, 소리 큰 왜가리, 아래 말쑥한 피호새, 난작鸞雀 자작雌雀 산지니 수지니, 검고 젊은 굴뚝새, 수금새, 때 많은 갈까마귀, 깔꼭깔꼭 지리지리 종달새, 아주 펄펄 날아든다.

한참 이리할 때, 건넛산 수풀 속에서 한 짐승 내려온다. 머리 위에 뿔을 이고 지고, 고리눈에 털빛은 황금 같고, 신체 장대한 것이 흐늘 뒤뚱거리며 서뿐서뿐 걸어내려온다. 별주부 깜짝 놀라 토끼 화상 내어놓고 마음속으로 대략 견줘보니 토끼는 아니로다. 성명은 모르나 대장부가 왕명을 받들고 이곳에 나왔으니 무슨 두려움이 있으리오. 아무렇게나 한번 불러 통성명을 해보리라 하고,

"저기에 오시는 친구는 뉘라 하시오?"

그 짐승 이르는 말씀이,

"그대는 뉘라 하오?"

"나는 수국에서 주부 벼슬 하는 금자라라 하거니와 노형은 뉘시오?"

그 짐승 이른 말이,

"나는 저 건너 들마을에 사는 우생원牛生員이라 하오."

별주부 이른 말이,

"노형 신체가 저다지 장대하고 배가 불러 있으니, 지식은 남보다 더 풍부할 듯하오."

우생원이 하늘을 쳐다보며 크게 웃고,

"그대의 사람 알아보는 능력이 무던하오. 성인聖人이라야 능히 성인을 알아본다 하더니 그 말이 옳소."

자라 이른 말이,

2) 느시: 미상.

"노형은 무엇을 업으로 삼고 있소?"

우생원 이른 말이,

"내 말을 하자 하면 진실로 가슴이 답답하오."

"어찌하여 그러하오?"

"이를 것이니 들어보오. 내 본래 신농씨 자손으로 처음 세상에 밭갈이를 가르칠 적에 역산歷山의 밭을 갈고 그길로 돌아와서 우산牛山에 누었다. 육산포림肉山脯林 걸주 시절에 구족九族이 다 죽고 제선왕齊宣王의 푸줏간에 이르러 겨우 살아 외롭게 초야에 숨은 몸을 무지한 백성들이 무심히 아니 보고 나를 잡아 코를 꿰고 세 겹짜리 새끼줄로 목을 얽어 이리저리 몰아다가 멍에와 쟁기를 목에 맸다. 백무百畝나 되는 넓은 밭을 갈려 할 때 발길 한번 잘못 디디면 모진 채찍으로 캉캉 치고 독한 발길질 들어오니, 오자서의 뜀박질과 초패왕의 굳센 힘도 속절없이 기운이 다하여 눈을 감고 엎어진다. 끌던지 이끌던지 내가 살던 곳으로 몰아다가 원기를 회복하게 해주면 인정에 옳건마는, 소백정을 즉시 불러 머리, 가죽, 다리를 각각 내어서 제각기 나눠 먹고, 뿔은 빼어 활에 붙이고, 가죽 벗겨 북 만들고, 뼈는 발라 쌍륙雙六 골패骨牌 닷마고태 자말이 일품[3] □ 똥은 털어 거름하고, 꼬리 잘라 □고 뚫고, 털은 빼어 욧속으로 쓰니, 이런 일은 답답한 일 아니겠소. 밭을 갈아 내 먹으며, 재물 실어 내가 쓰나? 용봉龍逢과 비간比干의 굳은 절개는 생전에 어질었기에 죽은 뒤에도 충신으로 거룩하거든, 이내 팔자 무슨 일로 괴로이 지내다 나중에도 잘못 죽나? 천자왕후 중한 대신도 나 아니면 높다 하겠으며, 영웅 준걸 그 누구시던지 나 아니면 귀하다 하랴? 오복 가운데 중한 것이 첫째는 수명이요 둘째는 부귀라. 밭을 갈아 먹지 않고 복 있다고 부자 되며, 내 공을 남이 먹고 나를 죽여 또 먹으니, 적송자 장자방은 밭 갈아 아니 먹고

3) 닷마고태 자말이 일품: 미상.

육식도 멀리하되 죽지 않고 오래 살았건만, 인심도 사납고 세태도 거칠도다. 신세를 생각하니 몸 둘 곳이 전혀 없네. 한심하고 가련한 이내 말을 대강이나 들어보오."

별주부 이른 말이,

"그러면 몸에 있는 것은 버릴 것이 없단 말이오?"

우생원 이른 말이,

"세 가지밖에 버릴 것이 없나이다."

"무엇 무엇이오?"

"눈 끔벅거리는 것과 하품하는 것과 그림자, 그 밖에는 버릴 것이 없소."

자라 웃고 이른 말이,

"죽기는 바삭의 아들로 죽소.[4] 그러나 마침 길 가던 중에 서로 만나 회포를 다 풀지 못하고 작별하니 섭섭하거니와 '남자가 어느 곳에선들 다시 만나지 못하겠는가?'라고 했으니 이후에 다시 아니 보시겠소?"

하고 떠나간다.

이때 산짐승들이 근심거리를 만났으되, 어찌 만났는가 하니 도감都監 포수관捕獸官 포수가 사냥을 나왔것다. 여러 짐승이 이 말을 듣고 통문通文을 돌렸으되, 사연이 이러했다.

"통문으로 알리려는 사연은 다름아니라 이 산이 번화한 곳이라 포를 쏘는 우두머리와 많은 군사가 곳곳에서 무리 지어 온 산을 두루 찾아다닌다 하오. 동료 가운데 이 산에 있다가는 죽거나 다치는 무리가 틀림없이 무수하게 있을 테니 안전한 곳에서 모이는 것이 마땅한 까닭에 이처럼 통문을 띄우노라. 만약 한 분이라도 불참하면 호장군虎將軍 앞에 요깃거리로 바칠 것이니, 일제히 모인다면 천만다행이라 사사로이 통문을

---

4) 죽기는 바삭의 아들로 죽소: 낙엽이 부스러지듯 허무하게 죽는다는 뜻인 듯하다.

보내노라. 장공원獐公員 통문이라."

색장色掌 담비에게 내어주며,

"즉시 아니 돌렸다가는 태장 삼십 대에 궐전 삼 전을 물리리다."

담비가 통문을 가지고 태장 안 맞고 궐전 삼 전 안 물려고 고을 속 수풀마다 쭉 다 돌렸더니, 여러 짐승이 통문을 보고 일시에 모여든다. 공부자가 『춘추』 지을 때 절필하던 기린이며, 임금이 명을 내려 거둥할 때 천자를 옹위하던 코끼리며, 옥경 선관이 타고 다니던 풍채 좋은 사자로다. 풍운을 타고난 용맹스러운 만수장군萬獸將軍 표범이며, 태백太白이 우수산雨水山에서 길들이던 늙은 양 어린 양, 강물이 동쪽으로 흐르는 달밤에 우는 소리 슬프던 원숭이, 꾀 많은 여우, 날랜 노루, 털 좋은 너구리, 뿔 좋은 사슴, 담비, 토끼, 고양이, 이리, 승냥이, 족제비 등이 가로 뛰며 옆으로 뛰며 펄쩍펄쩍 앙금앙금 모여드는데 일시 장관인 것이었다.

여러 짐승 다 모여 자리 다툼할 때 토끼란 놈 들어오며,

"오늘 상좌上座에 앉는 내가 어른이다."

하고 상좌에 앉는다. 너구리 달려들며,

"이놈! 무게를 달아봐도 내 무게가 더할 듯하니 내가 상좌에 앉는다."

호랑이 들이닥쳐,

"어라, 어른 한 분 들어가신다."

어흥 한다. 여러 짐승 보더니,

"절씨구나, 잘 죽겠다. 저놈의 위풍을 보니 무섭다. 상좌에 앉힐 수밖에 없다."

호랑이 상좌에 훌쩍 올라앉아 좌우를 윽박지르며 하는 말이,

"내 들으니 토끼 네가 어른이라 하니, 어른 근본을 일러봐라."

토끼 당돌히 나앉으며 말하기를,

"달리하여 어른 아니라, 천상의 불로초와 불사약을 내 손으로 쾅쾅 찧어 금 쟁반에 높이 받쳐 옥황상제 앞에 올렸기로 그리하여 어른이오."

"너구리, 너는 어찌하여 어른이냐?"

너구리 대답하되,

"죽을 놈이 말하여 무엇 하오리까?"

"왜 죽는단 말이냐?"

"노형이 시장하면 나를 안 잡아먹겠소?"

"하고많은 짐승 중에 왜 너를 잡아먹는단 말이냐?"

"내가 그중에 살쪘거든요."

"살쪘어도 안 잡아먹을 테니 말하여라."

"나는 눈으로 보고 귀로 들은 것이 있어 어른이오."

"무얼 보고 무얼 들었느냐?"

"니구산尼丘山에서 노닐 적에 숙량흘叔梁紇이 비는 것을 이 눈으로 보았고, 수양산首陽山에서 노닐 적에 주周나라 곡식 먹지 않던 백이숙제가 「채미가採薇歌」 읊는 소리를 이 귀로 들었고, 학명산鶴鳴山에서 노닐 적에 장자방의 옥퉁소 소리에 팔천 제자 흩어질 때 귀촉도가 불여귀라 우는 소리를 내 귀로 들었으니, 그리하여 어른이오. 호장군은 어찌하여 어른이요?"

호랑이 화를 내어 이른 말이,

"만고 역대 제왕 중에 다 선생이 있느니라. 어른의 근본 일러줄 것이니 들어봐라. 천상의 적송자는 신선 중에 어른이요, 오행통달五行通達 소강절은 술자術者 중에 어른이요, 역발산 초패왕은 장사壯士 중에 어른이요, 이태백 두자미杜子美는 문장 중에 어른이요, 활 잘 쏘는 유궁후有窮后 예羿는 사자射者 중에 어른이요, 오관참장五關斬將 관운장關雲長은 인의 중에 어른이요, 남양초당南陽草堂 제갈량은 모사謀士 중에 어른이요, 말 잘하는 소진이는 언변 중에 어른이요, 위수渭水의 강태공은 어부 중에 어른이요, 내 몸의 용력이 탁월하고 벼슬이 매우 높으니 금일 좌중에 나를 당할 이 누가 있으리. 내 호통 한번 들으면 너희들이 똥을 쌀 것이니, 이 중에는 어른이로다. 어흥!"

"애고, 여보시오. 소리 작게 좀 하오. 기가 막혀 다 죽겠소."

이리할 때 두꺼비 울며 들어오는 것이었다.

"애고애고 서러운지고. 내가 앉아 듣자 하니 너희끼리 모여 앉아 어른이라 하니 자식 없는 늙은이야 이제 죽어도 한이 없다. 저 건너 저 나무를 볼 적마다 더욱 섧다."

호랑이 기가 막혀,

"이런 제 어미를 할 놈이로다. 무슨 명나라까지 들릴 울음을 큰 모임에서 우느냐? 시러베아들 보겠네."

곧바로 두꺼비가 말을 하되,

"내가 아들 삼형제를 두었더니 끝에 아들 막내 놈이 저 나무 세 그루를 심어 점점 자라 백여 장丈이 되었더니, 한 그루는 광한전 지을 적에 들보 만들려 베어가고, 또 한 그루는 달 속 계수나무 끌려고 수레바퀴감으로 베어가고, 한 그루가 남았더니 신농씨 쟁기 만들려고 베어 가고 등걸만 남았더라. 거기서 회초리 같은 곁가지가 자라나서 백여 장이 되었으니 내 아들 내 손자 다 죽고 너희끼리 모여 앉아 상좌로 자칭하니 앞으로도 없고 뒤로도 없을 일이로다. 애고애고 서러운지고."

이리 운다. 여러 짐승이 듣더니,

"영감님 말씀을 들으니, 우리 중에서 노존장老尊長이니 상석에 앉으시오."

두꺼비 상석으로 올라가니, 호랑이 하는 말이,

"나이는 아들이 높다 한들 지체 없는 것이 상좌에 앉아서야 될 말이냐? 그러하나 '조정에서는 관작만한 것이 없고, 향리에서는 나이만한 것이 없다' 하니 막을 수는 없다."

하고 큰조카 토끼를 불러 자기 옆에 별좌別座를 정해 앉힌다. 호랑이 상좌에서 일어나며 두꺼비를 윽박지르며 하는 말이,

"영감 눈구멍이 어찌 저리 붉은 것이오?"

두꺼비 말재주는 당할 수 없는 것이었다.

"그것은 젊어서 환혼주還魂酒를 많이 먹어 그러하다."

"팔은 어찌 안으로 오그라들었나?"

"그것은 중년에 활 쏠 적에 우리 삼촌더러 화살을 빼달라 했더니, 미련한 우리 삼촌 대나무 화살은 아니 빼고 오금을 꺾어 그러하다."

"몸은 어찌 두두룩두두룩한가?"

"그것은 작년 사월 초파일 청룡사 구경 갔다가 사당을 데리고 하룻밤 잤더니 옴이 옮아 고생이로세."

"혀는 어찌 들락날락하나?"

"그것은 네 고조부하고 글 읽던 생각을 하니 그러하다."

"그러면 배는 어찌 불뚝불뚝하나?"

"그것은 고손자의 동갑도 못 되는 놈들이 노존장을 몰라보고 조롱하기로 그러하다."

호랑이 부끄러워 앉았다가,

"애고, 시장하여라."

너구리 뛰어들며,

"이제는 잘 죽는구나."

별주부의 위기와 호랑이 퇴치

이리할 즈음 자라 바위 위에 가만히 앉아 있다가 생각하되,

'응당 저 속에는 토끼가 있을 터라.'

화상을 내어놓고 비교해 보니 크고 작음은 있거니와 모습은 대동소이하니,

'산그림자 드리워서 그러한가, 한번 불러보리라.'

'토생원' 하고 부른다는 것이, 뜨거운 바닷바람을 과하게 쏘여 앞턱이 뻣뻣해 늘여 불러, 웬 심술궂고 사납고 행실 못된 입버릇 궂은 친구를 불렀것다.

"호생원虎生員!"

불러놓으니, 토끼는 안 오고 호랑이가 내려온다. 작은 놈 중간 놈 아닌 큰 놈이 내려오는데 매우 야단스럽게 내려오는 것이었다.

솔숲 깊은 골짜기로 한 짐승 내려오되, 기암괴석이 구름 안개 가운데 솟아난 듯, 팔십 먹은 늙은 중이 송낙을 쓰고 고개 숙여 조는 듯, 귀는 찢어지고, 몸은 얼숭덜숭, 꼬리는 잔뜩 한 발이 넘고, 주홍빛 같은 아가

리는 가로로 한 발 찢어지고, 정신도 위엄이 있고 위풍도 맹렬하다. 경쇠 같은 눈망울을 이리저리 굴리며, 기둥 같은 앞다리, 동개 같은 뒷다리, 쇠 날 같은 발톱으로 잔디 뿌리 왕모래를 엄동설한 흰 눈처럼 아주 쇄쇄 흩뿌리며 엉금엉금 어흥 걸어,

"게 누가 날 찾느냐?"

엉금엉금 내려와서 자라 앞에 우뚝 서며 어흥 하는 소리에 산천이 진동하니, 입버릇 좋은 정다운 친구를 만났것다. 자라 깜짝 놀라 껍데기 속에 움츠리고 죽은듯이 엎드려 있다. 호랑이 둘레둘레 보더니,

"이것이 나를 불렀는가? 전에 보지 못하던 것이로다."

사방을 만져보더니,

"그것 먹기는 좋겠는데……"

혼잣말로 겨울밤 긴긴밤에 팔십 먹은 노인 내외 앉아 이야기하듯 말했다.

"구멍 없으니 수레바퀴 아니요, 약인가 하되 정으로 맞은 자취가 없으니 그도 아니요, 솥뚜껑인가 해도 꼭지 없으니 그도 아니요, 쇠똥 누어 마른 건가 해도 소나기 맞은 자취가 없으니 그도 아니요, 부쳐놓은 밀전병인가 해도 고소한 냄새 없으니 그도 아니요, 이게 무엇인고? 먹어볼까? 먹어볼 수밖에 없다."

입맛 다시고 삼키려다,

"이름 없는 것은 먹지 말라 했으니 먹기도 어렵구나."

도로 내어놓고,

"이놈 의미나 알고 먹으리라."

호랑이 앞발로 자라 등을 잔뜩 누르니, 자라는 본디 등을 누르면 목이 나오는 것이었다.

자라목 슬그머니 나오니,

"애고, 이것 좆 나온다. 그냥 나오다가 한 백 발 나오겠다. 체구 작은

놈이 좆은 크다 하더니 대단한데."
"애고, 내 등에 고누판 그린다."
호랑이 깜짝 놀라,
"이크, 이게 말한다. 옳다. 소진이 육국六國 재상이 되어 말주머니 세 개를 차고 다니다가 하나를 잃어버렸다 하더니 여기에 와서 빠뜨렸구나."
이때 자라가 묻는 말이,
"그대는 뉘라 하오?"
호랑이 기가 막혀,
"네가 내 근본을 알려느냐? 나는 산령스러운 산신이요 온갖 짐승의 우두머리인 산군山君 호랑이라. 너는 무엇이냐?"
자라 엉겁결에,
"소어小魚는 자라입니다."
호랑이 듣더니,
"옳다, 좋다. 내 평생에 왕배탕을 바랐는데 오늘날 만났구나. 통째 삼키면 뱃속에 들어가 절로 왕배탕이 되리로다. 어흥, 좋다. 자라라니 반갑도다."
칠년대한 가뭄 만나 빗발 보고 반기는 듯, 구년지수 장맛날에 햇빛 보고 반기는 듯, 천리 타향 오랜 벗을 보고 반기는 듯, 어릴 때 헤어진 어린 애가 부모 보고 반기는 듯, 스무 살이 되도록 시집 못 간 노처녀가 신랑 보고 반기는 듯, 서른 살 전에 홀아비 되어 과부 보고 좋아하듯, 이리 한창 좋아한다. 자라가 왕배탕이라는 말은 못 알아듣고 반갑다는 말만 듣고 속마음에,
'이런 제 어미를 할 놈! 나를 보고 저리 좋아하니 나하고 촌수가 있나 보다.'
하고,

"그대 나와 몇 촌이나 되오?"
호랑이 이른 말이,
"네가 자라라니 내 뱃속과 촌수가 있느니라."
"그러면 먹는단 말이오?"
"먹어도 통째 삼키겠다."
"옳다, 잘 죽는다. 들어보소. 대하는 것은 물에 있는 고기로 어찌 청산에 있을 수 있겠는가? 자라 아니로다."
"그러면 무엇이냐?"
"남생이요."
"남생이면 더욱 좋다. 백운청산白雲青山 구름안개 속에 분별없이 다니더니 다리에 습진이 갑자기 나서 명의에게 물어보니 남생이가 위급한 데 마땅하다 하기에 한번 보기를 원했더니라."
"그러면 남생이도 아니오."
"그러면 무엇이냐?"
"두꺼비로다."
"그러면 더욱 좋다. 너를 삶아 술에 타 먹으면 □담에는 즉효로다."
자라가 기막혀 우는 말이,
"못 보겠네, 못 보겠네, 병든 용왕 못 보겠네. 나의 충성 부족하든가, 나의 정성 부족하든가? 객사하게 된 신세, 자라 팔자 이 아니 불쌍한가? 밝은 하늘 감동하여 백호를 꼭 죽여주오, 연장군燕將軍 장비張飛의 □살을 빌려 백호를 죽여주오. 애고애고 서러운지고."
이렇듯이 슬피 운다. 호랑이 듣더니,
"이놈 무슨 내게 해로운 소리만 하느냐?"
자라 생각하되,
'왕명을 받들고 수만 리 밖에 나와 이 지경을 당하니, 한번 죽으면 다시는 죽음이 없느니라. 먹지 못하는 것이 없이 모조리 먹는다 하되, 내

한번 고깃값이나 하리라.'

모진 마음을 굳게 먹고,

"어따, 네가 내 근본을 알려느냐?"

하며 호랑이의 앞턱을 치받아 물고 매달린다.

"애고 놓아라, 안 먹으마."

자라 놓고 나앉으며 움츠리던 목을 길게 빼어 염려 없이 기세를 보인다.

호랑이 보더니,

"이크, 장수님의 갑옷 속 방망이 총 나온다."

하며 저만치 물러앉는다.

자라가 호랑이 질려 하는 낌새를 알고,

"그대가 내 근본을 자세히 알려는가? 나는 수국 충신 간의대부 겸 시랑侍郎 별주부 별나리라 하네."

호랑이 무식하여 자라 '별鼈' 자 못 알아듣고 무수히 새기며,

"별나리, 별나리, 그냥 나리도 무섭다 하는데 별나리라니 더 무섭다. 생긴 모양보다는 직품이 높은데, 그러면 목은 어찌 우멍거지가 되었으며, 이곳에는 어찌 나왔는가?"

자라 대답하되,

"이곳에 나오고 우멍거지 된 근본을 알려나?"

"어디 좀 알아보세."

"우리 수궁이 퇴락하여 새로 다시 지은 후에 기와 천여 칸을 내 손으로 이어갈 때, 추녀 끝에 돌아가다 한 발이 미끄러져 공중에서 뚝 떨어져 빙빙 돌아내려오다 목으로 쩔꺽 내리박혀 우멍거지 되었다. 명의에게 물어보니 호랑이 쓸개가 약이 된다 하기에 벽력장군霹靂將軍 앞세우고 도랑 귀신 잡아타고 호랑이 사냥 나왔으니, 그대가 이른바 호랑이라면 쓸개 한 보따리 못 주겠나? 도랑 귀신, 게 있느냐? 어서 급히 빨리 나와 용천검 드는 칼로 이 호랑이의 배를 갈라라."

'도랑' 하고 달려드니,

호랑이 깜짝 놀라 물똥을 와락 싸고, 해하垓下에서의 밤에 장막에서 일어나 앉아 초나라 노랫소리 듣고 놀란 초패왕 항우가 포위 뚫고 남쪽으로 탈출해 달아나듯, 적벽강 불싸움에서 패한 장수 위왕魏王 조조가 정욱程昱 따라 도망하듯, 북풍에 구름 달아나듯, 편전片箭 화살 달아나듯, 왜물倭物 조총의 철환鐵丸 달아나듯, 푸른 물을 얼른 건너 동쪽 수풀을 헤치면서 쑤루루루 달아나 만첩청산 바위틈에 혼자 앉아 장담하고 하는 말이,

"니 제주 아니던들 도랑 귀신을 피할 수 있었겠는가? 하마터면 죽을 뻔했구나."

토끼와의 만남과 산중 흥취

자라 정신을 겨우 차려 생각하되,

'맹호는 산신 가운데 영물이라. 내 충성 많고 적음 보려고 변화를 보인 듯하니, 산신제를 지내리라.'

산신에게 드릴 제물을 차릴 적에,

시냇가 남산에 우뚝 서 있는 소나무 가지 꺾어 들고 잔디 활활 쓸어내고, 추풍낙엽 넓은 잎을 좌면지로 깔아놓고, 산과실을 주워다가 삼색과일 괴어놓고, 시냇물 어루만져 정결히 몸을 씻고, 사방에 예물을 차려놓는다. 각항저角亢氐 방심미기房心尾箕는 삼팔목三八木 청룡세靑龍勢로 청목 들여 예단하고, 두우녀斗牛女 허위실벽虛危室壁은 이칠대二七大 주작세朱雀勢로 홍목紅木 들여 예단하고, 규루위奎婁胃 묘필자참昴畢觜參 사구금四九金 백호세白虎勢로 백목 들여 예단하고, 정귀류井鬼柳 성장익진星張翼軫은 일륙수一六水 현무세玄武勢로 흑목黑木 들여 예단하고, 구진등사句陳騰蛇 중앙세中央勢로 황신기黃身旗 그려 꽂고, 자단향 불 피우고, 맑고 맑은 감로수를 술잔에 가득 부어 제삿술 삼아 올려놓고, 축문 지어 손에 들고 단정히 꿇어앉아 축문을 고한다.

"유세차維歲次 갑진년 팔월 기유삭己酉朔 초칠일 을묘에 남해용국南海龍國 간의대부 별주부는 지극히 신령한 산신께 분명히 고합니다. 군신유의의 법도는 인간세계와 수부세계에서 매우 중대하오나 나라의 운세가 불행하여 용왕이 갑자기 병을 얻고 몇 년간 신음하되 모든 약이 효험 없습니다. 천만뜻밖에 태을선관이 내려오셔서 진맥으로 병의 증세를 알아낸 후에 토끼 간을 먹으면 즉시 낫겠다고 하기에, 바다 밖 삼만 리에서 소신에게 특명 내려 멀고 험한 길을 돌아보지 말고 이 산에서 약을 구하라고 하셨습니다. 그러나 들짐승과 날짐승이 산천에 가득 들어차 있어, 어느 것이 토끼인지 수국의 안목으로 산중 짐승의 생김새를 살펴보되 금수를 구별하기 어렵습니다. 이에 민망한 심정을 우러러 고하오니, 주부의 간절한 마음에 신령께서 감동하여 천년 묵은 토끼 한 마리를 특별히 허락하여 뒷날 근심이 없게 해주시옵소서. 삼가 맑은술과 포혜를 산신께 바치옵나이다. 흠향하옵소서."

축문을 고하고 한 곳을 바라보니, 절벽 위 바위틈에 묘한 짐승 앉았으되 이목이 단정하고 정신이 씩씩하여 달토끼의 정신을 품은 듯하거늘, 토끼 화상 내어놓고 화상 보고 짐승 보니 산중 토끼가 그림 속 토끼요, 그림 속 토끼가 산중 토끼더라. 정녕 토끼로다. 내 아까는 '토兎' 자를 늘여 불러 '호虎' 자로 불렀다가 흉악한 범을 만나 큰 욕을 보았으니, 이번에는 되게 줄여 '토' 자로 부르리라. 무수히 익히고서,

"토생원! 토생원! 토생원!"

하고 부르니, 토끼가 부르는 소리 듣고 깡짱 뛰어내려오며 말을 하되 가당찮게 하것다.

"그 뉘라서 날 찾는가? 수양산 백이숙제가 고사리 캐자고 날 찾는가? 상산사호 네 노인이 바둑 두자고 날 찾는가? 청산 돌아가는 길에 온갖 꽃 찾아 봄바람 부는 깊숙한 곳으로 구경 가자고 성진화상性眞和尙이 날

찾는가? 청산 돌아가는 길의 백로 앉은 모래톱에서 여동빈呂洞賓이 날 찾는가? 위수에서 낚시하던 강태공이 고기잡이 가자고 날 찾는가? 적벽강의 소자첨이 달구경 가자고 날 찾는가? 날 찾는 이 괴이하다. 그 뉘라서 날 찾는고?"

요리조리 앙금앙금 깡짱깡짱 살랑살랑 팔짝 뛰어내려오다 자라 앞에 딱 마주 부딪친다. 자라가 코를 만지며,

"아야, 코야!"

토끼 이마빡 만지며,

"아야, 이마빡이야! 이분, 초면에 날 받기는……"

자라가 토끼를 살펴보니 먼저 왔던 호랑이 모습 많더라.

'이크! 이게 새끼 호랑이인가보다.'

하고 깜짝 놀라 목을 껍질 속에 움츠리고 죽은듯이 엎드려 있다. 토끼 돌아보며,

"대저 괴이하다. 이게 무엇인고? 하느님이 눈 똥인가? 만일 하느님 똥 같으면 내가 먹으면 좋겠다. 에라, 요것 방석이나 두고 쓰리라."

하고 자라 등에 오뚝 올라앉으니, 자라 네 다리와 목이 왈칵 나와 꾸물꾸물한다. 토끼 보고 놀라서,

"그 누가 조리 같은 주머니에 구렁이를 담뿍 잡아넣어버렸구나. 이 일을 어찌할까?"

걱정이 가득하다. 자라 들먹들먹하여 보고,

"이게 토끼 같으면 간이 사발이나 들었겠다. 묵직하고 대단한데. 이분 그만 내려요."

"방석도 말하느냐? 못 내려오겠다."

자라 들썩하니, 토끼 때구루루 굴러 깡짱 뛰어 일어난다.

"그분 적어도 힘은 대단한데."

자라 묻는 말이,

"그대는 뉘라 하오?"

토끼 대답하되,

"나는 하늘 위 월궁에서 음양을 다스리고 사계절을 순조롭게 하여 그믐과 초승 분별하던 예부상서 달토끼라. 도약주부搗藥主簿를 맡던 중에 장생약을 잘못 짓고 옥황상제께 죄를 얻어 중산中山으로 유배되었으니 별호를 토생원이라 하오."

자라가 '토' 자를 반겨 듣고 문자를 쓰되 다 뒤집어 쓰는 것이었다.

"오랫동안 훌륭한 명성을 우러렀더니 오늘 이렇게 만나게 될 줄은 전혀 예상하지 못했습니다. 그가 한 도적질을 밝혀야 도적노 쇠를 자백합니다. 굶으면 남자는 칠 일 만에 죽고 여자는 구 일 만에 죽습니다. 초록강변에 만필후로세.[5)]"

토끼가 맞서 문자를 쓰되 더 가당찮게 뒤집어 쓰는 것이었다.

"책망을 들어야 할 사람이 도리어 책망하고, 남에게 책임을 지우려 억지를 부린다. 무엇이든지 원인이 있어야 결과가 있으며, 왕의 땅 아닌 곳이 없다. 약골로 태어나 이익을 독차지할 수 없다."

자라가 말하기를,

"나도 유식하거니와 그대도 매우 유식하오. 나는 수국의 좌랑을 겸한 별주부 별나리로세. 우리가 다 사대부 자식으로서 대저 형은 세상 밖 산속에 살면서 세상 흥미가 어떠하오? 잠깐 이야기해주면 우리 수국에 들어가서 자랑하고자 하노라."

토끼란 놈 거동 보소. 대가리를 흔들면서 하는 말이,

"이내 몸 한가하기 천지 사이에서 으뜸이라. 해가 진 황혼 저물녘이나 해가 동쪽 봉우리에 떠올라 잠을 깨어 우주 사이에서 배회할 때 임자 없는 산과일을 실컷 얻어먹고, 몸은 뜬구름같이 시비 없이 명산 찾아 왕

5) 초록강변(草綠江邊)에 만필후(萬畢嗅)로세: 미상.

래할 때 여산 동남쪽 오로봉五老峰과 태산 명산 만장봉과 여러 겹의 구월 금강산과 고운 눈썹 모양 태백산 등 아니 본 곳 없이 보고, 봉래산 상상봉을 기엄기엄 기어올라 흰구름을 무릅쓰고 무산의 해 지는 포구 경치와 양곡陽谷의 해 뜨는 경치가 눈앞에 삼삼하게 늘어섰으니, 태산에 올라보니 천하가 작게 보인다던 공자님의 대단한 구경이라도 나보다 더 좋았겠는가? 앵무 원앙 벗으로 삼고 뜬구름을 차일 삼아 기암절벽을 병풍 삼고 밤이면 달구경 하고 낮이면 산에 올라 노닐 때 아름다운 강산과 흥미 있는 풍경에서 지상선地上仙은 나뿐이라. 안기생 적송자를 나의 제자 삼아두고 장생하는 방도 가르칠 때 이따금 잘못하면 종아리도 치고, 사계절 풍경 더욱 좋다.

정월 이월 삼월 돌아오면 꽃바람 언뜻 불어 온갖 꽃이 활짝 꽃필 적에 세 단 높이 쌓은 흙계단에서 순임금은 팔원팔개의 신하 데리시고 남훈전南薰殿 오현금五絃琴으로 우리 백성의 분함을 풀어주던 군왕 부귀의 모란꽃, 수양산 달빛 중에 순순히 비워내는 몸이 되어 태산 같은 굳은 절개 일찍 돌아가겠노라고 호령하던 순국 충신 향일화며, 심양처사潯陽處士 도연명은 녹봉 다섯 되를 버리고 전원으로 돌아가서 거문고와 서책을 즐기며 근심 풀어내던 은일 풍도 국화꽃, 오릉중자於陵仲子 정자 위에 떠오르는 달은 머리 위에 밝아 있고, 안자연顔子淵이 머무는 자리에 불던 맑은 바람 뼛속에 불어오니 한미한 선비의 맑은 흥취 매화꽃, 육국이 전쟁으로 소란할 때 상산사호 노인이 구승갈포九升葛布를 입고 청려장 비껴놓고 석탑 위에서 잠이 드니 노인 방불한 박꽃이며, 이십 세 등장군鄧將軍이 백수진인 넌짓 만나 한漢나라를 중흥하고 승상 인끈 가졌으니 청춘소년 석죽화며, 빛나는 바람과 비 개인 달빛 같은 공맹으로 스승 삼고 정주程朱와 벗이 되어 태극도太極圖를 의론하니 군자 기상 연화꽃, 흰 눈같이 묘한 색깔 옥루 사창 기대앉아 황혼 무렵 백마 타고 노는 야유랑에게 눈길 주어 정을 보내던 기생 같은 해당화며, 선풍도골 사안석謝安石이 절대가인의 손목 쥐고 산중에서 마주하여 빈산 위에 올랐으니 풍류 좋은 사내의 홍도와 백도로다.

또 한 곳 바라보니, 온갖 짐승 울음 운다. 약수 삼천리 요지연에 소식 전하던 청조며, 사마상여 거문고 소리에 버드나무 늘어진 비단으로 만든 창문 봉황이며, 부용당 구름안개 가운데 그림 같은 공작이며, 일천 년 화표주의 교태롭고 아리따운 목소리의 앵무새며, 귀촉도 망제의 원혼이 삼경에 피 토하며 울던 두견새며, 칠월 칠석에 은하수 다리 놓던 까막까치며, 늘어진 수양버들 가지가지에 북이 되어 봄을 짜는 꾀꼬리, 한 쌍으로 날아가며 각각 이별하지 않기를 원하는 원앙새, 상림원上林園의 글 전하러 특별히 돌아오던 기러기, 석양에 푸른 산 빛깔을 가르고 날아 쌍쌍으로 오고가는 해오라기, 물 가운데 높이 떴다 쌍쌍으로 오고가는 쌍오리며, 곳곳마다 춤을 추고 가지마다 노래한다. 온갖 꽃 속에서 깊이 든 잠이 새소리에 얼른 깨어 당시 흥취를 구경할 때 향기 쫓는 범나비는 나를 보고 반기는 듯 너울너울 춤을 추고, 개자추 맑은 혼은 한식寒食마다 조문하니, 왕희지의 난정연蘭亭宴은 유상곡수뿐이로다. 두자미 죽은 후에 화초가 임자 없어 속절없이 시들더니 오늘날 빛이 난다.

사월 오월 유월 돌아오면 적제赤帝 건곤 남풍 불어 온갖 잡목 무성할 때 동령冬嶺에 외롭게 서서 색이 변치 않는 군자 절의 소나무, 춘하추동 사시사철 굳건하게 우뚝 선 전나무, 만경창파 백천百千 길의 수중에도 무성한 표나무며, 오자서의 무덤 앞 충성하는 가죽나무, 미인을 하늘가에서 바라본다 더덕더덕 산초나무, 청산 그림자 안 뜬구름 속에 아침저녁으로 불어오는 불나무, 썩은 가지 몇 척도 훌륭한 목수가 버리지 않는 아름드리 가래나무며, 자단紫丹 용목 산호 박달가시나무, 잎이 떨어져 앙상해진 수나무, 잣나무, 다래 열매 곁들여 넓적 떡갈나무, 능수버들 얼멍덜멍, 포도 다래 넝쿨 늘어져 펑퍼져 내리쳐 솟구쳐 유월도六月桃 중 복숭아며, □□□ 수풀 되고 골골마다 그늘진다. 맑은 시냇물 흐르는 데

발을 씻고 돌아서니 산속 늙은이의 심사가 담박하다. 오월이 덥지 않아 맑은 가을날인 듯 의심이 나는지라. 천중절 단옷날에 창포주를 가득 부어 굴원을 위문하니 강개한 남자의 속마음 비할 곳 전혀 없다. 녹음방초 흐드러지게 피는 꽃은 포구에 피었으니 별세계의 맑은 자취 나밖에 또 있는가?

칠월 팔월 구월 돌아오면 가을바람은 쓸쓸히 불고 만학천봉에 단풍 든다. 채색한 병풍 두른 속에 산속 늙은이의 부귀가 거룩하다. 진시황의 힘인들 산중 재미를 앗아갈 수 없고, 서리 맞은 단풍잎이 이월 꽃보다 붉다는 말은 이를 두고 이른 것이라. 황혼 저물녘에 동쪽 봉우리에서 맑은 달 밝아올 때 아리따운 저 달빛은 오늘밤에 희고 희다. 이적선李謫仙 죽은 후에 주인 없는 저 풍월을 나 혼자 차지하고, 송옥의 「비추부悲秋賦」는 천년토록 전해오니 내게는 대장부라. 천하 명산 두루 다니며 단풍 구경 가자꾸나. 봉래산 올라가니 적송자 왕자진王子晉은 석탑 위에서 바둑 둔다. 불로초 인삼을 수없이 얻어먹고, 천태산天台山 넌짓 올라 서왕모 잠깐 보고, 곤륜산 높이 올라 천하를 접대하니 하우씨의 치수治水 자취 비문에 분명하거늘 대장부 여기 와서 자취 없이 못 가리라. 무심필 얼른 내어 중허리 흠뻑 풀어 그림 그려내어 제명題名하되 "모년 모월 모일 토처사兎處士가 여기를 지나노라"고 바위 위에 크게 쓰고 그 길로 내리달려 군산君山을 올라가니, 십이봉 높이 솟아 수월암守月岩을 찾아가고, 석양 무렵 산승이 산그림자 밖으로 돌아가네. 경쇠 소리 쟁쟁하여 구름안개 속에 들리는데, 칠백 리 동정호는 소상강을 통하였고, 악양루 회사정回思亭과 아황 여영 대숲은 천년토록 완연하다. 충신열사 끼친 피를 구의산九疑山에 부쳤으니 강개한 남자의 속마음 비할 곳 전혀 없다. 그길로 내리달려 아미산 올라가니 반달의 가을달은 이태백이 남긴 자취라. 무산의 잔나비와 금강錦罡의 기러기는 나그네의 마음 재촉한다. 남병산 올라가니 칠성단 빈터요, 적벽강 바라보니 주유는 어디 가고 천금같은 비석도

간데없다. 시와 술의 풍류 좋을시고. 임자 없는 산과일을 수없이 주워먹고, 먼산 돌길 굽은 길로 흐늘흐늘 돌아온다.

동지섣달 돌아오면 잎이 진 나무는 쓸쓸하고 흰 눈은 분분하여 기암괴석 밝은 기운 백옥으로 단장하고 첩첩한 얼음 절벽에 떨어지는 폭포에는 수정같이 걸렸으니, 경궁요대 걸임금의 집과 궁전을 아름답게 장식하던 수양제는 사치하다 하려니와 조화를 어이하리. 운산 석실 정결한데 자하 석문 굳게 닫고 한가히 앉았으니, 안자연의 일단사一簞食라도 생애가 넉넉하고, 석숭의 금곡에서의 화려한 삶도 꿈밖으로 멀어졌구나. 그것도 좋기니와 홍취조차 비범하다. 달밤 산경 기울어갈 적에 사창을 높이 열고 구름 사이의 달을 구경하니, 맹호연의 파릉灞陵 풍경 헛이름뿐이로다. 사계절 풍경 이러하니 대강이나 들으시오."

토끼의 세상 팔난과 별주부의 수궁 흥미

자라가 듣더니,

"그대가 자기 잘못을 얼버무릴 만큼 말은 잘 꾸며내나, 내가 세상 환난을 모른다고? 세상 팔난 내 이를 테니 들으시오. 한 마리 일 없는 토끼, 그대 신세 봄과 가을 다 보내고 엄동설한 바람 들이치고 만학천봉에 눈 쌓일 때, 앵무 원앙 끊어지고 기화요초 쓰러지고 산나무에 과일 하나 없어 고픈 배 틀어쥐고 발바닥만 핥고 있을 때, 어둑한 바위틈에 던져진 듯 홀로 앉아 있는 거동, 구름이 달을 가린 무관에 갇힌 초나라 회왕의 곤궁이요, 이월 외로운 마을 북해상에서 소중랑蘇中郞이 겪던 고생이라. 엄동설한 다 보내고 벽도 황엽 춘삼월 주린 배를 채우려고 이리저리 다닐 적에 올가미에 떨컥 치어 망태기에 주워 넣고 죽을 지경 되올진대, 가슴에 불이 붙어 오장이 다 녹을 때 산천 구경 하자 한들 경황없어 어이하리. 그 아니 팔난인가?"

토끼 대답하되,

"그러하기에 수상한 데로는 안 다니오."

"그러면 어디로 다니오?"

"높은 봉우리로 다니오."

"그리 가면 또 죽을 일이 없다고?"

"거기야 무슨 일이오?"

"들어보오. 상봉에 서 있는 것은 매 받들고 있는 수할치요, 중허리로 도는 것은 몰이꾼과 사냥개라. 토끼가 얼른 하면 수할치가 먼저 보고 해동청 보라매 구록피절[1]을 갖추어 도리당사 왕방울을 떨렁떨렁 떨치면서 주먹으로 치면 두 날갯죽지를 빨리 떨쳐 수루수루 달려들어 토생원의 양 귀밑을 양쪽에서 추켜들고 골치를 그저 꽉꽉."

"에에, 그분 초면에 말 한번 독하게 하오. 그러하매 누가 상봉으로 다닌다고. 중간 기슭으로 살살 다니지요."

"중간에는 또 일이 없다고?"

"거기야 무슨 일이 있어요?"

"들어보오. 중간으로 다닐 적에 불 잘 놓는 포수들이 등에 멘 귀약통, 남날개와 백치 화승 가늘게 맵시 있게 꼬아 고추 같은 불을 붙여 곱쇠를 손에 얼른 들고, 방패 꾸며 앞 가리고 금자 박은 좋은 총에 화약 철환 박아 화승 불을 방아쇠에 들어 얹어, 토끼가 얼른 하면 한쪽 눈 질끈 감고 가늠쇠 얼른 맞춰 간 무더기 겨냥하여 잿불이 번쩍 탕!"

토끼란 놈 거동 보소. 떼굴떼굴 굴러가더니 정신 차려 하는 말이,

"애고, 죽겠다. 아니 여보쇼, 어찌 말씀을 그리 몰강스럽게 하오? 총하고 나하고는 같은 하늘 아래 살 수 없는 원수요."

"어찌 그렇다는 말이오?"

"우리 조부께서 탕 소리가 나더니 한번 가 소식이 없으시고, 부친께서 탕 소리가 나더니 갑자기 눈에 보이시질 않고, 백씨伯氏께서는 탕 소리가

1) 구록피절: 미상.

나면서 석양 바람에 날아가버리셨기에 총하고 나하고는 같은 하늘 아래 살 수 없는 원수요. 남이 듣기 싫어하는 소리 너무 하지 마오."

별주부 웃으며 말하기를,

"형의 말씀이 강산 풍경을 독차지하고 세상 걱정 없다더니 입으로 내는 총소리에 그다지 놀라요?"

토끼 가슴을 벌떡벌떡하며 하는 말이,

"그러기에 나는 산으로 안 다니고 훨쩍 너른 들로 다니오."

"들로 가면 죽을 일 없소?"

"아무 일도 없고 태평하지요."

"없는지 들어보오. 들로 내려가는 토끼 모든 사람이 쫓으며 소리질러, 없는 개도 후려치며 이리 두두 저리 두두. 풀 베던 목동이며 밭 갈던 농부들이 보 막던 방천 말뚝을 질질 끌고, 자루 긴 낫을 들고 달려들어 사방에 둘러친 것은 토끼 걸릴 토끼그물이라. 은나라 성왕 탕왕 가신 후에 그 그물을 누가 풀꼬? 오도 가도 못할 적에 나무꾼들이 들이닥쳐 무리지어 소리지르되, '하늘에서 떨어지거나 땅에서 솟아나거나 사방에서 오는 것은 모두 내 그물로 들어오거라' 하리라. 토끼 네는 '어디로 달아날꼬?' 하다가, 작대기로 그저 꽝꽝 뚜드릴 때 우두머리 나무꾼 제쳐놓고 도사 나무꾼 내달려서 마른 나뭇가지 장작이며 추풍낙엽 마른잎을 수북이 모아놓고 와락와락 불을 질러 화염이 하늘을 찌를 때 토선생을 바싹 구어 발목 다리 나눠 들고 허리 갈비 분배하고, 모가지며 대가리는 이빨 좋은 놈이 뺏어 들고, 그저 아삭아삭!"

"애애, 징글맞다. 그 소리를 들으니 정신이 아찔해져 사지가 불안한 것이 내 필경 병이 나겠소. 과연 인간 세상에서 죽을 욕을 종종 봅네. 그 때문에 늙네. 수국에서는 어떠하오? 수궁 흥미 들어봅시다."

"우리 수궁은 기이한 장관이지요. 하늘과 땅 사이에 바다가 가장 크고, 사람과 물건 가운데 신이 가장 신령하다오. 영덕전 높은 집이 구름

안개 사이에 솟았는데, 용의 뼈를 걸어 대들보로 삼고 물고기 비늘로 기와를 만드니 상서로운 기운이 허공에 서리었고, 백옥으로 대문을 만들고, 유리 기둥 호박 주춧돌로 난간을 짜고, 진주로 성을 쌓고, 야광주로 등불을 밝혀 해와 달의 빛을 빼앗는다. 운무 병풍과 순금 탑상에 우리 용왕 즉위하니, 여러 신령은 덕을 우러르고 서왕모의 금술잔에 천일주와 천비天妃의 옥반에 담은 안주, 불로초와 불사약을 질리도록 많이 먹고, 취흥이 도도하여 팔선녀 거느리고 금관조복을 입은 많은 관료가 차례로 들어앉아 덩더꿍 선녀의 음악소리 오색구름 가운데서 들린다. 서왕모는 비파 타고 상령湘靈은 춤을 추니, 쟁쟁한 옥구슬 소리와 곱디고운 태도 걸음마다 연꽃 되고 침 뱉으면 구슬 되어, 「금루구곡金樓九曲」을 현악기와 관악기로 섞어 부니, 꽃 같은 얼굴로 노래하고 춤추며 때를 따라 천리를 누르고, 기화요초는 떨기떨기 비이슬 가운데 넘노는 듯하다. 금은채단金銀采緞은 산처럼 쌓여 있고, 경치를 볼작시면 칠백 리 군산君山들은 북해를 둘러 있고, 삼천리 푸른 해당화는 약수 서해에 벌려 있고, 사강금四罡錦 팔부사八府寺는 동해 가에 벌려 있고, 천부天府에 숨은 변화물색變化物色은 우리 남해 둘러 있다. 태평세월을 노래하는 「남각시」를 사시사철 부르며 강수 위수 두 강 사이를 왕래하면서 남해팔경南海八景 소상瀟湘 동정洞庭을 오고가며 뱃놀이할 때 맑은 바람에 배 띄우던 소자첨과 밝은 달 구경하던 이적선이 그 경개를 알았으면 벌써 들어왔을 것이요, 우리 수국 그러하기로 신선을 찾던 진시황과 한무제가 이 경개를 알았으면 이 세상 있었을까?

진실로 토선생은 세상 팔난에 있지 말고 나를 따라 수국 가면 높은 벼슬 할 것이요, 좋을 대로 노닐 테니 한번 구경 안 하시려오? 그대 같은 준수한 남자를 우리 용왕께서 아시면 승지를 올려보내 부르시어 대광보국숭록대부 제수하시며 말斗만한 황금인黃金印을 허리 아래 비껴 차고, 당상 위에 높이 앉아 백관을 지휘할 때 이리 할 일 이리하고, 저리

할 일 저리하라. 호령 한번 내리면 급암汲黯 같은 충직함과 동탁董卓 같은 기세로도 봄바람 꽃이 되어 거역할 길 전혀 없네. 국사를 마치고 별당으로 돌아오니 활을 쏘는 삼층단三層壇 자리에 대모 병풍 둘러치고 차 달이는 옥동자와 촛대 잡은 선녀들이 비단으로 몸을 감싸고 옥구슬로 단장하여 밤이 다하도록 노닐 적에 호중천지 좋은 것이 수궁밖에 또 있는가?"

별주부의 유혹과 토끼의 결심

토끼가 듣기를 다하고 마음이 자연 방탕해져 대답하되,

"그곳에 들어가면 벼슬도 하려니와 팔선녀 있다 하니 그들과도 함께 놀 수 있소?"

별주부 말하기를,

"그건 손바닥 뒤집는 것처럼 쉽지요. 마음대로 하오리다."

"그래, 함께 놀면 기롱도 할 수 있으리까?"

"그건 더욱 하고 싶은 대로 하지요."

토끼 코를 훌짝이며 내려와 앉으면서 묻는 말이,

"그 지경이 되올진대, 원앙침 비취금에 섬섬옥수 나삼을 부여잡고 삼경이 되어 달 기울어갈 때 두 몸이 한몸 되어 초양왕楚襄王 양대陽臺 위 비구름 몽롱하니 좋을시고. 그때를 당하면 그리도 할 수 있소?"

별주부 대답하되,

"그대 같은 풍채로 수궁에 들어가면 벼슬은 사닥다리 올라가듯 할 것이요, 일등 미녀가 청개구리 뒤로 실뱀이 따라다니듯 하오리다."

토끼 다시 묻는 말이,

"수국에는 나와 같은 인물이 없다는 말이요?"

"없지요. 우리 수궁에 수달이라 하는 게 하나 있는데, 이 지각없는 것이 색을 밝히는 데는 고양이 발에 덕석을 깔아주는 격이라. 성밖 성안의 일등 미녀와 다 관계를 맺으며 덤벙거리더니, 지금 음허화동이 나서 죽게 생겼네. 설사 그놈이 있다 해도 앞발이 짧아 쓰지 않네."

토끼 거동 볼작시면 침을 모두 삼키면서,

"만일 들어갔다가 벼슬도 여색도 걸리지 못하면 형이 어찌하시려오?"

별주부 말하기를,

"나같이 운수 부족한 것도 벼슬에 참여하여 옥루분벽玉樓粉壁 사창 안에서 추월춘풍秋月春風 비는 날 없이 미인들과 소일하고 홍미롭게 노닐거늘, 형 같은 풍채로서 높고 높은 기골이야 땅 짚고 헤엄치기는 오히려 손바닥이 아플 지경이지요."

토끼 눈을 말똥말똥 주둥이를 날름날름 하는 말이,

"아무리 가고는 싶으나 수국과 육지의 길이 달라 예부터 오고가지 못했거늘, 생각이 간절한들 서로 미치지 못하는 것을 어이하리."

"그것일랑 조금도 염려 마오. 내 등에 업혀 있으면 천리만리 먼먼 길과 망망한 대해를 평지처럼 가오리다. 추호라도 걱정 마오. 아깝고 아깝고 아까울싸. 토생원 같은 선풍도골로 진세에 넌짓 나서서 사생을 넘나들며 쉴새없이 초목과 동무하고 지냈으니 어찌 원통하지 않겠소. 옛일을 생각건대 조주의 선비 여선문이 황건역사 따라가서 영덕전 낙성연의 상량문을 잠깐 짓고 유리반琉璃盤에 진주를 담아 글값으로 받았다 하더니, 요만한 문사에게도 은혜를 알아 보답했거늘 하물며 형 같은 크나큰 웅재야 공명을 이루기 어려울까?"

토끼 말하기를,

"말씀은 일리 있으나 생각해보니 갈 마음 전혀 없네."

별주부가 얼굴색을 바꿔 대답하기를,

"정 위태하거든 진작 약속을 깨는 것이 대장부의 떳떳한 일이라."

하고,

"뒷날에 다시 봅시다."

하고 어디를 향하여 돌아보지도 않고 가더라. 토끼가 바라보다가 참지를 못하여 소리를 질러 부르되,

"저분, 어디를 저리 급히 가시오?"

별주부 대답하여,

"호랑이를 찾아가오."

"무슨 일로 찾아가오?"

"수궁에서 들으니 호랑이는 온갖 짐승의 우두머리라 하니, 이런 말씀하면 그대보다 소견이 넉넉할 듯하여 보러 가오."

토끼 대답하되,

"우리 호랑이 삼촌께서는 모든 일을 나와 의논하니 만나봤자 쓸데없는데, 하물며 다른 데 나들이하러 계시니 형은 잠깐 화를 참으시고 이리 오옵소서."

별주부 두세 번 사양하다가 마지못하는 체하고 나아가더라. 토끼 웃으며 하는 말이,

"형이 저다지 깨끗하시니 설마 속이실까마는, 아무려면 생소한 곳을 가려거든 의심인들 없으리까? 믿지 못한 것이 도리어 미안하나 함께 수국 가기가 소원입니다."

별주부 마음에 기쁘나 다시 당부하여 말하기를,

"정 의심이 있거든 진작 약속을 깨라. 다른 데로 가보고자 하나이다."

토끼 웃고 진정으로 가기를 청하거늘, 별주부 억지로 허락하는 체하고 함께 데려온다. 자라 앞에서 앙금앙금, 토끼 뒤에서 까불까불 먼길 바닷가로 내려갈 때 건넛산 달첨지獺僉知 너구리가 냅다 서며,

"야, 토끼야! 너 어디 가느냐?"

"나 수국에 간다."

"수국에는 무엇 하러 가느냐?"

"벼슬하러 간다."

"어허, 자식 어리석도다. 옛일을 모르느냐? 칼 잘 쓰는 위나라 형가도 역수易水의 찬바람 불 때 슬픈 노래 부르며 장사가 한 번 떠나가더니 못 돌아오고, 천년의 원혼을 품은 초나라 회왕도 진나라 무관에 한번 갔다가 돌아오지 못했고, 소상강 밤비 내리는 구름 사이로 두견새 접동새 울고 있고 해마다 향기로운 풀은 푸르러도 왕손은 돌아올지 말지 모르니라. 토끼 너도 수국 가면 돌아오지 못하리라."

토끼 듣더니,

"그러면 가지 말지. 달첨지 족장을 안 만났으면 큰일날 뻔했구나. 별주부 혼자 가시오."

자라가 분이 나서,

"야, 이놈 너구리야. 심사가 야두리로다.[1] 여보, 토생원. 수궁을 가나 아니 가나 저놈 이야기를 할 것이니 들어보오. 저놈의 사촌 수달이 저놈을 우리 수궁에 천거하여 들어왔는데, 살릴 도리 없어 호조戶曹 서리書吏와 약속하고 호조 창고지기를 시켰더니 저놈이 실로 도적 놈이라. 호조 돈 삼천 냥을 도적질해 썼기로 어전에서 곤장 칠십 도를 때려 육지로 도로 내쫓았더니, 저놈이 그 혐의로 심술을 부리는 것이오. 네 이놈, 심술을 부리다가는 요절을 하리라."

너구리 미련한 놈이라 발 뺄 줄을 모르고 바삐 뛰어 달아나니, 토끼 보더니 그놈이 심술 부리는 줄로 아는지라.

자라 하는 말이,

---

1) 야두리로다: 미상.

"산중은 위험한 곳이라. '위험한 나라에는 머물지 않는다'라는 말을 모르시오?"

토끼 대답하기를,

"글쎄 가고 싶으나, 수국 천리 먼먼 길에 한번 가서 소식 끊어지면 내 아니 불쌍한가?"

"그건 조금도 염려 마오. 옛적에 맹자도 천리를 멀다 않고 양혜왕梁惠王을 찾아가 뵈었고, 여상도 문왕 따라 주周나라에 들어가 귀하게 되었고, 백리해도 목공 따라 진晉나라에 가서 귀하게 되었으니, 토공兎公도 나를 따라 수궁 가면 귀히게 되지."

"그러하면 가십시다."

자라 앞에서 성큼성큼, 토끼 뒤에서 살랑살랑. 동해 물가에 다다르니 경치도 좋을시고. 오른쪽 푸른 강에 떠 있는 배는 둬웅둬웅 떠가는 게 초강楚江의 한가한 어부가 풍월 실어 가는 배요, 넓고 넓은 푸른 물결 쌍쌍이 노는 갈매기는 흘러 떠다니고, 소슬하게 부는 가을바람이 기러기 떼를 보내니 울고 가는 저 기러기야 네 어디로 향하느냐? 우리 벗님 앵무새에게 백운청산에서 놀던 토끼가 푸른 바다 수궁에 가더라고 그 말 잠깐 일러다오. 만경창파 끝없는 바다에 호호탕탕 치는 물결 두둥실 푸른 파도 일어나며 우러렁 출렁 깨뜨리니,

토끼 깜짝 놀라,

"애고, 이 물 나를 덮는다."

뒤로 뛰어가서,

"물소리 저러하니 차마 무서워 못 가겠네. 이내 몸 수궁에 가서 용이 되어도 거기 갈 바삭[2]의 아들 없네."

별주부 크게 화를 내어 꾸짖는 말이,

2) 바삭: 미상.

"방정맞은 저 토끼야! 복이 없다 저 토끼야! 요망하다 저 토끼! 의심 많다 저 토끼야! 믿음 없다 저 토끼야! 네 목숨 과일같이 아침저녁 사이에 달린 줄을 전혀 모르고서 태평으로 생각하니, 애달프고 원통하고 불쌍하고 가련하다."

토끼 말하기를,

"형이 먼저 하신 말씀이 상상봉으로 올라가면 수할치 있고, 중허리에는 포수 있고, 들에는 농부 목동 있다 했는데, 그때는 정신이 혼미해 대답하지 못했거니와 자세히 생각하니 굴로 달아나지요."

"어허, 가소롭다. 가소롭다. 토공의 의사 가소롭다. 수할치, 산포수에 초동, 목동, 농부들이 일시에 힘을 합쳐 자욱하게 뒤따라온 연후에 마른 갈대를 수없이 베어다가 굴 입구에 쌓아놓고 화약 염초 불 지르니, 아방궁에서 삼 개월 동안 꺼지지 않은 불이 여기에서 더할쏘냐? 독한 연기와 모진 불꽃이 화살 쏘듯이 들어가니 다시는 어이 살리. 토끼의 세 구멍 나오는 곳과 삼혼칠백 흩어질 때 신체는 온전할까?"

토끼 놀라 하는 말이,

"형이 나와 무슨 혐의 있어 갈수록 독한 말만 합니까?"

별주부 웃으며 말하기를,

"형의 관상을 보니 골격이 맑고 빼어나나 인중이 짧으니 어찌 자리에 누워 생을 마치는 수명을 누리기를 바라리오?"

토끼 의심이 나서 가만히 솔잎을 뜯어내어 인중의 길이를 재보니, 비록 끝을 잡았으나 남는 것이 없는지라.

놀라 묻는 말이,

"인중이 짧다 해도 수국에 들어가면 혹 장수하여 환난을 면하오리까?"

별주부 대답하되,

"수궁에서 수백 세까지 장수를 누리고 벼슬이 일품에 있는 자도 그대보다 한 치나 짧은 자가 무수하오. 이로 보아 분명한 선경이라. 정 믿지 못하겠거든 내 인중을 봐라. 내 인중을 가지고 인간 세상에 있었으면 벼슬은 말할 것도 없고 목숨을 이제껏 보전했을까? 이로 보아도 그대 박복한 탓으로 이곳을 낙원으로 알고 있었으니, 그것도 인중 짧은 탓인가 하노라. 가려거든 갈 것이요, 말려거든 마시오. 그대가 수궁에 가서 아무리 귀하게 된들, 나와 무슨 상관이 있을까? 내게 무슨 이익 있을까? 정 싫거든 마시오그려. 오늘 오시午時에 김金포수의 날랜 철환에 긴 허리 탕 맞으면……"

토끼 깜짝 놀라,

"아니, 수국에는 총이 없소?"

"없지요."

"또 수할치 없소?"

"없지요."

"사냥개 없소?"

"없지요."

"농부 목동 없소?"

"없지요."

토끼 재삼 생각하다가 문뜩 깨달아,

"대장부 죽을지언정 어찌 친구의 말씀을 듣지 않으리오?"

하고,

"이제는 의심 없이 함께 가사이다."

별주부 크게 기뻐하여 물가에 나아가니, 토끼 하는 말이,

"저 물 깊은가요?"

"깊지요."

"그러면 형이 먼저 들어서오. 한번 봅시다."

"그리하오."

의심 없이 들어서서 발로 헤엄치며 하는 말이,
"여보, 내가 이러한데 토생원은 발목이나 젖겠소?"
"내 다시 옆에 □□□□."

토끼의 수궁행과 위기 모면

토끼가 앞발로 나뭇가지를 휘어잡고 뒷발을 차츰차츰 넣을 때, 자라 빠른 솜씨로 화살 쏘듯이 물어가서,

"예라 요놈, 들어가자."

와락 달려드니 허위허위 텀벙 빠질 때 살짝 기어들어 토끼를 등에 업고 일락서산 해 떨어지듯 물에 풍덩 뛰어든다. 만경창파 물결 한가운데 둥둥 떠가는 모습은 범려范蠡가 서시를 싣고 오호五湖의 낀 달을 찾아가듯, 한나라 장군 장건이 뗏목을 타고 갔던 월지국月氏國은 어디인가? 서불이 동남동녀를 데리고 찾아갔던 봉래산도 머나멀다. 노래 불러 이르기를 '물에 사는 것이 산에 사는 것보다 낫다'고 하며, 돛대 없는 당도리 선같이 혹 보였다가 혹 잠겼다 하며 내려갈 때 토끼란 놈 거동 보소.

기가 막혀 하는 말이,

"애고, 죽겠다. 숨막힌다, 놓아다오. 귀에 물소리 앵앵한다, 놓아다오."

"어허 이놈, 잡말 마라. 입으로 찬물 들이켜면 지레 죽을라."

물소리에 간장이 녹는 듯하나 일이 이미 이 지경에 이르렀는지라. 하

릴없이 정신만 수습하더니, 이윽고 물소리가 멈추자 내리라 하였다. 토끼 반겨 듣고 눈을 들어 사면을 살펴보니, 배가 긴 회랑 앞에 멈추었고 오래된 옛 물가에 안개가 잦아드니 완연한 별세계라. 문을 지키는 장수와 물고기 머리에 귀신 얼굴을 한 병졸의 생김새가 영악한데, 삼층 전각의 궁궐 문 위에 금빛 글자로 '경화수궁대위문慶華水宮大衛門'이라고 현판에 뚜렷이 쓰여 있더라. 마음이 황홀하여 별주부에게 감사드리되,

"형의 말씀이 진실로 빈말이 아니라. 우리 인간 세상에 이러한 곳이 흰쌀에 뉘만큼만 있다 해도 이런 궁색한 걸음을 아니 할 것을, 여러 해 고생하다가 이제야 선경을 보니 어찌 고진감래가 아니리오. 기쁘기가 헤아릴 수 없으나 이제 부귀빈천은 형에게 달려 있사오니 좋은 데로 천거하옵소서."

별주부 속으로 비웃으며 허락하니라.

국문國門 밖에 앉혀놓고 바로 궁궐 안에 들어가 용왕 전하 앞에 엎드려 토끼 잡아온 사연을 낱낱이 아뢴다. 용왕이 크게 기뻐하여,

"그래, 험하고 거친 세상에 무사히 다녀와 여행의 피로가 심하지 않는가?"

하시며 바삐 잡아들이라 하니, 별주부는 수졸水卒을 거느리고 고함지르며 내달았다.

이때 토끼가 마음이 불안하여 귀를 기울이고 대궐 내 소식을 탐지하더니 고함소리에 크게 의심이 나서 궁궐 대문 뒤 물풀 사이에 잠깐 숨었다.

별주부가 찾되,

"잡아들이라는 게 여기에서는 모셔 들이라는 말과 같은 거로다."

별주부는 이미 토끼의 얕은꾀를 아는지라 무사를 시켜 외치기를,

"새로 제수받으신 노토老兎는 어디 계시나이까?"

토끼가 그 말 듣고 반기며 나서거늘, 일시에 달려들어 네 다리를 결박

하니,

"에에, 벼슬하러 왔더니 결박이 웬일이요?"

"본래 그러하오."

"우리 인간 세상 벼슬하는 법은 대과 소과와 진사 급제하면 은안백마銀鞍白馬를 보내주고, 승지 참판 교리 수찬 판서 대감 입조入朝할 때 초헌 타고 대궐에 나아가고, 그것만 못한 벼슬 처음 하러 가는 길이라 하더라도 당나귀라도 타고 대궐에 들어가는 법인데, 이런 결박이 웬일이요?"

우두머리 한 명이 내달리며,

"여보시오, 토석시兎碩士 고루하오. 읍마다 다르고 동마다 다르다 하는데, 수만 리 떨어진 타국의 법이 같을 수가 있단 말이오? 우리 수궁에서 벼슬하는 법은 결박할수록 높아간다네."

토끼 눈을 깜빡거리더니 말하기를,

"제기, 벼슬 두 번만 더 했다가는 목숨이 없어지겠구나. 그러나 이왕 벼슬할 테면 높은 벼슬이나 해보자."

하며 몸을 삐끗 돌리면서,

"요 편짝이 허술하니, 단단히 꼭 동여매주소."

"예, 그리하오."

둘러메고 들어갈 때,

"토끼 잡아들이오."

하는 소리를 듣고 그제야 토끼는 간장이 아득하여 어찌할 줄 모르더라. 용왕이 분부하여,

"과인이 병이 들어 몇 년간 고생해 한동안 황황하던 차에 하늘로부터 도사가 내려와서 진맥하고 하는 말이, 토끼 간을 구해 환을 지어 한번 쓰면 백약 가운데 제일이라고 분명하게 이르기에 사중구생死中求生 계교 내어 별주부를 시켜 너를 잡아오게 했느니라. 죄 없는 줄이야 알지만 과인의 몸이 너와 달라, 만일 불행하면 온 나라 백성이 보전하기 어려운

줄 설마 너인들 모르겠냐? 너 하나 죽은 후에 과인이 살아나면, 백관 다 살리게 되니 일등 충신 너 아니냐? 특별히 사당 지어 천만년이 다하도록 봄가을로 제사가 끊이지 않게 하면, 은나라 비간이며 한나라 기신인들 너보다 더하겠는가? 죽는다고 슬퍼하지 마라."

토끼가 기가 막혀,

"웬 흉악한 잡놈의 꾀에 빠져 죽을 곳으로 들어왔구나. 달첨지 족장의 말이 거짓말이라고?"

수국의 칼 잡은 자가 달려들며,

"거기 누워라. 배 가르자."

"에에."

"가만히 있으면 좋지."

토끼 눈만 깜짝이며 넓은 영덕전 뜰에 던져진 듯이 홀로 앉아 백 가지로 생각하되 양의 뿔이 울타리에 걸린 것처럼 진퇴양난이라. 용궁에 내려와서 반드시 죽게 될 토끼가 되었구나. 천만 가지로 생각해봐도 살아날 길 없더니, 어리석은 자라도 천 번 생각해보면 반드시 한 가지쯤 꾀를 내는 법이라. 한 꾀를 생각해 당돌하게 나앉으며 공손히 하는 말이,

"전하의 하교가 이렇듯 감축할 만하니, 신이 백번 죽는다 해도 옥체가 즉시 나으신다면 한 번 죽기는 대수롭지 않은 일이라. 아무리 하신들 조금이라도 원통하다 하오리까마는 그렇지 않은 사정이 있사오니 통촉하옵소서. 태산이 무너지고 오행성이 어둑해질 때, □□한 노랫소리 억조창생 만백성 뉘 아니 슬프리오? 탐학하던 상나라 주紂임금이 비간의 배 갈라 간을 내어보니 일곱 구멍 있던가요? 소토小兎의 배를 갈라 간이 있으면 좋거니와, 만일 간이 없으면 목숨만 끊사옵고, 간을 구하지 못하면 그 아니 횡액이오? 통촉해보옵소서."

"이놈 간사한 말 말아라. 의학서에 일컫기를 '지라에 병이 들면 혀로

말을 하지 못하고, 간에 병이 들면 눈으로 보지 못한다'고 했으니 간이 없고서야 어찌 눈으로 본단 말이냐?"

토끼 여쭈오되,

"간은 보름날 내었다 그믐날 넣어두니, 초하루부터 보름까지 정결한 데 내걸어 아침이슬 햇빛이며 밤의 서리와 달의 정기를 무수히 쏘였다가 십육 일부터 그믐까지 목구멍에 들여넣어 심신을 안정하고 삶을 살아가니 이른바 망월토望月兎라. 신농씨가 맛본 온갖 약초 가운데 제일이라 하는 것을 세상 사람이 모두 알아서, 쓸 약이 필요하게 되면 소토에게 동하여 대략 주고받는 일이 없지 않거든, 하물며 전하의 병환에 긴요히 쓰려는 줄 알았더라면 자청하여 드리러 올 것이었다. 애달프다 별주부야, 원통하다 별주부야, 미련하다 별주부야, 의심 많다 별주부야, 실정을 속이고 아니 올까 염려하여 유인하기만 일삼다니. 이때는 보름 전이라 행장을 차리기가 촉박하기에 이전에 내둔 간도 가져오지 못했으니, 며칠간 말미를 주옵시면 별주부와 힘을 합해 고향에 돌아가서 구태여 소토의 간뿐 아니라 간을 둔 곳 찾아가서 여러 친구에게 널리 구하여 간을 한 섬이나 들여오리이다."

"어허, 이놈 당치않은 말 마라. 오장육부라 하는 것이 사람과 짐승이 마찬가지요, 날 때부터 생긴 것을 마음대로 내고 넣는단 말이냐? 당초에 의리로 깨우쳐주려 일렀거늘, 너같이 미친 것이 요망한 말로 당돌히 기롱하니 죽어도 공이 없으리라."

무사에게 토끼를 궁문 밖으로 잡아내 신속히 배를 가르라는 호령이 지엄하더라. 토끼가 안색을 바꾸지 않고 다시 무릎 꿇어 여쭈오되,

"소토가 죽기를 두려워함이 아니라 전하의 옥체가 회복하지 못하면 불쌍한 목숨만 죽게 되니, 옛말에 이르기를 '여자가 한을 품으면 오뉴월에도 서리가 내린다' 했으니, 전하 정사政事의 위신인들 손상되지 않겠나이까? 소토에게 간을 들이고 내는 표시가 있으니 살펴보옵소서."

왕이 말하기를,

"무슨 표시가 있느냐?"

토끼가 아뢰기를,

"밑구멍이 셋인데, 한 구멍으로는 대변을 보고, 또 한 구멍으로는 소변을 보고, 또 한 구멍으로는 간을 보褓째 내고 들입니다. 정 믿지 못하겠거든 밑구멍을 살펴보옵소서."

광리왕이 괴이하게 여겨 가까이 오라 하여 친히 살펴보니 과연 셋이더라. 용왕이 의혹이 나서,

"지난날 간을 어디로 넣고 어디로 내느냐?"

토끼 염려 없이 대답하되,

"낼 때는 밑구멍으로 내고 넣을 때는 입으로 넣되, 천지 오행의 정기로 내고 들이고 하되, 갑을삼팔목甲乙三八木 동방의 정기와 병정이칠화丙丁二七火 남방의 정기와 경신사구금庚辛四九金 서방의 정기와 임계일육수壬癸一六水 북방의 정기와 술사오십토戌巳五十兎 중앙의 정기와 천지 음양의 정기와 사시□□ 일월의 광채, 아침 안개, 저녁 이슬을 조합해 내고 들이기에 산삼보다 위요, 우황보다 위라고 이르나이다."

"그러면 세상에서 네 간으로 효험을 본 사람이 더러 있느냐?"

"있다뿐이겠습니까? 소토 부친이 풍경을 좋아하여 요산요수할 때 분수汾水 멱수汨水 물가의 좁은 벼랑 앙금앙금 돌아가다 작은길에서 발을 헛디뎌 낙포洛浦 물에 풍덩 빠져 거의 죽게 되었습니다. 그때 한나라 무제와 동방삭이 신선 찾아 나왔다 덤벙 건져 살려주었기로 그 은혜에 감격하여 간 세 푼을 잔에 주었더니 동방삭이 받아먹고 삼천갑자 살았습니다. 그전에도 간을 내어 달빛을 쏘이려다 화덕火德으로 건국한 주나라가 쇠진하고 공갑숙자公甲叔子가 음란할 즈음 임금의 교화에 음기 잦았거늘 위수에 담가놓고 헐렁헐렁 씻을 적에 궁하게 팔십 년을 살던 강태공이 그 물빛을 짐작하고 바가지를 얼른 끌러 그 물 덤뻑 들입다 떠서 세

모금 마셨더니 영달하게 되어 팔십 년을 더 살았습니다. 팽조가 그 말 듣고 중산으로 찾아와서 손톱과 머리를 자르고 신령에게 천 일 동안 산제사를 지성으로 지냈을 적에 그 정성이 지극하여 간 반푼을 먹였더니 팔백 년을 더 살았습니다. 그리하여 소문이 파다하게 퍼져 남녀노소 상하 없이 소토를 찾아와서 '병든 노친 살리게 간 조금만 빌려주소서' '홀로 된 가장 살리게 간 조금만 빌려주소서' '칠십에 낳은 아들이 거의 죽게 되었으니 간 조금만 주어 살려주소서' '삼대독자 외아들이 거의 죽게 되었으니 간 조금만 파소서' 하며 한량없이 비는 소리 진실로 민망하던 차에 옥황상제께서 '너는 어찌 하나의 간을 갖고 거둬들일 목숨을 족족 살려내 천리를 어기고 있으니 요망하다' 꾸짖었습니다. 이에 마음을 굳게 먹고 사사로운 정을 두지 않았더니, 광리왕께서 남해궁을 다스리라는 명을 한없이 타고 나셨으나 우연히 병이 들어 사생 가운데 놓이셨습니다. 또 기상을 보니 가을하늘의 벼락 같고 운우지정이 많으실 골격이오니 소토의 간을 드릴 수밖에 없사옵니다. 온전히 보째로 잡수시면 불로장생하고 무병강력無病强力하여 신기腎氣는 생바람벽을 뚫으리다."

광리왕 들으시고 신기에 좋다는 말을 들으니 더욱 좋아하여,

"그러면 간을 어디다 두었느냐?"

"예, 간을 둔 곳 참말 하면 기막히지요. 무산 십이봉 썩 둘러서 영주산 앞에 놓고 봉래산 뒤에 놓은 그 가운데 천태산 상상봉 꼭대기에서 천년 늙은 소나무의 펑퍼지게 늘어진 가지, 첫째 둘째 셋째 가지 동남쪽이 툭 터져 정결한 곳에 칡잎을 뚝 따서 사물탕 약봉지 싸듯 달아놓고 왔소. 진짜 옥황상제나 떼어가려면 떼갈까, 그 외에는 손 안 타게 해두었지요."

용왕이 좌우 신하들을 돌아보며 말하기를,

"배를 갈라 간이 있으면 좋거니와, 만약 없다면 공연히 불쌍한 목숨만 끊고 간을 구하는 데 긴요하지 않으니, 토끼를 살려줌이 어떠한고?"

좌우 신하들이 한목소리로 말을 내어,

"전하의 하교가 마땅하나이다."

토끼의 결박을 풀어 영덕전 마루 위에 올려 앉힌다. 토끼 다시 무릎 꿇어 여쭈오되,

"미천한 토끼 몸을 대왕의 전상殿上에 올리고 이다지 관대하게 대우하시니 황공한 연유를 어찌 다 아뢰오리까?"

용왕이 토끼를 존칭해 말하기를,

"토공은 양계에 살고 과인은 수부에 살아 서로 통하지 못했더니, 금일 서로 만남은 신이 도운 것이니 반갑도다. 내 아까는 토공과 더불어 잠깐 희롱한 것이니 나를 혐오하지 말기 바라노라."

토끼 다시 여쭈오되,

"전하 이렇듯 분부하옵시니, 간이 아니라 목을 베어 바친들 어찌 아깝다 하오리까?"

용왕이 크게 기뻐하여 토끼를 위해 잔치를 베풀고 갖가지 풍류를 갖추고 좋은 음식으로 토선생의 마음을 위로하것다.

토끼와 별주부 부인의 동침

음식 차린 예절 볼작시면 맵시 있고 보기 좋고 맛좋은 것으로 차린 것이었다. 청색 유리로 만든 팔족운각반八足雲脚盤, 백색 유리로 만든 삼□병, 산호 접시 벌여놓고 온갖 음식 차릴 적에 윤□사당 오화당五花糖과 앵두 복숭아 수중채水中菜를 높이 담아 갖춰놓고, 수궁의 일등 미녀 유리잔과 앵무잔대鸚鵡盞臺에 동정호의 봄 물결 이는 좋은 술을 쪼르륵쪼르륵 가득 부어 단정히 꿇어앉아 광리왕 앞에 올린다. 광리왕이 잔을 받아 토선생께 권할 적에 토끼 거동 볼작시면 맹랑하고 우습구나. 하는 말이 보리밭만 지나가도 술에 잔뜩 취하는데 억지로 두세 잔을 권해놓으니, 토끼의 좁디좁은 창자 속에 신선주神仙酒를 마셔놓으니 취흥이 도도하여 실수하는 줄 모르고 용왕과 친구하려 들것다.

"여보, 용첨지龍僉知! 자네는 천상에 매이고 나는 월궁에 매였으니, 지하에 나와 있어도 하늘 위 같은 자식이 아니던가?"

술김에 제게 해로운 소리만 무한히 하것다.

"내 『동의보감』과 예로부터 전해오는 서책을 다 보아도 토끼의 간이

약된다는 말은 금시초문이로고. 토끼의 똥물은 열을 다스린다 하여 아이들 역질에는 쓰거니와 뱃속에 든 간을 어찌 내고 들이는가? 아뿔싸, 방정맞은 아들 놈이로고. 하마터면 봄 꿩이 제 울음에 죽는다는 환난을 당할 뻔했구나."

광리왕이 술김에 그 말은 못 듣자 토끼는 생각했다.

'이곳을 발목까지 차는 얕은 물로 알고 덤벙대다가는 큰 환난을 당하리다. 술로 병이 생긴 관리왕의 목숨을 헤아리기 어렵도다. 원래 목숨은 하늘에 달린 것이지 토끼에게 달린 것이 아니라.'

수국의 풍류를 들이라는 명령이 내리니, 물고기와 자라는 피리를 불고, 자라와 악어는 북을 치고, 낙지는 깃발을 들고, 참고[1]는 춤을 추더라. 한창 이렇게 노닐 적에 미인에게 명하여 차례로 들어서서 생황을 울리면서 「능파사凌波詞」로 화답하게 할 때,

"아름다운 사람이 물결 가운데 있어 버들가지도 꺾고 연꽃도 따네. 옥가락지 흔들리고 허리에 찬 패옥 쟁그랑거리는 소리 영롱하다. 옷자락이 펄펄 날리니 놀란 기러기 모습이요, 몸짓이 교태로우니 물속에 노니는 용 같도다. 가벼이 먼지를 날리는 버선발에 석양 노을은 아리따운 얼굴 비추네. 홀로 서쪽으로 동쪽으로 서성이네. 잡힐 듯해도 따를 수가 없네. 홀연히 나는 듯이 멀리 가버리니, 차디찬 가벼운 바람을 타고서 가네."

지화자 하는 소리에 토끼 흥이 나니,

"춤을 한번 춰보면 좋겠구먼."

"그 풍류 연주가 맞지 않아 못 추겠네."

"그러면 어찌 추나?"

"우리에게 영산회상의 곡조로 연주해주시오."

1) 참고: 미상.

앞발은 뫼 '산山' 자로 추켜들고 춤을 춘다.

앞내 버들은 초록 장막 둘러치고, 뒷내 버들은 유록柳綠 장막 둘러치고, 석양은 늘어지고 달빛은 쟁쟁 울고, 하늘에서 내려온 듯 땅에서 날아오르듯 허공의 절벽은 쉰 길 높이 떴고, 해가 다시 떠서 금수성이 밝았으니, 어서 밭 갈러 가세. 아범은 가래 지고, 어멈은 옹솥 지고, 나는 놀고 지고, 지리지리.

한창 이리 춤을 출 때 대장 쑤기미 옆에 섰다가,

"이크, 토끼 뱃속에서 간이 촐랑촐랑하는구나."

토끼 깜짝 놀라,

"어떤 게 간이라고? 뱃속에 물똥이 들어 촐랑거리는 걸 간이라 하는구나. 아뿔싸, '분한 마음을 먹으면 되갚음을 생각하고, 낌새를 알면 미리 대책을 세워야 한다'라고 하더니 즉시 가는 것만 못하도다."

이리할 때 별주부가 잔치에 참여했다가 눈을 부릅뜨고 토끼를 보며 가만히 꾸짖기를,

"내가 듣기에도 촐랑촐랑하는 것이 분명한 간인 듯하거든, 네가 저런 꾀로 우리 대왕을 속이려 하느냐?"

토끼 분한 마음에 잔치가 끝난 후에 용왕에게 아뢰기를,

"소토가 세상에서 의학서를 약간 보았거니와 음허화동으로 난 병에 원기를 회복하는 것으로는 왕배탕이 제일 좋다 하오니, 왕배는 곧 자라라. 오래 묵은 자라를 구해 쓰면 기운이 자연 회복할 것이요, 그다음에 소토의 간을 쓰면 병세가 며칠 안으로 회복하오리다."

왕이 이때 토끼의 말이라 하면 사슴을 가리켜 말이라 해도 믿는지라 즉시 명령을 내리되,

"세상에 나갔던 별주부가 오래 묵었는지라. 법에 의거해 잡아 대령하라."

검은 옷을 입은 도독都督 거북이 아뢰기를,

"옛 말씀에 '교활한 토끼를 잡으면 사냥개를 삶아먹고, 높이 나는 새가 사라지면 강한 쇠뇌를 보관해둔다' 했사오니, 토선생 말씀이 옳기는 합니다. 그렇지만 별주부는 만리타국에 나가 정성을 다하여 공을 이루고 왔거늘, 벼슬을 내리기는 고사하고 죽이는 것은 다른 나라에 알려져서는 안 되는 부끄러운 일입니다. 특별히 권도를 써서 암자라로 대신하시는 처분을 바라나이다."

왕이 말하기를,

"윤허하노라."

이때 별주부는 천지가 망극하여 집으로 돌아와서 부부가 서로 손을 잡고 통곡하다가 문득 생각하여 말하기를,

"내 일시 경솔한 말로 음해를 입어 죄 없는 부인이 이 지경을 당하게 했거니와 천리를 동행한 정이 적지 않고 토끼의 마음이 고집스럽지 않으니, 우리가 정성을 다하여 빌면 다시 측은히 생각해 구해주리라."

즉시 별당을 깨끗이 쓸고 닦아 잔치를 벌여 토끼를 정성껏 청해 윗자리에 앉히고, 별주부 내외는 마루 아래에 꿇어앉아 수없이 절을 하며 애걸하기를,

"오늘날 우리 두 사람 목숨이 선생께 달렸으니 넓으신 도량으로 짐작하여 잔명을 구해주옵소서."

토끼 수염을 만작이며 웃고 말하기를,

"네 당초에 나를 죽을 곳으로 유인한 것도 마음에 괴이하거늘 하물며 없는 간을 있다고 하여 기어이 죽이려 한 것은 무슨 일이며, 위태한 때 애걸하는 것은 나를 조롱함이냐?"

별주부 빌어 말하기를,

"임금의 병이 생사가 위급하거늘 신하된 도리에 물불인들 어찌 사양하오리까? 그걸로 책망하시면 족히 드릴 말씀이 없거니와, 잔치 자리에서 잠시 경솔한 말로 말미암은 것은 죽어도 아깝지 않은 죄입니다. 소인

은 처분대로 하려니와, 대장부의 저러한 풍채로서 한때의 농담을 어찌 그다지 미워하십니까?"

토끼 더욱 화내며 말하기를,

"네가 죽기를 두려워하거든 네 아내로 하여금 하룻밤 내 방에 들이면 괜찮겠지만, 그렇지 않으면 네 집의 멸문지환滅門之患이 눈앞에 닥치리니 조심하라."

별주부가 부인을 돌아보며 말하기를,

"그대 의견은 어떠하오?"

부인이 고개를 숙이고 대답하기를,

"상공의 말씀대로 타국에 가서 공을 이루고 돌아와서 일국 충신이 되어 대왕의 병환이 쾌차하시면 일품공후一品公候를 봉하여서, 그 영화가 첩에게까지 돌아올까 바랐습니다. 하지만 공명은커녕 도리어 집이 망하게 되었으니 충신은 두 임금을 섬기지 않는다는 건 상공께서 행하고 열녀는 지아비를 바꾸지 않는다는 건 첩이 행하지 못하오니, 한번 죽기는 남에게도 떳떳한 일입니다. 죽은 뒤에라도 의로운 정을 내려 만고 열녀인 별주부 부인의 열녀문을 특별히 정표해주시면 상공께옵서도 더욱 빛날 것이오니, 어찌 그다지 첩을 생각지 않으십니까?"

별주부 말하기를,

"부인의 말씀이 내내 옳사오나, 이런 때를 당하여 한갓 정렬만 지키고 권도를 좇지 않으렵니까?"

별주부 부인 고개를 숙이고 눈물을 흘리며 말하기를,

"상공의 말씀이 그러하시면 첩이 고집부리기 어렵사오니 처분대로 하옵소서."

별주부 그대로 토선생 앞에 아뢰니 토선생이 허락하거늘, 부인이 할 수 없이 나아가 모신다. 토끼 의기양양하여 책상에 기대어 묻기를,

"저러한 아름다운 자태로 누추한 곳에 있다가 인연이 중하기로 나 같

은 남자를 만나니 가문이 빛나지 않으리오?"

부인 대답하기를,

"첩이 삼강의 죄인이 되었으니 살아 무엇 하오리까? 아뢸 말씀 없나이다."

토끼 크게 웃고, 베개를 나란히 베고 누운 정이 비할 데 없더라.

토끼가 「사랑가」를 부르되,

"사랑 사랑 사랑이야. 남쪽 창고 북쪽 창고 노적처럼 다물다물 쌓인 사랑. 연평連平 바다 그물같이 코마다 맺힌 사랑. 청루 미녀들의 침선처럼 솔기솔기 맺힌 사랑. 호걸 낭군 내가 되고 절대가인 네가 되니, 이 아니 연분이냐? 사랑하고 귀하게 여기는 정이 예로부터 있건마는 토선생과 별부인에 비할 곳 전혀 없다."

하룻밤 동침하니 백년해로했던 별주부는 뜬구름이 되었구나. 새로 맺은 정이 아직 다하지도 못했는데 사창에 아침해가 돋으니 별부인의 거동 보소. 토선생의 손을 잡고 떠나기 연연해하더라.

토끼가 마침 차대次對 들어가 용왕 앞에 나아가 문안을 드리고 다시 아뢰기를,

"어제 왕배탕을 쓰라 한 것은 병환중에 원기가 저러하기에 일시 위급한 병을 치료할 약이 없어 마지못해 아뢴 것이었습니다. 밤을 지내고서 생각하오니 신의 간을 먼저 써서 동태를 살핀 후에 다른 것으로 원기를 보전하면 빠른 효험 있을까 하옵니다. 하물며 별주부는 공신이라, 공도 내리지 않고 도리어 그 아내를 죽이면 국가의 공론이 아닙니다. 사태가 매우 절박하오니, 소토가 수궁에 들어와 첫 정사를 그르치면 뒷날에 무슨 낯으로 전하의 조정 신하를 대하오리까?"

용왕이 크게 기뻐하여 말하기를,

"과인도 이제까지 마음을 정하지 못했는데, 선생의 말씀이 그러하니 그리하옵소서."

하고 즉시 별주부를 불러 그 뜻을 전하고 토끼를 청하여 말하기를,

"과인의 병이 지체될까 염려되니 속히 떠나 과인의 마음을 위로하라."

토끼 마음으로 떠날 시간이 급해 정신이 없던 차에 기뻐 아뢰기를,

"소토가 본디 진세의 천한 몸으로 뜻밖에 대왕을 모시고 풍류로 며칠 지내오니 세상 생각이 없어졌습니다. 하물며 있는 간이야 어디 가오리까마는 대왕의 병환이 위급하오니 세상에 급히 나가 간을 가져다가 대왕의 병환이 쾌차한 뒤에 다시 놀아보면 좋을 듯하오이다."

광리왕 들으시고,

"기특하다, 도공이여! 충신이라, 도공이여!"

별주부를 불러 대령하고 분부하되,

"신속히 떠나 세상에 갔다가 급급히 돌아와라."

자라가 울며 여쭈오되,

"저놈이 본시 간사한 놈이라. 꾀를 비길진대 진秦나라 서불과 한漢나라 방사方士와 위魏나라 조조라도 이보다 못하리다. 신이 충심을 다하여 만리타국에 있는 토끼를, 구사일생으로 겨우 잡아온 놈을 그냥 보내면 삼국 시절 칠종칠금七縱七擒 하던 공명 선생 아닐진대 놓아보낸 토끼를 뉘라서 다시 잡으리까? 용천검 드는 칼로 저놈의 배를 푹 찔러보옵소서."

토끼 민망하여 자라를 꾸짖으며 이른 말이,

"옛일을 모르느냐? 하나라 걸임금의 포악으로 용봉龍逢을 살해하고, 상나라 주임금의 몹쓸 학정으로 비간의 배를 갈라 그로 인해 나라가 망했으니 산 자를 죽여서는 안 되느니라. 이놈 자라야, 내 배 갈라라. 배를 갈라 만일 있으면 좋거니와 간이 없으면 원통한 나의 혼백, 원귀가 되어 없어지지 않을진대 너의 대왕 저 병중에 하루 살기 몹시 어렵고, 너의 수국 만조백관 여기저기 침범하면 고래 등의 불가사리 원수같이 괴롭히리라. 세상에 철모르는 무정한 얼간이 보겠다."

광리왕이 토끼 말에 퍽 질려서 분부하되,

"수국 만물 가운데 토생원을 해하려는 자는 어망살魚網煞로 유배 보내리라."

자라 할 수 없이 길을 떠나되, 이때 별부인이 심사가 쓸쓸하고 넋이 나가 시비侍婢로 하여금 편지 한 통을 토선생 앞에 올리거늘, 열어보니 이렇게 쓰였더라.

소첩 별부인은 두 번 절하고 피로 쓴 편지 한 장을 토선생께 올리나이다. 첩은 팔자가 기박하여 열 살 전에 부모를 여의고 십오 세에 별주부를 만났으나 성품이 극악하여 부부 금슬이 부족해 설움을 부칠 곳 전혀 없어 남모르게 옥황님께 피눈물로 소원을 빌었나이다. 옥황께서 굽어살펴 준수한 남자를 지시하여 천금같이 귀한 몸을 모시고 하룻밤 동침했으니 깊고도 귀한 정이 비할 곳 전혀 없습니다. 풍채 좋은 우리 낭군 만나기도 늦을시고. 백 년 동안 죽지 말고 이별 말자 했더니 국사에 사사로운 정을 둘 수 없어 하루아침에 낭군과 이별하네. 혈기를 받아 생겨난 몸이 이리 쉽게 어찌 살까? 삼생의 중한 연분으로 한몸에 병이 들어 사창에 기대 누워 호접몽 얻으려 할 때 무정한 저 꾀꼬리 잠조차 깨우느냐? 은하수 오작교에 직녀성의 몸이 되어 일 년에 한 번씩 건너 칠월 칠석에 낭군의 얼굴 보고 지고. 경하수瓊河水 지경 되어 수부와 인간 세상 생각하니 연분은 중하지마는 자취가 다르기에 한 번 이별한 후에 기약하기조차 망연하다. 아깝고 애달프다, 이 몸이 죽고 죽어 만 번 다시 죽기로 뒷세상에 여자 되어 인간 세상에 다시 나서 낭군과 만나 비취금에 자웅처럼 연분 지어 넘놀고자 하나이다. 풍취 없는 별주부는 내가 싫으오, 내가 싫으오. 붓을 잡아 쓰려 하니 하염없는 이내 눈물 줄줄이 솟아나고 가슴이 답답하여 대강 쥐어 부치나니, 쉬 급히 돌아와서 죽어가는 이내 목숨 일시나마 건져주기를 천만 바라옵나이다. 할말이 무궁무진하나 다 하자 한즉 내 속이 너무 상하기로 그만 그치나이다.

토끼 보기를 다하매 행장이 급박하고 주변의 이목이 괴이하기로 답장은 못하거니와 육지 다녀온 뒤에 다시 반갑게 만나보자는 뜻을 전하게 하니라.

토끼의 생환과 별주부의 최후

이때 별주부 할 수 없이 행장을 차려 떠나올 적에 토끼는 광리왕께 작별을 아뢰고 자라 등에 올라앉아 푸른 물결 위로 둥둥 떠서, 가자 가자 어서 가자. 이수二水를 바삐 건너 백로주白露洲 어서 가자. 삼산三山을 바라보니 푸른 하늘에 아득하고, 모래밭에 해 떨어져 가을빛은 아득하니 어디에서 아황과 여영을 조문해야 할지 모르겠네. 한 곳에 다다르니 군자 하나 거기 있되 형용이 초췌하고 용모가 기괴한데 푸른 옷에 검은 관을 쓰고 손들어 읍을 하고,

"오고가는 물길의 거리가 천 리거늘 토공은 무슨 까닭으로 여기에 이르렀소?"

토끼 대답하되,

"저는 깊은 산속에 살면서 볼만한 경치를 모두 구경하고, 누구에게도 몸이 매어 있지 않아 산봉우리와 골짜기를 거리낌없이 다니는데, 반드시 보고자 하는 것은 오매불망 평생 찾아다녔다오. 그대는 무슨 까닭으로 여기에 이르렀소?"

그 사람이 눈물을 흘리고 길게 탄식하며 말하기를,

"그대는 보지 못했는가? 삼려대부가 물고기 밥이 된 것을. 내 일찍이 세상에서 한 임금을 충성으로 섬겼으나 시대의 운세가 불행하여 장사長沙 땅에서 곤궁한 몸으로 물에 풍덩 빠졌도다. 인간의 서러운 뜻이 천고에 원통하니 내 글을 외워 초나라 하늘의 일월처럼 맑은 세상에서 살아생전 동료들과 음풍농월하는 문장가들에게 자세히 전해주옵소서."

그 글은 이러했다.

"나는 고양高陽 임금님의 후손으로, 선친의 함자는 백용伯庸이셨네. 초목이 시들고 낙엽이 지니, 고운 임께서 늙어갈까 두렵네. 달이 뜨고 황혼이 지는 때가 되니 강물에 파도가 출렁이는 험한 길이로다. 사람들이 모두 취했거든 나 홀로 깨고, 온 세상이 모두 탁하거든 나 홀로 청하리라."

읊기를 다 하고서 토끼가 생각해보니, 이는 물고기 밥이 된 충신 굴원이라.

멱라수를 지나다가 오호의 달 밝은 밤에 돛대 치는 저 사람아, 월나라 범려가 아니면, 추강秋江에 배를 타고 강동으로 가는 것은 장한張翰이 아닐런가? 난간 밖에는 긴 강물이 밤낮없이 흐르니 높은 등왕각이 저기로다. 왕발의 만고시흥萬古詩興인 '지는 노을은 짝 잃은 따오기와 나란히 날고, 가을 강물은 끝없는 하늘과 한 색이라' 하였더라.

한 곳에 다다르니 흰옷 입은 두 부인이 대숲 사이로 나오면서 토끼를 불러 이른 말이,

"저기 가는 저 토공아, 나의 슬픈 원한을 듣고서 세상에 전해주옵소서."

토끼 듣고 생각하니, 만고의 열녀인 요임금의 딸이자 순임금의 처인 이비二妃로다.

소상강 포구를 지나더니 도도한 백만 리 요수遼水 가는 길에 물결이 치는데, 눈 없는 남자가 앞으로 갑자기 달려들며,

"여, 저 토끼야. 오왕吳王 태부의 참소를 듣고 충혼이 날아갔네. 이 물에 풍덩 빠져 죽었으니, 천추에 원통한 것이 눈 없는 게 한이로다. 무덤 앞에 심은 나무가 아마 고목이 되었으리라. 원점이며 조자를 역력히 보려 했더니[1], 일찍이 내 눈을 빼어 동문 위에 달고 왔네. 세상에 나가거든 그놈을 찾아 내 말을 전해주거라."

토끼 듣고 생각하되 만고충신 오자서라.

오강烏江을 얼른 지나 적벽강 다다르니 삼국 싸움 끝난 후에 소자첨이 배 띄우고 놀던 곳이라. 동산에 달이 돋고 두우성斗牛星 사이를 배회하니, 이슬이 내려앉은 강물로 함께 가자. 갈대꽃과 달빛 아래 웃으며 가리키는 배 한 척은 초강 어부의 빈 배로다. 신선 이태백이 고래 타고 가신 후에 보름달만 밝았으니 채석강이 여기로다. 자라 등에 저 달 싣고 고향 산으로 돌아가 밝은 달을 희롱하세. 위수를 돌아드니 낚시하던 강태공은 기주로 돌아들고 은빛 물고기가 뛸 뿐이라. 심양강 돌아드니 비파소리 나직하게 들리니 전에 없던 산천이요, 두견새 자규가 슬피 울어 봄을 찾는 소리 가운데 타향 수국 갔던 토끼 어서 오소 하는 소리 분명하니 불여귀가 슬프도다.

푸른 바다 물가에 다다르니 경치도 과연 좋다. 그늘진 산에 붉은 갈대는 봄바람에 넘놀고 봉황과 흰나비 두루두루 피어 있는 복숭아 꽃봉오리 위의 붉은 꽃과 푸른 잎은 산세를 그림 그리고, 나는 나비와 우는 새는 봄빛을 자랑한다. 너울너울 두견화와 우쭐우쭐 계수나무는 나를 보고 반기는 듯 좋은 계수나무 가지 고국산천 더욱 좋다. 산빛도 명랑하여 웃는 듯 반기는 듯하다.

물가에 점점 가까워지니 토끼 마음이 간절해져 지레 뛰다가 물에 빠져 거의 죽게 되었더니, 별주부가 구해주었더라. 백사장에서 냅다 서며

1) 원점이며 조자를~보려 했더니: 미상.

가로로 뛰고 세로로 뛰며 앞으로 뛰며 뒤로 뛰며 별주부에게 욕을 하되,

"절로 생긴 오장육부가 변통이 있겠는가? 간을 내고 들인다는 말은 듣도 보도 못했다. 너의 임금 어리석고 너의 조정 무식하더라. 함정에 빠진 범이자 우물에 빠진 고기를 놓아 살려 보내면서, 골수에 깊이 든 병이 속절없이 되었구나. 산중 토처사를 뉘라서 유인하랴? 의사意思도 넉넉하고 언변도 장할시고. 산중 흥미가 부족하다고 수국에 벼슬하러 갔다 거의 죽게 되었는데 천신만고 끝에 살았구나. 나의 계교 생각하면 묘할 '묘妙' 자 비점批點이라. 오장육부 들어 있는 내 뱃속에 간주머니가 있다마는, 미련하다 저 자라야. 뱃속에 있는 간을 어찌 내고 들이겠는가? 네 충성 지극하기로 병든 용왕 살리자고 성한 토끼 나 죽으랴? 수궁이 좋다 해도 이 산중만 못하더라. 너의 수궁 제일 진미인 홍도와 벽도가 좋다 해도 도토리만 못하더라. 천일주가 좋다 해도 감로수만 못하더라. 불로초가 좋다 해도 칡뿌리만 못하더라. 한나라 장자방의 조화 많기가 나만하며, 말 잘하는 소진 장의의 언변 좋기가 나만하며, 무릉도원 신선인들 한가하기가 나만하며, 영웅 모사를 모두 말해봐도 나만한 사람 쉽지 않겠네."

잔방귀를 통통 뀌며,

"기특하다 밑구멍아, 얌전하다 밑구멍아, 손맞더라 밑구멍아. 만일 둘만 되었던들 거기서 벌써 죽었을걸. 미련하더라 너의 용왕, 내 미련하기가 용왕 같고 용왕의 슬기가 나 같았으면 거기서 배를 갈렸을 것을, 살아나기도 내 재주라. 네 충성이 지극하니 명약이나 주마. 부종에 비상砒霜과 삭신이 삔 데 고춧가루, 구역증에 생강 물과 아프지 않고 잘 죽기는 복어알이 명약. 자라야 잘 가거라. 무슨 일로 너 왔더냐? 이따금씩 우습더구나. 네 마음 원통하거든 새로 의사를 내어 나를 다시 꾀어봐라. 네 사정 생각하면 원통하다 하려니와 네 면목 보자 하고 내 목숨 어이하리. 고국에 돌아오니 시원하려니와 너의 아내 미진한 정이 꿈속에 삼삼하

다. 네 집에 돌아가서 평안히 오신 소식 대강이나 전해주거라."

별주부 말하기를,

"실없는 소리 말고 간 둔 데나 속히 가자."

토끼 크게 웃으며 말하기를,

"어허, 헛된 자식 많이 보겠구나. 미련하고 우스운 놈아, 간 둔 곳이 별 곳이냐? 뱃속에 들었으니 어떻게 준단 말이냐? 우매한 별주부야, 어리석은 자식 많이 보겠다. 나 같은 영웅호걸 너의 수궁에 있겠는가? 근력 좋고 용맹 있거든 뭍으로 나와서 육전陸戰으로 싸워보자. 내 비록 고단하나 고향에 돌아오니 도와주는 친구 허다하다. 내가 한번 소리지르면 앞산의 호랑이 숙부, 뒤 고을의 사슴 벗님, 꾀 있는 여우 친구, 내 아들 토끼 등이 산천을 주름잡고 구름 가운데서 날아들어 너같이 못난 자식 혼이나 남겠는가? 날 잡으러 너 왔다가 너조차 죽어가면 그 아니 원통하랴? 정 믿지 못하거든 내 뒤를 따라와봐라."

청산녹수 시냇가로 앙금 살랑 돌아가며 난초도 뜯어먹고, 조약돌도 덥석 집어 공깃돌도 놀아보고, 버들잎도 쪼르륵 훑어 푸른 시냇가에 띄워도 보고, 선웃음 군소리로 까불까불 들어갈 때, 깡똥깡똥 살랑살랑 앙금 팔짝 뛰어가다 탁첨지卓僉知 그물에 떨컥 치어 대롱대롱 매달려 벗어날 수가 없어 울며 탄식하더라.

"속담에 '대신하지 못할 목숨, 독에 빠져도 면치 못한다'고 하더니 나를 두고 이름이라. 내 당초 수궁에서 죽었던들 죽은 후에 신체라도 수놓은 비단옷으로 염습하여 온전히 돌아갈 것이요, 혼백이라도 천년토록 제사를 받아 영화가 극진할 것을, 간신히 목숨을 건져 나왔다가 이 지경을 또 당했다. 비록 제갈공명의 지략이며 오자서의 근력인들 영락없는 곳을 만났으니 변통을 어찌 바라리오. 죽어도 쓸데없는 귀신이 되리로다."

하며 슬피 울더라. 마침 쉬파리가 앵앵하고 지나가거늘 문뜩 한 꾀를

생각하고,

"야, 쉬파리야! 네 재주가 아무리 용하다 한들 내 온몸에 빈틈없이 쉬를 슬게 할 수 있느냐?"

"네 할아비 같은 소의 몸에도 빈틈없이 슬었거든 네 몸에 못 슬겠느냐?"

"네 어디 슬어봐라."

한참 앵앵거리더니 빈틈없이 슬었것다.

"너, 그만 가거라."

쉬파리가 간 연후에 그물 놓은 꾼 오륙 명이 오더니,

"이크, 토끼 걸렸구나."

뛰어 달려들어 궁둥이를 코에 대고 냄새를 맡을 적에 방귀를 소리 없이 뀌니,

"어, 이것 냄새 나는구나."

내다버리려 할 때 거짓말 잘하는 놈이,

"옜다, 이리 다오. 나나 구워먹자."

받아들고,

"어, 이것 썩었다."

하고 코를 톡 튕긴다. 토끼가,

"아야, 코야!"

"이크, 토끼 살아 있다."

"에이, 시러베아들 놈! 죽어서 썩는 토끼가 살았다는 말이냐?"

"네 보아라, 어디 살았나?"

하고 확 던지니 토끼 깡짱 뛰어 달아날 때,

"얼싸절싸 좋을시고, 지화자 좋을시고. 좋다 좋다 내 일이냐, 재미있다 내 일이야. 웃기고도 신기하다. 용왕같이 신령함도 내 한 말에 귀가 먹고, 사람같이 영악함도 내 한 꾀에 눈 어두워, 있는 간도 없다 하고 죽

을 몸 다시 살아 극락세계 찾아가니, 수궁과 인간세계에 날 당할 이 뉘 있으리?"

무수히 뻐기다가 태양산太陽山 깊은 골짜기로 살랑살랑 들어갈 때 여러 날 굶주린 독수리가 하늘에 높이 떠서 기웃기웃 바라보다, 좋아하며 가는 토끼를 풀포기 사이에서 얼핏 보고 비호같이 날아들어 토끼를 툭 차 들고 비호비호 날아간다. 토끼란 놈 기가 막혀 이른 말이,

"이런 액운 또 있을까? 이제는 할 수 없이 죽을 수밖에 없다. 혹시 이른바 '조약돌을 피해 가면 수많은 바위를 만나고, 노루를 피하면 범을 만난다'는 말이 나를 두고 이름이라. 천만 가지로 생각한들 어찌하잔 말인가?"

이리 한참 울다가 또 한 꾀를 생각하고,

"여보시오, 수리 장군!"

"왜?"

"내 말씀 들어보오."

"무슨 말? 하려무나."

"내가 죽어도 못 잊고 죽을 것이 있소."

"무엇이냐?"

"꾀가 담긴 책이 있으되, 엄동설한에 굴속에 앉아 도토리 칡 순과 개암 과일 나오라 하면 나옵니다. 만약 수리 장군이 가졌으면 먹기 좋은 닭의 창자, 춘삼월의 병아리 새끼, 추구월 술戌 개띠의 강아지 새끼 죽은 것 나오라 하면 나오는 책이니 그 아니 좋은가?"

"이야, 그러하면 나에게 주고 네 목숨 살려내면 어떠하냐?"

"에이, 싫소."

"야, 생각해봐라."

"그러하면 나를 따라가십시다."

"어디에 두었느냐?"

"저 건너 굴속에 있소."

"그러하면 가자."

굴 앞에 당도하여,

"내가 들어가서 내오겠소."

"아주 들여보내지는 못하겠다."

뒷발을 잡고 들여보내니,

"조금만 놓으시오."

"못 놓겠다."

"책이 만실반실 만져질 듯하오."

"그리하여라."

토끼 혼잣말로 중얼거리것다.

"책이 어찌 더 들어갔는가? 내 아까 요깃거리를 주었더니, 아까 어린 것들이 장난하더니 그때 밀려서 더 들어갔나보구나. 조금만 더 놓아보오."

"이제는 못 놓겠다."

"여보, 병아리 새끼와 닭의 창자가 옴질옴질하오."

독수리 본디 먹는 데는 허급한 놈이라 참지를 못하여,

"오냐, 더 들어가거라."

제가 와락 밀어놓으니, 토끼 들어앉아 시조 한 장을 부를 적에,

"절반만 늙었으니 다시 젊어지진 못하여도 일후에는 늙지 말고 매양 이만하여보자."

이리 앉았거늘 독수리 맹랑하여,

"아뿔싸, 살 도리가 넉넉한 놈이로구나. 이놈, 계책 내어 보내라."

토끼 대답하되,

"계책이 계책 아니라 내 목숨 살려주는 바위틈이 계책이로다."

독수리 할 수 없이 날아가더라.

이때 별주부는 토끼를 놓치고 기가 막혀 우는 말이,

"애고 애고 애고, 어디 가서 토끼를 잡을꼬? 이렇게 맹랑한 일이 또 어디 있겠는가? 내 충성이 부족하던가, 대왕의 수명이 짧던가? 수궁까지 갔던 토끼를 잡아 약을 구하지 못하고, 청산 벽계 너른 곳에 도로 내어 풀어주었으니 사해 팔방 정처 없는 곳에 어디 가서 잡으리오? 대왕이 불행하면 수궁 천지 허다한 일을 다시 누구와 상의하랴? 우리나라 굳은 사직 속절없이 되었구나. 애고 애고, 서러운지고. 이내 얼굴 바로 들어 우리 수궁 못 가겠네."

저물녘에 맑은 강물 비낀 길로 소상강에 돌아가서 대숲에 의지하여 망명해 사는 고로 그 자손이 세상에 두루 퍼지게 되었다. 별부인 암자라는 토선생 이별 후에 상사병이 들어 몇 개월 신음하다 속절없이 죽었으니, 수궁에서는 그 속을 모르고서 별주부를 생각하여 그러하다 하고 용왕에게 장계狀啓를 올려 정렬을 정표했다. 용왕도 토끼를 기다리다가 병이 점점 더하여 세자에게 전위傳位하고 별궁으로 피하였더라.

그후에 적훈공赤勳公 잉어가 죄를 짓고 동정호로 유배 갔다가 마침 별주부를 만나 그 소식을 전하니, 별주부 통곡하고 그길로 돌아와서 아황 여영께 원통한 사정을 올려 명을 받고 즉시 자결했다. 그 원통함을 알고 별주부의 무죄를 옥황상제께 아뢰니 옥황상제가 불쌍히 여겨 사신을 용궁으로 보내 별주부의 충성을 알게 한지라. 그즈음에 용왕이 별세하고 세자가 즉위하여 별주부의 충절을 알고 만고충신으로 송덕을 표하더라.

그후로 수국이 태평하고 만조백관이 만세를 불러 황제의 덕은 하늘과 땅처럼 크고 신하의 공은 해와 달처럼 밝더라. 그뒤야 그 누가 알리. 발도 아프고 목소리도 나오지 않으니 그만저만 더질더질 망총망총.

급히 대략 썼기에 오자와 탈자가 많으니 헤아려보시기 바랍니다.

정해년 십이월 보름 무렵 화천신사華川新社에서 금남錦南이 쓰다.

장끼전

장끼와 까투리의 고단한 삶

건곤이 처음 열린 후에 만물이 생명을 받고 태어나니, 신령한 것은 사람이오 어리석은 것은 짐승이라. 털 달린 길짐승도 삼백이오 깃 달린 날짐승도 삼백이라. 난봉과 기린이 제일이요, 앵무와 공작은 다음이다. 꿩의 몸이 생긴 후에 날짐승과 길짐승 가운데 으뜸이라.

의관은 오색이요, 또다른 이름은 화충華蟲이라. 은 고종이 탕왕에게 제사할 때 꿩이 날아와 솥귀 위에 앉아 울음 울어 도와주었고, 월상씨越裳氏가 주공에게 흰 꿩을 바치며 상서로움에 감동했느니라. 산속 날짐승과 들판 길짐승의 천성으로 낙락장송을 정자 삼아 울창한 수풀과 푸른 시냇가에 절로 떨어지는 익은 도토리를 하나하나 주워먹고, 봄바람에 자라나는 익은 열매를 겨우겨우 맛을 보니, 인간을 해하던가 오곡五穀을 해하던가?

임자 없이 노는 몸을 구태여 잡아다가 삼태육경三台六卿과 수령 방백들이 질리도록 장복長服하고, 좋은 꽁지깃을 골라내어 대청마루의 장목비와 사명기의 살대撒帒 치레 이리저리 두루 쓰고, 좋은 살깃을 골라내어 양각궁羊角弓과 흑각궁黑角弓의 편전片箭살과 양전兩箭살에 백보 거리 나가는 정양正兩살을 이리저리 치장하니 그 아니 공덕인가. 늙은 재상과 젊은 초관 우리들로 살폈으니, 이리 헤아려보나 저리 헤아려보나 우리 공이 많건마는 야속하다. 꿩의 팔자 쫓는 것이 사람이라.

수풀 아래 숨었다가 헌원씨가 다스리던 세계 보려고 백운산 상상봉에 허위허위 올라가니, 산지니 보라매는 예서 떨렁 제서 떨렁, 눈 큰 수달은 봉우리 봉우리 질러오고, 냄새 잘 맡는 사냥개는 이리 꿋꿋 저리 꿋꿋하게 풀잎 포기 떡갈잎을 뒤적뒤적 찾아오니, 살아날 길 전혀 없다. 샛길로 가노라니 푸지개꾼 포수 놈은 일본식 조총 둘러메고 가만가만 들어서니, 엄동설한 굶주린 짐승 그 어디로 가야 한단 말인고. 동산 위 아래 너른 밭의 눈 녹은 데에 콩 낱알이 떨어져 있으니 콩 주우러 가자꾸나.

장끼 치레 볼작시면 다홍색 비단 두루마기에 초록색 비단 깃을 달아, 자주색 비단 동정 짓고 구름무늬의 비단 옷고름에 주먹만한 볏에 옥으로 만든 관자의 열두 꽁지깃으로 장식한 풍채가 대장부와 다를쏜가? 까투리 치장 둘러보니 잔누비 줄누비를 폭폭이 잘게 누벼 상하 의복 갖추어 맵시 좋은 머리꽂이, 곱게 빗어 단장하고 열두 딸 아홉 아들 스물하나 자식들을 앞세우고 뒤세우고 어서 가자 쉬이 가자. 아래 평전平田 밭머리에 줄줄이 들어서서 너는 이 골 줍고 나는 저 골 줍고 알알이 콩을 주워먹으니 인간의 고량진미를 바라지 않는도다. 하늘이 만물을 내며 모두에게 복록을 주었으니, 한번 배불리 먹는 것도 내 운수에 달려 있도다. 허기를 채우려니 그 무엇을 못 먹으랴.

콩을 둘러싼 장끼 부부의 논란

점점이 주워 들어가니 콩 한 낟 덩그렇게 놓였거늘 장끼란 놈 크게 혹하여,

"내 복으로 먹어보세."

까투리 이른 말이,

"애개, 그 콩 먹지 마소. 들어온 자취 나간 자취, 비로 활활 쓴 듯하고 입으로 활활 분 듯하니, 분명한 사람 흔적이라."

장끼란 놈 이른 말이,

"너의 말이 미련하다. 이때를 이를진댄 동지선달 엄동이라. 첩첩이 쌓인 눈이 곳곳에 덮여 있으니, 일천 산에 새들 나는 것도 끊어지고 일만 길에 인적도 보이지 않도다. 사람의 자취, 어이 있을쏜가? 간밤에 꿈을 꾸니 황학을 비껴 타고 청천으로 솟아올라 옥황상제께 문안했노라. 옥황상제께서 하교하시어 산림처사에 봉하고 만석 들어가는 곡식 창고의 콩 한 섬을 상으로 주셨으니, 오늘 이 콩 한 낟 그 아니 반가운가? 굶주린 자에게는 먹을 것을 마련해주기 쉽고 목마른 자에게는 마실 것을 마

련해주기 쉬운 법이라. 하물며 굶던 차에 오늘 아침 먹기 전이라. 하늘이 주신 복을 내 어이 마다하랴?"

까투리 이른 말이,

"그 꿈이야 좋거니와 내 꿈으로 볼작시면 모두 흉몽 아닌 것이 없었노라. 어젯밤 이경 초에 한 품으로 잠을 자고 찬바람 일어나며 태아검太阿劍처럼 잘 드는 칼로 빛 좋은 자네 머리 뎅겅 베어 떨어지니 자네 죽을 흉몽이라. 부디 그 콩 먹지 마소."

장끼란 놈 이른 말이,

"그 꿈 좋다. 해몽을 해보자. 춘당대 알성과의 문무방文武榜에 이름이 올라 계수나무로 만든 어사화를 머리에 꽂고 춘풍에 흩날리며 낙수교洛水橋 위 청운으로 입신양명할 꿈이라. 과거 시험에나 힘써보자."

까투리 이른 말이,

"삼경 초에 꿈을 꾸니 천근들이 무쇠 가마솥에 자네 머리 덤뻑 씌워 만경창파 깊은 연못에 아주 덤뻑 빠졌거늘, 내 혼자 그 물가에 슬피 서서 통곡하니 이 아니 흉몽인가?"

장끼란 놈 하는 말이,

"그 꿈이 더욱 좋다. 명나라가 중흥하려 구원병을 청하거든, 이내 몸이 선봉 되어 주변의 질투를 무릅쓰고 압록강 건너가서 중원中原의 항복을 받고 황하에서 병기를 씻고 고국으로 돌아올 때 수륙대장 되오리다."

까투리 이른 말이,

"삼경 아래 꿈을 꾸니 어른이 당상 위에 앉아 있고 자손이 잔치할 때 스물두 폭 베 차일을 사방으로 고였거늘 세 발 장대 고치다가 우지끈 뚝딱 부러지며 이내 머리 자네 머리 덮었으니 답답한 일 볼 꿈이오. 오경 초에 꿈을 꾸니 많은 작은 별이 하늘에 가득한 데 태을성太乙星과 삼태성三台星은 자미성紫微星을 둘러 있고, 견우성 직녀성은 은하수를 둘렀는데, 별 한 점이 뚝 떨어져 자네 앞에 놓였으니 자네 장성將星 아닐런가?

삼국 전쟁으로 요란할 때 촉한의 모사 제갈량도 오장원五丈原에서 운명할 때 장성이 떨어졌다 하니, 이로 봐도 불길하다."

장끼란 놈 이른 말이,

"그런 꿈 염려 마라. 날 저문 청산 오늘밤에 화초 병풍을 둘러치고, 나무 등걸로 베개 삼고, 칡잎 담요에 가랑잎 이불을 추켜 덮고, 폭신한 솔밭에서 더운 밤에 너와 나 한몸 되어 이리저리할 꿈이라. 떨어지는 별 보이는 것은 헌원씨의 어머니도 북두추성北斗樞星의 정기에 감응하여 황제를 낳았고, 견우성과 직녀성은 칠월 칠석 상봉할 연분이라. 네 몸에 태기 있어 아들 낳을 길몽이라. 그나저나 그런 꿈은 버쩍 꾸어 자고보자."

까투리 이른 말이,

"밤이 다 샐 적에 꿈을 꾸니 색저고리 색치마를 이내 몸에 단장하고 건너편 청산 다녔거늘, 난데없는 삽살개가 왈칵 덜컥 달려들더라. 아연실색하여 갈 데 없어 삼밭으로 달려들어가 굵은 삼대 부러지고 잔삼대 쓰러지며 가는 허리 가는 몸에 휘휘친친 감겨 보이니 이내 몸이 과부되어 흉복 입을 흉몽이라. 제발 그 콩 먹지 마소."

장끼란 놈 대노하여 엄지발로 휘둘러서 이리 차고 저리 차고,

"벼락 맞을 저 계집아이, 제 덕으로 그저 두었더니 기둥서방 마다하고 샛서방 즐기다가 굵은 새끼줄 가는 새끼줄 주홍색 오랏줄로 뒹굴러 결박하고 이 거리 저 거리 종로 네거리에 북 지워 동동 치게 하여 시장 바닥 돌게 하고 두리장 삼모장으로 난장맞을 그 꿈이라. 그 꿈일랑 다시 마라. 앞정강이 꺾어놓으리라."

까투리 참혹하여 저만치 물러섰다가 또다시 이른 말이,

"기러기가 수국으로 날아갈 때 갈대를 입에 물지 않고 가는 것은 대장부의 망신이오, 봉황이 천 길 높이 날매 굶주려도 좁쌀을 쪼아먹지 않는 것은 대장부의 염치로다. 세상을 살아가려 하면 염치도 볼 것이라.

맹자의 인의 염치 제나라에서 주는 금을 받지 않고, 안회의 도덕 염치 단표누항을 낙으로 삼고, 백이숙제 수절 염치 주나라 곡식을 먹지 않고, 도연명의 후회 염치 오두미의 녹봉을 마다하고, 오릉중자의 옳은 염치 광장匡章에게 칭찬 듣고, 장양의 지혜 염치 병을 핑계로 사직하고 곡기 끊어 신선술을 닦았다오. 자네 비록 미물이나 군자 염치 본을 받아 제발 그 콩 먹지 마소."

장끼란 놈 이른 말이,

"예의를 모르거든 염치를 어이 알리? 맹자의 앞뒤로 이야기하다가 광장에게 기롱을 들었고, 안회가 단표누항 해도 나이 서른에 일찍 죽었고, 백이숙제의 고사리 캐 먹던 절개도 수양산에서 굶어죽었고, 도연명의 아녀자 같은 절개도 귀거래를 잘못하고, 오릉중자가 듣지도 보지도 못할 지경이 되어 벌레 먹은 오얏을 주워먹고, 장양의 벽곡辟穀 수련도 신선 적송자를 찾지 못해 유후留侯로 죽었다고 특별히 적어 후세에 전하고 있으니 염치도 부질없고 먹는 것이 으뜸이라. 호타하滹沱河의 보리밥을 광무제 문숙文叔이 달게 먹고 평롱망촉 싸우다가 한나라 중흥한 천자가 되어 있고, 빨래하던 아낙이 준 식은밥은 한신이 달게 먹고 한중대장漢中大將으로 일어나서 초왕楚王이 되었으니, 나도 이 콩 달게 먹고 크게 될 줄 네 알쏘냐?"

까투리 이른 말이,

"자네 말이 가소롭다. 콩 먹고 잘된단 말은 내 먼저 알아봤네. 동당시 급제 언제 하고 성균관 지사知事 갑자기 죽고, 잔디찰방 이직하고 황천부사黃泉府使 추고推考 받고 도마 정승 될지라도 부디 그 콩 먹지 마소. 살기를 좋아하고 죽기를 싫어하는 것은 사람의 일반적인 인정이라. 어찌 자네 성품 그다지 고집스러운고. 옛글로 볼작시면 고집불통 과하게 부리다가 몸을 망친 사람이 몇몇이나 되던고. 역력히 헤아려보리다. 진시황은 어리석은 고집에 부소扶蘇의 말 아니 듣고 인심을 요란하게 만든 사십 년에 이세二世 만에 나라를 망해먹고, 항우는 몹쓸 고집 범증范增의 말 아니 듣고 팔천 제자 다 죽이고 면목없이 강을 건너갔으며, 오자서의 곧은 말도 고집으로 아니 듣다가 고소대 연못을 파서 사슴이 노니는 동산으로 만들어버렸고, 굴삼려의 옳은 말도 고집으로 아니 듣다가 진秦나라 무관에 굳게 갇혀 가련한 고혼孤魂이 되었으니, 동문에 걸린 눈이 한쪽 눈동자를 감겠는가? 삼강三江 가에서 우는 저 새, 물고기의 밥이 된 충혼에게 부끄럽다. 걸주 임금의 자패自敗 고집 비간의 충언 아니 듣고 경궁 요대를 짓고 육산포림 다 못 먹고 녹대鹿臺에 불을 질러 자결하여 죽었도다. 자네 역시 고집하여 죽을 근심을 못 면하고 금일에 몸이 죽을지라도 원망일랑 부디 마소."

장끼란 놈 이른 말이,

"콩 먹는다고 다 죽으랴? 찰기장과 메기장, 벼와 좁쌀 오곡 중에 콩이 으뜸이라. 콩 태太 자 든 데마다 오래 살고 귀하게 되니 태고 천황씨는 일만 팔천 세를 살았고, 태호太昊 복희씨는 풍風의 성씨를 서로 이어 십오 세까지 물려 전해주었고, 태공太公의 아들 유방은 팔년풍진 전쟁으로 창업하여 태조대왕 되어 있고, 궁팔십 강태공은 달팔십까지 살았고, 시중천자詩中天子 이태백은 고래 타고 하늘로 올라갔고, 북방의 태을성도 별 중에 으뜸이고, 주周나라 모든 임금 태太 자 들어간 이름 무수히 많다. 태임太妊도 문왕 같은 성인 낳고, 공부자에게 봄가을로 지내는 향사는 태뢰로 예를 삼고, 당태종唐太宗 명태조明太祖 아태조我太祖도 태 자를 숭상하니 나도 또한 이 콩 달게 먹고 강태공같이 오래 살고, 이태백같이 하늘에 올라가 태을선관 될 것이니, 이후에는 잡담 마라. 대답 오래하기에 허기진다."

콩을 먹으려던 장끼의 죽음

까투리 할말 없어 경황없이 물러가니 장끼란 놈 거동 보소. 콩 어르며 들어갈 때, 열두 장목 아홉 살깃을 좌르륵 퍼뜨리고 꼬박꼬박 고개 쪼아 조금조금 걸어들어 빗날 같은 부리로 들입다 꽉 집으니 두곱패 퉁기면서 머리에 넘어지는 소리, 박랑사에서 쇠방망이로 진시황의 둘째 수레 때리는 듯, 아방궁 대들보를 꽉 빼어 지르는 듯, 와지끈 뚝딱 껄껄 푸드덕 변통 없이 치었구나.

까투리의 거동 보소. 뉘영머리 펼치고 상하 평전 자갈밭에 떼굴떼굴 구르다가 발을 동동 구르면서 에에 통곡하는 말이,

"독한 약은 입에 쓰지만 병에는 이롭고, 충성스러운 말은 귀에는 거슬리지만 행위에는 이로운 법이라. 내가 한 말 들었으면 저런 변을 당할쏜가? 하늘이 내린 재앙은 피할 수 있지만, 스스로 자초한 재앙은 어이하리?"

장끼란 놈 이른 말이,

"에라 이년, 요란하다. 미련을 두면 좋은 기회를 잃게 되는 법이니라.

네 탓 내 탓 부질없다. 범에 물려 죽을 재앙을 미리 알면 산에 갈 사람 누가 있으며, 물에 빠져 죽을 재앙을 미리 알면 배에 탈 사람 누가 있으랴? 쓸데없는 잡담 다 던져버리고, 이애야 곁으로 바삐 오거라. 죽고 사는 것은 맥으로 안다 하니, 맥이나 짚어봐다오."

까투리 맥을 보더니,

"비위맥脾胃脈이 움직이고 중맥中脈이 점차 없어지고 신맥腎脈이 유별하고 간맥肝脈이 서늘하고 태충맥太沖脈이 끊어지고 명맥이 이미 끊어졌네."

장끼란 놈 이른 말이,

"맥이야 그러나 말거나 눈이나 살펴봐라. 눈동자가 평소와 다름없느냐?"

까투리 눈을 보고,

"이제야 하릴없네. 저편 눈의 동자 보니 첫새벽 떠나갔고, 이편 눈의 동자 보니 이제 떠나려고 바랑에 봇짐 싸고 길목버선 감발했네. 애고애고 이내 팔자, 험하고도 험할시고. 첫째 낭군 얻었더니 흰 솔개가 채어가고, 둘째 낭군 얻었더니 곡지게꾼 덮어가고, 셋째 낭군 얻었더니 삽살개가 훌쳐가고, 넷째 낭군 얻었더니 난장 길 가서 아니 오고, 다섯째 우리 임을 눈이 맞아 정들어 반갑게 만나 새로운 정이 미흡하고 사랑에도 못 겨웠는데, 돛대 같은 저 차위[1]에 덜컥 치어 죽게 되었으니, 원진살을 가졌던가 망신살을 띠었던가? 충우추약 하옹동구[2] 환과살鰥寡煞을 가졌던가? 나이 많아 병들어 죽게 된 것인가? 나뭇잎에 이슬같이, 단불에 나비같이 속절없이 여의었구나. 백년을 동거하길 바랐더니 영원히 이별하게 되었다는 말인가? 저렇듯이 좋은 얼굴 언제 다시 보오리까?"

장끼란 놈 반눈 뜨고 오호 탄식하는 말이,

1) 차위: 새 잡는 데 쓰는 도구.
2) 충우추약 하옹동구: 미상.

"내 신수 불길하여 상부喪夫 잦은 네 가문에 당초에 장가들 때 내 본래 실수한 것이로다. 인간의 좋은 서방 다섯뿐 아니거든, 죽는 놈 나만 섧지 못 본다고 상관 있겠느냐? 죽은 자는 다시 살아날 수 없고, 형벌을 받은 자는 원래의 모습을 회복할 수 없느니라. 다시 볼 길 없거니와 굳이 보려거든 내일 아침 일찍 먹고 차위 임자 따라가면, 충주 시장에서 만나거나 전주 시장에서 만나거나 안동 관아의 관청 곳간에 걸리거나, 병영도나 수영도의 사또 상에 오르거나 이 밖에 어디 가서 내 얼굴 다시 볼꼬? 천상의 월궁항아 혼자야 살았으랴? 인간의 정열녀貞烈女는 수절한 이 많건마는 내 한몸 죽은 후에 너의 마음 어이 알리? 어느덧 지내다가 삼혼三魂이 풀어 없어지니 아, 죽을 때가 되었구나! 명이 쇠하였도다."

차위 임자 탁첨지卓僉知가 어디서 망보다가 헌 패랭이 숙여 쓰고 짧은 막대 내던지며 허위허위 달려들어 장끼를 빼어 들고 희희낙락 춤을 추며,

"얼싸절싸 좋을시고! 내 재주가 용하던가, 네 신수가 불길하던가? 산신령이 돌보셨는가, 조상님이 점지하셨는가? 앞 남산 벽계수에 물 먹으러 네 왔던가? 뒷동산 넉넉히 핀 도화꽃을 보고 네 왔던가? 녹수청산에서 놀던 너를 내 손으로 잡았구나. 너의 구족九族 마저 잡게 산신께 제사 드리리라."

비껴 물고 죽은 혀를 빼내어 바위틈에 꼭 끼우고 두 손을 마주 들어 꾸벅꾸벅 절을 하되,

"아까 놓은 저 차위에 까투리도 마저 잡게 아미타불 관음보살 관음보살 아미타불!"

하늘을 우러러 백배 축수 무수히 하더니 탁첨지 돌아간 후 까투리 뒤따라가 바위틈에 끼어 있는 혀를 간신히 찾아내어 칡잎으로 염을 하고 댕댕이로 관을 묶어 어린 소나무 휘어잡아 명정銘旌을 걸었으되, 소나무 잣나무 장지狀紙에 갈필葛筆을 덤뻑 풀어 '산림처사 장씨의 관'이라고 큰

글씨로 썼더라.

초상이야 마쳤거니와 장사를 어디에 하리? 명산 얻어 쓰자 하니 풍수꾼 하나 못 만나고 선영에 부장附葬하자 하니 길이 멀어 못 가리라. 개골산 찾아들어가 묵은 밭머리 산사태 난 구멍의 산역하기 쉬운 데로 향배向背도 보지 않고 터를 닦아 불시에 발인하여 당일 내로 장사지내니, 산신제와 평토제는 제물도 조촐하다.

콩 먹다가 죽었으니 곡물이야 놓겠는가? 가락 이슬[3] 청감주淸甘酒에 싸리 풍영[4], 백설기에 숭걸[5] 가재탕 한 마리, 떡개구리 건어 반 짝, 꿀밤딱지 시접 놓고, 잔디 열매 과일 놓고, 속새 대궁 절을 걸어[6] 집안의 있고 없는 형편대로 그리저리 차렸더라. 제사지내는 역할 분담을 보면, 의관 좋은 두루미는 헌관을 맡게 하고, 목소리 좋은 따오기는 도축禱祝을 맡게 하고, 진설陳設은 뉘 하던가 목기 구운 날제비요, 제 공사供辭는 뉘 하던가 말 잘하는 종다리, 따오기는 꿇어앉아 축사를 읽으시매,

"유세차維歲次 모월 모일에 고애자 자식들은 산림처사 부친 앞에 절하지 않고 감히 고하나이다. 육신은 흙으로 돌아가셨으니 혼령은 집으로 돌아오시옵소서. 창졸 간이라 신주를 아직 만들지 못했으니 혼백은 서로 의지하옵소서. 삼가 맑은 술 한 잔을 올리니, 흠향하소서."

축문 읽기를 다한 후에 엎드렸다 일어났다 두 번 절을 하고 제사상을 치우려는데, 솔개가 하늘 높이 떠오다가 자식들을 굽어보고,

"어느 놈이 만상제냐, 내 한 놈 데려가자."

이놈 저놈 눈길 주다가 얼른 덮쳐서 공중으로 툭 채어 들고 만 길 높이 되는 절벽 위에 너풀 섭적 올라앉아 이리 뒤적 저리 뒤적,

---

3) 가락 이슬: 미상.
4) 풍영: 미상.
5) 숭걸: 미상.
6) 절을 걸어: 미상.

"좋을시고, 좋을시고. 연 사나흘 굶음으로 맛난 것 먹지 못했다가 인간의 최고 맛을 이제야 얻었구나. 문어, 전복, 해삼탕은 재상 집안의 제일 좋은 음식이요, 잔초[7] 자반 송엽주는 수재들의 제일 좋은 음식이요, 보리 탁주 막걸리는 농부 집안의 제일 좋은 음식이요, 절로 죽은 강아지는 까막까치에게 제격이요, 아직 꼬리 나지 않은 병아리는 솔개 장군의 제일 좋은 음식이라. 굵으나 작으나 간에 꿩 한 마리 얻었구나. 이 아니 빛나는 일이며 그 아니 복 있는 일인가?"

너풀너풀 춤추다가 아차 하고 돌아보니, 바위 아래 퉁 떨어트려 자취 없이 숨었구나. 방울눈을 부릅뜨고 기웃기웃 살펴본들 목숨 구해 도망간 작은 짐승 행적이 온데간데없다.

"오냐, 그려? 어이하리. 그것 잃고 내 못 살랴?"

속절없이 물러앉아 하늘을 쳐다보고 크게 웃으며 이른 말이,

"연나라 장사 형가도 삼척비수三尺匕首를 감추고 도모하려 할 때 만고영웅 진시황을 소매 잡고 찌르려다가 여덟 척 되는 병풍을 뛰어넘어 기둥을 돌아 달아나는 바람에 붙잡지 못했고, 한漢나라 수정후壽亭侯 관운장도 삼국 정병 거느리고 화용도 좁은 길에서 잡았던 조조를 놓아주었고, 산을 뽑을 만큼 힘센 초나라 항우도 가둔 유방 풀어주었고, 술 취한 가운데 범수范雎는 계책을 내어 달아났고, 함곡관函谷關 새벽닭 울게 하여 맹상군을 놓아주었네. 악착한 솔개 장군도 꿩 새끼 하나 놓아주었으니, 이것 또한 적선이라 백년 음덕陰德을 입으리라."

그러고는 훨훨 날아올라 하늘 한가운데 높이 떴다.

---

7) 잔초: 미상.

과부가 된 까투리의 수난

백두산 까마귀가 팔공산 찾아갈 때 길 가운데서 허기져 요기할 요량으로 문상하고 국과 술 석 잔에 크게 취해 이른 말이,

"그 벗이 우리 가운데 가장 오래 산 어른이라. 심덕으로 볼지라도 향수享壽하리라 믿었는데 콩 한 낱을 못 참아서 죽었다는 말이 친구 중의 수치로다. 우리들이야 그런 음식을 볼을 치며 먹으라 한들 먹겠는가? 오늘날 이 말씀이 박절하다 할지 모르지만, 장군 나자 용마가 나고, 문장 나자 명필이 난다 하네. 네가 오늘 과부 되자 내가 오늘 여기 왔네. 이 또한 연분이라 백년동락 어떠하냐?"

까투리가 정색하고 왈,

"졸곡도 안 하고 개가하여 간다는 말이 어느 선생의 예법인고? 금이 여수에서 나온다 하나 물마다 금이 나오며, 옥이 곤강에서 나온다 하나 산에서마다 옥이 나오랴?"

까마귀가 정색하여 이른 말이,

"네게 수절이 해당하기나 한단 말인가? 한나라 광무제의 누님도 병풍

뒤에서 엿보았고, 주매신의 예전 아내도 물동이의 물을 쏟고 갔거늘, 고금천지에 열녀야 많건마는 까투리 죽은 곳에 열녀비 못 보았네."

이럴 때 부엉이 영감 달려들어 조상하고 까마귀를 돌아보며,

"부리도 괴이하고 검기도 흉하도다. 어른을 보았는데 일어나지도 않고 태연히 앉아 있느냐?"

까마귀가 정색하고 하는 말이,

"꼬랑지가 뭉툭하고 두 눈이 우멍한 게, 제가 모두 어른이냐? 월나라 임금 구천도 내 입과 비슷하게 생겼으되 제후의 패자霸者 노릇을 했다. 몸이 검다고 비웃지 마소. 우연하게 산음현을 날아가다 실수로 왕희지의 세연지洗硯池에 떨어진 것이로다. 이 몸이 검으니, 『시경』에 이르기를 '모두들 자기가 최고라 하지만 누가 까마귀의 암수를 알 수 있을까?'라고 했도다. 옛말이 이러하니, 내가 먼저 어른이지 네가 무슨 어른이냐?"

소상강 기러기도 동정호를 급히 건너 촉蜀나라 강산을 구경하고, 압록강 건너와서 봉래산 영주산 찾아보려고 하늘 한가운데 떠오다가 섬뻑 내려와 앉아보며 문상 마치고 이른 말이,

"네가 무슨 어른이냐, 내가 먼저 어른이라. 상림원上林苑 지나다가 한漢나라 충신 소무가 내 발에 편지 부쳐 한나라 천자에게 드린 바 있고, 추월 춘풍 경치 따라 푸른 하늘의 옥경을 바라보며 태항산太行山에서 모친에게 소식을 전했으니 내가 먼저 어른이라."

이렇듯이 기롱할 때 앞 연못의 오리란 놈이 엊그제 상처하고 오매불망 처를 구하더니, 까투리가 과부 되었다는 말을 바람결에 잠깐 듣고 문상도 하려니와 장가 바삐 차려보자. 끼룩끼룩 우는 기러기는 혼수의 장을 지고, 꽥꽥 우는 물새는 사모관대 판을 지고, 뱁새 도령 함진아비 서고, 황새 대감 상객 서고, 길잡이에 왜가리요 가마지기 물수리로다.

"까투리 신부 게 있느냐? 오리 서방 들어간다."

까투리 반만 웃고 교태를 부리며 이른 말이,

"아무리 미물인들 겁혼을 하려는가? 궁합도 안 보고 배필을 정할쏜가?"

오리란 놈 대노하여,

"아무려면 후처를 들이는 신랑이 남의 과부 데려올 때 절차 따지고 예문禮文대로 하랴? 신랑과 신부가 함께 자면 궁합은 절로 되지. 날이 좋은지 어떤지 손금이나 짚어보자. 일상생기一上生氣 이중천애二中天宜 삼하절체三下絶體 사중유혼四中遊魂 오상화해五上禍害 육중복덕六中福德 칠하절명七下絶命 팔중귀혼八中歸魂. 선천수로 짚어보나 후천수로 짚어보나 내일은 희살이 든 날이고 모레에는 주당이 있으니, 오늘이 으뜸이라. 잡말 말고 자고 가자."

까투리 이른 말이,

"생애는 어떠한고?"

오리란 놈 이른 말이,

"우리 생애 묻지 마소. 봉래산 영주산 바닷물의 모든 신선 배를 타고 달을 희롱하며 퉁소 불고 가는 모습을 역력히 구경하고, 삼강 오호와 동정호의 붉은 여뀌와 흰 마름을 집으로 삼아 오락가락 노닐면서 늦게 여무는 피를 마음대로 훑어 먹고, 옥 같은 은빛 비늘의 좋은 생선을 실컷 길이 먹으니, 천지간에 좋은 생애가 물밖에 또 있는가?"

까투리 하는 말이,

"물의 생애가 좋다 한들 육지 생애와 같겠는가? 우리 생애 들어보소. 평원광야의 너른 들에 오락가락 노닐다가 층암절벽 높은 봉우리에 허위허위 올라가서 사해 팔방 구경하고, 춘삼월 늦은 봄 객사에는 푸릇푸릇 버드나무 색깔도 싱그러울 때 황금색 꾀꼬리는 버드나무 사이에서 왕래하고, 봄바람에 복사꽃 오얏꽃 피는 밤이면 소쩍새가 슬피 울며 '불여귀' 하는 소리에 초목금수라도 마음이 산란해지니, 그 또한 좋은 경치로다. 추팔월 노란 국화꽃 필 때 산에 가득한 과일을 주워다가 앞뒤에 높이 쌓아놓고 꿩의 아름다운 모습과 봄철 우는 소리는 예로부터 견줄 만한 것이 없는지라. 수궁 생애 좋다 한들, 육지 생애를 당할쏘냐? 꽁지가 뭉툭하니 남자 풍채 하나 없고, 우는 소리가 꽥꽥하니 부부 정담 어이하리? 다시금 생각하니 몸을 허락할 뜻 전혀 없다. 그 잡소리 그만하고 바삐바삐 돌아서소."

오리란 놈 참혹하여 무료하게 돌아서니, 황새 대감 대노하여 오리 불러 꾸중하되,

"듣지 못할 장가 들려 하고 점잖은 나를 데리고 험한 길을 왔다가 다른 사람에게 알려져서는 안 될 치욕을 보게 하니, 그런 도리 어이 있으랴? 만일 친구들이 묻게 되면 무슨 말로 대답하며, 어디 갔다 왔다고 핑계를 댈꼬? 네 비록 날개 달린 짐승이나 우리와 또 다르니, 차후에는 내 눈 앞에 다시 나타나지 못하리라."

오리란 놈 무료하여 변명 한 번 못하고서 그 앞 연못 웅덩이에 텀벙 빠져 숨었더라.

그후에 흑두루미가 이 소문 얼핏 듣고 복첩復妾을 정하려고 마음을 크게 먹고 체머리 흔들면서 허허 웃고 하는 말이,

"열없는 오리란 놈이 겁혼을 하려 중매도 안 보내고 소걸음으로 빨리 뛰어보려 했던가? 상대했다가 퇴혼을 당하고 빈손 빈주먹으로 돌아와서 연못의 흐르는 물에 참개구리의 벗이 되니, 자식 없고 손자도 끊어져 외롭고 외로운 홀아비 오리 제 아닌가? 어쩌나, 황새님은 그래도 대장부거든 보잘것없는 오리 꾀에 그다지 덤뻑 빠져 남의 배행 갔다가 술과 고기 안주 한번 못 먹고서 퇴혼하여 돌아올 때 꾸짖는 것은 무슨 일인고? 내가 만나보고 말하여 아니 될 일 어이 있으리? 온갖 언변 좋은 말로 이러저리 얼러주면 청춘과부 까투리 신부 제 또 아니 꼬리 칠까?"

그래도 초면에 의관 치레 첫번째라. 분홍색 대단大緞 뒷모습을 허리 늘어지게 질러 입고, 검은 공단貢緞 선을 달아 꼬리 질끈 둘러 입고, 흰 털

이 난 긴 목 꼭뒤의 검은 털을 길게 빼어 대공단大貢緞 갓 쓴 체로 허리 아래 치렁치렁, 원앙의 긴 목인 척 모가지 길게 빼고, 주둥이 작은 것이 풍채 작다 하여 짧은 대나무 자 아홉 치로 부리 길게 빼고,

"옷치레 그만하고 허리 아래 치레해보자."

성큼성큼 걷는 긴 다리에 주홍칠을 진하게 하고 말떡 같이 넓은 것이 보기에 제일 미워서 남작한 세 발가락에 행간 나게 꾸며내고 온몸 치장 다한 후에 언건히 나서보니,

"준수한 선풍도골 나밖에 또 있는가? 수염이 아름다운 한고조는 코가 큰 용의 얼굴을 했을 뿐이오, 삼각 수염의 관운장은 봉의 눈처럼 굵었고, 겹눈동자의 항우는 누구일런고, 관옥처럼 아름다운 진평에게 부끄럽다. 촉한의 임금 유현덕劉玄德은 귀만 컸을 따름이오, 아낙들이 던진 귤이 수레에 가득 찼던 두목杜牧은 당일 풍채로 잠깐이었어라. 내 얼굴 준수하니 뉘 아니 칭찬하리. 남을 보고 하는 첫인사로는 말씀이 으뜸이라. 고담준론高談峻論 시작하면 소진과 장의 달음질치고, 지혜장략智慧將略 내었으면 제갈량이 탄복한다."

그만하고 높이 날아 백운산 찾아가서 까투리 볼 적에 상향곡尙饗哭 섧게 울고 초상 인사 길게 하고, 곁눈으로 살펴보니 알묘하는 까투리 거동, 뉘 아니 대혹하리. 황저포 속적삼에 아롱베 상복 입고, 두 눈의 눈물 씻고 머리 풀어 수그리고, 청죄聽罪하듯 두 무릎을 고이 꿇어 답례하니, 이팔청춘 젊을 때 홍안박명 가련하다.

두루미 이른 말이,

"부인 신세 어이할꼬? 집안일과 농사일을 관장할 사람 없어 어린 아기 데리고 살 백년 신세 생각하면 혈혈단신 외로움이 끝이 없네. 불쌍한 장처사는 나와 또한 동갑이라. 끊임없이 왕래하며 다닐 적에 깊은 정을 맺어두고, 내 마음을 그가 알고 그의 말을 내가 또 들어, 둘의 뜻이 아교와 옻처럼 친밀하여 못할 말 없을 적에 '내가 먼저 처를 잃거나 자네가 혹

시 배우자를 잃거나 간에 둘이 서로 권하여 중매해주기로 기약하세' 했다. 부인의 어진 소문을 벗에게 또 들으니 봉제사 접빈객은 극진히 정성을 다하고, 베를 짜는 일 같은 여자의 길쌈에 가장 치레 곱게 하고, 자식 낳고 손자 두어 집안의 덕을 이어가서 가문이 빛났도다. 내가 혹 반겨 듣고 가난한 집안의 어진 처라 칭찬하고, 인생의 네 가지 즐거움이 도도하여 다른 두 성씨가 천륜같이 지냈는데, 근래에 눈 내리는 때 닥치는 추위에 며칠 동안 서로 만날 수 없어 뜬구름 같은 세상천지에 아침이슬 같은 인생 슬픔이 끝이 없다. 나 또한 배우자를 잃어 장사 치르고 제사 지내는 데 골몰하는데, 가련하다 우리 벗이 어찌 또 죽으셨는가? 산천이 적막하여 부고 듣는 것도 늦었도다. 초상은 언제 치르고, 장사는 언제 하는고? 살아생전 좋은 우의로 상여글이나 지어보자. 가랑잎을 주워 모아 오언절구 지었으되 일필휘지했으니 구절마다 비통하다.

산중에 좋은 친구 있었으니
풍채 좋은 장끼였더라.
두터운 우정은 죽음도 같이하기를 바랐으나
이제는 다시 만나보기 어려워라.

지난날 서로 만나 지냈더니
이젠 소나무 아래 티끌이 되었어라.
길게 친구를 부르는 소리는
수건을 적시는 눈물만 같지 못하리라.

다 쓴 후에 붓을 던지고 길게 탄식하며 까투리를 향하여 다시금 이른 말이,

"옛글에 일렀으되 의지 없는 과부 몸에 몹쓸 사내와 굶주림이 무서워

서 절개를 굽혀 개가를 한다 하네. 친구가 죽은 후에 다시 의지할 곳이 없게 되자, 공자 같은 훌륭한 성인도 와서 조문하고 벗의 자식을 귀하게 여기는 마음을 자기 자식과 다르게 하지 않았다네. 내 집 살림이 넉넉하여 의복과 음식 염려 하나 없고, 부인의 외로움이 내 보기 불쌍하니 정절을 지키고 예의를 차리는 것도 내 몸이 있은 후라. 눈 덮인 깊고 궁벽한 골짜기에서 굶고 추위에 떨며 지내다가 잔명을 보전하지 못해서 속절없이 죽어가면 어린 자식 갈 데 없으니 열녀정문을 뉘 알아줄까? 고집스럽게 그러지 말고 내 말씀 들으시면, 일생 신세 태평하여 평생 풍족하게 지내리니 집안 살림과 자식들을 모두 데리고 나를 따라가십시다."

온갖 이야기를 길게 하니 해가 청산에 거의 저물었다. 천연덕스럽게 염치를 무릅쓰고 돌아올 뜻이 전혀 없었다. 까투리가 헤아리고 좋은 말로 위로하되,

"선생이 하신 말씀마다 비감하다. 평생에 우리 임과 그토록 믿음이 있었으되 남녀유별 하기로 전혀 알지 못했으나 만사가 이미 정해졌고 사생 이별 서로 했네. 나같이 버려진 몸을 불쌍하다 위로하고 갈 데 없는 어린 것들을 이다지 사랑하여 돌아보시니, 이로 봐도 감사하네. 이내 신세 생각하면 여러 가지로 생각해봐도 의지할 데 없어 적막한 마음을 못 이겨서 세상 모든 사람 살아가는 이 세상에서 어찌할 줄 모르오니 아무려면 이내 팔자 다시 볼 길 없는지라. 선생의 말씀대로 명을 받들어 시행하오리다. 그래도 온갖 세간살이와 어린 자식 거느리고 오늘 바로 떠나지는 못할지라. 뒷날을 기약하사이다."

두루미가 그 말 듣고 희색이 얼굴 가득하여 허허 덩실 웃고 마음속으로 자랑하되,

'이름난 내 솜씨로 단번에 말을 내어 곱상한 까투리 신부가 한마디로 결단을 내려 흔쾌히 허락하니, 뒷날 기약을 둘지라도 멀지 않은 일시에 하오리라.'

또다시 편히 앉아 까투리에게 이른 말이,

"부인 뜻이 그러할진대 사후 종신 으뜸이라. 내 오늘 돌아가서 신행할 때 지낼 곳을 차린 후에 일자日者에게 날을 잡도록 하여 며칠 뒤에 올 것이니 금석 같은 약속 변치 말고 금슬 좋게 지내보십시다."

까투리 이른 말이,

"아무리 속 좁은 미물이나 선생과 말씀하고 다른 뜻을 두오리까? 조금도 염려 말고 쉬이 돌아가옵소서."

두루미 기뻐하고 즐거워하며 훨훨 날아오네.

과부 까투리와 홀아비 장끼의 결합

까투리가 전송傳送하고 외로이 생각하니,

'열없는 오리들이 자주 와서 침노하니, 연약한 이내 몸이 살아 있을 곳 전혀 없다. 차라리 동해 전복이나 되어 만경창파 가운데 시름없이 지낼지라.'

마음을 굳게 먹고 백운산 떠나가서 높은 봉우리 꼭대기를 지나가며 십주十洲 삼산三山 마저 보고, 날고 기며 고생하여 남악南岳 화산華山 지나더라. 산천경개 거룩하고 기화이초 잦은 곳에 청송녹죽 성을 따라 가던 길에 날이 저물기가 쉬울 적에 이곳의 사내 장끼는 날짐승 무리 가운데 말단이라.

육 년 먹은 꽁지가 벌레 먹어 다 빠지고 굶주림과 추위로 고달파 우묵한 궂은 눈에 왼쪽 다리 총을 맞아 몽동발이 저는 모습과 현순백결懸鶉百結 헌 누비로 따스한 양지에 앉아 길게 탄식하며 이른 말이,

"인간 천지 만물 가운데 짝 없는 이 뉘 있는고? 오랑캐 땅의 호한야呼韓邪 왕소군을 짝으로 삼고 생업을 일삼지 않던 유방은 여태후呂太后를 짝

으로 삼고, 사납고 거칠던 항우는 우미인의 짝이 되고, 나머지 온갖 짐승 유유상종 짝이 되니, 하주河州에서 우는 새는 부부유별 극진하다. 청강晴江의 원앙새는 물 한가운데서 둥둥 떠다니며 즐기거든, 어이하여 이 내 몸은 오륜 밖에 벗어나서 나이 사십의 장도령이 초야 심산에 묻혀서 동류同類 가운데 못다 들고 애하경득[1] 간절하다."

전전반측 생각하니 아픔이 골수에 들어 한할 적에 천만뜻밖에 과부 각시 소복으로 내려와서 묻노라니,

"동해수東海水는 이곳에서 어드메요?"

사내 장끼 절며 뛰며 바삐 나와 마중하되,

"어디에 계시는 부인이신고?"

"남편 잃은 크나큰 슬픔으로 할말 없네."

"머나먼 동해수를 어찌하여 물으시는가? 나도 이곳에서 오랜 세월 지내오되 아직 장가를 들지 못해 홀로 있어 동류 하나 못 보더니, 부인 행차 살펴보니 나와 같이 불쌍하다."

까투리 이 말 듣고 눈물 씻고 이른 말이,

"전생의 무슨 죄로 이내 팔자 기구하여 우리 낭군을 잃고 수절하며 삶을 마치고자 했더니, 다른 오리들이 위력으로 겁탈하려 하고 생애 자랑 갸륵하고 의관 치레 빛내 입고 오락가락 쫓아다니며 내일모레 기약하거늘, 일가친척 의지 없어 어느 누가 돌봐줄꼬? 천지현황天地玄黃 적을 시고, 이내 몸 갈 데 없어 자결해 죽자 하니 모든 자식 방안에 가득하고, 다른 가문으로 시집가고자 하니 박명한 청상과부 기롱하네. 동해수를 향해서 덤뻑 빠져 죽자 하여 노중련魯仲連의 자취 따라 명월기상[2] 되어 있고, 굴삼려의 혼이 되어 소실풍임[3] 의지하고, 공강共姜 백주柏舟 돛을

1) 애하경득: 미상.
2) 명월기상: 미상.
3) 소실풍임: 미상.

달아 범피중류泛彼中流 흘러가고, 소상반죽瀟湘斑竹 황릉사黃陵祠의 이비 정령 좇았더니 망명 무지無知 가는 길을 하느님이 가리켜 산명곡응山鳴谷應 웅장한데, 동류 집에 찾아오니 하룻밤 지낸 정이 만리장성같이 높았어라."

사내 장끼 이른 말이,

"부인 말씀 같을진대, 그래도 이 세상에 살아 있고 볼 것이라. 해상을 밟고 건넌 노중련도 천하의 고사高士 못 되었고, 스스로 멱라수에 몸을 던진 굴원도 물고기 뱃속의 충혼이 되었을 뿐이고, 공강의 범주시泛舟詩도 살아 있어 지은 것이라. 이비의 황릉사도 지별기주[4] 했으니 내 몸이 산 연후에 절행 치레 다음이라. 우리 같은 미물이야 훼절 개가 관계있으랴? 종이 다른 물오리에게는 몸을 허락하기 어렵거니와 나 같은 장도령은 화충華蟲이라. 일찍 부모 여의고 부인 죽는 상을 가져 장가 진작 못 들어서 누대봉사할 몸이 대를 이을 자손 끊기는 것이 두렵구나. 다른 동류 암수들의 부부 상락相樂 부러워라. 내 소견이 이러하니, 부인 의사 어떠하뇨?"

까투리 이 말 듣고 묵묵히 앉았다가 다시금 생각하여,

"아무려면 이내 팔자 한두 낭군 아니었거든 절행 있다고 누가 이를 것이며, 아들과 딸 많이 낳아 남의 가문 이뤄놓고, 영창을 길게 낸 집을 다시 지어 연리지 심어놓고, 월하노인의 연분을 다시 맺어 부부 은정 둘 것이라."

이곳에 길이 있을 요량으로 지내더라.

두루미 돌아와서 신행에 필요한 절차를 갖춘 뒤에 외딴섬으로 내려가서 벼를 훑어다가 방문주와 과하주를 햅쌀 술로 빚어놓고, 논도랑 올챙이며 시냇가의 골뱅이를 갖가지로 주워모아 안주 등을 장만하고, 앞

4) 지별기루: 미상.

못의 넓은 연잎으로 뒷집에 차일 치고, 갈대 싸리 주워모아 주렴을 장만하고, 푸른 물이끼 청장 달아 백납으로 번철 오려 걸나무 물어다가 벌여놓고 채올하고, 까막까치 모든 손님 다 오시라 청하시고, 평원광야 너른 들에서 삼일 큰 잔치를 벌인다. 날랜 새매 같은 말에 메추라기 구종丘從 세우고 유여여옥 백운산의 백양아지 맞으려고, 두루미 먼저 가서 까치집을 찾아가니 적적한 빈방 안에 종적이 온데간데없고, 깊고 깊은 산골짜기 가운데 흰구름이 덮였으니 층암절벽 바위 아래를 기웃기웃 살펴본들 천 리 길도 멀다고 여기지 않고 왔다 가서 대색십일[5] 할 길 없다. 긴 고개 늘어지도록 천만번 불러본들 망명도주 달아난 몸이 대답할 일 뉘 있으랴?

무안하여 돌아올 때 분통이 나서 이른 말이,

"저의 행실 그렇기에 남편 잃고 복 없으니, 나 같은 어른 서방 어이하여 마다하고 점잖은 나를 속여 교언영색 좋은 말로 온 집안 식구를 이끌고 도주했거니와 다시 끝내 절사絶死 아니하랴? 당초에 나의 뜻이 다른 종과 정을 맺는 게 불길하되 나쁜 첩을 얻으려 승공방의 요행소치 말하다가 간사하고 요망한 년이 기망할 줄 어이 알았으랴? 가는 년 제 아니 되지. 복첩 못해도 관계없다."

메추라기 빈 말을 몰고 두루미 무색하여 돌아오니 잔치의 모든 손님 의관 치레 갸륵하다. 황새 두루미 따오기며, 물수리 뱁새 기러기며, 앵무새 공작새 꾀꼬리며, 두견새 접동새 해오라기, 까막까치 같은 부류들이 차례차례 앉았더라.

금수도 이렇거든 사람이야 일러 무엇 하리오. 여보시오, 벗님네야. 의리에 어긋난 욕심을 행하지 마소. 효도로 부모님 모시고, 충성으로 임금님 섬겨 오륜을 밝혀서 일마다 착하게 되리.

5) 대색십일: 미상.

| 원본 |

토끼전

용왕의 잔치와 발병

四海 龍王神의 다 根本이 잇것다. 東海 靑龍은 河明이요, 南海 赤龍은 冲隆이요, 西海 白龍은 巨乘이요, 北海 黑龍은 禺强이라 ᄒᆞ되, 唐나라 天普[1]之年의 封ᄒᆞ시기을 東海 龍王은 廣淵王이요, 南海 龍王은 廣利王이요, 北海 龍王은 廣宅王이요, 西海 龍王은 廣德王이라 ᄒᆞ니,[2] 一品이 極重ᄒᆞᆫ則 南海 廣利王이 灵德殿 ᄉᆡ로 짓고 [朝洲 唐人 余善文[3]이 들어 와셔 上樑文 지은 後의] 大宴을 排設할 졔 三海 龍王을 請來ᄒᆞ니, 君臣 賓客이 千乘万騎[4]요 江澤之長과 川澤之衆이 一時의 모되여것다. 開成

1) 천보(天普): 중국 당나라 현종(玄宗)의 연호. 서기 742~755년에 해당한다.
2) 당(唐)나라 천보지년(天普之年)의~광덕왕(廣德王)이라 하니: 당나라 현종이 천보 10년(751) 정월에 동해신을 광덕왕(廣德王), 서해신을 광윤왕(廣潤王), 남해신을 광리왕(廣利王), 북해신을 광택왕(廣澤王)에 각각 봉했다. 『구당서舊唐書』「의례지儀禮志」.
3) 여선문(余善文): 명나라 문인 구우(瞿佑, 1341-1427)가 지은 『전등신화』 가운데 「수궁경회록」의 남주인공 이름. 남해 광리왕이 영덕전을 새로 짓고 상량문을 지어달라고 부탁하기 위해 초청했다는 내용이 있다.
4) 천승만기(千乘萬騎): 전차 일천 대와 기마 일만 마리.

宴於九重ᄒᆞ고 擊金鼓[5]而鳴谷이라. 宏酒交錯의 二三日을 논일든이 風樂畢盡ᄒᆞ미 廣利王이 海天炅風을 腹中의 果이 쏘여 万身의 病이 들어싯되 이상실리 兼ᄒᆞ여 들어든 거시여다.

머리 頭風[6]의 天規瘡[7]을 兼ᄒᆞ고, 곡頭 □□의 連珠瘡[8] 兼ᄒᆞ고, 눈의 眼疾의 雙다락기 兼ᄒᆞ고, 코의 鼻瘡[9]의 肺風瘡[10] 兼ᄒᆞ고, 입의 疳瘡[11]의 鵝口瘡[12] 兼ᄒᆞ고, 헤의 重舌[13]의 舌强症[14] 兼ᄒᆞ고, 목궁게 喉痺瘡[15]의 雙單瘡을 兼ᄒᆞ고, 귀의 이聾의 月瘡瘡[16]을 兼ᄒᆞ고, 肩脾痛[17]의 셈알리며, 등의 등瘡[18] 겟들니고, 듀마痰[19]의 流注瘡[20]을 兼ᄒᆞ고, 膝寒症[21]의 鶴膝[22]을 兼ᄒᆞ고, 陰虛火動[23]의 勞瘵[24]을 兼ᄒᆞ고, 黃疸의 黑疸[25]이

5) 금고(金鼓): 종과 북. 군중(軍中)에서는 북을 치면 전진하고, 쇠(金)를 치면 퇴각한다.
6) 두풍(頭風): 오래도록 낫지 않는 두통. 병이 가볍고 발병한 지 얼마 되지 않은 것을 두통, 병이 깊고 오래된 것을 두풍이라고 한다.
7) 천규창(天規瘡): 미상.
8) 연주창(連珠瘡): 목 부위에 단단한 멍울이 구슬처럼 생겨 아프고 곪아터지는 병.
9) 비창(鼻瘡): 콧구멍 속에 부스럼이 생기는 병.
10) 폐풍창(肺風瘡): 코끝이 빨갛게 되는 병.
11) 감창(疳瘡): 코나 몸이 헐어 늘 진물이 흐르면서 퍼져가는 병.
12) 아구창(鵝口瘡): 혓바닥과 목구멍 주위에 백태가 끼며, 벗겨지거나 출혈이 일어나는 병.
13) 중설(重舌): 혀 밑이 부어서 마치 작은 혀가 하나 더 생긴 것처럼 보이는 병.
14) 설강증(舌强症): 혀가 굳고 뻣뻣해져서 말하기가 어렵게 되는 병.
15) 후비창(喉痺瘡): 목안이 벌겋게 붓고 아프며 막힌 감이 있는 병.
16) 월창창(月瘡瘡): 미상.
17) 견비통(肩脾痛): '견비통(肩臂痛)'의 오기. 어깨와 팔이 아파 제대로 움직이지 못하는 병.
18) 등창(-瘡): 등에 부스럼이 생기는 병.
19) 주마담(走馬痰): 부스럼이 이곳저곳으로 옮겨다녀 온몸이 아픈 병.
20) 유주창(流注瘡): 주마담처럼 부스럼이 이곳저곳 옮겨 다니는 병.
21) 슬한증(膝寒症): 무릎이 아프고 시린 병.
22) 학슬(鶴膝): 학슬풍(鶴膝風). 허벅지와 종아리가 가늘어지고 무릎이 부어 학의 다리처럼 되는 병.
23) 음허화동(陰虛火動): 음(陰)의 기운이 허해져 화(火)가 발동하는 병. 성교를 너무 많이 하여 정력이 허해져 생기는 병으로 알려져 있다.
24) 노체(勞瘵): 결핵균이 폐에 침입해 생긴 전염성 질병.
25) 흑달(黑疸): 황달이 오래되어 얼굴이 검게 되는 병.

며 滯症의 關格[26]을 兼ᄒᆞ고, 泄瀉의 痢疾 곱똥을 兼ᄒᆞ고, 藿亂[27]의 吐泄[28]을 兼ᄒᆞ고, 腎囊 □癀症의 土疝[29]을 ᄒᆞ고, 밋궁게 脫肛症[30]의 痔疾을 兼ᄒᆞ고, 넙젹달리 갈아톳셰 ᄇᆡ로 들어 內腫[31]이며 빗곱 미틔 腸癰[32]이며 水腫다리[33] 濕瘡[34]이며, 발등의 疔腫[35]인ᄃᆡ, 紅絲疔[36]의 黑絲疔의 蛇頭疔[37]을 겟들이고, 半身不遂 全身不遂 웬일이니, 時氣[38] 炅病染病[39]이며 所犯傷寒[40] 자쥬 알코, ᄇᆡ의 浮腫은 閉門 북 단 듯ᄒᆞ고, 숀갈락이 달이 갓고, 장강이가 허리 갓고, 눈은 금젹금젹, 코은 벌녹벌녹, 붕알은 달낭달낭 ᄒᆞ난구나. 어이ᄒᆞᆫ 병이관ᄃᆡ 具色ᄒᆞ여 겻들엿노. 全身을 둘너보니 알난 곳 발여노코 셩ᄒᆞᆫ 곳 바이읍다.

일어굴어 累月乙 申欠ᄒᆞ니 萬朝百官果 藥房都提主[41] 惶惶急急 羅列할 계, [正言[42] 천正 魚 엿자오되,

"大王으 病勢 날노 危重ᄒᆞ고 百□으와 제주 □□□ᄒᆞ와 침구[43] 복藥으로 하여지이다."

---

26) 관격(關格): 음식물이 체해 가슴이 답답하고 먹지도 못하는 병.
27) 곽난(藿亂): 명치와 배가 갑자기 아프고 구토와 설사가 동반되는 병.
28) 토설(吐泄): 구토와 설사가 같이 나타나는 병.
29) 토산(土疝): 불알을 잡아끌고 비틀어 짜는 것같이 아픈 병.
30) 탈항증(脫肛症): 직장(直腸)이 항문 밖으로 빠지는 병.
31) 내종(內腫): 가슴막 안에 고름이 차는 병.
32) 장옹(腸癰): 장이 곪아 열이 나고 으슬으슬 추워지는 병.
33) 수종다리(水腫－): 수중다리. 다리가 퉁퉁 부어오르는 병.
34) 습창(濕瘡): 다리나 발목 등에 습진이 생기는 병.
35) 정종(疔腫): 못처럼 생긴 종기가 나는 병.
36) 홍사정(紅絲疔): 팔과 다리에 붉은 핏발이 뻗치는 병.
37) 사두정(蛇頭疔): 손가락 끝에 뱀 머리 모양의 종기가 나는 병.
38) 시기(時氣): 계절성 전염병을 일으키는 병인을 통틀어 이르는 말.
39) 염병(染病): 장티푸스, 콜레라, 천연두와 같이 급속하게 전염되는 병.
40) 소범상한(所犯傷寒): 상한증(傷寒症). 과도한 성교로 생기는 병.
41) 약방도제주(藥房都提主): 약방도제조(藥房都提調). 약방은 내의원의 별칭이고, 도제조는 육조의 속아문(屬衙門)이라든가 군영과 같은 기관에 두었던 정1품 벼슬.
42) 정언(正言): 조선시대 사간원에서 간언을 담당하던 정6품 벼슬.
43) 침구(鍼灸): 한의학에서 말하는 침과 뜸.

王曰,

"윤ᄒᆞ라."

각도 각읍 수령 방뵉 관자[44]을 날여드니] 天下 明醫 다 들어온다.

周나라 魯醫[45]며, 唐나라 張仲慶[46] 孫四漠[47] 許士伯[48] 和泰[49] 偏鵲[50]며, 朝鮮 明醫 許俊이와 李參夏[51]며 孫書伯[52]이 다 들어와 藥을 싯되, 둘우 含[53] 들여 모도 실 제, 당 藥材을 들려라.

朱砂[54] 人蔘 牛黃 麝香 安中散[55] 敗毒散[56] 八味湯 六味湯 慶玉膏 雲母膏[57] 紫金錠[58] 赤茯苓 白茯苓 白芍藥 生地黃 熟地黃 蒼朮 白朮 肉桂 附子

44) 관자(關子): 상급 관서에서 하급 관서, 또는 동등한 관서에 보내는 문서. 관문(關文)이라고도 한다.
45) 노의(魯醫): 춘추전국시대에 살았던 명의 편작(扁鵲). 노나라에 살았기 때문에 노의(盧醫)라고 불렸다.
46) 장중경(張仲景): 중국 후한 때 명의. 상한병으로 죽어가는 사람을 많이 고쳐 '의성(醫聖)'으로 일컬어졌다.
47) 손사막(孫四邈): 중국 당나라 명의. 당태종 때 황태후의 두통을 고쳐 어의에 임명되었지만, 불사약을 얻어오겠다는 구실로 도망쳤다고 한다.
48) 허사백(許士伯): 미상.
49) 화태(和泰): '화타(華陀)'의 오기. 중국 한나라 명의. '외과의 비조'로 일컬어질 정도로 외과 치료에 뛰어난 능력을 발휘했다고 한다.
50) 편작(偏鵲): '편작(扁鵲)'의 오기. 중국 전국시대 제나라 명의. 맥학(脈學)의 창시자로 일컬어진다.
51) 이삼하(李參夏): 미상.
52) 손서백(孫書伯): 미상.
53) 함(含): '함(銜)'의 오기. 자기를 소개하는 명함·직함·관함 등을 일컫는다.
54) 주사(朱砂): 경련이나 발작을 진정시키는 데 쓰는 수은 같은 황화 광물.
55) 안중산(安中散): 만성위염, 위산 과다, 위십이지장궤양 등을 치료하는 데 쓰는 처방약.
56) 패독산(敗毒散): 감기, 몸살 등을 치료하는 데 쓰는 처방약.
57) 운모고(雲母膏): 화강암을 구성하는 조암광물인 운모에 염초, 감초 따위를 넣어 만든 고약.
58) 자금정(紫金錠): 독버섯·복어 등의 중독을 해소하는 데 쓰는 약. 만병해독단(萬病解毒丹)이라고도 한다.

大黃 芒硝 南星[59] 半夏[60] 天花粉[61] 地骨皮[62] 穿山甲[63] 免絲子[64] 牛膝[65] 澤瀉[66] 茴香[67] 炒草[68] 當歸 川芎 羌活[69] 獨活[70] 木通[71] 甘草 四六君子湯[72] 淸暑六篇[73] 理毛益氣湯[74] 淸風補君湯 八物湯 腎氣湯 補脾湯 五味湯 三焦湯[75] 白沙地 울어렁湯 人蔘黃金湯을 다 들여셧도 一分 效驗 읍셔시니 病勢ᄃᆡ로 方文 ᄂᆡ자. 滯症이 重ᄒᆞ다 平胃散 들여라, 蒼朮 二錢 陳皮[76] 香附子 各 一錢五分 只實[77] 厚朴[78] 甘草 各 五分 干三棗二[79] 煎

59) 남성(南星): 중풍으로 몸이 굳어지는 증상을 다스리는 데 쓰는 약재.
60) 반하(半夏): 구토, 습증, 기침 따위에 쓰는 약재.
61) 천화분(天花粉): 담·소갈 등에 쓰는 약재. 하늘타리 뿌리의 가루로 제조한다.
62) 지골피(地骨皮): 구기자나무 뿌리껍질로 만든 약재.
63) 천산갑(穿山甲): 포유류 천산갑과에 속한 동물의 껍질로 만든 약재.
64) 토사자(免絲子): 메꽃과에 속하는 한해살이풀로 칡덩쿨이나 콩밭에 기생하는 새삼의 씨로 신장의 양기를 돕는 약재로 쓴다.
65) 우슬(牛膝): 비름과에 속하는 여러해살이 초본식물인 쇠무릎의 뿌리로 만든 약재.
66) 택사(澤瀉): 택사과에 속하는 다년생 초본식물.
67) 회향(茴香): 산형과에 속하는 여러해살이풀.
68) 초초(炒草): 나물 종류의 하나인 거여목.
69) 강활(羌活): 산형과에 속하는 두해·세해살이풀.
70) 독활(獨活): 두릅나뭇과에 속하는 다년생풀.
71) 목통(木通): 으름덩굴과에 속하는 낙엽 덩굴성 만목(蔓木).
72) 사륙군자탕(四六君子湯): 인삼·백출·백복령·자감초의 사군자탕과 여기에 진피와 반하를 더 넣어서 달여 만든 육군자탕.
73) 청서육편(淸暑六篇): 여름에 사지가 나른하고 열이 나며 땀을 많이 흘릴 때 쓰는 청서익기탕(淸暑益氣湯)을 가리키는 듯하다.
74) 이모익기탄(理毛益氣湯): 보중익기탕(補中益氣湯)의 오기인 듯하다. 양기를 도와 몸을 가볍게 하고 몸에 저절로 미열이 생기는 것을 그치게 하는 탕약.
75) 삼초탕(三焦湯): 오장육부의 하나인 삼초의 기능을 증진시키는 탕약. 삼초에 대해서는 설이 분분한데, 대략 심폐의 가슴, 소화계의 상복부, 비교생식기의 하복부를 가리킨다.
76) 진피(陳皮): 귤껍질로 만든 약재로 건위(健胃)·발한(發汗) 등에 효험이 있다.
77) 지실(只實): 탱자. '枳實'이라고도 쓴다.
78) 후박(厚朴): 후박나무 껍질로 구토, 곽란, 복통 등에 효험이 있다.
79) 간삼조이(干三棗二): 한약 봉지 겉에 적는 말로 생강 세 조각과 대추 두 개를 가리킨다. '간'은 '강(薑)'을 뜻한다.

服[80]ᄒᆞ고, 食滯여던 神曲[81] 麥芽 加入ᄒᆞ고, 肉滯여든 檳榔[82] 山査[83] 加入ᄒᆞ고, 傷寒[84]으로 藥을 싯면 正氣散乙 들라. 藿香 蘇葉 各 一錢, 白芷 茯苓 大卜皮[85] 厚朴 陳皮 吉更[86] 甘草 各 五分의 干三棗二 煎服ᄒᆞ고, 敗毒散을 씰 량이면 강活 獨活 시胡[87] 前胡[88] 知角[89] 吉更 川芎 白茯苓[90] 人蔘 甘草 各 一錢의 薄荷를 少許ᄒᆞ고, 干三조二 煎服ᄒᆞ고, 又方으로 다실을 제 金葛湯을 들여라. 蒼朮 蘇葉[91] 香附子 升麻[92] 葛根 陳皮 川芎 麥門冬 甘草 各 一錢의 黃柏[93] 貝母[94] 加入ᄒᆞ여 干五片의 綠豆七粒 煎服하고, 口渴이 甚ᄒᆞ거든 葛根을 倍入ᄒᆞ고, 頭痛이 甚ᄒᆞ거든 白芷[95]을 加入ᄒᆞ고, 大便 不通이어든 大黃[96] 芒硝을 加入ᄒᆞ고, 小便 不通이여든 豬苓[97] 澤瀉 加入ᄒᆞ여 五六貼을 들여 써도 一分 效驗이 읍셔시니, 虛勞症[98]으로 약을 씐라. 十全大補湯을 들여라. 人蔘 甘草 白茯苓 白朮 熟地黃 白芍藥 川芎 當歸 肉桂 黃芪 各 一錢 干三棗二 煎服ᄒᆞ고, 腎虛[99]여

80) 전복(煎服): 약을 달여 복용함.
81) 신곡(神曲): 약초를 넣어 소화제로 사용한 누룩.
82) 빈랑(檳榔): 빈랑나무의 열매로 심복통에 약재로 쓴다.
83) 산사(山査): 산사나무.
84) 상한(傷寒): 각종 외감성 열병의 총칭.
85) 대복피(大卜皮): 빈랑의 껍질로 만든 약재. '大腹皮'라고도 쓴다.
86) 길경(吉更): 도라지. '桔梗'이라고도 쓴다.
87) 시호(柴胡): 산형과에 속하는 여러해살이풀.
88) 전호(前胡): 산형과에 속하는 여러해살이풀.
89) 지각(知角): 탱자나무인 '기각(枳殼)'의 오기.
90) 백복령(白茯苓): 빛깔이 흰, 담자균류 구멍장이버섯과의 버섯.
91) 소엽(蘇葉): 꿀풀과에 속하는 일년생 초본식물인 차조기의 잎.
92) 승마(升麻): 미나리아재빗과에 속하는 다년생 초본식물의 뿌리줄기로 만든 약재.
93) 황백(黃柏): 황벽나무의 껍질을 말린 약재.
94) 패모(貝母): 백합과에 속하는 다년생 초본식물.
95) 백지(白芷): 구릿대의 뿌리.
96) 대황(大黃): 마디풀과에 속하는 여러해살이풀.
97) 저령(豬苓): 참나무나 떡갈나무의 뿌리에 기생하는 버섯으로 '朱苓'이라고도 쓴다.
98) 허로증(虛勞症): 심신이 피로하고 쇠약해지는 병.
99) 신허(腎虛): 콩팥의 정기가 부족해 생기는 병.

든 腎氣湯을 들여라. 八味湯 材料에 五味子 加入 달여 씨고, 心虛[100]여든 補心湯을 들여라. 天門冬 麥門冬 石菖蒲 白茯苓 人蔘 益智仁[101] 枸杞子 地骨皮 黃連[102] 黃기[103] 各 一錢 連服ᄒᆞ고, 氣虛여든 黃精[104] 免絲子을 加入, 脾虛여든 白朮 山藥을 加入, 肺虛여든 五加皮 牧蠣粉[105] 加入ᄒᆞ여 十餘貼을 들여 써도 效害間 업셔니, 風症을오 다시릴 제 防風通聖散[106] 달인 물의 淸心丸을 갈아 쓰고, 頭風이 甚ᄒᆞ거든 羌活 防風[107] 加入하여 十餘貼을 煎服ᄒᆞ되 終無效驗이라.

아무리 ᄒᆞ여도 治療할 道理 바니업고, 病은 漸漸 骨髓의 깁히 들고, 國用은 自然 宕盡ᄒᆞ여, 雖觀名醫之府라 名醫 어들길 젼혀 읍고, 虛陽[108]은 間間 發動ᄒᆞ니 이 일을 엇지할고.

---

100) 심허(心虛): 심장의 기혈이 부족해 생기는 병.
101) 익지인(益智仁): 생강과에 속하는 여러해살이풀인 익지의 열매를 말린 것.
102) 황련(黃連): 미나리아재빗과에 속하는 초본식물인 깽깽이풀의 뿌리.
103) 황기(黃芪): 장미목 콩과에 속하는 여러해살이풀.
104) 황정(黃精): 죽대의 뿌리.
105) 모려분(牧蠣粉): 굴 껍질을 가루 낸 것.
106) 방풍통성산(防風通聖散): 몸에 열이 많아 부스럼이 나고 얼굴빛이 붉어지며 똥과 오줌이 잘 나오지 않는 데 쓰는 약.
107) 방풍(防風): 산형과에 속하는 여러해살이풀인 방풍나물.
108) 허양(虛陽): 정혈이 부족해 양기가 위로 떠오르는 병.

도사의 출현과 처방

灵德殿 놉흔 樓의 벗 업시 홀노 누어 榻床을 아쥬 탕탕 두다리이며 放聲痛哭 우름 울 제, 언너날 龍의 울음 안이 雄壯할리요. 龍이 운다 龍이 운다. [아조] 큰 소릐로 울[졔 마디마디 □□□] 제난 말리,

"天無灵風 陰雨[1]ᄒᆞ고 海不洋波[2] 泰平ᄒᆞᆫ듸 怪異ᄒᆞᆫ 病을 어더 南海宮의 누어씨되, 살여듀 리 읍셔시니 이 아니 可憐ᄒᆞᆫ가?"

龍子龍孫을 불너 後嗣을 議論ᄒᆞ더니, 一日은 青雲黑霧 宮前 둘우더니 飄風細雨 暫間 오며 [玉笛 소릐 들이더니] 한 道士 들어오되 [쌍상 토졍으 동ᄌᆞ 左右로 시위ᄒᆞ되, ᄒᆞ나난 싱황 불고 ᄒᆞ나난 玉笛 불며] 華陽巾

1) 천무열풍음우(天無熱風陰雨): 하늘에는 더운 바람이 불지 않고 장맛비가 내리지 않는다는 의미. "천지불신풍질우(天之不迅風疾雨)"에서 나온 말. 중국 주(周)나라 성왕(成王) 때 남만(南蠻)에서 사신이 와서 주공(周公)에게 흰 꿩을 바치며 "하늘에는 거센 비바람이 불지 않고 바다에는 거센 파도가 일어나지 않은 지 3년이나 되었으니, 아마 중국에 성인이 계셔서 그럴 것이라 여겨져 이렇게 조회하러 왔다"고 말한 고사가 있다. 『한시외전韓詩外傳』 권5.

2) 해불양파(海不洋波): '해불양파(海不揚波)'의 오기. 바다에는 거센 파도가 일지 않는다는 의미.

鶴氅衣의 鳥竹杖 白羽扇 春風의 비계시니 形容도 端正ᄒᆞ고 骨格도 淸秀ᄒᆞ다. 商山四皓[3] 둒은 後의 安期生[4]도 갓다마난 赤松子[5]도 彷彿ᄒᆞ다. 玉欄杆 더우잡아[6] 飄然而 올나셔셔 장揖不拜 問差커날, 廣利 잇듸 書案을 비겨 問曰,

"先生은 뉘시며 무삼 일노 陋地의 下臨ᄒᆞ여 계시며 病든 인사을 下問코자 하나잇가?"

道士曰,

"老夫은 天上 太乙仙官[7]이옵든이 弱水[8] 三千里 海棠花 구景果 白雲 瑤地淵[9] 千年 碧桃을 웃자고 가옵든이 過此風便 듯자오이 듸王의 病勢 危重타 ᄒᆞ옵기여 뵈옵자고 와나니다."

廣利 반겨 들으시고,

"감사무地 ᄒᆞ와이다. 願컨듸 道士는 病勢臥 脈勢을 仔細이 알 거시니 卽效之藥을 일으소셔."

道士曰,

"診脈 後의 일으리다."

---

3) 상산사호(商山四皓): 중국 진(秦)나라 말기에 난리를 피하여 섬서성(陜西省) 상산에 들어가 숨은 네 사람. 동원공(東園公)·기리계(綺里季)·하황공(夏黃公)·각리선생(角里先生)을 일컫는다. 이들 모두 눈썹과 머리카락이 희었다는 데서 붙여진 이름이다.

4) 안기생(安期生): 진(秦)나라 사람으로 약을 팔며 장수하다가 봉래산에 들어가 신선이 되었다고 한다.

5) 적송자(赤松子): 적송자는 고대 신선인데 한(漢)나라 장양이 "인간 일을 버리고 적송자를 좇아 놀고자 한다"고 했다. 『한서漢書』「장양전張良傳」

6) 더우잡아: '움켜잡고'의 전라도 방언.

7) 태을선관(太乙仙官): 도가에서 말하는 천신(天神) 가운데 가장 존귀한 신. 태일진군(太一眞君)이라고도 한다

8) 약수(弱水): 신선이 사는 봉래의 섬 주위를 에워싸고 있는 물 이름. 그곳은 부력이 약해 새털처럼 가벼운 물체도 금세 가라앉기 때문에 도저히 건너갈 수 없다고 한다

9) 요지연(瑤地淵): '요지연(瑤池淵)'의 오기. 곤륜산 꼭대기에 있다는 신화 속 연못인데, 선녀 서왕모가 주(周)나라 목왕(穆王)을 맞이해 여기에서 연회를 베풀었다는 전설이 있다.

道士 診脈ᄒᆞ랴 할 제 사람 갓트면 소상[10] 魚際[11] 大淵 徑渠 外關[12] 內關[13] 間使[14] 曲池[15]前後 檀中[16] 巨闕[17] 上完[18] 中完[19] 臍中[20] 神闕[21] 얼는 보고, 三里[22] 絶骨[23] 神總[24] 四穴[25] 風脈[26] 後脈 主脈 神脈 後中朱脈을 다 보련마난, 이 診脈은 비늘 밋트로다 다 나오난 게 발목이니 어듸을 잡아 診脈할고. 할 슈 읍셔 관목이 역듯 쥬셤쥬셤 역거 쥐고 두루 脈으로 보던 거시여다.

"心小腸 火요, 肝膽 木이요, 肺大腸 金이요, 腎方光 水요, 脾胃 土라. 肝木太亂ᄒᆞ니 木克土라. 脾胃가 傷ᄒᆞ고 心火가 太盛ᄒᆞ여 火克金ᄒᆞ니 肺大腸이 變風ᄒᆞ고, 肝膽經이 衰盡ᄒᆞ고 心腎經이 쓰리지니 夢泄[27]은 절노 난다. 脾胃脈이 一身의 祖宗이요, 肝膽脈은 一身의 標本이라. 이 病患이 陰陽으로 난 病이라 三百六十四穴의 脈處마 드러시니, 藥으로 議

10) 소상(少商): 엄지손가락 손톱 바깥쪽 뿌리가 바로 옆에 자리하고 있는 혈.
11) 어제(魚際): 손등이나 발등에서 피부색이 짙은 부분과 연한 부분의 경계에 있는 혈.
12) 외관(外關): 손등 쪽 손목 가로금 중간에서 위로 두 치 올라간 부위에 있는 혈.
13) 내관(內關): 손바닥 쪽 손목 금 중간점에서 두 치 위에 있는 혈.
14) 간사(間使): 손목 안쪽에 가로로 간 금 가운데에서 위로 세 치 올라간 부위에 있는 혈.
15) 곡지(曲池): 팔을 90도로 구부릴 때 팔굽에 생기는 금의 오목한 곳에 있는 혈.
16) 단중(檀中): '膻中'의 오기. 양쪽 젖꼭지를 이은 선 가운데에 있는 혈.
17) 거궐(巨闕): 칼 돌기 끝에서 아래로 한 치 되는 곳에 있는 혈.
18) 상완(上完): '上脘'의 오기. 배꼽에서 다섯 치 위에 있는 혈.
19) 중완(中完): '中脘'의 오기. 배꼽에서 네 치 위에 있는 혈.
20) 제중(臍中): 배꼽 오목 정중앙에 있는 혈.
21) 신궐(神闕): 배꼽 중심 부위에 있는 혈.
22) 삼리(三里): 곡지혈에서 2촌 떨어진 곳에 위치한 혈.
23) 절골(絶骨): 바깥 복사뼈에서 곧장 위로 약 3치에 있는 비골(腓骨)의 오목한 곳에 있는 혈.
24) 신총(神總): 미상.
25) 사혈(四穴): 삼초수(三焦兪), 석문(石門), 제중(臍中), 그리고 중완(中脘)을 이르는 네 혈.
26) 풍맥(風脈): 풍기(風氣)를 주관하는 맥.
27) 몽설(夢泄): 잠을 자는 동안에 정액을 배설하는 병증. 성적 욕망으로 상화(相火)가 동하거나 지나친 생각으로 심화(心火)가 성해서 생긴다고 한다.

論컨된 三子養親湯[28] 五補飮補精延壽코 年年益壽丹[29] 回生散[30] 回天湯[31] 斑龍眞珠丸[32] 仙女主承子 武제 長生方 痲姑[33] 仙女丹 三神山 不死藥을 다 들여 셧도 效險보지 못ᄒ리다. 暫間 生覺ᄒ니 單方文의 쉬운 藥이 잇나이다."

"무어시잇가?"

"黃精木[34]을 大톱으로 쏘ᄀ니여 ᄃ픠로 곱게 밀어 天地板[35] 左右을 잘나 모믹기[36] 二分 너코 䊭莊을 加入ᄒ여 씨면 단통 낫게소."

廣利 듯고,

"道士난 날을 듁는단 말리요?"

道士曰,

"大王 病勢을 뵈오니 神農氏 嘗百艸[37]ᄒ던 藥언 다 씰ᄃ업고, 相克으로 藥을 써야 藥이 되올리다."

"무어시 相克이 되난이가?"

道士 沈音良久의 曰,

"塵世間의 잇[ᄉ오나 벽지라 구ᄒ기 어렵소이다."

28) 삼자양친탕(三子養親湯): 노인이 기가 실하여 담이 성하고 숨이 차서 가슴이 벌떡거리고 잘 먹지 못한 때 지라를 보양(補養)해 식욕을 증진시키는 탕약.

29) 연년익수단(延年益壽丹): 인체 기관의 활력을 보강하고 허약한 기관을 회복하는 데 도움을 주는 환약.

30) 회생산(回生散): 곽란을 치료할 때 곽향(藿香)과 진피(陳皮)의 두 가지로 짓는 탕약.

31) 회천탕(回天湯): 두창 환자를 치료할 때 인삼·황기·당귀·석웅황(石雄黃)을 기본 약재로 삼아 조제한 사성회천탕(四聖回天湯)과 같은 탕약.

32) 반룡진주환(斑龍眞珠丸): 반룡, 곧 사슴 녹각에다가 진주조가비를 섞어 만든 환약.

33) 마고(痲姑): 신화 속에 전하는 선녀의 이름. 선녀 마고가 신선 왕방평(王方平)을 만나서 동해가 세 번이나 뽕밭으로 변한 것을 봤다고 할 정도로 오래 살았다고 한다.

34) 황정목(黃精木): 속이 누런 소나무인 '황장목(黃腸木)'의 오기. 목질이 양호해 관곽(棺槨)을 만들기에 적합한 목재로 임금의 관을 만드는 데 썼다.

35) 천지판(天地板): 관의 뚜껑과 밑바닥에 대는 널.

36) 모막이: 직육면체로 된 기구의 위와 아래를 막는 널조각.

37) 신농씨(神農氏) 상백초(嘗百艸): 신농씨는 사람의 몸에 소의 머리를 한 중국 신화 속 임금. 여러 풀을 맛보고 약초를 찾아 병을 고쳐주고 농사짓는 법을 가르쳤다고 한다.

王曰,

"難之入往과 得之不得은 惟在水宮之權力이나 藥名이 무어시요?"

쳔으曰,

"人世間 萬疊山中 無人處의 往來ᄒᆞ]난 톡기 肝 곳 안으면, 焰內大王[38] 長三寸이요 東方朔[39]이 祖上이요, 降臨道令[40]이 四寸妻男이라도 뫼 싼 밋틔 벗 붕 ᄒᆞ고, 루우 黃, 새얌 泉, 도라갈 歸 ᄒᆞ올다."

廣利 들으시고 涕泣問曰,

"엇지 글어탄 말이요?"

道上口,

"大王 辰이요, 톡기난 묘라.[41] 묘乙巽은 陰木,[42] 艮辰戌은 陽土[43]오니, 木克土臥 陰陽 相克이옵고, 洪範[44] 五行[45]의 풀어 일커기을 甲寅辰巽 大江水[46]요, 震艮巳山 元松木[47]이라 ᄒᆞ여사오니 水生木 木克土라 藥

---

38) 염내대왕(焰內大王): '염라대왕(閻羅大王)'의 오기. 죽은 이의 영혼을 다스리고 생전의 행동을 심판하여 상벌을 준다는 지옥의 왕.

39) 동방삭(東方朔): 중국 한무제 때 사람. 서왕모의 복숭아를 훔쳐먹어 죽지 아니하고 장수하여 갑자년을 삼천 번이나 살았다는 뜻으로 '삼천갑자 동방삭'이라고 일컬어진다.

40) 강림도령(降臨道令): 수명이 다한 사람을 잡아 저승으로 데려가는 일을 한다고 하는 염라대왕의 사자(使者).

41) 대왕(大王) 진(辰)이요, 톡기난 묘(卯)라: 십이지에서 용은 진(辰)에 해당하고 토끼는 묘(卯)에 해당한다.

42) 묘을손(卯乙巽) 음목(陰木): 『주역』의 점술법으로 보면, 십이지의 묘(卯)와 십간의 을(乙)은 목(木)에 속하는데, 팔괘의 손(巽)이 소음(小陰)이므로 셋이 합해 음목이 된다는 뜻이다.

43) 간진술(艮辰戌) 양토(陽土): 『주역』의 점술법으로 보면, 십이지의 진(辰)과 술(戌)은 토(土)이고 팰괘의 간(艮)은 소양(小陽)이므로 합해 양토가 된다는 뜻이다.

44) 홍범(洪範): 『서경』의 편명. 우임금이 홍수를 다스릴 때 하늘로부터 받은 낙서(洛書)를 보고 정치 도덕의 아홉 가지 원칙인 홍범구주(洪範九疇)를 만들었다고 한다.

45) 오행(五行): 우주의 만물을 이루는 수·화·목·금·토의 다섯 가지 원소.

46) 갑인진손(甲寅辰巽) 대강수(大江水): '갑진인손은 큰 강의 기운을 나타낸다'는 뜻. 육십갑자를 차례대로 늘어놓고 갑(甲)·병(丙)·술(戌)·경(庚)·임(壬)의 다섯 가지 음으로 시작되게 꾸민 육십갑자 병납음(竝納音)에는 '갑인을묘(甲寅乙卯) 대계수(大溪水)'로 되어 있다. 갑(甲)·을(乙)의 목(木)이 인(寅)·묘(卯)에서 크게 성하기에 물이 큰 시내를 이룬다는 뜻이다.

47) 진간사산(震艮巳山) 원송목(元松木): '진간사산(辰艮巳山) 원손목(元屬木)'의 오기. 점술이나 택일에 쓰이는 홍범 오행에 '진간사산(辰艮巳山)은 본디 목(木)에 속한다'고 되어 있다.

이 아니 되올리가? [또 띠맛츰 木克土 水生木이라. 夫今不治爲痼病疾니라. 後往扁鵲이나 不能爲也로소이다.]"

잇ᄃᆡ 龍王 들으시고,

"然ᄒᆞ다. 雖然이나 滄海 塵世 万頃 밧게 白雲이 九万里요, 杳然ᄒᆞᆫ 水國中의 有爲一勞 生意ᄒᆞ여 弱水 三千里 水國 塵世 往來間의 幽顯이 路殊한ᄃᆡ 웃지 셔로 미치리요. 伯王 傳越[48]의 灵魂이 逗留ᄒᆞ고 日月泰山의 踵跡이 永絶ᄒᆞᆫ듸 웃지웃지ᄒᆞ잔 말가. 万乘天子 秦始皇도 짝 읍난 英雄이요 灵惡ᄒᆞᆫ 天子로되 됴고만ᄒᆞᆫ 不老草을 못 어더먹고 듁어 잇고,[49] 万古英雄 漢太祖[50]도 五十三의 듁으 잇고, 彭趙[51]臥 東方朔은 天子의 威嚴안이로되 三千甲子 살아씨니 盛衰興亡 ᄲᅵ 잇고 壽命長短 在天이라. 비록 글어할지라도 톡기라 ᄒᆞ난 김싱 海外 日月 발근 ᄲᅵ의 白雲無定處로 是非 읍시 단인다니 글을 엇지 求할리요?"

道士曰,

"옛말의 일으기을 泰山之下의 有絶間之谷ᄒᆞ고, 仁義之家의 有白首之仕ᄒᆞ고, 堯舜之國의 유고요[52]之臣이라 ᄒᆞ여사오니, 大王의 賢德으로 成功之臣 읍시리가? 水府朝廷 万億百官을 불너 擇出ᄒᆞ여 보닙쇼셔."

그 말리 올타 ᄒᆞ고 傳敎을 날리울 졔, 道士난 간 곳지 읍난지라.

---

48) 백왕(伯王) 부월(傳越): '백왕(伯王)'은 패자(霸者)에 대한 존칭으로 주로 항우를 이르는 말로 쓰였지만, 여기서 부월이 누구를 가리키는지는 알 수 없다.
49) 만승천자(万乘天子) 진시황(秦始皇)도~죽어 있고: 진시황이 삼신산에 신하 서불을 보내 불사약을 구해오게 했으나 끝내 얻지 못해 죽었다는 말.
50) 한 태조(漢太祖): 한나라를 세운 유방(劉邦)을 가리킨다.
51) 팽조(彭趙): '팽조(彭祖)'의 오기. 요임금의 신하로 팔백 년을 살았다고 한다.
52) 고요(皐陶): 중국 순임금의 신하로서 형법을 세우고 감옥을 만들었다고 전한다.

수궁 신하들의 갑론을박

水國 萬億百官을 一時의 公會을 시기니 물고기드리 다 벼실 즉品을 찰려로 씌우고 덜어온다. 耆老臣[1]의 으심이며, 奉朝賀[2]의 오증魚며, 令議政의 金고ᄅᆡ며, 左議政의 거복이며, 右議政의 金鱗魚며, 藥房都製主 가물치며, 副製主의 閔魚며, 備國堂上의 青魚며, 御醫의 잡등魚, 大同堂上의 洪魚며, 判議禁의 불거지, 智議禁의 돗中魚, 同議禁의 칼치며, □書의 曾魚며, 判書 농魚, 承旨 도미, 都使의 슈魚, 察訪의 젼복이며, 할임學士 돌오묵果 忠訓府事 ᄉᆡ오며, 都承旨 文魚며, 左承旨 黃魚요, 右承旨 鱸魚요, 吏曹判書 쏫게, 吏曹佐郎 方魚요, 吏曹右郎 둑지미, 戶曹判書 石魚요, 參奉의 常魚요, 學令將 색경이,[3] 別郎廳의 壯大며, 兵曹判書

1) 기로신(耆老臣): 나이가 많아 벼슬에서 물러난 신하. 정2품 실직(實職)을 지낸 70세 이상의 문과 출신 관원을 일컫는다.
2) 봉조하(奉朝賀): 공신이나 공신의 적장자, 또는 당상관 관원이 벼슬에서 물러난 뒤에 받는 관직.
3) 꺽정이: 쏨뱅이목 둑중개과에 속하는 민물고기. 머리는 위아래로 납작하지만, 몸통은 옆으로 약간 납작해 꼬리 쪽으로 갈수록 가늘어지는 방망이 모양을 하고 있다.

듄치며, 兵曹參判의 오리, 形曹判書 졍魚요, 刑曹參判 영魚, 禮曹判書 도味며, 公曹判書 쳔魚며, 公曹參判 方게, 訓練大將 젼魚, 禁議大將 魚用魚요, 左捕將의 北魚요, 右捕將의 고등魚, 大詞簡의 水됴기, 大詞獻의 大口요, 交理의 낙지요, 知平將令의 쳥알리, 別將의 廣魚요, 先惠郎廳 紅蛤이며, 宦官의 공치, 守門將 미여기, 舞藝別監 동됴기, 大子別監 갈듸기, 淸州刺使 도롱룡이, 海邊察訪 송살리, 萬浦瞻使 웅魚요, 內別軍使 망동이, 外別軍使 올창이, 禁軍의 모지질리, 눈 큰 듄치, 허리 진 칼치, 등 고분 시우, 鼃參軍 南星이, 別奏夫 잘릐臥 넙적 廣魚, 數 만은 곤장이며, 몰릐무치, 피릐미, 젼魚, 方魚, 明太, 變太, 北魚, 大구, 常魚, 골도기, 가지味, 삿치복, 말치, 듄치, 가물치 및 건등 비암長魚 等物이 灵德殿 널은 뜰의 쎄각쎄각 모여드니 龍王이 左右을 돌아보니 世上의 나가면 밥 반찬걸리와 술 안듀걸리가 다 들어오것다.

廣利曰,

"卿네을 두고 보니 寡人은 魚物 都行首[4] 긔운이 만혜글의. 됴졍이 안이라 七牌[5] 졔자걸리 안이면 무의신고? 左右諸臣 中의 언어 臣而世上의 쌀이 나가 톡기을 잡아다가 寡人 病을 구ᄒᆞ리요?"

左右 魚頭鬼面之卒[6]이 면면相顧ᄒᆞ며 默默不答이여날,

龍王 잇듸 돌돌 歎息 운난 말이,

"남의 날아의난 忠臣이 잇셔 割股事君 介子秋[7] 誑楚亡身 記辛[8]이도

---

4) 도행수(都行首): 한 무리의 우두머리 가운데서도 으뜸 되는 인물. 대부분의 『수궁가』에는 장사판에 밑천을 대주는 사람이라는 뜻인 '도물주(都物主)'로 되어 있다.
5) 칠패(七牌): 조선시대 서울 시내의 난전(亂廛) 시장으로 지금의 서소문 밖에 있었다.
6) 어두귀면지졸(魚頭鬼面之卒): 머리는 물고기인데 얼굴 생김새는 귀신같이 생긴 병졸. 괴상하고 흉측하게 생긴 어중이떠중이를 일컬을 때 자주 사용하는 표현이다.
7) 개자추(介子秋): '介子推'의 오기. 중국 춘추시대 진(晉)나라 문공(文公)이 망명생활을 할 때 자기 허벅지 살을 베어 섬겼는데, 뒤에 왕위에 올라 부르지 않자 면산(緜山)으로 들어가 숨어 살았다. 문공이 자신의 잘못을 뉘우치고 등용하려 해도 응하지 않자 나오게 하려고 산에 불을 질렀지만, 끝내 나오지 않고 불에 타 죽었다고 한다.

듁을 人君 살여신이 君臣有義 重홀시고. 실푸다 우리 水國 万魚之中의 튱臣이 읍셔시니 이 아니 寃痛훈가. 쥭을 밧게 슈가 읍다. 익고 익고 셜운지고."

한唱 일리 痛哭할졔 正言 □□□ 엿자오되,

"世上이라 ᄒᆞ난 곳젼 人心이 灵惡ᄒᆞ여 水國魚物 을넌 보면 잡기로만 爲主 ᄒᆞ니 보닉기가 어렵소이다."

"山이 놉흐면 골리 깁다 ᄒᆞ니, 丞相 거복이 엇드훈요?"

正言이 엿자오되,

"丞相 거복은 등의 河圖洛書[9])을 点点 글여십고 智略은 잇사오나, 복板이 玳瑁[10])온 故로 世上의 나가오면 上下人民 男女 읍시 거복을 잡아다가 玳瑁庄刀,[11]) 官子[12]) 걸리, 살임리, 宕巾 못듸기을 다토와가면 싯난 故로 成功치 못ᄒᆞ옵고, 死生이 갈여오니 보닉기 危테ᄒᆞ오."

令議政 金골릭 出反奏曰,

"臣이 비록 지됴 읍사오나 훈번 用力ᄒᆞ면 不憚万里之勞ᄒᆞ읍나이다. 年前의 青連居士을 등의 업고 天上 白玉京의 暫時의 단여왓사오니 엇지 톡기 잡기을 勤心ᄒᆞ오리가? 쌀이 世上의 나가 톳기을 잡아다가 大王의 回春케 ᄒᆞ오리다."

"卿은 바다 안이면 容身ᄒᆞ기 어려온듸, 만일 셰上의 나다가 中路의

---

8) 기신(記辛): '紀信'의 오기. 중국 한고조 유방이 초나라 항우와 싸우다가 패하여 형양성에 포위되었을 때, 유방으로 변장해 대신 죽고 유방을 탈출시켰다.

9) 하도낙서(河圖洛書): 하도낙서는 『주역』 팔괘의 모양이 나오게 된 근원과 『상서尙書』 홍범구주의 내용을 짓게 된 과정의 전설이다. 복희씨가 황하에서 나온 용마의 등에 그려진 무늬를 보고 팔괘를 만들었고, 우임금이 홍수를 다스릴 때 낙수(洛水)에서 나온 신귀(神龜)의 등에 박힌 무늬를 보고 홍범구주를 썼다고 한다.

10) 대모(玳瑁): 바다거북과에 딸린 거북. 또는 그 등딱지. 공예품·장식품 등에 쓰인다.

11) 대모장도(玳瑁庄刀): '玳瑁粧刀'의 오기. 대모로 장식한 작은 칼.

12) 관자(官子): '貫子'의 오기. 망건에 달아 당줄을 걸어 넘기는 구실을 하는 작은 고리. 금, 옥, 뼈로 만들었는데, 관품에 따라 재료 및 새김장식이 달랐다.

셔 長鬚叟을 만닋면 內腸을 썰이여 續絶읍시 듁을 그시니, 물결의 밀이여 龍川[13] 외 나기듸면 世上 사람의 보뷔라. 눈은 쎄야 鸚鵡光 되고, 鬚髥 쎄야 針尺 되고, 사동이은 졀구통 되고, 살고기은 길음 닋여 한 양픈의 分五 □□금은로 셰가 날 거시니 못 갈이라."

海雲君 방게 열 발을 쪅 벌리고 살살 긔여 들어와 伏地ᄒᆞ여 엿자오되,

"臣의 故鄕, 世上이라. 山林碧溪 신닋물의 모릐 속의 藏身ᄒᆞ고 달 발 솔 듸 望月兎로 眼面而 잇사오니, 이졔 곳 出世ᄒᆞ와 長가락의 힘을 주어 톡기 놈의 등살미이을 곡 집어올리이다."

"네 말은 기득ᄒᆞᄂᆞ 十脚具存ᄒᆞ여 쌜이 겻고 집기난 잘ᄒᆞ나 世上의 나가며 外骨內肉이요 兩目仰天[14]ᄒᆞ여 中心이 虛ᄒᆞᆫ 故로 重ᄒᆞᆫ 일을 만나 무어시 을는 ᄒᆞ면 退不如前이라, 뒤거름을 잘ᄒᆞ니 못 갈리라."

일리할 졔 守門將 미어기 왈라락 닋달으며 ᄒᆞ난 말리,

"水國의 아무리 忠臣이 읍신들 엇지 너 갓튼 요물을 셰상의 보닋단 말리야? 臣이 世上의 나가와 토기 자바오리이다."

正言의 말리,

"미여기난 長鬚口大[15]ᄒᆞ여 鬚髥은 헐젹 길고 好風身의 입이 커셔 世上의 나가오면 靑山碧溪 신닋물의 饒飢감을 어드랴고 이리졀리 단일 져게, 살입 씬 져 漁翁이 細雨斜風釣不歸[16]라, 믹기 쐬여 물의 풍등다문 낙시 탐食으로 썰걱 삼킈 단불요듸 낙가다가 셰상의 이질 복통

13) 용천(龍川): 하천 이름으로 우리나라에 여러 곳 있다. 전라남도 담양군 용면에서 발원해 남쪽으로 흘러 영산강으로 유입하는 하천을 가리키는 듯하다.

14) 외골내육(外骨內肉) 양목앙천(兩目仰天): 단단한 껍데기 속에 살이 있고 두 눈이 하늘을 향해 있는 모습의 게를 형용한 말.

15) 장수구대(長鬚口大): 수염이 길게 나고 입이 큰 메기의 모습을 형용한 말.

16) 세우사풍(細雨斜風) 조불귀(釣不歸): 당나라 시인 장지화(張志和)가 지은 「어부사漁父詞」의 "푸른 삿갓과 푸른 도롱이 입고, 가랑비 흩뿌려도 돌아가지 않네(靑箬笠綠簑衣, 細雨斜風不須歸)"에서 따온 구절.

셜사 빅압히[17]로 듁게 된 사람더리 쓸여먹고 돕여먹고 補身감이 될 트이니 보닉기 危틱ᄒᆞ오."

"水之出使[18] 海狗가 엇더ᄒᆞᆫ요?"

正言이 엿자오딕,

"海狗은 陰[物이라. 암킈라도 보기 되면 되난 딕로 범ᄒᆞ오니] 이 너머 만나 色心亡身 ᄒᆞ오리다."

싸치복이 여자오딕,

"臣이 可以忠則盡命이오니 臣이 世上의 나가오면 臣의 피와 알을 이친만 빅셩이 먹고 듁거든 功臣을 보닉여 토기 잡바다가 씨게 ᄒᆞ옵쇼셔."

"네 말은 기득ᄒᆞ나 世上人心 兇惡ᄒᆞ여 네에 피와 알을 기도 아니 듀고 슈쇄ᄒᆞ고 참살만 단장의 달여 먹난 ᄒᆞ니 보닉기 危틱ᄒᆞ다."

"랑廳[19] 식외가 읏더ᄒᆞᆫ요?"

正言이 엿자오되,

"郎廳 식오은 勇밍이 超騰ᄒᆞ여 쒸기는 잘ᄒᆞ└ 世上의 나가오면 短命氣像이라. 듁을 딕는 빗벗틈 변ᄒᆞ오니 보닉기 危틱ᄒᆞ오."

일이할 차의 宮女 됴긔 나오던 거시엿다.

七步端粧[20]의 華冠을 씨고 百萬嬌態로 紅裳을 입고 飄拂ᄒᆞᆫ 香氣난 郎藉ᄒᆞ고 헐리는 넙즉ᄒᆞᆫ딕 갈오걸음으로 恭順 이걸 伏地ᄒᆞ고 알외은 말리,

"臣이 비록 女子오└ 國祿之臣이오니 엇지 坐以待死 ᄒᆞ로릿가? 世上

---

17) 배압히: 배아피. '이질(痢疾)'의 충청도 방언.
18) 출사(出使): 왕명을 받고 파견되어 외교 업무를 담당하는 사신.
19) 낭청(郎廳): 조선시대 비변사(備邊司)·선혜청(宣惠廳)·준천사(濬川司)·오군영(五軍營) 등에 두어 실무를 담당하던 종6품 관직.
20) 칠보단장(七步端粧): '七寶丹粧'의 오기. 여러 가지 패물로 몸을 꾸몄다는 의미.

의 빨이 나가 톡기을 만나오면 쏘독흔 입을 담싹 물고 발발 뜰 양이면 톡[기] 안이라 단山[21] 虎狼이라도 잡아오리이다."

正言이 엿오되,

"宮女 됴긔은 鐵甲을 든든이 하여시니 방身지칙은 됴삽건이와 예글의 일으기을 坐看蚌鷸之勢ᄒᆞ고 坐授漁人之功이라[22] ᄒᆞ여사오니 휼鳥은 됴긔 물고 됴긔는 휼鳥 물고 셜로 노치 못할 져게 漁夫들리 잡아다가 만頭겁질 本을 뜨니 보니지 못할리라."

---

21) 단산(丹山): 봉황이 태어난다고 전해지는 산의 이름.
22) 좌간방휼지세(坐看蚌鷸之勢)하고 좌수어인지공(坐授漁人之功)이라: 조개와 도요새가 싸우는 모습을 지켜보다가 둘을 함께 잡는다는 의미를 지닌 '어부지리'의 고사를 풀이한 말.

별주부의 자원

공論이 미決할 졔 灵德殿 엽흐로셔 한 臣下 들어오되 陰目短足의 踊躬四拜 後의 上疏 伏地奏曰,

"[惶恐伏以] 臣은 大舜 至德 曦曦ᄒᆞ야 伏慕勳典南風五雲之處할ᄉᆡ[1] 文王은 仁義 湯湯ᄒᆞ야 天無熱風 海不洋波ᄒᆞ여 三年之間의 百齒을 顯慕ᄒᆞ고[2] 黃河滄浪之精[3]果 危禍準備之文은 在龍王之賢王이요 賢之不賢果賢之日月은 玉燭 乾坤이 莫非水府면 莫非龍宮乎이가. 大王之恩德으로

1) 대순(大舜) 지덕(至德)~복모훈전남풍(伏慕勳典南風) 오운지처(五雲之處)할새: 순임금의 유훈을 담고 있는 『서경』의 「순전」, 순임금이 오현금을 만들어 부른 「남풍가」의 고사를 담고 있는 내용. 오운은 다섯 가지 색의 상서로운 구름인데, 흔히 임금이 거처하는 곳을 가리킨다.

2) 문왕(文王)은 인의(仁義)~백치(百齒)을 현모(顯慕)하고: 중국 주나라 성왕 때 남만에서 사신이 와서 주공에게 흰 꿩을 바치며 "하늘에는 거센 비바람이 불지 않고 바다에는 거센 파도가 일어나지 않은 지 3년이나 되었으니, 아마 중국에 성인이 계셔서 그럴 것이라 여겨져 이렇게 조회하러 왔다"고 말한 고사를 담고 있는 내용. 『한시외전』 권5.

3) 황하창랑지정(黃河滄浪之精): 춘추시대에 어떤 사람이 노래하기를, "창랑의 물이 맑거든 나의 갓끈을 씻고, 창랑의 물이 흐리거든 나의 발을 씻으리라(滄浪之水淸兮, 可以濯我纓, 滄浪之水濁兮, 可以濯我足)"라고 한 데서 온 말로, 세속을 초월해서 고결한 지조를 지키는 데에 비유한다.

出於賢德이라 豈不及於禽獸之物乎이가. 當今之勢ᄒᆞ와 玉體未寧ᄒᆞ시니 臣子之情의 上何運哉아. 由此觀之컨듼 九重春光 破碎於一身狂風之秋ᄒᆞ고 鳴凰舞□ 發亂於牧丹玉葩之中이라. 伏以 臣은 水國忠臣之後裔라. 錐處囊中脫穎出ᄒᆞ던 毛遂 材조[4]와 含炭爲啞ᄒᆞ고 行乞於市ᄒᆞ던 豫讓의 忠誠[5]과 六國을 從橫ᄒᆞ던 蘇秦의 口辯[6]果 孟獲을 七從七禽ᄒᆞ던 孔明의 材됴[7]을 품어ᄉᆞ오니 河水海外 一介兎을 不得乎잇가. 伏願 聖上언 八觀[8]紛紜之意 ᄒᆞ시고 今命小臣ᄒᆞ와 別定出世ᄒᆞ옵시면 靑山月老兎을 捉致ᄒᆞ여 증졔의 玉體安寧ᄒᆞ옵시면 臣의 所願이로소이다."

廣利 보시고 曰,

"忠哉 忠哉라, 水國之忠이여. 臣哉 臣哉라, 柱石之臣이라."

ᄒᆞ되,

"蕭何[9] 韓信[10]은 沛公[11]이 緊用之材라 ᄒᆞ고, 項羽[12]가 不用之材라 멀

---

4) 추처낭중(錐處囊中) 탈영출(脫穎出)하던 모수(毛遂) 재주: 중국 전국시대 조(趙)나라 평원군(平原君)의 식객 모수가 "진작 나를 주머니 속에 들어가 있게 하였다면, 송곳 끝이 삐져나오는 정도가 아니라 송곳 자루 전체가 튀어나왔을 것이다(使遂早得處囊中, 乃穎脫而出, 非特其末見而已)"라고 재주를 과시해 '낭중지추'라는 고사가 생겼다. 『사기』「평원군열전」.

5) 함탄위아(含炭爲啞)하고 행걸어시(行乞於市)하던 예양(豫讓)의 충성(忠誠): 중국 전국시대 진(晉)나라 예양이 섬기던 지백(智伯)이 조양자(趙襄子)에게 피살되자 복수를 맹세하고 몸에 옻칠을 하여 문둥이 모양도 하고, 숯을 삼켜 벙어리가 되기도 하며 복수의 기회를 엿보았으나 결국 실패하여 죽임을 당했던 일을 가리킨다. 『사기』「자객열전」.

6) 육국(六國)을 종횡(從橫)하던 소진(蘇秦)의 구변(口辯): 전국시대 소진이 합종책을 주장하며 연·제·초·조·위·한 육국의 제후를 설득해 진나라와 맞선 일을 가리킨다. 『사기』「소진열전」.

7) 맹획(孟獲)을 칠종칠금(七從七禽)하던 공명(孔明)의 재주: 삼국시대 촉나라 제갈공명이 남중(南中)을 평정해 4개 군(郡)을 재정비할 때 추장 맹획을 일곱 번 놓아주고 일곱 번 생포해 결국 복종하게 만든 고사를 가리킨다. 『삼국지』「제갈량전」.

8) 팔관(八觀): 인물을 품평하는 데 갖춰야 할 여덟 가지 관점.

9) 소하(蕭何): 한나라 고조 때 재상. 진나라 수도 함양(咸陽)에 입성할 때 진나라 승상부(丞相府)의 도적(圖籍) 문서를 입수해 왕조 건설의 기초를 다지고, 초나라 항우와 싸울 때 관중에 머물며 양식과 군병의 보급을 책임져서 으뜸가는 공신으로 봉해졌다.

10) 한신(韓信): 한고조 때 무장. 처음에는 초나라 항우를 섬겼으나 중용되지 않자 유방에게 가서 대장군이 되었다. 여러 차례 큰 공을 세워 초왕에 봉해졌으나, 뒤에 반란에 가담한 죄로 참살을 당했다.

리 ᄒᆞ던이만도 水國의넌 忠臣이라. 글어ᄒᆞ나 世上을 나가면 王背湯이 된다 ᄒᆞ니 보ᄂᆡ기 危틱ᄒᆞ오."

ᄌᆞ릐 엿자오되,

"臣이 목을 ᄂᆡ고 들리고 楚漢젹 鴻門宴의 擁盾直入ᄒᆞ올 져게 樊噲[13] 씨던 도릐[14] 防牌을 등의 진여삽고, 四足의 ᄌᆡ조 이셔 水上의 놉피 써셔 望보기을 잘ᄒᆞ오니 人間의ᄂᆞᆫ 念여 읍ᄉᆞ오나, 이 水國之所生으로 톡기을 모로오니 톡기을 그려 容貌 파긔을 ᄒᆞ와쥬옵소셔."

龍王이 大喜ᄒᆞ야 水國畵工 불너드려 兎기 畵像 그리난ᄃᆡ,

洞庭琉璃 靑黃硯[15][의 河圖洛書 分明ᄒᆞᄃᆡ] 거북 연젹[16] 錦水秋波[17] 오증魚로 먹 갈니고, 大黃毛[18] 兩頭筆[19]을 반中동 넌짓 풀여 丹靑采色 두루 셕거 白蓮花 간지[20] [一張 쥬루룩 폘쳐노코] 톡기 모양 그려갈 제,

天下名山 勝地間의 景槪 보ᄂᆞᆫ 눈 그리고, 蘭草 芝草[21] 왼갓 香草 솢

---

11) 패공(沛公): 유방을 가리킨다. 유방이 풍현(豊縣) 패(沛) 땅에서 태어나 '패공'이라 불렸다. 진나라 말기에 군사를 일으켜 항우와 다툰 끝에 천하 통일의 대업을 이루어 한고조(재위 B.C.202~ B.C.195)에 즉위했다.

12) 항우(項羽): 중국 진(秦)나라 말에 군사를 일으켜 진을 멸망시킨 뒤 서초패왕(西楚霸王)이라 칭해졌으나 유방에게 해하(垓下)에서 패배하여 오강(烏江)에서 자결했다.

13) 번쾌(樊噲): 중국 한나라 고조 때 공신. 유방이 군사를 일으키자 그를 따라 무장으로 많은 공을 세웠고, 특히 홍문의 잔치에서 유방이 항우에게 모살될 위기에 처했을 때 방패를 들고 들어가서 구해냈다.

14) 도래: 둥근 물건의 둘레.

15) 동정유리(洞庭琉璃) 청황연(靑黃硯): 중국 호남성 동정호에서 나는 푸른빛과 붉은빛이 도는 고운 벼루.

16) 거북 연적(硯滴): 벼룻물을 담는 거북처럼 생긴 그릇.

17) 금수추파(錦水秋波): '금수추파(錦繡秋波)'의 오기.

18) 대황모(大黃毛): 대황모필(大黃毛筆). 큰 족제비 꼬리털로 맨 붓.

19) 양두필(兩頭筆): 양끝에 화필이 달려 있는 붓.

20) 간지(間紙): 건조가 불충분한 인쇄면이 다른 지면에 달라붙는 것을 방지하기 위해 넣는 박엽지, 또는 선화지 등의 얇은 종이.

21) 지초(芝草): 다년생풀에 속하는 버섯의 한 종류. 뿌리는 약재와 물감으로 쓰이며, 상서로운 상징으로 여겨진다.

ᄯᆞ먹ᄂᆞᆫ 입 거리고, 杜鵑黃鳥 지져괼 져 소릐 듯ᄂᆞᆫ 귀 그리고, 蓬萊 方丈[22] 雲霧中의 ᄂᆡ 졸 만ᄂᆞᆫ 코 그리고, [万疊靑山 日月時의 이실 ᄊᆡᄂᆞᆫ 소리로다. 白玉氷崖 月雪中의 放風ᄒᆞᄂᆞᆫ 털 그리고] 萬壑千峯 花林中의 쒸여가ᄂᆞᆫ 발 그리고, 두 귀난 쫑곳, [눈은 말동, 입은 쌔족, 코난 빠꼼,] 몸은 옷독, 소리난 모톡, 다리난 말속, [털은 몽실,] 이리저리 그려갈 제, 左便은 靑山이오 右便은 綠水로다. 層岩絶壁의 구분 데 桂柿나무 글널 속의 들낙날낙 앙금 조촘 긋ᄂᆞᆫ 톡기 얼넌 그련ᄂᆡ트리니 峨嵋山 半輪兎[23]덜 이예서 더ᄒᆞᆯ소야.

ᄌᆞ릐가 畵像을 바다들고 품안의 품ᄌᆞ ᄒᆞᆫ들 압셥히 읍셔 품지도 못ᄒᆞ고, 고롬 읍셔 달 수 읍고, 쥬먼이 읍셔 늘 수 읍고, 들고 나오ᄌᆞ ᄒᆞ니 물 무들 거시요, 읏지ᄒᆞᆯ고 無數히 ᄉᆡᆼ각다가 ᄒᆞᆫ 의ᄉᆞ을 ᄂᆡ여 목을 쑥 ᄲᅢ고 신연使令[24] 권장[25] 메덧 언고 움치니, 一点水 읏디 무들가부냐. 사은슉ᄇᆡ ᄒᆞ직ᄒᆞ고, [三公六卿[26] 모도 다 나와 ᄒᆞ즉ᄒᆞ되,

“爲天下者난 不顧宅[27]라 ᄒᆞ오니, ᄃᆡᆨ의 만약 가기 되면 마두집 읍시 ᄉᆞᄉᆞᄒᆞᆫ 쳐ᄌᆞ들은 분수읍시 말유ᄒᆞ면 막즁 구ᄉᆞ의 마[28]니 들가 염여되아 ᄒᆡᆼ장을 발오 차려 出世 험로 平安이 단여옵쇼.”

22) 봉래(蓬萊) 방장(方丈): 영주산과 함께 신산(神山)으로 일컬어지는데, 진시황이 서불을 보내 불로초를 구해오게 했으나 끝내 얻지 못했다고 한다.
23) 아미산(峨嵋山) 반륜토(半輪兎): 중국 당나라 이백이 지은 「아미산월가蛾眉山月歌」의 첫 구인 “아미산 위에 가을 반달이 떠 있고(蛾眉山月半輪秋)”를 변용한 표현. 아미산은 중국 사천성에 있으며, 청량산·보타산·구화산과 함께 중국 불교 4대 영산으로 일컬어진다.
24) 신연사령(新延使令): 새로 부임하는 감사나 수령을 그의 집으로 가서 맞아오는 일을 맡은 장교(將校)나 이속(吏屬).
25) 권장(券狀): 증서(證書) 따위의 문서.
26) 삼공육경(三公六卿): 조선시대 때 삼정승과 육조판서를 아울러 이르는 말.
27) 위천하자(爲天下者)난 불고택(不顧宅): 항우가 유방의 부친을 죽이려 하자, 항백(項伯)이 “천하를 위하는 자는 집안일을 돌아보지 않는 법이다. 죽여봤자 이익은 없고 단지 화만 부추길 뿐이다(爲天下者不顧家, 雖殺之無益, 祇益禍耳)”라고 충고하니, 항우가 그 말을 듣고 죽이지 않았다는 데서 나온 말. 『사기』 「항우본기項羽本紀」.
28) 마(魔): 일에 생기는 헤살.

주부 曰,

"열여 大監네가 分其一요 未參其二로세. ᄂᆡ가 七十 老母 뫼셔거날 出必告反必面[29] 遊必有方[30] 몰올손가? 忠臣求於孝子이라. 효도 읍고야 忠誠이 잇실숀가?"

그즁의 이여즁 ᄒᆞᆫ 연셕 ᄂᆡ달으며,

"여보, 쥬부의 先代 일을 알게 ᄒᆞ난 말이요."

"옛, 불효 ᄃᆡ라 ᄒᆞ잇고? 지즉병(知則病)이요 부지즉약(不知則藥)인듸 방졍살이 자 그만두고 평안이 계시요."

ᄒᆞ고] 本宅으로 도리와셔 ᄌᆞᄅᆡ 老母前의 ᄒᆞ즉ᄒᆞ니,

ᄌᆞᄅᆡ 母親 ᄂᆡ달으며,

"여발아 奏夫야, ᄂᆡ 말 듯그라. ᄂᆡ 나이 七十인듸 三代獨子 너을 두고 死後終身 미더니 험ᄒᆞᆫ 世上 네 나가니 이 아니 悶忙ᄒᆞ야. 너의 祖父 시아번임 世上의 나가 밥 탐을 果이 ᄒᆞ다 鐵 낙시의 목 쐬여 쇽絶읍시 듁어잇고, 너의 父親 셔方임도 世上의 [쳘엽[31]차로] 나가든이 [창파상 놉히 써셔 이러져리 단일 져게 창슈군얼 보고 너 압어지 쌀은 눈치 ᄇᆡᆨ사장젹 숨어드니 창수군의 날ᄂᆡᆫ 솜씨 창을 ᄒᆞᆫ번 둘부더니 그어여이] 쇠곳치의 등을 쐬여 續絶읍시 듁어시니 來脈이 글어한지 너도 出世上 ᄒᆞ랴 ᄒᆞ니, 이 아니 悶忙ᄒᆞ야. 져發 德분 가지 말아."

鱉奏夫 ᄃᆡ답ᄒᆞ되,

"어마임 염려 마옵소셔. 事君之道 分明ᄒᆞ고 天道神明 昭昭커던 ᄒᆞ물며 客死ᄒᆞ오리가?"

---

29) 출필고반필면(出必告反必面): 『예기』「곡례曲禮」에 나오는 말로 "나갈 때는 반드시 가는 곳을 아뢰고 돌아와서는 반드시 얼굴을 보인다"는 의미.

30) 유필유방(遊必有方): 『논어』「이인里仁」에 "부모가 계실 때에는 멀리 나가서 노닐지 말 것이요, 나가서 놀더라도 반드시 일정한 처소가 있어야 한다(父母在, 不遠遊, 遊必有方)"라는 구절에 나오는 말.

31) 천렵(川獵): 냇물에서 고기를 잡으며 즐기는 놀이.

鱉奏夫 안으로 쏘 암ᄌᆞ릐 나오면셔,

"어와 져 郎君임! 水波江 깁픈 물의 우리 두리 마듀 쓰셔 大魚中魚 잡아먹든 글언 滋味 다 발리고 万里他國 나가오면 何日是歸期요? 어너 씨 도라오시랴오? [독슉공방 이 닉 신셰 맘 쐇칠 곳 젼혀 읍닉. 졔발 덕분 가지 마오."

일어트 만류ᄒᆞ니,] 鱉奏夫 홰을 닉여 ᄒᆞᄂᆞᆫ 말리,

"엣 妖忘ᄒᆞ지고. [예편닉 國事으을 모로고 사졍만 싱각ᄒᆞ고 무을 아 나랴고?] 奉命使臣으로 万里他國의 연장도 업시 山짐싱 자불어 가난듸 방장실리 우난고? 우지 말라."

일건 쑤지더니 鱉奏夫 졔가 울것다.

"못 잇것닉, 못 잇것닉. 아모릭도 못 잇것닉."

암ᄌᆞ릐 뭇난 말리,

"그 무어셜 못 잇것나? 못 잇즐 것 읍건마난, 도원花中 碧房中의 老親父母 못 잇것나?"

"안이 그건 八境[32]일셰."

"玉窓櫻桃深閨中 看花佳人 못 잇것나?"

"아니 그도 千里로세."

"글어면 眼前의 蘭草 갓흔 어린 子息 못 잇것나?"

"안이 그도 딴판일셰."

"그러면 父母妻子 外의 그 머어셜 못 잇것나?"

鱉奏夫 對答ᄒᆞ되,

"이것져것 다 발리고, 다만 자닉 兩脚間 가둑 松便 못 잇것닉. 近來 눈의 것치넌 놈 마니 볼너고."

"누가 눈의 것치기예 그 말리요?"

---

32) 팔경(八境): 미상.

“그 陰凶ᄒᆞᆫ 놈, 南生이란 놈. [명식 읍시 날들어 외사촌이라 ᄒᆞ고 형이니 아오니 ᄒᆞ며 아쥬 너털우슘 지며 집 걱정 아주 말고 이연턱실 업게 ᄒᆞ되. ᄂᆡ 본시 눈 거치게 본 그]을 음풀옷ᄒᆞᆫ 알밤이면 ᄂᆡ 집의 무엇ᄒᆞ로 글리 자됴 단이난고? 나 나가도 [문단속 단단이 ᄒᆞ고] 잠잘리을 갈여 자오. 誤身後談이 쳡경 쉬운이.”

일어틋 말을 ᄒᆞ니, 암ᄌᆞ릐 홰을 ᄂᆡ여,

“엣, ᄌᆞ릐 中의 雜ᄌᆞ릐로고.”

일어틋 하즉ᄒᆞ고 水晶문 밧 쎡 나셔니 景槪도 장이 됴타.

별주부의 육지 구경과 모족 회의

故國天邊 紅日光[1]은 扶桑[2]의 둥실 놉히 쓰이 陽谷의 자든 안가 月峯으로 돌아든다. 漁章村[3] 가 짓고 回雁峯[4] 굴음 써다. 芦花[5]난 눈이 되고, 浮萍은 물에 써다. 魚龍은 잠을 들고, 子規은 날라든다. 洞庭如天波始秋[6]의 錦城秋波[7] 여게로다. 압발노 碧波을 씨거 당그며, 뒤발노 滄浪을 아듀 湯湯 찬[이 은魚 갓흔 져 물결을 点点이 흣터진다.] 이리져리 앙금앙금, 암금 덩실 소사올나 동정湖 七百里을 四面으로 발아보니

1) 고국천변(故國天邊) 홍일광(紅日光): '고국 하늘가 떠오르는 붉은 햇살'의 의미. 대부분의 『수궁가』에는 "맑고 밝은 하늘가에 떠오르는 둥근 해(杲杲天邊一輪紅)"로 되어 있다.

2) 부상(扶桑): 해가 돋는 곳. 또는 그곳에 있다는 상상의 뽕나무.

3) 어장촌(漁章村): '豫章村'의 오기. 중국 회남과 강북의 경계에 있는 마을.

4) 회안봉(回雁峯): 중국 호남성에 있는 형산에서 으뜸가는 봉우리. 기러기가 겨울에 이곳까지 왔다가 봄이 되면 북쪽으로 돌아간다고 해서 붙여진 이름이다.

5) 노화(蘆花): 갈대꽃.

6) 동정여천(洞庭如天) 파시추(波始秋): '하늘처럼 너른 동정호, 물결이 가을을 막 알리네'라는 의미. 동정호는 호남성 북부에 있는 중국 제2의 담수호다.

7) 금성추파(錦城秋波): '금관성(錦官城)의 가을 물결'이라는 의미. 금관성은 중국 사천성 성도(成都) 남쪽에 있던 성.

岳陽樓[8] 놉흔 집은 杜子美[9] 지은 글句 吳楚은 東南坼이요 乾坤은 日夜浮라.[10] 글노 爭雄ᄒᆞ고, 倉梧山[11] 거문 굴음 瀟湘江[12]이 沈沈ᄒᆞ고, 洛浦[13]로 가난 ᄇᆡ은 쇼각달 無光[14] 속의 楚懷王의 寃魂이라.[15] 江山도 秀麗ᄒᆞ고 景槪도 壯할시고. 雲間의 난난 ᄉᆡ은 漢武帝 片紙 물고 瑤池宴으로 도라가난 西王母의 靑鳥로다.[16] 江涯의 橘濃ᄒᆞ니 黃金이 千片이요 芦花風起ᄒᆞ니 白雪이 万点이라. 稽山罷霧鬱嵯峨의 山은 層層 놉파 잇고, 鏡水無風也自波의 물은 츌능 깁허난듸,[17] 万山은 疊疊, 菊花은 点点, 碧水 潺潺, 落花은 落落, 山鳥은 翩翩, 달ᄋᆡ몽둥[18] 측는츌 넙젹 썩갈 얼그리져 뒤틀어졋고, 千里 신ᄂᆡ난 天上의 휘덥혀 海中의 츌넝 월의렁 쉘쉘 쥬르렁쳥 소ᄅᆡ 나고, 어기야 지곡총 漁船 도라들고, 갈메기 ᄒᆡ오

8) 악양루(岳陽樓): 중국 호남성 악양시 서쪽 문에 있는 누각. 동정호 동쪽에 위치해 호수를 한눈에 전망할 수 있는 아름다운 곳으로 유명하다.

9) 두자미(杜子美): 자미는 당나라 시인 두보(712~770)의 자.

10) 오초(吳楚)은 동남탁(東南坼)이요 건곤(乾坤)은 일야부(日夜浮)라: 두보가 지은 「등악양루登岳陽樓」의 한 구절. '오나라와 초나라는 동남으로 갈라졌고, 하늘과 땅은 밤낮으로 떠 있노라'라는 의미.

11) 창오산(倉梧山): 중국 호남성에 있는 산으로, 순임금이 남방 지역을 순행하다가 여기에서 죽었다고 한다.

12) 소상강(瀟湘江): 동정호 남쪽에 있는 소수(瀟水)와 상강(湘江)을 아울러 부르는 이름. 아황과 여영이 순임금이 창오산에서 죽었다는 소식을 듣고 가려고 했으나 그 뜻을 이루지 못하고, 여기에서 울다가 함께 강에 몸을 던져 죽었다고 한다.

13) 낙포(洛浦): 낙수 강가에 있는 포구.

14) 무광(無光): '무관(武關)'의 오기. 무관은 섬서성 상남현(商南縣) 서북쪽에 있는 지명.

15) 낙포(洛浦)로 가는~초회왕(楚懷王)의 원혼(寃魂)이라: 초나라 회왕은 진나라 소왕이 섬서성에 있는 무관에서 만나자는 말에 속아서 갔다가 사로잡혀 돌아오지 못하고 그곳에서 죽었다고 한다.

16) 운간(雲間)의 난난~서왕모(西王母)의 청조(靑鳥)로다: 서왕모는 중국 고대 전설에서 전하는 선녀. 한나라 무제가 장수하기를 바라자, 그를 가상히 여겨 천상의 선도(仙桃) 일곱 개를 가져다주었다고 한다.

17) 계산파무(稽山罷霧) 울차알(鬱嵯峨)의~츌렁 깊었는데: 당나라 하지장(賀知章)이 지은 「채련곡採蓮曲」의 한 구절. "안개 걷힌 회계산은 울창하게 솟아 있고, 바람 없는 호수에는 물결이 절로 일고 있네(稽山罷霧鬱嵯峨, 鏡水無風也自波)"라는 의미.

18) 다래몽둥: 다래 열매.

리 閑暇이 잠을 들고, 玉露淸風 가을 景을 宋玉[19] 賦臥 屈原 글의 붓체도다.

大海 景을 다 본 후의 遠近山川 發아본이 樂樂ᄒᆞᆫ 山鳥聲은 溪邊水聲 셕거 울고, 奇岩怪石은 處處의 自起峯ᄒᆞ고, 高山瀑洞 瀑浦聲은 半空의 소사 잇고, 樓閣의 깃드린 ᄉᆡ 夕陽의 自去自來 松林으로 날아드니, 山林飛鳥쁜이로다. 落霞은 與鵠鶩齊飛ᄒᆞ고, 秋水은 共長天一色이라.[20] 王子은 어ᄃᆡ 가고, 그 글을 을풀 쥴 모르시노. 的的ᄒᆞᆫ 져 紅花난 杜宇[21]의 불거 잇고, 奇奇ᄒᆞᆫ 져 碧草난 爲口의 여려난 뒤, 鸞鳳孔雀 깃드리고 靑鶴白鶴 논이난 ᄃᆡ 온갓 잡ᄉᆡ 날아든다.

金千江 奇觀ᄒᆞ든 万身文章 鳳凰이며, 万里長天 다 뒤졋다 飛盡南溟 大鵬ᄉᆡ,[22] 去家千年今時歸라[23] 有鳥有鳥 영위ᄉᆡ[24], 傾盡滄海不毛惜ᄒᆞ니 이만 쎠다 졍위ᄉᆡ,[25] 有作□巢 놉흔 남게 有鳩居止 비둘기, 秋水共長

19) 송옥(宋玉): 중국 전국시대 초나라의 궁정시인으로 부(賦)에 능했다. 그는 참소를 받아 쫓겨난 굴원의 심경을 가을의 서글픔에 담아 「구변九辨」을 지었다.

20) 낙하(落霞)은 여학목제비(與鵠鶩齊飛)하고, 추수(秋水)은 공장천일색(共長天一色)이라: 당나라 왕발이 지은 「등왕각서滕王閣序」에 "지는 노을은 짝 잃은 따오기와 나란히 날고, 가을 강물은 끝없는 하늘과 한 색이로다(落霞與孤鶩齊飛, 秋水共長天一色)"라는 구절에서 온 말.

21) 두우(杜宇): 두견새. '두우'는 본래 촉나라 망제의 이름인데, 죽은 후에 혼이 두견새가 되었다는 고사에서 두견새의 이칭으로 쓰이게 되었다.

22) 대붕새(大鵬-): 『장자』 「소요유逍遙遊」에 나오는 상상의 새. 곤(鯤)이 변해서 된 새로, 날개의 길이가 삼천 리나 되며 한 번에 구만 리를 날아간다고 한다.

23) 거가천년금시귀(去家千年今時歸): 『수신후기搜神後記』에 "옛날 정령위가 새 한 마리가 되어, 집 떠난 지 천 년 만에 이제 처음 돌아왔소. 성곽은 변함이 없는데 사람은 모두 바뀌었나니, 왜 신선술 안 배우고 무덤만 이리 즐비한고(有鳥有鳥丁令威, 去家千年今始歸, 城郭如故人民非, 何不學仙冢纍纍)"라고 탄식하고는 사라졌다는 전설이 전한다.

24) 영위새(令威-): 요동 사람 정령위(丁令威)가 신선이 되고 나서 천 년 만에 학이 되어 고향을 찾아가 요동 성문의 화표주 위에 앉았는데, 한 소년이 활을 쏘려고 하여 날아오르며 탄식했다는 전설이 전한다.

25) 정위새(精衛-): 중국 전설에 나오는 상상의 새. 여름을 맡은 염제(炎帝)의 딸이 동해에 빠져 죽어 그 몸이 새로 변했다고 한다. 항상 서산의 목석을 물어다가 동해를 메우려 했으나 이루지 못했다고 한다.

天一色 落霞齊飛 짜옥이, 關關雎鳩 在河之洲[26] 婦夫有別 진경신[27], 御史府史 烏□啼 反哺[28] 흐던 가마귀, 살양자치 시월장깃[29] 져 샛토리, 花落靑山 비 긴 날의 울고 가난 子規신, 入飛□□ 百姓家 頡之頑之[30] 졔비로다. 三月春風 짝을 지여 놉히 써다 외곤이, 片片 白鳩 白鷺 쌍오리, 목찰리 鴛鴦신, 느시[31] 진경이, 江上 둘우미, 길곡 길어기, 소릐 큰 왜갈리, 알릐 말속 피오신, 鸞雀 자작 山陳이 手陳이[32] 검고 졀문 굴둑신, 수금신, 씌 만은 갈가마귀, 갈곡갈곡 질리질리 둉지리 아듀 펄펄 날아든다.

한참 일리할 졔 긴너산 슈풀 속으로 힌 김싱 나려온다. 머리 우의 쌜을 지고 이고 골이 눈의 털빗쳔 黃金 갓고 體身이 壯大한게 흐늘 뒤똥셥붓 걸어날여온다. 듀부 감작 놀닉 톡기 畵像 닉여노코 恣準흐니 톡기난 아니로다. 姓名은 모로나 大壯夫 王命을 뫼고 이곳져 나왓다가 무삼 둘여오미 잇시리요. 아무려커나 한번 불너 姓名을 通할이라 흐고,

"져게 오시난 親舊 뉘라 하시오?"

그 김싱 일은 말삼이,

"게셔 뉘라 하오?"

"나난 水國의셔 奏傳 베살 흐누 金자릐 흐거니와 老兄은 뉘시오?"

그 김싱 일은 말이,

26) 관관저구재하지주(關關雎鳩, 在河之州): 『시경』「주남周南」「관저關雎」에 "자웅이 서로 화락하게 우는 물새는 하수가에 있도다. 얌전한 숙녀는 군자의 좋은 짝이로다(關關雎鳩, 在河之州, 窈窕淑女, 君子好逑)"에서 온 말로, 금슬 좋은 문왕과 후비의 성덕을 노래했다고 한다.
27) 진경새: '물수리'의 방언.
28) 반포(反哺): 까마귀 새끼가 자란 뒤에 늙은 어미에게 먹을 것을 물어다 주는 일. 자식이 커서 부모를 봉양한다는 뜻으로 사용된다.
29) 살양자치 시월장깃: 미상.
30) 頡之頑之: 미상.
31) 느시: 미상.
32) 산진(山陳)이 수진(手陳)이: 산에서 1년을 지낸 사냥매인 산진이와 사람 손에서 1년을 지낸 사냥매인 수진이.

"나은 져 건너 덜말 사ᄂᆞᆫ 牛生員이라 ᄒᆞ오."

奏傅 일은 말이,

"老兄 身體가 져ᄃᆞ지 壯大ᄒᆞ고 ᄇᆡ가 불너시니 智識[은] 남의셔 더ᄒᆞᆯ 듯ᄒᆞ오."

牛生員이 仰天大笑ᄒᆞ고,

"그ᄃᆡ 知人知監이 무듼ᄒᆞ오. 聖人이라야 能知聖人이라 ᄒᆞ든이 그 말이 올소."

그 자리 일은 말이,

"老兄[은] 머어스로 所業을 ᄒᆞ시요."

牛生員 일은 말이,

"ᄂᆡ 말을 ᄒᆞ자 ᄒᆞ면 진실노 胸膈이 답답ᄒᆞ오."

"엇지ᄒᆞ여 글어ᄒᆞ오."

"일어 거든 들어보오. ᄂᆡ 본시 神農氏 子孫으로 始世敎耕ᄒᆞ올 져게 歷山[33]의 밧쳘 갈고 그 길로 도라아와셔 牛山의 누어든이 肉山脯林 傑紂[34] 時의 九族을 다 滅ᄒᆞ고, 齊宣王 達脯廚의 계우 살아[35] 一隻草野 숣은 몸을 無知ᄒᆞᆫ 百姓들이 無心이 아니 보고 날 걸휘여 코을 쐬고 세 겁들이 삭기듈로 목을 얼거 일라져라 모라다가 멍ᄋᆡ 장기 목의 메고 百畝田[36] 갈랴 할 졔 한 발질 실독ᄒᆞ며 모진 ᄎᆡ로 캉캉 치고 독한 발깃

33) 역산(歷山): 중국 산동성 제남(濟南)에 있는 산으로, 순임금이 미천하던 시절 여기서 밭을 갈며 살았다고 한다.

34) 걸주(桀紂): 중국 하나라 마지막 임금 걸왕(桀王)과 은나라 마지막 임금 주왕(紂王). 고기를 산처럼 쌓아놓고 육포 안주를 나무에 달아 술을 마시며 방탕한 생활을 즐기다가 나라를 망하게 했다고 한다.

35) 제선왕(齊宣王) 달포주(達脯廚)의 계우 살아: 『맹자』「양혜왕상梁惠王上」에 제나라 선왕(齊宣王)이 흔종(釁鐘)에 희생으로 쓰일 소가 끌려가는 것을 보고 불쌍하게 여겨 양(羊)으로 바꾸게 한 일을 일컫는다.

36) 백무전(百畝田): 100무의 전지로, 광활한 땅을 일컫는 관용적 표현. 옛날 정전제(井田制)에서 한 정을 900무로 하고, 이것을 100무씩 9등분했다.

들어오니 五子胥[37]의 쒸음질과 楚覇王[38]의 당그눌 심도 속絶읍시 氣盡ᄒᆞ여 눈을 감고 업더지니 쓰을더지 익글던지 나 잇던 곳 몰아다가 소복[39]이 시게듀면 인졍 間의 올컨만언 도牛탄을 즉시 불너 頭皮足各各 닋여셔 져갓지 논와 먹고, 쓸은 쎄여 활 부치고, 가듁 베게 북 메우고, 쎄난 발나 [상육] 骨牌 [닷마고티 자말이 일품 □쫑은 쩔어 □엄ᄒᆞ고], 꼴이 잘나 □고 쑬고, 털은 [쎄여 요쇽ᄒᆞ니] 이 일은 답답ᄒᆞᆫ 일 안이갓보. 밧쳘 갈아 닋 머그며 財物 실어 닋가 씨나? 龍鳳 比干[40] 구든 졀긔 生前의 어질기로 死後忠臣 거록커든 이닋 八字 무삼 일노 괴로이 지닋다 來終의도 그릇 돠노? 天子王候 重大臣도 닋 안이면 놉다 ᄒᆞ며, 英雄俊傑 뉘실넌지 닋 안이면 貴타 ᄒᆞ랴. 五福中의 重ᄒᆞᆫ 거시 一曰壽 二曰富라. 耕田食 아니ᄒᆞ고 福 잇다고 富者 되며, 닋 功을 남이 먹고 날을 듁여 쏘 먹은이 赤松子 張子房[41]은 밧 갈아 아니 먹고 肉食도 멀이ᄒᆞ되 長生不死ᄒᆞ여건만 人心도 强暴ᄒᆞ고 世態[도] 疎蕩ᄒᆞ다. 身勢을 生覺ᄒᆞ니 몸 둘 고지 바이업닋. 恨心可憐 이닋 말을 大綱이나 들어보오."

奏傳 일은 말이,

"글어면 몸의 잇난 거셜 발일 거시 읍단 말이요?"

牛生員 일은 말리,

"셰 가지밧게 발거시 읍나이다."

---

37) 오자서(五子胥): '오자서(伍子胥)'의 오기. 중국 춘추시대 초나라 사람이었으나 부형이 살해당한 뒤 오나라로 도망쳐 합려(闔閭)를 도와 초나라에 원수를 갚았다. 나중에 합려의 아들 부차(夫差)와 사이가 나빠져 자결하고, 결국 오나라는 월나라 구천에게 망하게 되었다.

38) 초패왕(楚覇王): 중국 진(秦)나라 말 초나라의 항우. 기원전 209년에 군사를 일으켜 진나라를 쳐서 멸망시키고, 스스로 서초의 패왕이라 했다.

39) 소복(蘇復): 병이 나은 뒤에 원기를 회복하기 위해 잘 먹는 일.

40) 용봉(龍鳳) 비간(比干): 하나라 걸왕의 신하 관용봉(關龍逢)과 은나라 주왕의 신하 비간. 모두 임금의 폭정을 충간하다가 죽임을 당했다.

41) 장자방(張子房): 중국 한나라의 건국 공신인 장량의 자.

"무엇 무엇시오?"

"눈 검젹이난 것果 하품ᄒᆞ난 것果 그름ᄌᆡ臥 그 밧게난 발일 거시 읍소."

ᄌᆡ릐 웃고 일은 말이,

"듁기난 바삭의 아들노 듁쇼. 글어나 마참 路次의 셔로 만나 情懷을 다 못하고 作別ᄒᆞ니 셥셥ᄒᆞ거니臥 男兒何處不相逢이라 ᄒᆞ여시니 안이 일後 다시 보실나오."

ᄒᆞ고 떠나갈 제,

잇ᄯᅴ 그 山김生드리 患을 만낫시되 어지 만나쓴고 하니 은都監 捕獸官 捕獸가 山량을 낫것다. 열어 김生 이 말 듯고 通文을 ᄒᆞ여씨되 通文辭緣의 일어컷다.

"右通喩事段은 달음안이라 此山이 繁華之處라 放砲之首臥 万軍之士가 處處作黨ᄒᆞ여 便踏此山이라 ᄒᆞ니, 同類中의 安有此山 則必有死傷之□ 無數ᄒᆞᆫ 卽 安宅之處로 諸會가 宜當 故以是發文ᄒᆞ오니 若有一分일라도 不參則虎將軍前의 饒飢감으로 밧츨 거시니 一齊所會을 千万幸甚 私通이라. 獐公員[42] 發文이라."

色掌[43] 담뷔 ᄂᆡ여듀며,

"卽時 아니 돌여단은 笞 三十度의 闕錢[44] 三錢 물니리라."

담뷔 通文을 가지고 笞 아니 맛고 闕錢 三錢 아니 물랴고 골 쇽 슈풀마도 쪽 다 돌여더니 열어 김생더리 통문을 보고 一時의 모여드난ᄃᆡ, 孔父子 作春秋 絶筆ᄒᆞ던 麒麟이며,[45] 上錫命擧動時의 天子을 擁衛ᄒᆞ든

42) 장공원(獐公員): 공원 노루. '공원'은 향약의 우두머리인 약장(約長)이나 헌장(憲長) 아래에서 공무를 맡아보던 임원.
43) 색장(色掌): 향교·향약 등의 모임에서 장의(掌議)를 보좌해 자잘한 잡무를 맡아 처리하던 임원.
44) 궐전(闕錢): 모임에 참석하지 못할 경우, 대신 부과되는 금액.

코키리며, 玉京仙官 乘披ᄒᆞ던 風彩 됴흔 사ᄌᆡ로다. 出入風雲 勇猛中[의] 万獸將軍 豹봄이며, 太白이 雨水山의 길드ᄂᆡ던 老羊 少羊, 江水東流月夜上[46] 솔리 슬픈 잔ᄂᆡ비, 쇠 마는 여회, 날닌 노로, 털 됴흔 느구리, 쏠 됴흔 사심, 담부, 톡기, 고양의, 일이, 승양이, 쏙제 等物이 갈오 쒸며 [엽흐로 쒸며] 펼젹펼젹 앙금앙금 모와드난ᄃᆡ 일시 壯觀이[던 게여ᄯᅡ].

열어 김生 多 모여 坐席 다톰할 졔, 톡기라 놈 들어오며,

"오랄 上座席의 난 ᄂᆡ가 어른일다."

ᄒᆞ고 上座의 안지니, 너구리 날여들며,

"이놈 斤數로 달아보와도 ᄂᆡ 斤數가 드할 듯하니 ᄂᆡ가 上座라."

虎狼 들어닥쳐,

"어라, 얼온 한 分 들어가신다."

'어헝' 하니, 열어 김生 보더니,

"졀시고나, 잘 듁것다. 져놈의 威風을 보니 무셥다. 上座의 안칠 ᄊᆡᆨ게 슈가 읍다."

虎狼이 上座의 ᄲᅮᆨ젹 안고 左右을 욱닥이여 하ᄂᆞᆫ 말이,

"ᄂᆡ 들으니 톡기 네가 을론이라 ᄒᆞ니, 으른 根本을 일으라."

톡기 唐突리 나안즈며 曰,

"달이하여 으룬 아니라 天上의 不老草 不死藥을 ᄂᆡ 숀을오 ᄶᅡᆼᄶᅡᆼ 지여 金盤의 놉히 밧체 玉皇前의 올이기로 글이ᄒᆞ여 으룬이요."

"너구리, 너난 엇지ᄒᆞ여 어룬이랴?"

---

45) 공부자(孔父子) 작춘추(作春秋) 절필(絶筆)하던 기린(麒麟)이며: 공자가 『춘추』를 지을 때 노나라 애공(哀公)이 사냥을 가서 "기린을 잡다(獲麟)"라는 기사로 끝마친 데서 유래한 말. 이후 '획린'은 절필이나 임종의 뜻으로 쓰였다.

46) 강수동류월야상(江水東流月夜上): '달 밝은 밤에 강물은 동쪽으로 흐르고'라는 의미. 중국 당나라 이백이 지은 「양양가襄陽歌」의 한 구절인 "강물 동쪽으로 흐리고 원숭이 밤에 우네(江水東流猿夜聲)"의 오기.

너구리 ᄃᆡ答ᄒᆞ되,

"죽을 놈이 말ᄒᆞ여 무엇 ᄒᆞ올리가?"

"왜 듁난닷 말이야?"

"老兄이 斷腸ᄒᆞ면 날을 아니 자버먹것소?"

"ᄒᆞ고마난 김싱 中의 너을 자바먹난 말이야?"

"ᄂᆡ가 그듕의 살젓거드니요."

"살졋셔도 아니 자바먹으게 말하여라."

"나난 눈으로 보고, 귀으로 들은 게 잇셔 어룬이요."

"무얼 보고, 무얼 들으난야?"

"尼丘山 논일 져게 슉양흘이 비난 거셜[47] 이 눈으로 보와잇고, 首陽山 논일 져게 不食周粟 伯夷叔齊 採薇歌 읍난 소ᄅᆡ[48] 이 귀으로 들어 잇고, 鶴鳴山 논일 제게 張子房 玉簫聲외 八千第子 흣트질 졔[49] 歸蜀道 不如歸을 ᄂᆡ 귀으로 들어시니 글이ᄒᆞ여 으룬이요. 虎將軍은 엇지ᄒᆞ여 으룬이요?"

虎狼이 憤을 ᄂᆡ여 일은 말이,

"万古歷代 帝王中의 다 先生이 잇난이라. 으룬의 根本 일으거든 들어 보라. 天上의 赤松子은 神仙中의 으룬이요, 五行達通 邵康節[50]은 述子

---

47) 니구산(尼丘山) 노닐~비는 것을: 숙량흘은 춘추시대 노나라 사람으로 공자의 아버지다. 그는 전취 부인 시씨(施氏)에게서 딸만 아홉낳고 아들이 없었는데, 늘그막에 나이 어린 안씨(顏氏)에게 장가들어 니구산에서 기도를 드려 공자를 낳았다고 한다.

48) 수양산(首陽山) 노닐~읊는 소리: 은나라 고죽군(孤竹君)의 두 아들인 백이와 숙제는 주(周) 무왕이 걸왕을 치러 가는 것을 만류하다 듣지 않으므로 수양산에 들어가 고사리를 캐 먹으며 살다가 죽었다고 한다.

49) 학명산(鶴鳴山) 노닐~흩어질 때: 초나라 항우가 해하에 포위당했을 때 한나라 장양은 사방에서 초나라 노래를 불러 항우 군사로 하여금 고향 생각이 나서 모두 흩어지도록 만들었다 한다. 장양은 공업을 이룬 뒤에 속세를 벗어나 신선술을 배우며 여생을 보냈다고 한다. 학명산은 장양의 후손인 장도릉(張道陵)이 출가해 신선술을 수련하던 곳으로 도가의 발상지로 꼽힌다.

50) 소강절(邵康節): '강절'은 송나라 유학자 소옹(邵雍)의 호. 이정지(李挺之)에게 도가의 학문을 배웠는데, 뒤에 상수학(象數學)을 정립해 역학의 대가로 일컬어진다.

中의 으른이요, 力拔山 楚霸王[51]은 壯士中 으른이요, 李太白 杜子美은 文章中의 으른, 활 잘 쏘는 有窮后羿[52] 射者中의 으른이요, 五關斬將 關雲將[53]은 仁義中의 으른이요, 南草堂 諸葛亮[54]은 謀士中의 어른이요, 말 잘ᄒᆞ난 蘇秦[55]이는 口辯中의 으른의이요, 渭水의 姜太公[56] 漁父中의 으른이요, 今日 座上의난 ᄂᆡ 몸의 勇力豊勝ᄒᆞ고 職品이 헐젹 놉파시니 날 當ᄒᆞ 리 뉘 잇시리. ᄂᆡ의 呼洞 한번 ᄒᆞ면 너의들이 똥을 쌀 거시니 이 中의난 으른일다. 어헝!"

ᄒᆞ니,

"ᄋᆡ고, 여보쇼. 솔이 작귀 좀 ᄒᆞ오. 氣가 막혀 나 듁겻소."

일이할 제 둑겁이 [울며] 들어오던 거시엿다.

"ᄋᆡ고ᄋᆡ고, 셔룬지고. ᄂᆡ가 안자 듯자 ᄒᆞ니 너희찌리 모와 안자 으룬이라 ᄒᆞ니 자식 읍난 늘근이야 이졔 듁[어도] 恨이 읍다. 져 건너 져 나무을 볼 졔마도 더옥 셜다."

虎狼이 氣가 막혀,

"일은 제 어미을 할 놈이로다. 무슌 大明을 갈 우름은 大會中의셔 운

51) 역발산(力拔山) 초패왕(楚霸王): 초나라 항우가 자신의 용맹을 자랑하며 "힘은 산을 뽑을 만하고, 기운은 세상을 덮을 만하다(力拔山兮氣蓋世)"고 읊었다는 기록이 『사기』 「항우본기」에 남아 있다.

52) 유궁후예(有窮后羿): '유궁후(有窮后) 예(羿)'의 오기. 옛날에 오랑캐족 우두머리로 활을 잘 쏘았다는 전설적인 인물. 『회남자淮南子』 「본경本經」에 당요(唐堯) 때 태양 열 개가 함께 떠올라 모든 초목이 말라버리자, 당요가 그에게 활 아홉 개를 쏘아 떨어뜨리게 했는데 태양 속에서 산다는 까마귀가 다 죽어 날개가 땅으로 떨어졌다고 한다.

53) 오관참장(五關斬將) 관운장(關雲將): 삼국시대 한나라 관운장이 위나라 조조에게 잠시 몸을 의탁했다가 다섯 관문의 장수를 베고 주군 유비에게 돌아갔다는 고사를 가리킨다.

54) 남초당(南草堂) 제갈량(諸葛亮): 후한 말에 제갈량이 남양(南陽) 땅에 초가집을 짓고 은거하고 있다가, 세 번이나 찾아온 유비의 정성에 감동하여 세상에 나왔다는 사실이 『삼국지』 「제갈량전」에 전한다.

55) 소진(蘇秦): 전국시대 유세객으로 합종책(合縱策)으로 연(燕)·제(齊)·초(楚)·조(趙)·위(魏)·한(韓) 등 육국의 제후를 설득했던 사실이 『사기』 「소진열전」에 전한다.

56) 강태공(姜太公): 태공망(太公望) 여상을 가리킨다. 강태공이 위수에서 낚시질하다가 주 문왕을 만나 태사(太師)로 발탁되었다는 고사가 『사기』 「제태공세가齊太公世家」에 전한다.

난야? 실읍의아들57) 보게."

곳 둣거비 말을 ᄒᆞ되,

"ᄂᆡ가 아들 三兄弟을 두어더니 ᄉᆺ테 아들 망ᄂᆡ손이 져 나무 셰 柱을 심거 漸漸 잘아 百餘丈이 되어드니, 한 柱난 廣寒殿 지을 저게 들보 ᄒᆞ랴 비여가고, 또 ᄒᆞᆫ 柱난 月中丹桂 쓰으랴고 [쇼ᄋᆡ박괴감으로] 비여가고, 한 柱가 남아드니 神農氏 장기 맛치랴고 비여가고 등걸만 남아든이, 거기셔 휘츄리가 잘아나셔 百餘丈이 되여시되 ᄂᆡ 아들 ᄂᆡ 숀子 다 듥고 너히지리 모와 안자 上座로다 自稱ᄒᆞ니 先無後無일다. ᄋᆡ고ᄋᆡ고 셜운지고."

일이 운이 열어 김싱덜이 듯더니,

"슈監 말숨을 들으니 우리 中의난 老尊長이니 上座의 안치시오."

둑거비 上座로 올라가니, 虎狼이 [ᄒᆞ난 말이,

"연치는 아들이 놉다 한들 지체 읍난 거시 上座야 될 말인야? 글어ᄒᆞ나 됴졍은 莫如爵이요 鄕堂은 莫如齒라58) ᄒᆞ니 막오 한홀 슈난 읍다."

ᄒᆞ고, 장질 톡기을 불너 ᄂᆡ 엽희 별ᄎᆞ을 점하 안치고, 虎狼이 上座 上座을 일어나며] 둑겁이을 욱닥이여 ᄒᆞ난 말이,

"슈監 눈구역이 엇지 져리 불근 ᄀᆡ요?"

둑겁이 말ᄌᆡ됴난 當할 슈 업던 거이여다.

"그난 졀머셔 換□酒을 마니 먹어 글어ᄒᆞ다."

"팔은 엇지 안으로 옥집나?"

"그ᄂᆞᆫ 中年의 활 쏠 져게 우리 三寸덜어 쥭을 ᄲᅵ야달나 ᄒᆞ여더니 밀

---

57) 실읍의아들: '시러베아들'의 오기. 실없는 사람을 낮잡아 이르는 말.

58) 조정은 막여작(莫如爵)이요 향당(鄕堂)은 막여치(莫如齒)라: 『맹자』「공손추하公孫丑下」에 "조정에서는 작위만한 것이 없고, 향리에서는 연치만한 것이 없다(朝廷莫如爵, 鄕黨莫如齒)"라는 말이 나온다.

련훈 우리 三寸 쥭팔은 아니 쎄고 오금을 썩거 글어ᄒᆞ다.”

“몸은 엇지 두트럭두트럭훈가?”

“그난 昨年 四月 初八日 靑龍寺[59] 귀경 갓다가 사黨[60]을 달이고 할로밤 잣드니 張옴이 올나 苦常이로세.”

“혜난 엇지 들락날락험나?”

“그난 네 高祖父ᄒᆞ고 글 일든 生覺을 ᄒᆞ니 글어ᄒᆞ다.”

“글어면 비아지난 엇지 불숙불숙홈나?”

“그난 高孫子의 同甲도 못 되난 놈들이 老尊長을 몰나보고 譏弄ᄒᆞ기로 글어ᄒᆞ나.”

虎狼이 무참케 안자다가,

“이고, 斷腸ᄒᆞ여라.”

너고리 쒸여들며,

“인계난 잘 듁난다.”

---

59) 청룡사(靑龍寺): 경기도 안성시에 있는 절로 남사당패의 주요 근거지였다.
60) 사당(社黨): 사당패. 조선 후기 민간 연예 집단으로 무리 지어 다니며 노래와 춤을 팔았다.

별주부의 호랑이 위기와 퇴치

이리할 제,

잇디, ᄌᆞ릐 岩上의 감아니 안자다가 生覺ᄒᆞ되,

'應當 져 속의난 톡기가 잇실 트이라.'

ᄒᆞ고, [화상 ᄂᆡ여노코 갈여 보니 大小난 잇거니와 형용은 大同小異ᄒᆞᆫ이 山금 늘어져 글어ᄒᆞᆫ가] 한번 불너보리라' ᄒᆞ고, '퇴生員'ᄒᆞ고 불으난 게, 海天烈風을 果이 쏘여 앏으턱이 쌔쌔ᄒᆞ여 느춰 불너 [왼 심술긋고 사오납고 힝실 갑눌인 요 입정[1] 긎은 친구여을 불으것다.]

"虎生員!"

ᄒᆞ고 불너노니, 兎者ᄂᆞᆫ 아니 오고 虎者가 날여오되 小者 中者도 왼 大者 날여오되 ᄆᆡ호 야단으로 날여오던 거시엿다.

松林 깁흔 골로 한 김生 날여오되, 기암怪石이 雲霧中의 쇼사난 듯,

1) 입정: '입버릇'을 속되게 부르는 말.

八十老長 듕이 松納[2])을 씨고 고ᄀᆡ 슉게 됴으난 듯, 귀난 씨여지고, 몸은 얼슝덜슝, ᄉᆡ리난 잔득 한 발이 남고, 朱紅 갓흔 아구리난 갈오 한 발 씨여지고, 精神도 飄烈ᄒᆞ고 威風도 猛烈ᄒᆞ다. 경쇠[3]) 갓흔 눈쌩울은 일이졀이 둥구리며, 기동 갓흔 압달이, 동ᄀᆡ[4]) 갓흔 뒤다리, ᄉᆡ 날 갓흔 발톱으로 잔듸 쌜이 왕모ᄅᆡ을 嚴冬雪寒 白雪格으로 아됴 솰솰 흘뿌리며 엉금엉금 어헝 걸어,

"거 뉘가 날 찬난야?"

엉금엉금 나려와셔 ᄌᆞᄅᆡ 압헤 웃도 셔며 어헝 ᄒᆞ 소ᄅᆡ예 山川이 진동ᄒᆞ니, [징답고 입졍 조흔 친구을 만나것다.] ᄌᆞᄅᆡ 감작 놀ᄂᆡ 셥덕이 쇽의 움치고 듁은다시 엽처시니, 虎狼이 둘너둘너 보더니,

"이거시 나을 불너나가? 前의 보지 못ᄒᆞ던 거시로다."

四方을 만자보더니,

"그것 먹기난 됴커넌되……."

혼자말노 冬夜長夜 긴긴밤의 八十 노인 內外 안자 이야기ᄒᆞ덧 ᄒᆞ것다.

"구멍 읍시니 슐ᄅᆡ박킈 아니요, [미을[5]) 약인가 ᄒᆞ되 졍 마진 자최가 읍스니 그도 아니요,] 솟둑경인가 하여도 쐭지 읍시니 그도 아니요, 쇠똥 누어 말은 게가 ᄒᆞ여도 소ᄂᆡ기 마즌 자최가 읍시니 그도 아니요, 붓쳐논 밀북금[6])인 ᄒᆞ여 고손 ᄂᆡ 읍시니 그도 아니요, 이게 무어신고? 먹어보가? 먹을 밧게 슈가 읍다."

입 다시코 삼키랴다,

---

2) 송납(松衲): 송낙. 승려가 평상시에 납의(衲衣)와 함께 쓰는 모자. 대개 소나무겨우살이로 만든다.
3) 경쇠(磬-): 판수가 경을 읽을 때 흔드는 작은 방울. 옥이나 돌, 또는 놋쇠로 만든다.
4) 동개(筒箇): 활과 화살집을 넣는 통을 어깨에 멜 수 있는 줄로 연결한 제구.
5) 미을: 미상.
6) 밀북금: 밀전병. 밀가루 반죽을 둥글납작하게 빚고 소를 넣어 반달 모양으로 지져낸 떡.

"무명 不食이라 ᄒᆞ니 먹도 으렵고나."

돌오 ᄂᆡ노코,

"이놈 으미나 알고 먹으리라."

호랑이 압[발]노 ᄌᆞ릐 등을 잔득 누르니 ᄌᆞ릐난 본ᄃᆡ 등을 누르면 목이 나오던 거시여다.

자릐 목 실금이 나오니,

"ᄋᆡ고, 이것 돗 나온다. 그양 나오다난 한 百發 나오게다. 小體大□이라 ᄒᆞ든이 大端한듸."

ᄌᆞ릐,

"ᄋᆡ고, ᄂᆡ 등의 곤오[7]板 글린다."

虎狼이 감작 놀ᄂᆡ,

"익기, 이거 말한다. 올타 蘇秦이가 [六國相 縱橫할 제] 말듀먼이 셰길 [행간의 2행 해독 불가] 차고 하나을 일어다 ᄒᆞ드니 예와 싸져고나."

잇ᄃᆡ ᄌᆞ릐가 문난 말이,

"게셔 뉘라 ᄒᆞ오?"

虎狼이 氣가 막혀,

"네가 ᄂᆡ 根本을 알야난야? 나ᄂᆞᆫ 山神之靈物리요, 百獸之長 山君[8]이라. 名曰 虎狼이라. 너난 무어신야?"

ᄌᆞ릐 급결의,

"小魚난 ᄌᆞ릐로소니다."

虎狼이 듯더니,

"올타, 돗타. ᄂᆡ 平生의 願ᄒᆞ기을 王背湯일는이 오날날 만ᄂᆡ구나. 통

---

7) 곤오: 고누. 두 사람이 말판에 말을 벌여놓고, 서로 많이 따먹거나 상대의 집을 차지하기를 겨루면서 노는 놀이.

8) 산군(山君): 호랑이. 호랑이를 짐승의 우두머리라고 여겨 그렇게 불렀다.

ᄌᆡ 삼켜시면 ᄇᆡ쇽의 들어 졀노 王背湯이 되리로다. 어헝, 됴타. ᄌᆞᄅᆡ라니 반갑도다."

[칠연ᄃᆡ한 가뭄 만나 비발 보고 반기ᄂᆞᆫ 듯, 구연지수 장마날의 ᄒᆡ빗 보고 반기ᄂᆞᆫ 듯, 쳔리 타향 봉고인의 버졀 보고 반기ᄂᆞᆫ 듯,[9] 자지교동 친상알나 지친(至親) 보고 반기ᄂᆞᆫ 듯,[10] 二十 未嫁 노쳐자가 신랑 보고 반기난 듯, 三十前의 환거 되여 과부 보고 조와ᄒᆞ듯] 일리 한창 됴와할 졔, ᄌᆞᄅᆡ 王背湯은 몰나듯고 반갑다는 말만 듯고, 쇽마음의,

'일은 졔 어미을 할 놈![11] 날을 보고 졀이 됴와ᄒᆞ니 나하고 寸數가 잇나부다.'

ᄒᆞ고,

"게셔 날과 몃 寸이나 되오?"

虎狼이 일은 말이,

"네가 ᄌᆞᄅᆡ란이 ᄂᆡ ᄇᆡ쇽과 寸數가 잇나니라."

"글어면 먹는단 말이요?"

"먹어도 통ᄌᆡ 삼키게다."

"올타, 잘 죽난다. [들어보쇼. ᄃᆡᄒᆞ난 거션 물의 잇난 고기로 지육이 쳥산 잇씰숀가?] ᄌᆞᄅᆡ 아닐다."

"글어면 무어시야?"

"南星[12]일다."

"南星이면 더옥 됴타. 白雲靑山 雲霧中의 분別읍시 다니든이 濕脚

9) 칠년대한 가뭄~반기는 듯: 성삼문이 지었다고 전하는 「사희시四喜詩」에 "칠 년 가뭄 끝에 단비를 만남, 천리타향에서 고향 친구와 만남(七年大旱逢甘雨, 千里他鄕逢故人)"이라는 구절이 있다.

10) 자지교동 친상알나~반기는 듯: 미상.

11) 일은 졔 어미을 할 놈: 이런 제 어미를 할 놈. 아주 상스러운 욕으로, 자기 어머니와 성교를 할 정도의 패륜아라는 의미.

12) 남성(南星): 남생이. 자라와 함께 우리나라를 대표하는 민물 거북.

症[13]이 急ᄒᆞ여셔 名醫다려 물어본즉 南星이가 當急이라 ᄒᆞ기여 한번 보기을 願ᄒᆞ여더니라."

[행간의 2행 해독 불능]

"글어면 南星이도 아닐다."

"글어면 무어시야?"

"둑겁이로다."

"글어면 더옥 됴타. 너을 살와 숨의 타 먹으시면 □痰의난 卽差로다."

[행간의 8행 해독 불능]

ᄌᆞ릐가 氣막혀 우난 말이,

"못 보것ᄂᆡ, 못 보것ᄂᆡ, 病든 龍王 못 보것ᄂᆡ. ᄂᆡ에 忠誠 不足든가, ᄂᆡ의 精誠 不足든가? 客死身勢 ᄌᆞ릐 八字 이 아니 불상한가? 明天感動ᄒᆞ와 須殺白虎 ᄒᆞ고지고, 燕將軍[14] □殺을 빌어 死殺白虎ᄒᆞ고지고, ᄋᆡ고 ᄋᆡ고 셔룬지고."

일어타시 실피 우니 虎狼이 듯더이,

"이놈 무신 ᄂᆡ게 害로운 소리만 ᄒᆞ나냐?"

ᄌᆞ릐 生覺ᄒᆞ되,

'王命을 뫼와 數萬里 밧게 나와 이 지경을 當ᄒᆞ니, 一死면 都無死라. 無以不食이라 몽됴이 먹난다 ᄒᆞ되, ᄂᆡ 한번 고기갑이나 할이라.'

ᄒᆞ고 모진 마음을 씨게 먹고,

"업다, 네가 ᄂᆡ 根本을 알냐난냐?"

ᄒᆞ며 虎狼의 앞으특을 츱더곡 물고 ᄆᆡ야달이니,

虎狼이,

13) 습각증(濕脚症): 다리에 습진이 나는 병.
14) 연장군(燕將軍): 『삼국지연의』에 등장하는 촉나라의 장수 장비. 『홍부전』에서 제비(燕)가 물어다준 박통 속에서 나와 놀부를 혼내주는 까닭에 연장군이라 일컬어졌다.

“ᄋᆡ고 노와, 아니 먹으마.”

ᄌᆞᄅᆡ 노코 나안지며 움쳐든 목을 길게 ᄊᆡ여 念慮 업시 氣을 뵈이니,

虎狼이 보더니,

“잇기 壯師任 甲冑 쇽의 방망이 춍 나온다.”

ᄒᆞ며, 져마만치 물너안지니,

ᄌᆞᄅᆡ 虎狼이 질이난 긔슈을 알고,

“게셔 ᄂᆡ 根本을 仔細이 알넌가? 나난 水國忠臣 諫義大夫[15] 兼 [侍郎][16] 鱉主傅 別나리라 함ᄂᆡ.”

虎狼 無識ᄒᆞ여 ᄌᆞᄅᆡ 별 字 몰나듯고 無數이 사기여,

“별나리 별나리, 그져 날이도 무셥다 ᄒᆞ나ᄃᆡ, 별나리 더 무셥다. 싱긴 모양보담은 職品은 高桀ᄒᆞᆫ듸, 글어면 목은 어지 우멍거지[17] 되여씨며, 이곳젼 엇지 나와심나?”

ᄌᆞᄅᆡ 對答ᄒᆞ되,

“이곳 나오고 우멍거지 된 根本을 알압나?”

“어듸 돔 알아봅세.”

“우리 水宮이 退落ᄒᆞ여 ᄉᆡ로 다시 지은 後의, 千□ 기와을 ᄂᆡ 숀으로 이여갈 졔, 츈여 긋ᄐᆡ 돌아가다 한 발길 밋거어져 空中 쑥 써려져 빙빙 도라나려오다 목으로 졀격 날여박혀 우멍거지 되여기로 名醫달여 물어본즉 虎狼이 씰ᄀᆡ가 藥이 된다 ᄒᆞ기여 霹靂將軍 압셰우고 돌오랑 鬼神[18] 잡아타고 虎狼 사양 나와시니, 게가 稱名虎狼이면 씰ᄀᆡ 한 보 못 듀것나? 도로랑 鬼神, 게 잇나냐? 어셔 급히 쌜이 나와 龍天劍[19] 드는

15) 간의대부(諫義大夫): 고려시대 문하부에 소속되어 간쟁을 관장하던 정4품 관직.
16) 시랑(侍郎): 고려시대 종1품 수상인 시중(侍中)을 보좌하던 정4품 관직.
17) 우멍거지: 귀두의 표피가 자연적으로 벗겨지지 않는 포경을 이르는 우리말.
18) 돌오랑 귀신(鬼神): ‘돌오랑’은 ‘도랑’의 방언. 도랑에 살고 있다는 귀신.
19) 용천검(龍天劒): ‘용천검(龍泉劍)’의 오기. 중국 진(晉)나라 때 오(吳) 땅에 자색 기운이 하늘의 우수(牛宿)와 두수(斗宿) 사이로 뻗치는 것을 보고 장화(張華)가 이 보검을 얻었다고 한다.

칼노 이 虎狼의 뷔 갈ᄅᆞ라."

'도로랑' ᄒᆞ고 달여든니,

虎狼이 감작 놀ᄂᆡ 물똥을 왈아락 싸고 起竹帳中 垓下 밤의 楚歌聲中 놀낸 覇王 궤圍南出 달어나듯,[20] 赤壁江 불싸움의 敗軍將 魏王 曺操 正玉 쌀아 逃亡ᄒᆞ듯,[21] 北風의 구름 닷듯, 片傳[22] 살 달아나듯, 倭物 됴총 鐵□ 닷듯, 綠樹[水]을 얼는 건너 東林을 헛치면셔 쓔루쓔루 달아나 万疊靑山 바회틈의 혼자 안자 壯膽하고 ᄒᆞ난 말이,

"ᄂᆡ 材됴 안일넌들 도로랑 鬼神 피할손가? 하마듸면 듁을 번ᄒᆞ고나."

20) 초가성중(楚歌聲中) 놀랜~남출(南出) 달아나듯: 중국 초나라 항우가 해하에서 유방의 군사에게 포위당했을 때 사방에서 들려오는 초가(楚歌)를 듣고 초나라 군사들이 포위망을 뚫고 사방으로 흩어져 달아났던 일을 가리킨다.

21) 적병강(赤壁江) 불싸움의~팔아 도망(逃亡)하듯: 중국 삼국시대 위나라의 조조가 적벽강에서 제갈공명에게 화공(火攻)으로 패한 뒤에 부장 정욱(程昱)과 함께 패잔병을 이끌고 화용도로 도망갔던 일을 가리킨다.

22) 편전(片傳): '편전(片箭)'의 오기. 우리나라의 대표적인 화살로 속칭 애기살이라고도 한다. 짧고 작은 화살로 천 보 이상의 거리에서도 갑옷과 투구를 뚫을 만큼 날쌔고 촉이 날카롭다.

토끼와의 만남과 산중흥취

ᄌᆞᄅᆡ 精神을 게우 찰여 生覺ᄒᆞ되,

'猛虎者 山神之靈物이라. ᄂᆡ 忠誠 多果 볼랴 ᄒᆞ고 變化을 보인 듯 山神祭 진나리라.'

ᄒᆞ고, 山神祭物 찰일 저게,

溪邊 南山 웃독 션난 蘿松 柯枝 색거 들고 잔듸 활활 쎨트리고 秋風落葉 널분 입흘 座面紙[1]로 쌀아노코, 山果實 듀어다가 三色實果 괴와 녹코, 신ᄂᆡᆫ물 얼루만져 淨潔이 몸을 싯고, 四方의 禮單할 졔 角亢氐房心尾箕난 三八木 靑龍勢[2]로 靑木 들여 禮單ᄒᆞ고, 斗牛女虛危室壁 二七大 朱雀勢[3]로 紅木 들여 禮單ᄒᆞ고, 奎婁胃昴畢觜參 四九金 白虎勢[4]

1) 좌면지(座面紙): 제사상 위에 까는 기름종이.
2) 청룡세(靑龍勢): 옛날 천문학에서 하늘을 사궁(四宮)·사신(四神)으로 나누고 다시 각 궁마다 일곱 성수(星宿)로 나누었다. 각(角)·항(亢)·저(氐)·방(房)·심(心)·미(尾)·기(箕)는 동궁(東宮)의 일곱 성수이며, 청룡은 동쪽의 신이다.
3) 주작세(朱雀勢): 28수 가운데 북궁(北宮)의 일곱 별자리와 북신(北神)의 동물.
4) 백호세(白虎勢): 28수 가운데 서궁(西宮)의 일곱 별자리와 서신(西神)의 동물.

로 白木 들여 禮單ᄒᆞ고, 井鬼柳星張翼軫은 一六水 玄武勢[5]로 黑木 들여 禮單ᄒᆞ고, 句陳騰蛇 中央勢로 黃身旗 글여 꼭고, 紫丹香[6] 불 피우고, 말고 말근 甘灑水을 畵盞의 가득 부어 祭酒 삼아 올여녹코, 祝文 지여 손의 들고 端正 쑬어안자 祝文을 告할 저게,

"維歲次[7] 甲辰八月 己酉[朔] 初七[日] 乙卯의 南海龍國 諫義大夫 鱉奏傳난 敢昭告于 山神至靈ᄒᆞ난이 君義臣忠之法이 世界水府 極重ᄒᆞ오나 國運이 不幸ᄒᆞ야 龍王이 忽然得病ᄒᆞ와 數年을 呻吟ᄒᆞ되 百藥이 無效러니 千萬意外의 太乙仙관 下臨ᄒᆞ와 診脈執症後 兎肝을 食之則得差云 故海外三万里乙 特命小臣ᄒᆞ와 不顧苦遠ᄒᆞ고 求藥此山 則走者飛者 入滿山川ᄒᆞ와 何者爲兎온지 以水國之眼目으로 察山中之物形ᄒᆞ되 難辨禽獸[之物]ᄒᆞ와 玆敢悶忙之情을 大綱仰告ᄒᆞ오니 伏乞主傳之情乙 神如感動ᄒᆞ와 千年兎 一首을 特爲許給在事 俾無後艱 謹以淸酌脯醯[8] 祗薦于神 尙饗."[9]

祝文을 告ᄒᆞᆫ 後의 한 곳졀 발아보니 絶壁天泰 바회틈의 妙한 김싱 아자시되 耳目이 正制ᄒᆞ고 精神이 식식ᄒᆞ야 月兎精神을 품은 듯ᄒᆞ거날 兎기 畵像 닉여노코 畵像 보고 김싱 보니 山中兎亦畵中兎요 畵中兎亦山中兎라. 丁슈한 톡기로다. 닉 악가난 兎字을 늣춰 불너 虎字을 불너더니 凶惡한 범을 만나 大辱을 보와시니 이번은 되게 붓처 兎字로 불으리라. 無數이 익혀,

"兎生員! 兎生員! 兎生員!"

---

5) 현무세(玄武勢): 28수 가운데 남궁(南宮)의 일곱 별자리와 남신(南神)의 동물.
6) 자단향(紫丹香): '자단향(紫檀香)'의 오기. 자단은 우리 향나무의 다른 이름이다. 목재가 좋아 각종 조각품 공예로 쓰이며, 고급 향으로도 이용되었다.
7) 유세차(維歲次): 제문의 첫머리에 쓰는 관용구로 "이 해의 차례는"이라는 의미.
8) 포혜(脯醯): 포와 젓갈.
9) 상향(尙饗): 제문의 끝머리에 쓰는 관용구. 서기내향(庶幾來饗), 곧 "바라건대 혼백이 오셔서 제사 음식을 흠향하시라"는 의미.

ᄒᆞ고 불너노니, 톡기 부름 듯고 강짱 쒸여날여오며 말을 ᄒᆞ되 가당찬이 ᄒᆞ것다.

"그 뉘라셔 날 찬난고? 首陽山 伯夷叔齊 採薇ᄒᆞ자 날 찬난가? 商山四皓 네 老人이 바독 두자 날 찬난가? 靑山歸路 百花尋의 春風深處 귀경 가자 成眞化像[10] 날 찻난가? 靑山歸路 白露洲의 呂東賓[11]이 날 찬난가? 渭水 姜太公[12]이 川獵 가자 날 찻난가? 赤壁江 蘇子瞻[13]이 玩月ᄒᆞ자 날 찻난가? 날 차즈 리 고히ᄒᆞ다. 그 뉘릐셔 날 찬난고?"

요리됴리 앙금앙금 강장강장 살랑살랑 팔작 쒸여날여오다 ᄌᆞ릐 압혀 씩 마됴 쳐 ᄌᆞ릐 고 만지며,

"아야, 코야!"

톡기 이마박이 만지며,

"아야, 이마박이야! 이분, 初面의 날 밧기난."

ᄌᆞ릐, 톡기을 살펴보니 먼져 왓던 虎狼이 貌色 마는라.

"익기! 이기 삿기 虎狼인가부다."

ᄒᆞ고 감작 놀닉 목을 겹[질 속의] 움치고 듁은다시 업쳐시니, 톡기 도라보며,

"大抵 怪異ᄒᆞ다. 이게 무어신고? 하날임 눈 쫑인가? 만일 하날임 눈 쫑 갓흐면 닉가 머그면 됴케다. [예라, 요거 방셕이나 두고 ᄒᆞ리라.]"

---

10) 성진화상(成眞化像): '성진화상(性眞和尙)'의 오기. 김만중이 지은 『구운몽』의 주인공으로 육관대사 아래에서 도를 닦다 팔선녀와 희롱한 죄로 인간 세상으로 내쳐져 양소유(楊少遊)의 삶을 살며 마침내 참된 이치를 깨닫게 되었다고 한다.

11) 여동빈(呂東賓): '여동빈(呂洞賓)'의 오기. 당나라 말기 도사(道士) 여암(呂巖, 796~?). 자는 동빈(洞賓), 호는 순양자(純陽子). 종리권(鍾離權)을 따라 신선이 되었다고 전해지며, 도교 팔선 중 한 사람으로 칭한다.

12) 강태공(姜太公): 여상을 가리킨다. 위수 물가에서 낚시를 하다가 문왕을 처음 만나 사부로 추대되고, 뒤에 문왕의 아들 무왕을 도와서 은나라를 멸망시키는 데 공을 세웠다.

13) 소자첨(蘇子瞻): 송나라 소식(蘇軾)을 가리킨다. 자는 자첨, 호는 동파(東坡). 그가 적벽강에서 7월 16일에 뱃놀이를 하며 지은 「적벽부赤壁賦」는 불후의 명문으로 전해지고 있다.

ᄒᆞ고 ᄌᆞᄅᆡ 등의 옷독 올나안지니, ᄌᆞᄅᆡ 四足果 목이 왈칵 ᄂᆡ다라 우물우물ᄒᆞ니 톡기 보와 놀ᄂᆡ여,

"그 누가 두리 듀먼이예 구렁이을 담복 잡아너허발여고나. 이 일얼 웃지ᄒᆞᄭᅩ?"

걱경이 紛走할 제 ᄌᆞᄅᆡ 들먹들먹ᄒᆞ여 보고,

"이게 톡기 갓흐면 肝 사발니나 들어겟다. 무긔ᄒᆞ고 ᄃᆡ단한듸. 이분 그만 날리요."

톡기,

"[방셔도 말ᄒᆞ나냐?] 못 날리게다."

ᄌᆞᄅᆡ 들셕ᄒᆞ니 톡기 ᄊᆡ글르르 구글 강장 쒸여 일어나며,

"그분 젹거도 심은 ᄃᆡ단한듸."

ᄌᆞᄅᆡ 문난 말이,

"게셔 뉘라 ᄒᆞ오?"

톡기 對答되,

"나ᄂᆞᆫ 天上月宮의셔 理陰陽 順四時로 晦初分別ᄒᆞ던 禮府尙書 月兎렬이 搗藥主傅[14] 中의 長生藥 글읏 짓고 上帝게 得罪하여 中山[15]으로 定配오니 別號을 兎生員이라 ᄒᆞ오."

ᄌᆞᄅᆡ 兎字을 반계 듯고 文字을 씨되, 다 뒤씨던 거시여다.

"久仰聲華런이 今日相逢은 萬萬無巨不惻이요[16] 明其爲賊은 賊乃可

14) 도약주부(搗藥主傅): 약초 빻는 일을 맡은 벼슬. 다른 『토끼전』에는 "도약주(搗藥酒) 대취하여 장생약 그릇 찧고"로 되어 있기도 한다.

15) 중산(中山): 중국 중산 지방에서 나는 토끼털로 만든 붓이 최고 명품으로 일컬어지는 까닭에 좋은 붓을 가리킬 때 '중산옥토호(中山玉兔毫)', 줄여서 '옥호(玉毫)'라고 부른다. 한유(韓愈)는 『모영전毛穎傳』에서 "세상에 전하는 말에 의하면, 중산의 토끼가 신선술을 얻어 항아를 훔쳐가지고 두꺼비를 타고 달 속으로 들어갔다"고 했다.

16) 구앙성화(久仰聲華)러니 금일상봉(今日相逢)은 만만무거불측(萬萬無巨不惻)이요: '오래전부터 명성을 우러렀더니 오늘 이렇게 만나게 될 줄은 전혀 예상하지 못했다'라는 의미.

服[17]이요 男七女九[18]요 草綠江邊의 万畢嗅로셰."

톡기 맛 文字을 씨되 더 가當찬이 뒤씨던 거시여다.

"아歌査唱[19]이요, 여담絶角[20]이요, 擧石이 紅顔[21]이요, 莫非王土[22]요, 쳔生弱骨 利不可獨食[23]이올□."

ᄌᆞ릐 曰,

"나도 有識ᄒᆞ거니와 게도 장이 有識ᄒᆞ오. ᄂᆞ난 水國 兼 佐郎 鱉主傳別나리로셰. 우리가 다 士大夫 子息으로셔, [요학을 못할 일면 □□구라 뉘라 ᄒᆞ면 알 거시라][24] 大抵 兄은 世外山間의 處ᄒᆞ여 世上興味 엇더ᄒᆞ오? 暫間 이야기ᄒᆞ면 우리 水國 들이가셔 자랑코자 ᄒᆞ모라."

톡기란 놈 擧動 보쇼, 듸갈리을 흔들면서 하난 말이,

"이ᄂᆡ 몸 閑暇ᄒᆞ이 天地間의 읏듬이라. 日入黃昏 져물거라 日出東嶺 잠을 ᄀᆡ여 杜宇 간의 徘徊할 제, 任者 읍난 山果實을 실토록 으더먹고 身如浮雲 是非 읍시 名山 차자 往來할 제 呂山[25] 東南 五老峰[26]果 泰北

17) 명기위적(明其爲賊) 적내가복(賊乃可服): '그가 한 도적질을 밝혀야 도적도 자복한다'라는 의미로 『한서』「고제기高帝紀」에 나온 말.

18) 남칠여구(男七女九): 굶으면 남자는 7일 만에 죽고 여자는 9일 만에 죽는다는 말.

19) 아가사창(我歌査唱): '내가 부를 노래를 사돈이 부른다'는 속담. 책망을 들어야 할 사람이 도리어 책망한다는 의미로 쓰인다.

20) 여담절각(汝-折角): 여장절각(汝墻折角). '네 집 담이 아니었으면, 내 소의 뿔이 부러졌겠느냐?'는 속담. 남에게 책임을 지우려고 억지를 부리는 의미로 쓰인다.

21) 거석홍안(擧石紅顔): '무거운 돌을 들면 얼굴이 붉어진다'는 속담. 무엇이든지 원인이 있어야 결과가 있다는 의미로 쓰인다.

22) 막비왕토(莫非王土): '왕의 땅이 아닌 곳이 없다'는 의미. 『시경』「북산北山」의 "하늘 아래 모든 곳이 왕의 땅 아님이 없으며, 땅의 모든 물가에 이르기까지 왕의 신하 아님이 없다(普天之下, 莫非王土. 率土之濱, 莫非王臣)"에서 나온 말.

23) 천생약골(天生弱骨) 이불가독식(利不可獨食): '약골로 태어나 이익을 독차지할 수 없다'는 의미.

24) 요학을 못할~알 거시라: 미상.

25) 여산(呂山): 중국 강서성에 있는 '여산(廬山)'의 오기.

26) 오로봉(五老峰): 중국 여산 동남쪽에 있는 다섯 봉우리. 노인 다섯 명이 어깨를 나란히 하고 서 있는 모습을 하고 있어 이런 이름이 붙여졌다.

名山 万丈峰果 千重九月 錦岡山과 峨嵋貌樣 太白山 안이 본 곳 읍시 보고, 蓬萊山 上上峰을 黯黯 그여올라 白雲을 무릅씨고 巫山[27]의 落浦景과 陽谷[28]의 日出景을 眼下의 參列ᄒᆞ니 登泰山小天下난 孔夫子의 大觀[29]인덜 ᄂᆡ의셔 더할손가? 鸚鵡 鴛鴦 보졀 삼고 浮雲으로 遮日 삼아 奇岩으로 屛風 삼고 밤이면 玩月ᄒᆞ고 나지면 遊山할 제 物好江山 風景興味 地上神仙 나쁜이라. 安期生 赤松子을 ᄂᆡ의 弟子 삼아두고 長生道 갈오칠 제 잇다금 글읏하면 동아리도 치고 四時風景 더옥 됴타.

正二三月 돌아오면 花信風[30] 얼는 불어 萬花方暢 꼿필 져게 三登退階[31] 舜人君은 八元八愷[32] 달이시고 南風請[33] 五絃琴의 解吾民之慍兮[34]ᄒᆞ든 君王 富貴 牧丹꼿, 首陽山 月輝中의 長順虛 몸이 되여 泰山 갓튼 구든 졀기 早乞歸라 號令하든 舜國忠臣 向日花며, 潯陽處士 陶淵明은 五斗錄을 하직ᄒᆞ고 田園으로 도라드러 樂琴書이 消憂ᄒᆞ던 隱逸風道 菊花꼿[35], 五農種子[36] 亭上月언 머리 우의 발가 잇고, 安子燕[37]의 榻上淸風 ᄊᆡ속의 부러시니 寒士淸興 梅花꼿, 六國風塵 搖亂할제 商山四皓에

27) 무산(巫山): 중국 사천성과 호북성 경계에 있는 명산. 북쪽으로 대파산(大巴山)과 이어져 있는데, 모습이 '무(巫)' 자를 닮아서 이런 이름이 붙여졌다.
28) 양곡(陽谷): 양곡(暘谷). 고대 신화에서 해가 뜨고 해가 목욕한다고 전해지던 곳.
29) 등태산(登泰山) 소천하(小天下)난 공부자(孔夫子)의 대관(大觀): '태산에 올라가 굽어보니 세상이 작아 보인다'는 의미로 『맹자』「진심盡心」에 나오는 말.
30) 화신풍(花信風): 꽃이 피는 계절에 불어오는 바람.
31) 삼등퇴계(三登退階): '삼등토계(三等土階)'의 오기. 요임금과 순임금은 평민과 구별하기 위해 불과 세 단 높은 자리에 앉았을 뿐이라는 의미.
32) 팔원팔개(八元八愷): 온화한 여덟 사람과 선량한 여덟 사람이란 의미. 전설상의 인물인 고양씨(高辛氏)의 재자 여덟 명과 고신씨(高陽氏)의 재자 여덟 명을 일컫는다.
33) 남풍청(南風請): '남훈전(南薰殿)'의 오기. 남훈전은 당나라 현종이 건립한 전각인데, 옛날 순임금이 줄이 다섯 개인 오현금을 만들어 읊었다는 「남풍南風」의 "남풍지훈혜(南風之薰兮)"에서 따온 것이다.
34) 해오민지온혜(解吾民之慍兮): 순임금이 지은 「남풍」의 "남풍의 훈훈함이여 우리 백성들의 성냄을 풀어주며, 남풍이 때맞게 불어줌이여 우리 백성의 재물을 풍성하게 해준다(南風之薰兮, 可以解吾民之慍兮, 南風之時兮, 可以阜吾民之財兮)"에서 따온 구절.

老人 九升葛布[38]을 입고 青黎杖 비겨노코 石榻右의 잠을 드니 老人彷佛 박쏫치며, 二十歲 騰將軍[39]이 白水眞人 는짓 만나 漢나라을 中興ᄒᆞ고 承相印綬 가저시니 青春少年 셕듁花[40]며, 風月無邊 周簾溪[41]난 孔孟으로 시僧 삼고 青鳥[42]와 버지 되여 太極圖[43]을 誠論ᄒᆞ니 君子氣像 蓮花 쏫, 雪□갓치 妙ᄒᆞᆫ 色도 玉樓 紗窓 비겨안자 黃昏白馬 冶遊郞을 秋波들여 送情ᄒᆞ던 娼妓 갓흔 海棠花며, 仙風道骨 花眼色[44]이 絶代佳人 손목 쥐고 四足[45]으로 傳對ᄒᆞ여 空山 우의 올나시니 風流冶郞 紅桃 碧桃.

쏘 한 곳 발아보니 왼갓 김싱 우름 운다. 弱水三千 瑤池宴[46]의 消식

35) 심양처사(潯陽處士) 도연명(陶淵明)은~은일풍도(隱逸風道) 국화(菊花)꽃: 진(晉)나라 도연명이 팽택현령(彭澤縣令)으로 있다가 오두미의 녹봉 때문에 허리를 굽힐 수 없다면서 고향으로 돌아갔다는 고사가 전한다. 그의 시 「음주飮酒」에 "동쪽 울 아래에서 국화꽃을 따다가, 유연히 남산을 바라보노라(採菊東籬下, 悠然見南山)"라는 구절에서 국화를 가지고 왔다.

36) 오농종자(五農種子): 중국 제나라 오릉(於陵) 땅에 살던 청렴한 선비인 '오릉중자'의 오기. 그는 모친이 주는 음식과 형의 저택을 불의(不義)의 물건이라 하여 물리치고 오릉에 은거하며, 자신은 짚신을 만들어 팔고 아내는 길쌈을 하며 청빈하게 살았다고 한다. 중자는 진중자(陳仲子)의 약칭.

37) 안자연(安子燕): 공자의 수제자 '안자연(顔子淵)'의 오기. 자연은 안회(顔回)의 자. 안빈낙도의 생활로 공자에게 칭찬을 받았다.

38) 구승갈포(九升葛布): 아홉 세, 곧 칡으로 짠 거친 베옷. 승(升)은 피륙의 바탕으로 80루(縷)가 1승.

39) 등장군(騰將軍): '등장군(鄧將軍)'의 오기. 후한 광무제를 도와 천하를 평정한 명신 등우(鄧禹)를 가리킨다.

40) 석죽화(石竹花): 패랭이꽃.

41) 주렴계(周簾溪): 송나라 유학자 주돈이(周敦頤). 염계(濂溪)는 그의 호. 「애련설愛蓮說」을 지어 연꽃을 꽃 중의 군자라고 칭송했다.

42) 청조(青鳥): '정주(程朱)'의 오기. 송나라의 정호(程顥)·정이(程頤) 형제와 주희(朱熹)를 일컫는다.

43) 태극도(太極圖): 송나라 주돈이가 우주의 근본과 만물의 발전하는 이치를 그린 그림.

44) 화안색(花眼色): '사안석(謝安石)'의 오기. 중국 동진 때 명신 사안(謝安). 안석(安石)은 그의 자. 이른 나이에 관직을 사퇴하고 회계(會稽) 땅 동산(東山)에 은거하며, 조정에서 여러 차례 불렀으나 나오지 않았다고 한다.

45) 사족(四足): '산중(山中)'의 오기.

46) 요지연(瑤池宴): 약수(弱手)로 둘러싸인 요지는 선녀 서왕모가 거주하던 곤륜산의 선경이고, 파랑새는 서왕모의 사자(使者). 『한무고사漢武故事』에 의하면, 7월 7일에 갑자기 파랑새가 서쪽에서 날아와 승화전(承華殿)에 내려앉았다. 무제가 그 연유를 동방삭에게 묻자 답하기를

傳튼 青鳥ᄉᆡ며, 司馬張瓊[47] 琴소ᄅᆡ의 五柳紗窓 鳳凰이며, 芙蓉塘 雲霧中의 그름 속의 孔雀이며, 一千年 華表柱의 嬌音好音 鸚鵡ᄉᆡ며, 歸蜀道[48] 帝子寃魂 泣血三更 杜鵑ᄉᆡ며, 七月七夕 銀河水 달이 놋튼 烏鵲이며, 綠楊絲絲 북[49]이 되여 봄을 짜난 쐬고리, 一雙飛去 各頭會 遠不相離[50] 鴛鴦ᄉᆡ, 上林園의 글 傳ᄒᆞ든 別表歸來 기러기, 夕陽의 飛割青山色ᄒᆞ니 雙遊雙去 ᄒᆡ올아비, 泛泛中流 놉히 쎠다 雙去雙來 雙오리며, 곳곳마다 츔을 츄고 가지가지 놀ᄋᆡ한다. 百花中 깁히 든 잠 ᄉᆡ소ᄅᆡ의여 얼는 ᄀᆡ여 時興을 귀경할 제, 偷香하난 범나부난 날을 보고 반기난 듯 너울너울 츔을 츄고, 介子秋 말근 魂은 食寒으로 弔傷ᄒᆞ니, 王羲之 은져영[51]이요 流觴曲水[52]쑨이로다. 杜子美 듁은 後의 花草가 任者 읍셔 쇽絶읍시 이우든이 오날날 빗치 난다.

四五六月 도라오면 도라오면 赤帝[53] 乾坤 南風 불어 왼갓 雜木 茂盛할 제, 冬令秀孤不變色 君子節義 소나무, 春夏秋冬 四時節의 丁丁獨立 즌나무, 萬頃滄波百千丈의 水中風茂 標나무며, 五子胥의 무덤 압 忠誠할손 가쥬나무, 望美人兮 天一方 어덕더덕 山椒나무, 青山影裏浮雲中의

"서왕모가 오려는 것입니다" 했는데, 뒤에 과연 서왕모가 왔는데 파랑새 두 마리가 양쪽에서 시립(侍立)했다고 한다.

47) 사마장경(司馬張瓊): 중국 전한 때 문인 사마상여. 장경은 그의 자. 한나라 부호 탁왕손(卓王孫)의 딸 탁문군(卓文君)은 사마상여가 타는 거문고 소리에 반하여 밤중에 집을 빠져나와 그의 아내가 되었다고 한다.

48) 귀촉도(歸蜀道): 두견새의 별칭. 옛날 촉나라에 두우라는 왕이 있었는데, 왕위를 신하에게 빼앗기자 그의 혼이 두견새가 되어 타향에 나와 울기를, "촉도로 돌아가자, 돌아감만 못하리라(歸蜀道, 不如歸)"라고 울었다는 데서 유래한 이름.

49) 북: 베틀에서, 날실의 틈으로 왔다갔다하면서 씨실을 푸는 기구.

50) 원불상리(遠不相離): 서로 이별하지 않기를 바란다는 의미인 '願不相離'의 오기인 듯하다.

51) 은져영: '난정연(蘭亭宴)'의 오기인 듯하다. 난정은 중국 절강성 소흥현(紹興縣)에 있는 정자 이름으로, 왕희지가 진나라 목제(穆制) 9년 3월 3일에 사안(謝安) 등과 계연(契宴)을 치른 뒤에 「난정기蘭亭記」라는 유명한 글을 지었다.

52) 유상곡수(流觴曲水): 굽이쳐 흐르는 물에 술잔을 띄워놓고 술잔이 자기 앞에 오기 전에 시를 짓고 술잔을 들어 술을 마시는 놀이.

53) 적제(赤帝): 여름을 맡은 신.

朝夕으로 불 불나무, 數尺之蘮 良工不棄 아람드리 材나무[54]며, 紫丹龍木 珊瑚 박달가싀木, 禿木 兼 樹나무, 잣나무, 달이몽[등] 겻들여 넙젹쭉갈, 능슈버들 일멍덜멍, 葡桃 달이 넌출 늘어져 펑퍼져 나리쳐 솟구쳐 流月桃[55]中 복강이며 □□□ 숩풀 되[고], 골골마다 근늘진다. 淸溪水 흘으난 딕 발을 씨고 도라셔니 山翁心事 담泊하다. 五月不熱疑淸秋라. 天中節 端午[날]의 菖蒲酒을 가득 부어 屈三閭을 慰로ᄒᆞ니 慷慨ᄒᆞᆫ 男子胸襟 比할 곳 젼혀 읍다. 綠陰芳草 濃花時난 王之甫의 피여시니 別乾坤 말근 잣최 날밧게 쏘 잇난가.

七八九月 돌아오면 金風은 蕭瑟ᄒᆞ고 万壑千峰 丹楓 든다. 彩色屛風 둘은 속의 山翁富貴 거록하다. 秦[始]皇의 帝力인들 아사갈 슈 젼혀 읍고 霜葉紅於二月花는 이을 두고 일으미라. 日入黃昏 져물거다 東嶺滄月 발가올 졔 아리싸온 저 달빗쳔 오날밤의 흐고 흘사. 李謫仙 듀근 後의 主長 읍신 져 風月을 늬 혼자 ᄎᆞ지ᄒᆞ고 宋玉의 悲秋賦[56]난 千古의 遺傳ᄒᆞ나 나의셔난 大丈夫라. 天下名山 便踏ᄒᆞ여 丹楓 구경 가ᄌᆞ셔라. 蓬萊山 올나가니 赤松子 王自鎭[57]은 石榻우의 바독 둔다. 不老草 人蔘藥을 數읍시 어더먹고 天台山 넌짓 올나 西王母 잠[깐] 보고 崑崙山 놉히 올나 天下을 接對ᄒᆞ니 夏禹氏 治水跡 碑文의 完然커날 大丈夫 여게 와셔 자최 읍시 못 갈이라. 無心筆[58] 을는 늬여 半中間 넛짓 풀어 生畵 늬여 題名ᄒᆞ되, '某年某月某日[의] 兎處士난 過此ᄒᆞ노라.' 岩上의 크

54) 재나무(材-): '재(梓)나무'의 오기.
55) 유월도(流月桃): 복숭아의 한 품종. 음력 유월에 열매가 익는다 한다.
56) 비추부(悲秋賦): 중국 전국시대 초나라 사람인 송옥의 작품으로, 가을을 말할 때 자주 거론된다.
57) 왕자진(王自鎭): '왕자진(王子晉)'의 오기. 주나라 영왕(靈王)의 태자로 피리 불기를 좋아해 곧잘 봉황의 울음소리를 내곤 했다. 선인(仙人) 부구공(浮丘公)을 따라 숭산(嵩山)에 올라가서 선도(仙道)를 닦았다는 사실이 『열선전列仙傳』「왕자교王子喬」에 전한다.
58) 무심필(無心筆): 딴 털로 속을 박지 않은 털붓.

게 씨고 그 길노 나리달나, 君山[59]을 올나가니 十二峰 놉피 소사 守月岩을 □□ᄒᆞ고 夕陽歸送山影外라.[60] 경쇠 소리 錚錚ᄒᆞ여 雲霧間의 들이ᄂᆞᆫ듸 七百[里] 洞庭湖난 瀟湘江을 通ᄒᆞ엿고, 岳陽樓 回思亭 娥皇女英 듸슈풀은 千古 完然ᄒᆞ다. 忠臣烈士 기친 血을 九疑山[61]의 붓쳐시니 慷慨ᄒᆞᆫ 男子 胸襟 比할 곳 젼혀 읍다. 그 길노 날이달나 峨嵋山 올나간이 半輪月 가을달언 太白의 遺跡이라. 巫山의 잔나비와 錦罡의 기럭이ᄂᆞᆫ 客의 懷腸 지쵝한다. 南屛山 올나가니 七星壇[62] 빈터이요 赤壁[江] 발아보니 쥬고[63]난 어듸 가고 千金지셕 간듸읍다. 詩酒風流 됴흘시고, 任者 읍난 山實果을 數읍시 쥬어먹고 遠山石程 구분 길노 흐늘흐늘 도[라]온다.

冬至셧달 도아오면 落木은 瀟瑟ᄒᆞ고 白雪[은] 紛紛ᄒᆞ야 奇岩怪石 발근 긔운 白玉으로 丹粧ᄒᆞ고 萬疊氷涯 닷난 瀑浦 水晶갓치 걸여시니 瓊宮瑤臺[64] 걸의 집과 採田ᄒᆞ던 隋陽帝[65]난 삿치타 할연이와 造化을 어이할리. 雲山 石室 精潔ᄒᆞᆫ듸 紫霞 石門 구지 닷고 閑暇이 안자시니 顔子

59) 군산(君山): 중국 호남성 동정호 입구에 있는 산.
60) 석양귀송산영외(夕陽歸送山影外): '송(送)'은 '승(僧)'의 오기. 임형택본 『토처사전』에는 '석양 무렵, 작은 바윗길로 스님 돌아가고'라는 뜻인 "석경귀승석양외(石逕歸僧夕陽外)"로 되어 있다.
61) 구의산(九疑山): 중국 호남성 영릉도(零陵道)에 있는 산. 창오에서 죽은 순임금을 여기에 묻었다고 한다.
62) 칠성단(七星壇): 적벽대전 때 촉나라 제갈공명이 남풍을 빌기 위해 쌓은 제단.
63) 쥬고: 중국 삼국시대 오나라의 명장 '주유(周瑜)'의 오기. 적벽강에서 유비와 연합해 조조를 대파했다.
64) 경궁요대(瓊宮瑤臺): 중국 전설에서 신선이 산다고 하는 거처. 하나라 걸(桀)과 은나라 주(紂)가 지은 사치스러운 궁전을 일컫기도 한다.
65) 수양제(隋陽帝): 중국 수나라 2대 황제. 둘레가 300리 되는 서원(西苑)을 쌓은 다음 그 안에 삼신산을 만들고 온갖 꽃나무를 심어 궁전을 화려하게 꾸몄다. 가을이 되어 꽃이 지면 사람들을 시켜 채색 비단을 잘라 꽃과 잎을 만들어 나뭇가지에 붙이게 했다는 일화가 『속세설續世說』에 전한다.

淵[66]의 一簞食은 生涯가 넉넉ᄒᆞ고, 石崇[67]의 金穀變化 쉼밧게 머러[쑤나]. 그것도 됴컨이와 輿致됴차 非凡ᄒᆞ랴. 月三更 지워갈 제 紗窓을 놉히 열고 雲月을 구경ᄒᆞ니 孟浩然[68]의 八翁[69] 風景 헛일홈뿐이로다. 四時 風景 일어ᄒᆞ니 大綱이나 들어시요."

---

66) 안자연(顔子淵): 공자의 수제자 안회. '자연'은 그의 자.
67) 석숭(石崇): 중국 진(晉)나라 때 부호. 별장인 금곡원(金谷園)을 짓고 빈객을 불러 술을 즐기면서 호화로운 삶을 즐겼다고 한다.
68) 맹호연(孟浩然): 중국 당나라 때 시인으로 산수 자연을 자주 시의 소재로 삼았다.
69) 팔옹(八翁): '파릉(灞陵)'의 오기. 파릉은 중국 장안 동쪽에 있는 한 문제(漢文帝)의 능. 당나라 시인 맹호연이 그 근처에 살았는데, 눈발이 휘날리는 날에 나귀를 타고 그곳 근처의 패교(灞橋)를 지나갈 때 종종 좋은 시상을 얻었다고 한다.

토끼의 세상 팔난과 별주부의 수궁 흥미

ᄌᆞᄅᆡ가 듯더니,

"그ᄃᆡ가 言足飾非로 말은 잘 ᄭᅮ며ᄒᆞ나, ᄂᆡ가 世上 患亂을 몰은다고? 世上八亂을 ᄂᆡ 일으거던 드르시요.

一介閑兎 그ᄃᆡ 身勢 三春九秋 다 보ᄂᆡ고 嚴冬雪寒 발암 치고 万壑千峰 눈 싸일 졔 鸚鵡 鴛鴦 슨어지고 奇花瑤草 [씰어]지고, 山果木實 바이 읍셔 곱흔 ᄇᆡ 틀어쥐고 발바당만 할작일 졔 어둑한 바회틈의 더진 다시 홀노 안진 그동 天雲閉月 無光[1] 속의 楚懷王의 窮困이요, 二月孤村 北海[2]上 蘇中郎[3]의 苦像[이라]. 嚴冬雪寒 다 보ᄂᆡ고 碧桃黃葉 春三

---

1) 무광(無光): 중국 섬서성 상락현(商洛縣)에 있는 지명인 '무관(武關)'의 오기. 전국시대 때 초나라 회왕이 굴원의 만류를 뿌리치고 진나라에 들어가 억류되었다가 그곳에서 죽었다.
2) 북해(北海): 중국 전한 때 소무가 흉노에게 포로로 잡혀 있던 지명. 카스피해 부근을 가리킨다.
3) 소중랑(蘇中郎): 중국 전한 무제 때 인물 소무. 중랑장(中郎將)이 되어 흉노에 사신으로 갔다가 북해에 유폐되어 19년 만에 돌아왔다.

月 쥬린 口腹 칙우랴고 일이졀이 단[일] 져게 木打릐[4]의 떨걱 치여 망틔걸이 쇼슈ᄒᆞ고 주글 지경 되올진ᄃᆡ 胸膈의 불리 붓터 五腸이 다 녹을 제, 山川 귀경 [ᄒᆞ자 한들] 景遑읍셔 어이할이. 그 아니 八亂인 가."

톡기 對答ᄒᆞ되,

"글어ᄒᆞ길닉 슈상ᄒᆞᆫ ᄃᆡ로난 아니 다니요."

"글어면 어ᄃᆡ로 다니요?"

"놉흔 峰으로 다니요."

"글이 가면 쏘 듁을 일이 읍다고?"

"게야 무슨 일요?"

"들어보오. 上峰의 셧난 거션 ᄆᆡ 바든 슈알지[5]요, 中허리로 도난 거선 모리굿지 上良씨라. 톡기가 얼넌 하면 슈알지 먼저 보고 海東倉[6] 보라[ᄆᆡ] 구록皮졀[7] 갓치예 돌ᄋᆡ당사[8] 王방울을 떨넝떨넝 쓸치면셔 쥬먹을 벅차면[셔] 두 듁지 쌀이 떨처 슈루슈루 달여들어 兎生員의 兩 귀미쳘 쌍글어케[9] 츅케들고 장박이[10] 骨치을 그져 쏙쏙."

톡기,

"ᄋᆡ 이, 그分 初面의 말 싱긴의 篤하게 ᄒᆞ오. 글어ᄆᆡ 뉘가 上峰로 다 닌다고. 中間 기실그로 [살살] 단이지요."

"中間의난 쏘 일이 읍다고?"

"게야 무슨 일이 잇셔요?"

---

4) 목타래: 올무. 새나 짐승을 잡기 위한 올가미.
5) 수알지: 수할치. 매사냥하는 사람.
6) 해동창(海東倉): 해동청(海東靑). 송골매.
7) 구록皮졀: 미상.
8) 도리당사(−唐絲): 중국에서 나던 여름 비단으로 만든 실.
9) 쌍글어케: 미상.
10) 장박이: 미상.

"들어보오. 中間으로 단일 져게 불 잘 논난 捕獸더리 ᄆᆡ지망ᄐᆡ[11] 등의 진 귀藥甬,[12] 남날ᄀᆡ와 白ᄎᆡ 火繩 가늘게 ᄆᆡᆸ시 잇게 쇠와 곳초 갓튼 불을 달여 곱쇠[13] 숀의 얼넌 들고 방牌 ᄊᆞ며 압가리고 金字 박기 숲바그면[14] 춍 됴흔 火藥 鐵丸 박아 火繩 불을 방아쇠의 들어 언져 톡기가 을는 ᄒᆞ면 한싹 눈 찟긋 감고 말근쇠 얼는 맛촤 肝 더벅이[15] ᄃᆡ총ᄒᆞ여 ᄌᆡ쏠 번쩍 탕!"

톡기란 놈 거동 보소. ᄊᆡ굴ᄊᆡ굴 궁글더니 精神 찰여 ᄒᆞ난 말이,

"ᄋᆡ고 듁쎄다. 아니 여보, 웃지 말삼을 글이 몰강시럽게 ᄒᆞ오? 춍ᄒᆞ고 나ᄒᆞ고난 大天地寃讐[16]요."

"으지 글어탄 말리요?"

"우리 祖父丈게셔 탕 ᄒᆞ더니 一去無消息이요, 父親게셔 탕 ᄒᆞ더니 因忽不見이요, 伯氏게셔 『탕』 ᄒᆞ더니 飛去夕陽風ᄒᆞ여기로 나고난 大天地寃讐요. 남 듯기 슬은 소ᄅᆡ 너머 마오."

主傅 笑曰,

"兄의 말삼이 江山風景 차지ᄒᆞ고 世上 걱졍 읍다더니 입으로 ᄒᆞ난 총소ᄅᆡ의 그ᄃᆡ지 [놀]ᄂᆡ요?"

톡기 가삼이 벌덕벌덕 ᄒᆞ난 말이,

"글러킬ᄂᆡ 나난 山으로 아니 단이고 헐젹 너른 덜로 다니요."

"덜노 가면 듁을 일 읍쇼?"

"아모 일도 읍고 太太平이옵ᄃᆡ."

---

11) ᄆᆡ지망ᄐᆡ: 미상.
12) 귀약통(一藥甬): 화승총 옆에 재는 화약을 담아두는 작은 통.
13) 곱쇠: '곡철(曲鐵)'의 방언. 직각형으로 된 쇳조각.
14) 金字박기 숲바그면: 미상.
15) 더벅이: 무더기로 쌓여 있거나 덕지덕지 붙어 있는 물건.
16) 대천지원수(大天地寃讐): '불구대천지원수(不俱戴天之怨讐)'의 오기. 하늘을 같이 이고 살지 못할 원수라는 의미로, 이 세상에서 함께 살 수 없을 만큼 원한이 깊은 원수를 비유하는 말.

"읍난가 들어보오. 들노 날여가난 [톡기] 百人逐之 소리질너 읍난 ᄀᆡ도 후긔리며 이리 두두 졀리 두두. 풀 비던 牧童이며, 밧 갈던 農軍더리 보[17] 막던 防川 말[18]을 질질 글고, 자로 진 낫쳘 들고 달여들어 四面의 둘운 거션 톡기 걸일 兎網이라. 殷王 成湯 가신 後의 그 금물을 뉘가 풀고? 오도 가도 못할 젹의 草軍더리 들어닥쳐 成群作黨 소리하되 '從天降 從地出 從四方來者 皆入吾網' 할이라. 톡기너 어ᄃᆡ로 다라날고? 할가 작다기로 그져 쐉쐉 쑤다릴 제 居首 草軍 제케노코 됴사草軍 ᄂᆡ달나셔 枯木가지 장작이며 秋風落葉 말은 입플 슈둑기 모와노코 와락와락 불을 지너 火炎이 衝天할 졔 兎先生을 밧사 구어 발목달이 난와 들고 허리 갈비 分排ᄒᆞ고 목졍이며 ᄃᆡ골리난 이 돈 놈이 ᄊᆡ사들고 그져 앗삭앗삭!"

"ᄋᆡᄋᆡ 장글ᄒᆞᆫ지고. 그 소ᄅᆡ을 듯더니 精神이 앗질ᄒᆞᆫ게 四肢가 不安한 슈가 ᄂᆡ가 畢竟 病이 나게소. 果然 人間의셔 죽을 辱을 [種種] 봄네. 긋 ᄃᆡ무ᄂᆡ 늑심ᄂᆡ. 水國의난 엇더ᄒᆞ오? 水宮 興味 들어보옵시다."

"우리 水宮은 奇異ᄒᆞᆫ 壯觀이지요. 天壤之間의 海爲最大ᄒᆞ고, 人物之內 神爲最靈 英德殿 놉푼 집이 雲霧間의 소사난ᄃᆡ 掛龍骨而爲樑ᄒᆞ고 準魚鱗之作瓦ᄒᆞ니 瑞氣盤空이요 白玉으로 門을 [□□ᄒᆞ]고, 琉璃 지동 琥珀 柱礎 珊瑚로 欄干 싸고 珍珠로 城을 쌋코, 夜光珠로 灯을 발켜 日月光을 아셔 잇고, 雲霧屛 順金床의 우리 龍王 卽位ᄒᆞ사 百靈[은] 仰德ᄒᆞ고, 王母[19] 金盃 千日酒[20]와 天妣 玉盤 다문 안酒 不老草 不死藥을 실토록 饒食ᄒᆞ고 醉興이 挑挑ᄒᆞ야 八仙女 侍衛ᄒᆞ고 金冠朝服 百官덜이 次禮

17) 보(洑): 논밭에 물을 대기 위하여 자그마하게 둑을 쌓고 흘러가는 물을 잡아두는 곳.
18) 말: '말뚝'의 옛말.
19) 왕모(王母): 서왕모. 중국 곤륜산 요지연에 살고 있다는 여신.
20) 천일주(千日酒): 중산(中山)의 적희(狄希)라는 사람이 만든 술인데, 한 모금만 마셔도 천 일 동안 취한다고 한다.

로 들어안자 덩덕궁 仙樂소ᄅᆡ 五雲中의 들이난ᄃᆡ 西王난 琵琶 타고 上靈[21]이난 츔을 츄이 錚錚ᄒᆞᆫ 玉佩聲과 娟娟ᄒᆞᆫ 고운 態도 거름마다 蓮花되고 츔 ᄇᆡ트면 구슐 되여 金樓九曲[22] 絲竹 셕거 치니 花容歌舞 ᄊᆡ을 ᄯᅡᆯ아 天理[23]을 鎭ᄒᆞ고 奇花瑤草ᄂᆞᆫ ᄯᅥᆯ기ᄯᅥᆯ기 누룬[24] 中의 넘노난 듯. 金銀彩端 丘山갓치 싸여 잇고 景處을 볼작시면 七百里 君山들언 北海을 둘너 잇고, 三千碧海棠花난 溺水 西海 브려 잇고, 四罡錦 八府寺난 東[海邊]의 버러 잇고, 隱天府 變化物色 우리 南海 둘너난ᄃᆡ, 河海 泰平ᄒᆞ여 江口烟월 南風詩[25]을 四時로 머물면셔 江水 渭水 兩漢間의 往來ᄒᆞ며 南海八景 瀟湘 洞庭 或去或來 船遊할 제 淸風泛舟 蘇子瞻과 明月구경 李謫仙이 그 景概을 알아싓면 발셔 들어올 거시요, 우리 水國 글어키로 求仙ᄒᆞ던 秦皇과 求仙ᄒᆞ던 漢武帝가 이 景概을 알어싓면 이 世上 잇실 손가? 眞實로 兎先生은 八亂世上 잇지 말고 날을 ᄯᅡᆯ아 水國 가면 놉흔 베살 할 그시요, 됴흔 ᄃᆡ로 놀 트이니, ᄒᆞᆫ번 귀경 아니 하랴시오? [톡기 □□□] 그ᄃᆡ 갓흔 俊秀男子 우리 龍王 알으시면 乘一上來 ᄑᆡ초[26] ᄒᆞ여 大光補國 崇祿大夫 졔受ᄒᆞᄉᆞ 말만ᄒᆞᆫ 金黃印을 허리 알ᄋᆡ 빗게 차고 層堂之上 놉히 안자 百官을 指揮ᄒᆞᆯ 제 이리 할 일 일리ᄒᆞ고, 져리 할 일 져리ᄒᆞ라, 號令 한번 나리우면 及暗[27]갓치 忠直함과 童卓[28] 갓탄 氣

21) 상령(上靈): 순임금이 창오에서 죽자 두 왕비 아황과 여영이 상수에 빠져 상수의 신이 되었다는 '상령(湘靈)'의 오기.
22) 금루구곡(金樓九曲): 남자의 욕정을 부추기며 유혹하는 노래 제목. 『금루의金縷衣』·『하신랑賀新郎』·『유연비乳燕飛』라고도 한다.
23) 천리(天理): '천리(千里)'의 오기. 임형택본 『토처사전』에는 '팔천리(八千里)'로 되어 있다.
24) 누룬: 임형택본 『토처사전』에는 '우로(雨露)'로 되어 있다.
25) 남풍시(南風詩): 순임금이 오현금을 타면서 "따스한 남풍이여 우리 백성 노여움 풀 만하네. 순조로운 남풍이여 우리 백성 살림살이 불릴 만하네(南風之薰兮, 可以解吾民之慍兮, 南風之時兮, 可以阜吾民之財兮)"라고 부른 노래.
26) 패초(牌招): 임금이 승지를 시켜 신하를 부르던 일.
27) 급암(及暗): 중국 한(漢)나라 때 간신인 '급암(汲黯)'의 오기. 엄격한 성격에 직간을 잘해 무제로부터 '사직(社稷)의 신하'라는 칭찬을 받았다.

勢로도 花神風 ᄭᅩᆺ치 되여 拒逆할 길 젼혀 읍ᄂᆡ. 國事을 맛친 後의 別堂으로 도라오니 絞綃壇[29] 三層席의 玳瑁 屛風 둘너치고 ᄎᆞ 달이난 玉童子와 燭臺 잡은 仙女들이 花丹[30]으로 몸을 싸고 珠玉으로 丹粧ᄒᆞ야 亘夜로 논일 져게 湖中天地 됴흔 거시 水宮밧게 또 잇난가?"

28) 동탁(童卓): '동탁(董卓)'의 오기. 중국 후한 소제(少帝)를 강제로 폐위시키고, 헌제(獻帝)를 옹립한 뒤에 공포정치를 행해 나라의 멸망을 가속화했다.
29) 교유단(絞綃壇): 미상.
30) 화단(花丹): 채색을 한 비단인 '화단(畵緞)'의 오기.

별주부의 유혹과 토끼의 결심

톡기 [또] 듯기을 다ᄒᆞ믹 마암이 自然 放蕩ᄒᆞ야 對答ᄒᆞ되,

"그곳졀 들어가면 베슬도 할연이와 八仙女 잇다 ᄒᆞ니 그도 한가지 노오릿가?"

主傅曰,

"그난 如反掌이라. 任意딕로 ᄒᆞ오리다."

"글릐, 한가지로 놀면 戱弄도 할리이가?"

"그난 더욱 할 딕로 ᄒᆞ지요."

톡기 코을 홀작이며 나로와 안지면셔 문난 말이,

"그 至境이 되올진딕 元央枕 翡翠衾의 玉手羅衫 부여잡고 月三更 졔워갈 졔 두 몸이 한 몸 되여 楚襄王 兩坮上 雲雨 濛濃 됴흘시고. 그씌을 當ᄒᆞ오며 글이도 ᄒᆞ오릿가?"

主傅 對答ᄒᆞ되,

"그딕 갓튼 風彩로셔 水宮의 들어가면 벼슬은 사닥달이 올나가듯 할 그시요, 一等美色은 靑기골리 뒤의 실비암 짤아다니듯 ᄒᆞ오리다."

톡기 다시 뭇난 말이,

"水國의난 날과 갓흔 인物이 읍단 말이요?"

"읍지요. 우리 水宮의 水撻皮라 하난 [기 ᄒᆞ나 잇셔□□□□이 지각 읍난 거시 식의난 괴발의 덕셕이라.[1] 셩외 셩ᄂᆡ 일등 미식으로 다 상관ᄒᆞ여 덤벙이더니 지금 음허화동 나셔 죽게 돼씸ᄂᆡ.] 놈이 잇셔도 압발이 잘나 씨지 아니함ᄂᆡ."

톡기 擧動 볼작시면 침을 모도 삼키면셔,

"만일 들어갓다가셔 벼슬도 色도 걸이지 못ᄒᆞ면 兄이 엇지ᄒᆞ랴시요?"

主傅曰,

"날가치 身數 不足한 것도 官爵의 參禮ᄒᆞ여 玉樓粉壁 紗窓 안의 秋月春風 빈 날 업시 美色달여 消日ᄒᆞ고 興味로 논일거던, 兄 갓튼 風彩로셔 層層한 氣骨이야 쌍 집고 허염ᄒᆞ기난 오히려 손바닥이나 압흐지요."

톡기 눈을 말쏭말쏭 주둥이을 날눔날눔 ᄒᆞ난 말리,

"아모리 가구난 시푸오나 水國 陽界 길이 달나 예붓터 通涉을 못ᄒᆞ거던 싱각이 懇切한들 不相及於 어이할이."

"글낭 됴곰도 念慮 마오. ᄂᆡ 등 업혀시면 千里万里 먼먼 길과 忙忙한 滄海中 平地삼아 가오리다. 秋毫라도 걱졍 마오. 악갑도 악갑도 악갑을사. 토生員의 仙風道骨 塵世間의 넌짓 나셔 出入死生 餘暇읍시 草木果 동모하니 웃지 아니 慷慨ᄒᆞ리. 예일을 싱각건ᄃᆡ 朝州士人 余善文 黃巾力士 짜라가셔 英德殿 樂成宴의 上樑文 暫間 짓고 琉璃盤의 珍珠 다마 潤筆之材[2] ᄒᆞ여시니 요마한 文士게도 知恩報恩 ᄒᆞ여거던 하물며 兄 갓흔 雄材大略 功名하기 어려울가?"

1) 괴발의 덕석이라: 고양이 발에 덕석을 깔아주는 격이라. 덕석은 짚으로 결어 방으로 들어갈 때 발을 닦게 만들어놓은 것.

톡기 曰,

"말삼은 有理ᄒᆞ나 ᄉᆡᆼ각ᄒᆞ되 갈 마음이 젼혀 읍ᄂᆡ."

主傅 變色對曰,

"正 危ᄐᆡᄒᆞ거던 짐작 破意ᄒᆞ난 거시 大丈夫의 쩟쩟한 일라."

ᄒᆞ고,

"日後의 다시 보사이다."

ᄒᆞ고 어ᄃᆡ을 向ᄒᆞ여 도라도 아니 보고 가거날, 톡기 발아보다가 참지을 못ᄒᆞ여 소ᄅᆡ을 질너 불으되,

"져分 어ᄃᆡ을 졀리 급히 가시오?"

主傅 答曰,

"호狼을 차자가오."

"무슨 일노 차자가오?"

"水宮의셔 들은이 虎狼은 百獸眞魚이라 ᄒᆞ미, 이 말삼ᄒᆞ면 그ᄃᆡ의셔 소건 넉넉할 듯ᄒᆞ여 보로 가오."

톡기 對答ᄒᆞ되,

"우리 虎狼叔主게옵셔 百事을 다 ᄂᆡ게와 議論하ᄂᆞᆫ이 보와 씰ᄃᆡ읍건, 하물며 달은 ᄃᆡ 나들리 하여게시니 兄은 暫間 怒을 참으시고 이리 오옵소셔."

主傅 再三 辭讓ᄒᆞ다가 마지못하ᄂᆞᆫ 쳬ᄒᆞ고 나아가니, 톡기 우시며 ᄒᆞ난 말이,

"兄이 져ᄃᆡ지 潔潔ᄒᆞ시니 혈마 欺亡ᄒᆞ올잇가마난, 아무려면 生疎한 곳졀 갈랴거던 疑惑인들 읍시리가? 未信한 거시 도로혀 未安ᄒᆞ나 한가지로 水國 가기 願이로쇼이다."

---

2) 윤필지재(潤筆之材): 윤필지자(潤筆之資). 남에게 그림이나 글씨를 써달라고 부탁할 때 주는 사례금.

主傅 마음의 깃부나 다시 당부ᄒᆞ여 曰,

“疑心이 正 잇거던 짐작 破意하라. 달은 ᄃᆡ로 갈야 하나이다.”

톡기 웃고 眞情으로 가길을 請ᄒᆞ거날, 쥬부 强仍ᄒᆞ여 許諾ᄒᆞ난 쳬ᄒᆞ고 ᄒᆞᆫ가지로 다여올 졔, ᄌᆞᄅᆡ 압혜 앙금앙금, 톡기 뒤의 가불가불. 遠路海邊 날여갈 졔, 건너山 獺僉知 너구리 닙다 셔며,

“야, 톡기야! 너, 어ᄃᆡ 가난야?”

“나 水國 간다.”

“水國의난 무엇 할로 가난야?”

“벼슬알어 간다.”

“어허, 자식 어리도다. 예일을 몰으나냐? 칼 잘 슷는 魏人 形軻 易水寒風 슬푼 노ᄅᆡ 壯士一去 졔 못 오고,[3] 千秋寃魂 楚懷王도 秦武關의 한번 가셔 도라오지 못ᄒᆞ여고,[4] 瀟湘夜雨 綠云間의 두鵑 즙동 울어 잇고 年年 芳草 풀은 풀의 王孫은 歸不歸라.[5] 톡기 너도 水國 가면 돌아오지 못ᄒᆞ리라.”

톡기 듯든니,

“글어면 가지 마지. 獺僉知 ᄂᆡ 族丈을 아니 만씌면 큰일날 번ᄒᆞ여고. 鱉主傅 혼자 가오.”

ᄌᆞᄅᆡ가 憤이 나셔,

“야, 이놈 너굴아! 心事가 야둘리로다.[6] 여보, 兎生員. 水宮을 가나

3) 칼 잘~못 오고: 중국 전국시대 때 위나라 형가가 연나라 태자 단(丹)의 부탁으로 진시황을 죽이기 위해 역수(易水)를 건너갔으나 실패해 돌아오지 못한 일을 가리킨다.

4) 천추원혼(千秋寃魂) 초회왕(楚懷王)도~돌아오지 못하였고: 전국시대 말년에 초나라 회왕 손심(孫心)이 진(秦)나라에 들어갔다가 항우의 밀명을 받은 영포(英布)에게 격살되어 돌아오지 못한 일을 가리킨다.

5) 왕손(王孫)은 귀불귀(歸不歸)라: 당나라 시인 왕유(王維)가 지은 「송별」이라는 오언절구의 제3, 4구에 “봄풀은 해마다 푸르건만, 왕손은 돌아올지 안 돌아올지(春草年年綠, 王孫歸不歸)”에서 따온 말.

6) 야둘리로다: 미상.

아니 가나 져놈의 이야기 할 그시니 들어보오. 져놈의 四寸 水獺이가 저놈을 우리 水宮의 薦居ᄒᆞ여 들어온즉 살일 돌이 읍셔 戶曹書吏와 約束ᄒᆞ고 戶曹庫直이 ᄂᆡ여더니, [靑樓美色 □□□ 젹실인심ᄒᆞ여드니 그 중의 신셰 갑너라고] 져놈이 실노 盜賊놈이라. 戶曹 돈 三千兩을 盜賊ᄒᆞ여 씨기로 으前 棍杖 七十度의 退□出送ᄒᆞ여더니, 져놈이 그 嫌意로 心術을 불이요. 네 이놈 心術을 부리다난 夭死을 하리라."

너구리 密然한 놈이라, 발 쏌 쓻을 모로고 쑤여 달아나니, 톡기 보더니 그놈이 心術 부리난 쥴을 아난지라.

ᄌᆞ릐 하난 말이,

"山中언 亂方이 亂方不居[7] 모르오시요?"

兎기 答曰,

"글셰, 가고 시부나 水國千里 먼먼 길의 일去消息 끈어지면 ᄂᆡ 아니 불상한가?"

"그난 됴곰도 염려 마오. 예적의 孟子도 不遠千里ᄒᆞ고 梁惠王을 차자가 뵈압고,[8] 呂生도 文王 쌀아 入周ᄒᆞ여 貴히 되고,[9] 百里奚도 睦君 쌀아 晉國 가셔 貴히 되니,[10] 兎公도 날을 싸라 水宮 가면 貴히 되지."

"글어ᄒᆞ면 가사이다."

ᄌᆞ릐 압혜 성큼성큼, 톡기 뒤의 살낭살낭. 東海水邊 다다르니 景槪도 죠흘시고. 右滄江 쓰난 ᄇᆡ난 되옹되옹 써가난 게 閑暇한 楚江漁夫

7) 난방불거(亂邦不居): 『논어』「태백泰伯」에 "위태로운 나라에는 들어가지 말고, 어지러운 나라에는 살지 말아야 한다(危邦不入, 亂邦不居)"에서 가져온 말.
8) 옛적의 맹자(孟子)도~찾아가 뵈었고: 중국 전국시대 때 양혜왕은 서울을 대량(大梁)으로 옮긴 뒤 나라를 부흥시키려고 천하의 인재를 불러들였는데 맹자도 그를 찾아간 적이 있었다.
9) 여생(呂生)도 문왕(文王)~귀(貴)히 되고: 강태공 여상이 위수에서 낚시질하다가 문왕을 만나 사부로 추대되고, 나중에 문왕의 아들 무왕을 도와서 은나라를 멸망시키고 천하를 평정한 일을 가리킨다.
10) 백리혜(百里惠)도 목군(睦君)~귀(貴)히 되니: 중국 춘추시대 우(虞)나라 사람 백리혜가 능력을 인정받지 못하다가 늘그막에 진(秦)나라 목공에게 발탁되어 천하를 경영하게 되었다.

風月 실노 가난 빈요, 泛泛蒼波 노난 거션 雙雙 白鷗 흗이 떠셔 蕭蕭秋風 送雁群[11]의 울고 가난 져 길럭아 네 어딘로 向ᄒᆞ나냐? 우리 벗임 鸚鵡氏게 白雲青山 노든 톡기 碧海水宮 가더라고 그 말 暫間 일너다고. 万頃蒼波 無邊水의 浩浩湯湯 치난 물결 泛泛滄波 일어나며 우러렁 츌렁 셋들인이,

톡기 감작 놀닉,

"ᄋᆡ고, 이 물 날 뎝난다."

ᄒᆞ슈곰 쒸다가셔,

"물소릭 졀어ᄒᆞ니 참아 무셔 못 가게닉. 이닉 몸 水宮 가서 龍 되야도, 게 갈 바삭[12]의 아덜 업닉."

主傅 大怒ᄒᆞ여 ᄉᆞ지져 曰,

"방졍마진 져 톡기야! 헐복ᄒᆞ다[13] 져져 톡기야! 夭妄할사 져 톡기! 狐疑 만타 져 톡기야! 知信 읍다 져 톡기야! 네 목슘 棠果갓치 朝夕間의 달인 쥴을 젼혀이 모로고셔 泰平으로 싱각ᄒᆞ니 ᄋᆡ달査고 寃痛ᄒᆞ고 불상ᄒᆞ고 可憐ᄒᆞ다."

톡기 曰,

"兄이 먼져 ᄒᆞ신 말삼이 上上峰으로 올나가면 슈알지 잇고, 中허리로난 표슈 잇고, 덜의난 農夫牧童 잇다 ᄒᆞ여도 긋딕난 精神이 昏미ᄒᆞ여 딕답지 못ᄒᆞ여거니와 仔細이 싱각ᄒᆞ니 窟로 달아나지요."

"어허 가소롭다. 가소롭다. 兎公 으사 可소롭다. 슈알지 山捕獸의 草童牧童 農夫들이 一時의 合力ᄒᆞ여 자욱 追尋한 然後의 쥭히진 말른 葛

---

11) 소소추풍(蕭蕭秋風) 송안군(送雁群): 당나라 시인 유우석(劉禹錫)이 지은 「추풍인秋風引」 가운데 "가을바람은 어디에서 불어오기에 쓸쓸하게 기러기떼만 보내는가(何處秋風至, 蕭蕭送雁群)"에서 따온 구절.
12) 바삭: 미상.
13) 헐복(歇福)하다: 복이 어지간히 없다는 의미.

디 數읍시 비여다가 窟 어구의 싸아녹코 火藥 焰硝[14] 불을 질너 阿房宮 三月火[15]덜 이예서 더할손가? 毒한 烟氣 모진 불ㅅ 살 쏘다시 들어가니 다시난 어이 살리. 兎生 三穴 알는 곳과 三魂七魄[16] 흣트질 졔 身體됴차 온傳할가?"

톡기 놀나 한난 말이,

"兄이 날과 무신 嫌으 잇셔 갈소록 毒한 말만 ᄒᆞ나니가?"

主傳 우어 曰,

"兄의 相을 보니 骨格이 淸秀ᄒᆞ나 人中이 잘나시니 읏지 臥席終身 하여 壽ᄒᆞ기을 발아리요."

톡기 疑惑ᄒᆞ여 가마니 솔입흘 씌여니여 人中을 견쥬어본즉 비록 稜을 잡으나 날져지 읍나지라.

놀니여 問난 말이,

"人中이 잘으다 ᄒᆞ여도 水國의 들어가면 혹 壽ᄒᆞ여 患을 免ᄒᆞ오리가?"

主傳 對答ᄒᆞ되,

"水宮 數百歲 享壽ᄒᆞ고 벼슬이 一品의 잇난 者도 그디의셔 한 치나 읍난 者 無數ᄒᆞ오. 일노 보와 分明한 仙境이라. 경 밋지 못하거던 니 人中을 보라. 니 人中을 가지고 人間의 잇셔시면 벼슬은 말도 말고 목숨을 이졔가 保傳할가? 일노 보와도 그디 薄福한 타시로 이곳졀 樂地로 알으시니 그도 人中 잘은 타신가 ᄒᆞ노라. 가려거던 갈 거시요, 말랴거던 말으시요. 그디가셔 水宮 가셔 아모리 貴히 되덜 有何關於吾身이

14) 염초(焰硝): '화약'의 옛말.
15) 아방궁(阿房宮) 삼월화(三月火): 아방궁은 진시황이 상림원에 지은 궁전. 항우에게 함락되어 불태워질 때, 불이 3개월 동안 꺼지지 않을 정도로 규모가 컸다고 한다.
16) 삼혼칠백(三魂七魄): 사람의 혼백을 통틀어 이르는 말. 삼혼은 사람의 몸 가운데 있다는 세 가지 정혼으로 태광(太光)·상령(爽靈)·유정(幽精)이고, 칠백은 사람의 몸에 있는 일곱 가지 넋으로 시구(尸狗)·복시(伏矢)·작음(雀陰)·탄적(呑賊)·비독(非毒)·제예(除穢)·취폐(臭肺)다.

랴? ᄂᆡ게 무신 利 잇실가? 경 실커던 맙소글여. 今日 午時[17]의 金포슈 날닌 鐵丸 진 허구리 탕 마즈면……"

톡기 감작 놀ᄂᆡ,

"안이 水國의ᄂᆞᆫ 총이 읍소?"

"읍지요."

["또 수알지 읍소?"

"읍지요."

"상ᄀᆡ 읍소?"

"읍시요."

"농부 목동 읍소?"

"읍지요."]

톡기 再三 ᄉᆡᆼ각ᄒᆞ다가 恍惚大覺ᄒᆞ여,

'大丈夫 듁을지연丁 읍지 親舊의 말삼을 듯지 아니 할이요?'

ᄒᆞ고,

"이졔난 疑心 읍시 한가지로 가사이다."

主傅 大喜ᄒᆞ야 [물가의 나아간즉, 톡기 하난 말이,

"져 물 깁흐간요?"

"깁삽지요."

"글어면 형이 먼져 들어셔오. 봅시다."

"글이ᄒᆞ오."

으심 읍시 들어셔 발 헷쳐 ᄒᆞ는 말이,

"여보, ᄂᆡ가 일어ᄒᆞᆫᄃᆡ 토싱원은 발목도 졋삽게요?"

"ᄂᆡ □시 엽히 바셔□□"

17) 오시(午時): 십이시 가운데 일곱번째 시로 낮 11시에서 1시 사이.

토끼의 수궁행과 위기 모면

압발노 글렁폭이을 휘잡고, 뒤발을 좃츰좃츰 널 제, 져 ᄌᆞ릐 쌀은 솜시 살 쏘다시 물어가셔,

"예라 요놈 들어가자."

왈아락 달여노니 허위허위 텀벙 훌 제, 살작 기여둘어] 톡기을 등의 업고 日落西山 ᄒᆡ 써러지듯 물의 풍등 쒸여드니 万頃滄波 風浪中의 泛泛中流 가난 양은 봄소군이 셔시 실고 五湖年月 ᄎᆞ자가듯,[1] 漢將軍 八月寺의 月氏國 어듸민요.[2] 童南童女 蓬萊山도 멀고멀사.[3] 관ᄋᆡ셩의 자

1) 만경창파(万頃滄波) 풍랑중(風浪中)의~오호연월(五湖年月) 찾아가듯: 중국 춘추시대 월나라 구천이 오나라에 패한 뒤에 범려를 통해 서시를 오왕 부차에게 보내니, 부차는 서시에게 미혹하여 고소대(姑蘇臺)를 짓고 정사를 돌보지 않다가 망하게 되었다. 오나라가 망하던 날, 범려는 예전부터 사랑하던 서시를 데리고 어디론가 사라졌다고 한다. '봄소군'은 범소백(范少伯)의 오기이고, '五湖年月'은 '五湖煙月'의 오기. 소백은 범려의 자.

2) 한장군(漢將軍) 팔월사(八月寺)의 월씨국(月氏國) 어드메뇨: 중국 전한 시대 장건(張騫). 무제의 명령으로 서역에 있는 대월지국(大月氏國)에 동맹을 맺으러 가다 흉노에 잡혀 포로가 되었다가 10여 년 만에 돌아올 수 있었다. 그때 장건이 뗏목을 타고 은하수로 올라가서 견우와 직녀를 만나고 왔다는 전설이 전한다. 원문 '八月寺'는 '뗏목을 타고 갔다(乘槎)'는 대목의 와음인 듯하다.

어거슈승거사[4])나 쏫듸 읍난 당두리船[5])갓치 或出或沒 날여갈제, 톡기란 놈 擧動 보소.

氣가 막혀 한난 말이,

"인고, 듁게다. 숨 막힌다, 노와다고. 귀의 물소릐 잉잉한다, 노와다고."

"어허 이놈, 잡말 말아. 입의 찬물 케면 질의 듁을나."

물소릐의 肝腸이 녹난 듯ᄒᆞ나, 事已至此라. 할일읍셔 精神만 슈拾ᄒᆞ던이 이윽ᄒᆞ여 물소릐 끈어지고, 날리라 하거날 톡기 반게 듯고 눈을 들어 四面을 살펴보니 長浪[6])의 舟停ᄒᆞ고 占汀의 烟消ᄒᆞ야 陰然힌 別世界라. 守門將 魚頭鬼面之卒이 相貌가 靈惡ᄒᆞ고 三層殿 國門 우의 順金大字로 慶華水宮大衛門 이라 懸板의 두려시 쎠 쑈쳐거날, 마음의 恍惚ᄒᆞ여 主傅게 致賀ᄋᆞ되,

"兄의 말삼이 진실로 虛事 아니라. 우리 人世間의 이러한 곳지 흰쌀의 뉘[7])만하여도 간듸로 일언 窘塞한 거럼을 아니 할 거셜, 여러 ᄒᆡ 苦傷ᄒᆞ다가 이졔야 仙境을 보오니 읏지 苦盡甘來 아니리요. 깁부기 稱量읍시나 이졔난 富貴貧賤이 兄으게 잇ᄉᆞ오니, 됴흔 듸로 薦居ᄒᆞ옵쇼셔."

主傅 마음의 冷笑ᄒᆞ고 許諾ᄒᆞ니라.

國門 밧게 안치고 발오 들어가 闕內의 殿下게 伏地ᄒᆞ고 톡기 잡아온 事緣을 낫낫치 상달ᄒᆞ니 龍王이 大喜ᄒᆞ야,

---

3) 동남동녀(童南童女) 봉래산(蓬萊山)도 멀고멀사: 진나라 때 서불이 진시황에게 동남동녀를 데리고 삼신산에 가서 불사약을 구해오겠다고 한 고사.
4) 관인셩의 자어거슈승거사: '가내성(歌乃聲) 자언거수승어사(自言居水勝居山)'의 오기. '노래 불러 소리하니, 스스로 일컫기를 물에 사는 것이 산에 사는 것보다 좋다네'라는 의미.
5) 당두리선: 당도리. 바다를 다니는 큰 목조선.
6) 장랑(長浪): 의미상 긴 회랑을 뜻하는 '장랑(長廊)'의 오기일 듯하다.
7) 뉘: 쌀 속에 섞인 벼 알갱이.

["글릐, 험한 荒地의 無事이 단여왓시며 路毒이 甚ᄒᆞ잔는가?"
ᄒᆞ시며,]
밧비 잡아들이라 ᄒᆞ니 主傅 水卒 거날이고 鼓喊ᄒᆞ여 ᄂᆡ달으니,
잇ᄃᆡ 톡기 마음이 不安ᄒᆞ여 귀을 기우리고 內廷消息을 探知ᄒᆞ더니 鼓喊소릐의 크게 疑心ᄒᆞ여 宮門 뒤 [水草 사이의] 暫間 슘어,
[차지되,
"잡아들이라난 게 우리게 뫼셔 들이란 말과 갓흔 게로고."
ᄒᆞ]더니 主傅 임으 톡기 엿튼괴을 아난지라 武士로 ᄒᆞ여곰 크게 웨일어 왈,
"ᄉᆡ로 除受ᄒᆞ신 老兎은 어ᄃᆡ 게시니가?"
[못ᄊᆞ긴게 죠고□□□ 못 찻아셔 어ᄃᆡ로 갓단 말이냐?][8)]
톡기 그 말 듯고 반게 나셔거날, 一時의 달여들어 四足을 結縛ᄒᆞᆫ이,
["이ᄋᆡ 벼슬ᄒᆞ로 왓드니 결박이 웬일이요?"
"본시 글어ᄒᆞ오."
"울이 인셰 벼슬ᄒᆞ난 법은 ᄃᆡ小科의 進士及第 銀鞍白馬 □送ᄒᆞ고, 승지[9)] 참판[10)] 교지,[11)] 슈찬[12)] 판셔[13)] ᄃᆡ감[14)] 입朝할졔 초헌[17)] 타고 예궐

8) 못ᄊᆞ긴게 죠고□□□~갓단 말이냐: 여기에 잔글씨로 삽입된 '못생기고 조그마한 토끼를 못 찾겠으니, 어디로 갔다는 말인가?' 정도의 의미로 읽히는데, 사건의 전개와 어긋나서 생략하는 것이 옳다고 판단된다.
9) 승지(承旨): 조선시대 승정원의 정3품 당상관. 도승지·좌승지·우승지·좌부승지·우부승지·동부승지로 왕명의 출납을 담당했다.
10) 참판(參判): 조선시대 육조에 속해 있던 종2품 관직으로 정원은 각 1원씩이며, 판서의 다음인 까닭에 아경(亞卿)이라고도 한다.
11) 교지(敎旨): 전후 문맥으로 보아 '교리(校理)'의 오기인 듯하다. 교리는 집현전, 홍문관, 교서관, 승문원 등에서 문한(文翰)의 일을 맡아보던 정5품 문관 벼슬이다.
12) 수찬(修撰): 수찬은 조선시대 홍문관 정5품 관직으로 정원은 2인이었다.
13) 판서(判書): 조선시대 육조의 우두머리인 정2품 장관직.
14) 대감(大監): 조선시대 정2품 이상의 관직을 가진 현직자(現職者)나 산직자(散職者)를 부르는 존칭.

ᄒᆞ고, 그만 못ᄒᆞᆫ 초사[16]라도 신교밧탕이라도 빗숨여 먹은[17] 당나귀라도 타고 예궐ᄒᆞ난 법인ᄃᆡ 이 결박이 웬일이요?"

영수 ᄒᆞ나 ᄂᆡ달으며,

"여보소 토셔사가 고루ᄒᆞ오. 읍각不同 洞各不同이라 ᄒᆞ난듸 슈만리 他國法이 갓틀 슈가 잇단 말가? 우리 水宮 벼슬 法은 결박할쇼록 놉ᄒᆞ가ᄂᆡ."

톡기 눈을 가막ᄒᆞ더니 왈,

"졔기 벼슬 두번만 더ᄒᆞ다난 셩명이 읍셔지게고. 글어나 이왕 벼슬할 너이년 놉흔 벼슬이나 ᄒᆞ여보사."

ᄒᆞ며 몸을 쎄긋 돌이면셔,

"요편작이 허슈ᄒᆞ니 단단이 꼭 동여듀쇼."

"예, 그리ᄒᆞ오."

도루쳐메고 들어갈 졔,

"톡기 잡아드리오"

ᄒᆞ난 소릐 듯고야 그졔야] 톡기 肝腸이 아득ᄒᆞ여 아무리 할 쥴을 모로더니, 龍王이 傳敎ᄒᆞᄉᆞ,

"寡人이 病이 들어 數年을 辛苦ᄒᆞ야 一時가 □□할 차의 天上으로 道士 날여와셔 診脈ᄒᆞ고 하난 말리 토간을 求ᄒᆞ여 丸을 지여 ᄒᆞᆫ번 씨면 百藥中 第一이라. 丁寧이 일기로 死中求生 計敎 ᄂᆡ여 鱉主傅을 압슈ᄒᆞ여 너를 잡아와시니 無罪한 쥴이야 알거이와 寡人의 一身이 너와 달나 万一不幸ᄒᆞ면 一國臣民 補存ᄒᆞ기 넨들 혈마 모를손야. 너 ᄒᆞ나 쥭근 後의 寡人이 사라나면 万億百官 다 살이니 一等忠臣 너 아니야? 別擇히

15) 초헌(軺軒): 조선시대 종2품 이상의 벼슬아치가 타던 수레.
16) 초사(初仕): 과거에 급제한 뒤, 혹은 천거되어 처음으로 하는 벼슬. 입사(入仕)를 말한다.
17) 신교밧탕이라도 빗숨여 먹은: 미상.

祠堂 지여 千万年이 다하도록 春秋饗火 ᄭᅳᆫ치 말면 殷나라 比干[18]이와 漢나라 己辛[19]인들 네의]셔 더할손야? 죽노라 슬어 마라."

톡기 氣가 막희,

"왼 兇惡 잠놈의 ᄭᅬ의 감겨 듁을 곳결 들어와고, 獺僉知씨 族丈의 말이 □談이라고."

水국 칼者 달여들며,

"게 누어라. ᄇᆡ 갈으자."

"ᄋᆡᄋᆡ."

"가만이 잇시면 조치."

톡기 눈만 감작이며 헐젹 너른 英德 뜰의 더진 다시 홀노 안자 百以思之 生覺ᄒᆞ되 □羊而觸藩의 進退維谷이라. 龍宮之下의 必死當兎여라. 千万 가지로 生覺ᄒᆞ여도 無可求生러니 愚者 千慮의 必有一得이라.[20] ᄒᆞᆫ ᄭᅬ을 ᄉᆡᆼ각ᄒᆞ야 唐突이 나안지며 恭順이 ᄒᆞ난 말ᄅᆡ,

"殿下 下敎 일어틋 感祝ᄒᆞ옵시니 臣이 百番 듁사온들 玉體 곳 平復ᄒᆞ옵시면 ᄒᆞᆫ 番 듁기난 남ᄃᆡ도 常事라. 아모리 ᄒᆞ온들 一毫난 寃痛ᄒᆞ다 하오리잇가마난, 글어치 안인 事情이 잇사오니 通燭ᄒᆞ옵쇼셔. 泰山[21] 崩退ᄒᆞ고 五星 暗暗할졔 □□聲 노ᄅᆡ솔ᄅᆡ 億兆蒼生 萬成더리 뉘 아니 지길리요. 探惡ᄒᆞ든 商듀걸이 比干의 ᄇᆡ을 갈나 七孔肝을 ᄂᆡ여 일곱 궁

18) 비간(比干): 은나라의 폭군 주(紂)의 숙부로, 주가 갈수록 음란해지자 목숨을 걸고 여러 차례 간언했다. 주가 마침내 "내가 들으니 성인(聖人)은 심장에 구멍이 일곱 개라고 하였다" 하고는 죽여 그 심장을 해부했다고 한다.
19) 기신(己辛): '기신(紀信)'의 오기. 중국 한고조 유방이 초나라 항우와 싸우다가 패하여 형양성에 포위되어 위급한 지경에 빠졌을 때, 유방으로 변장하여 대신 죽고 유방을 탈출시켰다.
20) 우자(愚者) 천려(千慮)의 필유일득(必有一得)이라.: "아무리 바보라도 천 가지 생각을 하다 보면 한 가지쯤 좋은 꾀를 낼 수 있다(愚者千慮, 必有一得)"는 뜻으로 『사기』「회음후열전淮陰侯列傳」에 나오는 말.
21) 태산(泰山): 중국 산동성에 있는 산 이름으로 오악 가운데 동악으로 일컬어졌다.

기 잇삽던지[22] 小兎의 ᄇᆡ 갈나 肝이 잇시면 됴컨니와 만일 肝이 읍게데면 목숨만 쓴사옵고 肝을 求치 못ᄒᆞ오면 그 아니 橫惡이요. 通燭ᄒᆞ여보옵소."

"이놈 간사한 말 말아. 醫書의 일으기을 脾[23]受病則舌不能言ᄒᆞ고, 肝受病則目不能視라 ᄒᆞ야시니 肝이 읍고야 웃지 눈으로 본단 말리야."

톡기 엿자오되,

"肝은 望出晦入ᄒᆞ야 初一日로 望日柯枝 精潔ᄒᆞᆫ ᄃᆡ ᄂᆡ여걸어 아츰이실 날빗츠며, 밤 셜이 달 精氣며 □□陰泊을 無數히 쏘히다가 十六日로 晦日柯枝 木徑의 들여길어 心神을 安定ᄒᆞ고 生産을 經營ᄒᆞ니 이른바 望月兎라. 神農氏 嘗百草 藥中의 쪽 졔一리라 하기로 世上이 다 알아 씰 病을 當ᄒᆞ오면 小兎의게 通ᄒᆞ와 略略히 授應ᄒᆞ난 일이 읍지 아니ᄒᆞ옵거던 ᄒᆞ물며 殿下의 病患의 緊切이 씨랴난 듈 알어든덜 自請ᄒᆞ여 ᄃᆡ려올 거셜, 哀達鬱사 鱉主傅야, 寃痛할사 鱉主傅야, 密然할사 鱉主傅야, 狐意만타 별주부야, 本事을 欺情ᄒᆞ고 아니올가 念慮ᄒᆞ여 遺因키만 일삼으니. 잇ᄊᆡ난 望前이라 行裝이 促迫키로 以前 ᄂᆡ여둔 肝도 가져오지 못ᄒᆞ여시니 數日 말미 듀옵시면 [鱉主傅와 □□ᄒᆞ여] 故鄕의 도라가셔 苟ᄐᆡ야 小兎肝쁜 아니와 肝 둔 곳 차자가셔 여러 親舊의게 널이 求ᄒᆞ여 肝 셤이나 드려오리이다."

"어허, 이놈 堂찬은 말 마라. 五臟六腑라 ᄒᆞ난 거시 人生禽獸 一般이요, 胎生의 生긴 거셜 任意로 出入한단 말리야? 當初의 義을 됴차 歌

22) 탐악(探惡)하던 상(商)듀걸이~궁기 잇삽던지: 사마천의 『사기』에 나오는 고사로, 은나라 마지막 임금 주왕의 포학이 심해지자 극간하던 비간에게 성인의 가슴에는 구멍이 일곱 개 있다고 하는데 정말 그러한지 확인해보자며 가슴을 도려내 죽인 일을 가리킨다.

23) 비(脾): '지라(脾)'라 되어 있으나, '쓸개(膽)'의 오기. "지라에 병이 들면 먹지를 못하고, 쓸개에 병이 들면 말을 못하고, 콩팥에 병이 들면 듣지를 못하고, 간에 병이 들면 보지를 못한다.(脾受病則不能食, 膽受病則不能言, 腎受病則不能聽, 肝受病則不能視)"라 해야 옳다.

喩[24]ᄒᆞ여 일어거던 너갓치 微賤ᄒᆞᆫ 거시 妖妄ᄒᆞᆫ 말노 唐突리 譏弄ᄒᆞ니 듁어도 功이 읍시리라."

武士을 號令ᄒᆞ여 宮門 밧게 자바닋여 急束히 ᄇᆡ 갈으라, 號令이 至嚴ᄒᆞ되, 톡기 顔色얼 不變ᄒᆞ고 다시 ᄭᅮᆯ어 엿자오되,

"小兎가 듁기을 두르ᄒᆞ미 아니와라 殿下의 玉體 平復之 못ᄒᆞ오면 불상ᄒᆞᆫ 목숨만 쥭사오니 古語의 ᄒᆞ여싯되, '一婦呼寃의 五月飛霜이라', 殿下 政體들 損傷치 아니 하오리가? 小兎 肝을 出入ᄒᆞ난 標가 잇사오니 下察ᄒᆞ옵소셔."

王曰,

"무순 標가 잇난야?"

톡기 奏曰,

"밋궁기 셰시온ᄃᆡ, 한 궁그로난 大便을 보고, ᄯᅩ 한 궁그로난 小便을 보고, ᄯᅩ 한 궁그로난 肝을 보ᄌᆡ ᄂᆡ고 들리고 ᄒᆞ나이다. 正 밋지 못ᄒᆞ[옵]거든 밋궁글 監ᄒᆞ와 보옵소셔."

廣利 고히 여게 갓가이 올라 ᄒᆞ여 親尋ᄒᆞ니 果然 셰시여날 龍王이 疑惑ᄒᆞ여,

"向日 肝을 어ᄃᆡ로 느코, 어ᄃᆡ로 ᄂᆡ논랴?"

톡기 念慮 읍시 ᄃᆡ答ᄒᆞ되,

"ᄂᆡ알 ᄃᆡ난 밋궁글로 ᄂᆡ이고 너헐 ᄃᆡ난 입으로 너허되, 天地五行之氣로 ᄂᆡ고 들이고 ᄒᆞ되, 甲乙三八木 東方之氣와 丙丁二七火 南方之氣와 庚辛四九金 西方之氣와 壬癸一六水 北方之氣와 戊巳五十土 中央之氣[25]

---

24) 가유(歌喩): '개유(開諭)'의 오기.

25) 갑을삼팔목(甲乙三八木) 동방지기(東方之氣)와~술사오십토(戌巳五十土) 중앙지기(中央之氣): 하도(河圖)에 근거해 오행의 방위를 결정한 후천도(後天圖)의 내용. 『주역』「계사전상繫辭傳上」에 "하도의 위치는 1과 6은 아래, 2와 7은 위, 3과 8은 왼쪽, 4와 9는 오른쪽, 5와 10은 중앙에 있다"라고 했다. 아래가 남방, 위가 북방, 왼쪽이 동방, 오른쪽이 서방인데, 오행으로 말하자면 수가 북방, 화가 남방, 금이 서방, 목이 동방, 토가 중앙에 해당한다.

와 天地阻阻 陰陽之氣와 四時□□ 日月光彩 아침 아ᄀᆡ, 져역 이실을 造合ᄒᆞ여 ᄂᆡ고 들이난고로 山參之上이요 牛黃[26]之上이라 일으나리라."

"그러면 世上의셔 네 肝으로 效驗 보니가 들어 잇난야?"

"잇기로 일을으리가? 小兎 父親이 風景을 됴와ᄒᆞ여 요山요水 ᄒᆞ올 ᄊᆡ여 汾汨[27]水邊 됴분 벼루 앙금앙금 도라가다 小程이 失足ᄒᆞ여 洛浦 물의 풍덩 빠자 거위 듁게 되여더니 漢武帝[28]臥 東方朔이 求仙으로 로 나와다 덤벙 건져 살여기로 그 恩惠 감격ᄒᆞ여 肝 三分 盃을 듀어더니 東方朔이 바다먹고 三千甲子 살아잇고, 그젼의 肝을 ᄂᆡ여 月彩을 쐬일 랴다 火德[29]이 衰盡ᄒᆞ고 公甲[30]이 陰亂할세 王風陰氣 즈즈거날 渭水[中]의 담가노코 헐넝헐넝 씨실 져게 窮八十 姜太公이 그 물빗쳘 짐작 ᄒᆞ고 盃子을 을넌 글너 그 물 덤벅 드립 써셔 셰 목음을 마셧더니 達八十 더 살져게,[31] 彭祖가 그 말 듯고 中山의로 ᄎᆞ자와셔 剪爪斷髮[32] 神靈 一日□ 千日 山祭 至誠으로 지닐 져게 그 精誠 至極ᄒᆞ기로 肝 半分重을 먹여더니 八百年을 더 산고로 所聞이 頗多ᄒᆞ여 男女老少 上下 읍시 小兎을 차자와셔, 病든 老親 살이옵게 肝 됴곰만 빌이소셔, 獨身家

26) 우황(牛黃): 소의 쓸개에 결석으로 생긴 진귀한 약재.

27) 분멱(汾汨): 분수(汾水)와 멱수(汨水). 분수는 산서성에서 발원해 황하로 들어가는 강이고, 멱수는 강서성에서 발원해 호남성으로 흐르는 강. 여기에서 굴원이 투신자살했다고 한다.

28) 한무제(漢武帝): 한나라 무제가 장수하기를 바라매, 서왕모가 그를 가상히 여겨 천상의 선도 일곱 개를 가져다주었다고 한다.

29) 화덕(火德): 오덕(五德)의 하나. 주나라가 화덕으로 왕 노릇 하게 되었다고 한다.

30) 공갑(公甲): 춘추시대 노나라 인물인 공갑숙자(公甲叔子)를 가리키는 듯하다. 『좌전左傳』 애공(哀公) 8년에 오군(吳軍)과 싸우다가 참수되었다는 기사가 보인다.

31) 궁팔십(窮八十) 강태공(姜太公)이~더 살적에: 중국 주나라 강태공이 가난하게 80세까지 지내다가 문왕을 만나 영달하게 되어 80년을 더 살았다고 한다. 그로 인해 '궁팔십달팔십(窮八十達八十)'이란 말이 생겨났다.

32) 전조단발(剪爪斷髮): '손톱과 머리를 자르고'라는 뜻. 은나라 탕임금이 하나라를 정벌하고 천하를 다스리게 된 지 7년 동안 큰 가뭄이 들자 상림(桑林)의 들에서 목욕재계하고 손톱을 깎고 머리를 자르고 흰 삘기로 몸을 묶어 자신을 희생으로 삼아 상림의 들에서 기우제를 올리자 큰비가 내렸다는 고사가 『십팔사략十八史略』에 전한다.

丈 살이옵게 肝 됴곰만 빌이쇼셔, 七十의 生男子가 거위 듁게 도여시니 肝 됴금만 活人ᄒᆞ오, 三代獨子 외아덜이 거危 듁게 도여시니 肝 됴곰만 파옵소셔, 稱□읍시 비난 소ᄅᆡ 실로 悶忘할 차에, 玉皇게셔 ᄭᅮ지져 曰 너난 엇지 한 肝을 가져 回天命을 쏙쏙 살여 天理을 어기우니 妖妄ᄒᆞ다 ᄭᅮ짓기로 마음을 구지 먹고 私情이 읍삽더니, 廣利게옵셔난 南海宮을 누류랴고 命을 限定읍시 탓사오나 偶然이 病이 드러 死生中의 當ᄒᆞ옵고, ᄯᅩ 氣像을 보오니 霹靂秋天 雲雨繁華之骨格이오니 小兎肝을 들일 밧게 數可 읍사오니, 왼 보ᄎᆡ 자셔시면 不老長生의 無病强力ᄒᆞ와 腎氣[33]은 ᄉᆡᆼ발암壁을 뚤클리다."

廣利 들으시고 腎氣 됴타 말을 드오니 됴와 ᄒᆞ여,

["글어면 간을 어ᄃᆡ다 두어나냐?

"예, 肝 둔 곳 참말 ᄒᆞ면 ᄀᆡ막히지요. 무산 十二峰[34] 쎡 둘어셔 영주산 압헤 노코, 봉ᄂᆡ산 뒤의 논 그 가온틔 쳔ᄐᆡ산[35] 上上봉 두리 곡ᄃᆡ기 千年 반숑 펑퍼져 늘어진 가지, 하나 둘 셰ᄌᆡ 가지 동남이 툭 터져 졍결한 곳제 측입ᄉᆡ 둑 나셔 사물탕 약쳥 싸듯 달고 왓소. 참玉皇上帝나 씌여갈려면 각ᄀᆞ, 그 외의난 손 안 타게 ᄒᆡ지요."

王이] 左右 諸臣을 도라보와 갈아사ᄃᆡ,

"ᄇᆡ을 갈나 肝이 잇시면 죠컨이와, 만약 읍거더면 空然이 불상한 목숨만 쓴코 肝을 求치 ᄒᆞ며 緊하덜 아니 하니, 톡기을 살이미 엇더ᄒᆞ요?"

左右 諸臣이 如出一口ᄒᆞ야,

33) 신기(腎氣): 사람의 오장은 각기 맡은 기능이 있는데, 콩팥(腎)은 사람의 생장 발육이라든가 수명과 깊은 관련이 있다. 종종 남자의 정력을 상징하기도 한다.

34) 무산(巫山) 십이봉(十二峰): 망하(望霞)·취병(翠屛)·조운(朝雲)·송만(松巒)·집선(集仙)·취학(聚鶴)·정단(淨壇)·상승(上昇)·기운(起雲)·비봉(飛鳳)·등룡(登龍)·성천(聖泉)을 가리킨다.

35) 천태산(天台山): 당나라 헌종(憲宗)이 만년에 신선을 좋아해 방사(方士) 유필(柳泌)을 태주자사(台州刺史)로 삼아 천태산에 가서 영약을 채취해오게 했다.

"殿下 下敎 맛當ᄒᆞ와이다."

톡기을 解結ᄒᆞ야 英德殿 大廳 우의 올여 안치니 톡기 다시 살어 여자오되,

"微賤ᄒᆞ온 兎身을 大王의 殿上의 올이고 이ᄃᆡ지 款待ᄒᆞ시니 惶恐한 緣由을 엇지 다 奏達ᄒᆞ오리가?"

龍王이 톡기을 尊稱ᄒᆞ여 왈,

"兎公은 居陽界ᄒᆞ고 寡人은 居水府ᄒᆞ야 不相通涉일너니 今日 相逢은 天爲神助오니 반가오나 ᄂᆡ 악가 兎公으로 더부러 暫間 흐롱ᄒᆞ미니 幸不嫌我힐아."

톡기 다시 엿자오되,

"殿下 일어틋 分付ᄒᆞ옵시니 肝 안이라 목을 비혀 밧치덜 엇지 악갑다 ᄒᆞ올릿가?"

龍王이 大喜ᄒᆞ야 톡기을 위ᄒᆞ여 大宴을 排設ᄒᆞ고 各色風流을 갓초고, 조흔 飮食으로 兎先生의 마암을 위로 ᄒᆞ것다.

토끼와 별주부 부인의 동침

飮食之節 볼작시면 밉시 잇고 보기 됴코 맛됴흔 거시로 ᄒᆞ든 거시엿다. 靑琉璃 八足雲角盤[1]의 白琉璃 [三□]병의 珊瑚졉시 브려노코 가진 飮食 찰일 제게 閨□砂糖 五花糖[2]과 櫻桃 복상 水中菜을 高盃ᄒᆞ여 갓촤노코 水宮의 一等美色 琉璃盞의 鸚鵡臺의 洞庭春波 됴흔 슐을 됴로록 됴로록 가득 부어 단情이 詭坐ᄒᆞ여 廣利前의셔 올이니 廣利王이 盞을 바다 兎先生게 勸할 져게 톡기 擧動 볼작시면 麥浪ᄒᆞ고 우습고나. □□ᄒᆞ난 말이 過麥田大醉요 억지로 二三盃을 勸ᄒᆡ노니 톡기의 협착한 창사 中의 仙酒을 먹어노니 醉興이 挑도ᄒᆞ야 실體ᄒᆞ난 쥴 모로고 龍王과 벗졀 할오 들것다.

"여보, 龍僉知. 자ᄂᆡ난 天上의 ᄆᆡ이고 나난 月宮의 ᄆᆡ여시니, 地下의나 잇셔도 天上同子 이 안인가?"

---

1) 팔족운각반(八足雲角盤): 다리 여덟 개가 구름 모양으로 아래로 드리워진 아름다운 반상.
2) 오화당(五花糖): 오색으로 물들여 만든 둥글납작한 사탕.

슐짐의 졔게 히로온 솔리만 無限이 ᄒᆞ것다.

"닋 東醫寶鑑과 古來書冊을 다 보와도 兎肝이 藥된닷 말은 今時初聞이로고. 兎糞水난 治熱을 한다 ᄒᆞ기로 아히들 疫疾[3]의난 씨거니와 빅 쇽의 든 肝을 닋고 들이난고? 아쌀사, 방경의 아덜 놈이라고. 하마듸면 春雉自命[4]之患을 當할번 하여고."

廣利 슐짐의 그 말은 못 듯고,

'이곳졀 발목 물노 알고 담방걸이다넌 大患을 當하려다. 廣利 슐짐의 身命이 難側이라. 元命在天이여던 不在於兎라. 너 아니면 닋 귓길가분냐[5]?'

水國風流 드리란 슈이 난이 魚鱉은 져을 불고, 黿鼉은 북을 치고, 낙지난 旗을 들고, 참고[6] 츔을 츄고, 흔창 일리 논일 져게, 美人을 命ᄒᆞ여 次禮로 드러셔셔 笙篁을 울이면셔 綾波詞[7]을 和答할 졔,

"若有人兮波之中ᄒᆞ니 折楊柳兮 採芙蓉을 塵遼□兮 瓊取ᄒᆞ니 鳩杖鳴兮 玲瓏이라. 衣翩翩兮必 必輕紅이요 身矯矯兮 □濃이라. 輕塵生兮 羅襪이요 事一調兮 芙容이라. 近得人兮 西復東ᄒᆞ니 갑가위兮 不可興이라. 흘도연이 將往ᄒᆞ니 免彰彰而鏡中이라."[8]

---

3) 역질(疫疾): 강한 유행성과 전염성을 지닌 질병.

4) 춘치자명(春雉自命): '춘치자명(春雉自鳴)'의 오기. "봄에 꿩이 제 울음 때문에 죽는다"는 속담처럼, 제 허물을 스스로 드러내 화를 당하게 된다는 말. '춘산치이명사(春山雉以鳴死)' 혹은 '애피춘치자명이사(哀彼春雉自鳴以死)'라고도 한다. 『여유당전서與猶堂全書』「이담속찬耳談續纂」「동언東諺」.

5) 너 아니면 닋 귓길가분냐: 미상.

6) 참고: 미상.

7) 능파사(凌波詞): 사곡(詞曲) 이름. 당나라 현종이 낮잠을 자다가 꿈속에서 능파지(凌波池)에 산다는 용녀(龍女)의 부탁을 받아 『능파곡凌波曲』을 지었는데, 노래를 연주하자 물결이 솟구쳤다는 내용이 『태진외기太眞外記』에 전한다.

8) 약유인혜파지중(若有人兮波之中)하니 절양유혜(折楊柳兮)~장왕(將往)ᄒᆞ니 면창창이경중(免彰彰而鏡中)이라: 이 대목은 『전등신화』의 「수궁경회록」에 실려 있는 「능파사」를 인용하고 있는데 와음이 무척 많다. 다음과 같은 원곡에 의거해 현대역을 하기로 한다. "若有人兮波之中, 折楊柳兮採芙蓉, 振瑤環兮瓊珮, 璆鏘鳴兮玲瓏. 衣翩翩兮若驚鴻, 身矯矯兮如游龍. 輕塵生兮羅襪, 斜日照兮

지야자 ᄒᆞ난 쇼ᄅᆡ 톡기 興이 난즉,

"츔을 들츄어보면 ᄒᆞ게고먼."

"그 風流가 스리여 못 츄게고."

"그리면 엇지 침나?"

"울이게 동달 영산으로 쳐듑쇼."

압발은 뫼 싼 자로 츄켜들고 츔을 츄난ᄃᆡ,

압ᄂᆡ 버들은 초록장 둘여치고, 뒨ᄂᆡ 버들은 유로장[9] 둘어치고 夕陽은 늘어지고 달밧쳔 징징 울고 從天降 從地飛ᄂᆞᆫ 絶壁空 쉰 질 [놉피] 뜻고, 陽德[10]이 改起ᄒᆞ와 錦繡城陽明於션軍가세. 아범은 가ᄅᆡ[11] 지고, 어멈은 동솟[12] 지고, 난는 놀고 지고. 지리지리.

ᄒᆞᆫ창 일이 츔을 츄 졔 大將 범치[13] 엽헤 셧다가,

"익그, 톡기 ᄇᆡ쇽의 肝이 촐낭촐낭ᄒᆞ난고."

톡기 감작 놀ᄂᆡ,

"엇던 게 肝이라고. ᄇᆡ속의 물똥이 들어 촐낭걸이난 걸 肝이라 ᄒᆞ것다. 압쏠사, '分心思復[14]이요, 見欺而作[15]'이라 ᄒᆞ더니, 卽時 가난 것만 못ᄒᆞ여고."

일이할 졔 鱉主傅 宴席의 참여ᄒᆞ여다가 눈을 기릅더 톡기을 보며 가마니 ᄉᆞ지져 왈,

芳容. 蹇獨立兮西復東, 羌可遇兮不可從. 忽飄然而長往, 御冷冷之輕風"

9) 유로장: '유록장(柳綠帳)'의 오기. 휘늘어진 버드나무를 이르는 말. 봄철 버들잎은 푸른색과 누른색의 중간 빛인 유록색을 띠기에 이렇게 표현한 것이다.

10) 양덕(陽德): 만물을 생성하는 해의 기운.

11) 가래: 흙을 파헤치거나 떠서 던지는 농기구.

12) 동솥: '옹솥'의 옛말. 옹기로 만든 작은 솥.

13) 범치: 쑤기미. 양볼락과의 바닷물고기로 등지느러미에 강한 독이 있다.

14) 분심사복(分心思復): '분한 마음을 먹으면 되갚음을 생각한다'라는 의미.

15) 견기이작(見欺而作): 『주역』「계사繫辭」에 나오는 "군자는 기미를 보고 떠나면서 하루가 다 하기를 기다리지 않는다(君子見幾而作, 不俟終日)"에서 나온 말. 군자는 어떤 일이 일어날 낌새를 알아채고 대책을 세운다는 의미.

“나 듯기의도 ᄎᆞᆯ낭ᄎᆞᆯ낭ᄒᆞ난 거시 分明한 肝인 듯ᄒᆞ거던 네 졀어한 쐬로 우리 大王을 쇼기랴 ᄒᆞ나야?”

톡기 마음의 忿ᄒᆞ여 破宴 後의 王게 奏曰,

“小兎 世上의셔 약간 醫書을 보와거니와 음虛火動 病의 元氣 소복ᄒᆞ옵기난 王背湯이 第一 됴타 ᄒᆞ오니 王背 곳 ᄌᆞᄅᆡ라. 年久ᄒᆞ온 ᄌᆞᄅᆡ을 求ᄒᆞ여 씨면 氣運 自然 回復ᄋᆞ올 거시요, 그담의 小兎의 肝을 씨면 病勢 不日內 平復ᄒᆞ올다.”

王이 잇ᄯᆡ 톡기 말이라 ᄒᆞ면 指鹿爲馬랴도 信聽ᄒᆞ난지라 卽時 下令ᄒᆞ되,

“出世ᄒᆞ여던 鱉主傅 年久ᄒᆞᆫ지라. 依法次로 捉待ᄒᆞ라.”

ᄒᆞ니 현으도독 거복이 연품ᄒᆞ되,

“옛 말삼의 咬兎死의 走狗을 烹ᄒᆞ고, 高鳥盡의 良弓을 藏이라[16] ᄒᆞ여사오니 先生 말삼이 올사오나 主傅난 萬里他國의 精誠을 다ᄒᆞ야 功을 일우고 왓삽거날 封난 姑舍ᄒᆞ고 듁이난 거션 不可事聞於隣國[17]이라. 별이 權道을 조차 암ᄌᆞᄅᆡ로 代用ᄒᆞ심 處分 발아나니다.”

王曰,

“으윤ᄒᆞ라.”

ᄒᆞ시니,

잇ᄯᆡ의 主傅 天地 망극ᄒᆞ여 집의 도라와셔 夫妻 셔로 숀을 잡고 痛哭ᄒᆞ다가 문득 ᄉᆡᆼ각ᄒᆞ여 왈,

---

16) 교토사(咬兎死)의 주구(走狗)을~양궁(良弓)을 장(藏)이라: 한(漢)나라 한신이 한고조에게 잡혀올 때 “교활한 토끼가 죽고 나면 훌륭한 사냥개가 삶기고, 높이 날던 새가 없어지면 좋은 활이 감춰지고, 적국이 격파되면 지모 있는 신하가 죽는다 하더니, 천하가 이미 평정되었으니 내가 응당 삶기게 될 것이다(狡兔死, 良狗烹, 高鳥盡, 良弓藏, 敵國破, 謀臣亡, 天下已定, 我固當烹)” 라고 한탄했다는 내용이 『사기』「회음후열전」에 전한다.

17) 불가사문어인국(不可事聞於隣國): ‘불가사문어인국(不可使聞於鄰國)’의 오기. ‘이웃나라에 알려져서는 안 될 일입니다’라는 의미.

"닉 一時 경션ᄒᆞᆫ 말로 음히을 만나 無罪ᄒᆞᆫ 夫人을 이 지경을 當ᄒᆞ게 ᄒᆞ여건이와 千里 同行ᄒᆞᆫ 情分이 즉지 아니ᄒᆞ고 졔 마암이 상약ᄒᆞ여 고집되지 아니 ᄒᆞ니, 우리 졍셩을 다ᄒᆞ여 빌면 다시 惻隱이 ᄉᆡᆼ각ᄒᆞ여 救할리라."

ᄒᆞ고, 卽時 別堂을 修掃ᄒᆞ고 잔치을 排設ᄒᆞ고 톡기을 情으로 請ᄒᆞ여 上座의 아치고 主傅 內外 堂下의 ᄭᅮᆯ어 百拜哀乞 ᄒᆞ난 말이,

"오날날 우리 兩人 목숨이 先生게 달여시니 너부신 도량으로 짐작ᄒᆞ와 殘命을 求ᄒᆞ와듀옵소셔."

톡기 슈염을 만작이며 우어 왈,

"네 當初의 날을 쥬글 고즈로 유인함도 心腸이 고히ᄒᆞ거던 ᄒᆞ물며 음난 肝을 잇다 하여 그여이 듁이랴 ᄒᆞ면 무삼 일이며, 危틱한 ᄯᅢ의난 哀乞ᄒᆞ기난 날을 됴롱ᄒᆞ미야?"

쥬부 빌어 왈,

"人君의 病이 生死中의 危急ᄒᆞ거날 臣子道理의 水火中이온덜 읏지 ᄉᆡ양ᄒᆞ올잇가? 글로 ᄎᆡ망ᄒᆞ옵시면 足히 ᄒᆞ올 말삼 읍거니와 宴席의 잠간 경션ᄒᆞᆫ 말삼으로 인연ᄒᆞ면 罪死無釋[18]이로 쇼인 處分ᄃᆡ로 하려니와 大丈夫의 져러한 風彩로셔 一時 회담을 嫌ᄒᆞ오리가?"

톡기 더욱 生氣 ᄂᆡ여 왈,

"네 듁기을 두려ᄒᆞ거던 네 안ᄒᆡ로 ᄒᆞ로밤 방을 드리먼컨이와 그러치 안이 ᄒᆞ면 네 집 滅門之患이 目前의 나거시니 됴心ᄒᆞ라."

ᄒᆞ니, 主傅 夫人을 도라보와 왈,

"그ᄃᆡ 소견 엇더ᄒᆞ뇨?"

夫人 고ᄀᆡ을 슈게 答曰,

"相公의 말삼이 他國의 功을 일우고 도라와셔 一國忠臣이라 大王의

18) 죄사무석(罪死無釋): '죄사무석(罪死無惜)'의 오기. '죽어도 아깝지 않은 죄'라는 의미.

病患이 差復ᄒᆞ시면 一品公候을 封을 ᄒᆞ여셔 그 榮華가 妾으게가지 도라올가 발아더니, 功名은 실으히 집을 亡케 되니 忠臣不事二君은 相公이 行ᄒᆞ옵고, 烈女不更二夫 妾이 行치 못ᄒᆞ오니 ᄒᆞᆫ번 듁기난 남ᄃᆡ도 常事. 주근 後의라도 외로온 情을 하리와 万古列女鱉夫人鱉氏之門이라 特別이 情을 표ᄒᆞ오면 相公의게옵셔도 더욱 빗날 거시오니 웃지 그ᄃᆡ지 妾을 ᄉᆡᆼ각지 아니ᄒᆞ시나이가?”

主傅曰,

“夫人의 말삼이 ᄂᆡᄂᆡ 올사오나 잇ᄶᅢ을 當ᄒᆞ여 한갓 貞列만 지키고 권노을 뇨지 아니하올잇가?”

鱉夫人 고ᄀᆡ을 슈기고 눈물을 흘이여 왈,

“相公의 말삼이 그려ᄒᆞ시면 妾이 고집ᄒᆞ기 어렵사오니 處分ᄃᆡ로 ᄒᆞ옵소셔.”

主傅 그ᄃᆡ로 兎先生 前의 알외니, 兎先生이 許諾ᄒᆞ거날, 夫人이 할일 읍셔 나아가 뵈시니, 톡기 意氣揚揚ᄒᆞ여 書案을 비겨 問曰,

“저러한 자色으로 陋地의 잇다가 인緣이 重ᄒᆞ기로 날 갓ᄒᆞᆫ 男子을 만나니 家門이 빗나지 아니리요?”

夫人 ᄃᆡ왈,

“妾이 三綱의 罪人 되오니 ᄉᆞ라 무엇 할오리가? 알욀 말삼 읍난니라.”

톡기 大笑ᄒᆞ고 因ᄒᆞ여 連枕ᄒᆞ니 情이 비할 ᄃᆡ 읍더라.

톡기 ᄉᆞ랑歌을 지으되,

“ᄉᆞ랑 ᄉᆞ랑 ᄉᆞ랑이야, 南倉北倉 露積쳬로 다물다물 싸인 ᄉᆞ랑. 連平바다 그물갓치 코코이도 ᄆᆡ친 사랑. 靑樓美色 針線體로 솔기솔기 ᄆᆡ친 사랑. 호걸 郎君 ᄂᆡ가 되고 졀ᄃᆡ 佳人 네가 되니 이 아니 緣分이냐? ᄉᆞ랑코 貴ᄒᆞᆫ 情이 예붓텀 잇건마난 兎先生 鱉夫人은 比할 곳 젼혀 읍다.”

ᄒᆞ로밤 同枕ᄒᆞ니 百年偕老 鱉主傅는 뜬구룸이 되여구나. 新情이 未

全ᄒᆞ야 紗窓의 ᄒᆡ도든니 鱉夫人 擧動 보쇼. 兎生員의 손을 잡고 ᄯᅥ난기 연연ᄒᆞ여 여기덜라.

톡기 맛참 ᄎᆞᄃᆡ[19] 드러가 龍王 前의 問安ᄒᆞ고 다시 奏曰,

"어졔날 王背湯을 씨라 ᄒᆞ옵기난 病患中 元氣 져러ᄒᆞ시미 일시 求急ᄒᆞ올 藥이 읍사와 마지못ᄒᆞᆫ 말삼으로 奏達하여삽더니 밤 지닌 後 ᄉᆡᆼ각ᄒᆞ오니 臣의 肝을 먼져 ᄡᅧ 動靜을 보온 後의 다른 그시로 保元ᄒᆞ오면 速效 잇실가 ᄒᆞ며, ᄒᆞ물며 主傅난 功臣이라. 功도 씨지 아니ᄒᆞ고 도로혀 그 안ᄒᆡ을 듁기면 國家의 公論이 아니라. 事勢 가장 졀박ᄒᆞ오니 小兎 水宮의 드러와 쳣 졍事 그릇ᄒᆞ면 日後의 무슨 面目으로 殿下의 朝庭을 ᄃᆡᄒᆞ오릿가?"

王이 大喜ᄒᆞ여 왈,

"寡人도 이졔가지 마음을 졍치 못ᄒᆞ여삽더니 先生의 말삼이 글어ᄒᆞ오니 그리 ᄒᆞ옵쇼셔."

ᄒᆞ고 卽時 主傅을 ᄑᆡ초ᄒᆞ여 그 ᄯᅳᆺ즈로 젼ᄒᆞᆫ 後, 톡기을 請ᄒᆞ여 왈,

"寡人의 病이 時刻이 念慮되니 速히 發行ᄒᆞ여 寡人의 마암을 慰로ᄒᆞ라."

톡기 마암이 一時가 밋망할 ᄎᆞ의 깃거 奏曰,

"小兎 本ᄃᆡ 塵世 賤生으로 意外의 大王 뫼와 數日 風遊로 지ᄂᆡ오니 世上 ᄉᆡᆼ각니 읍사오며 ᄒᆞ물며 잇난 肝이야 으ᄃᆡ 가올잇가마난 大王의 病患 위急ᄒᆞ오니 世上의 急히 나가 肝을 가져다가 大王의 病患 快復 後의 다시 노라보오면 됴흘 듯ᄒᆞ와이다."

廣利 들으시고,

"긔득ᄒᆞ다, 兎公이여! 忠臣이라, 兎公이여!"

---

19) 차대(次對): 의정부 당상(堂上)·대간(臺諫)·옥당(玉堂) 등이 매월 여섯 차례 입시해 중요한 정무에 대해 아뢰던 일.

鱉主傅을 命招ᄒᆞ여 待令ᄒᆞ니 王이 分付ᄒᆞ되,

"速速 發行 世上 가셔 急急히 도라오라."

ᄌᆞ릐 울며 여ᄌᆞ오되,

"져 놈이 本是 간ᄉᆞ한 놈이라, 쇠을 빗길지ᄃᆡ 秦날아 徐市와 漢날아 方士와 魏날아 曺操라도 여게 밋ᄒᆞ리다. 臣이 竭盡忠心ᄒᆞ와 万里他國 밧게 잇난 톡기을 十生九死 ᄒᆞ여 일건 잡아온 놈을 그져 보ᄂᆡ오면 三國時節 七從七擒[20] ᄒᆞ던 孔明先生 아닐진ᄃᆡ 노와보ᄂᆡᆫ 톡기을 뉘라셔 다시 자부리가? 龍天劒[21] 드난 칼로 져놈의 ᄇᆡ을 ᄠᅳ 질너보옵소셔."

톡기 민망ᄒᆞ여 ᄌᆞ릐을 ᄭᅮ지져 일은 말이,

"옛일을 몰나냐? ᄒᆞ걸의 포학으로 용방[22]을 살히ᄒᆞ고, 상듀의 몹실 학졍 비간의 ᄇᆡ을 갈난 因其後이 亡國ᄒᆞ니 不可以殺生이라. 니놈 ᄌᆞ릐야, ᄂᆡ ᄇᆡ 갈나라. ᄇᆡ을 갈나 만일 잇면 됴컨이와 肝이 읍시면 寃痛ᄒᆞᆫ ᄂᆡ의 魂魄, 邪가 되여 불할진ᄃᆡ 너의 大王 져 病中의 할로 살기 極難이요, 너의 水國 万億百官 여게져게 侵犯ᄒᆞ면 고려東의 불가살이 寃讐갓치 괴로리라. 世上 쳘모로 無情ᄒᆞᄒᆞᆫ 츌반이 보게다."

廣利 톡기 말의 ᄲᅥᆨ 질이여셔 分付ᄒᆞ되,

"水國 万物中 兎生員을 害ᄒᆞ여 말한난 者면 魚網煞[23]로 定配 보ᄂᆡ리라."

ᄌᆞ릐 할일 읍셔 길을 ᄯᅥ날ᄉᆡ, 잇ᄃᆡ 鱉夫人이 心事 落□ᄒᆞ여 侍婢로 ᄒᆞ여곰 一封書札을 兎先生 前의 올이거날 ᄯᅥ여보니 ᄒᆞ여시되,

---

20) 칠종칠금(七從七擒): '칠종칠금(七縱七擒)'의 오기.
21) 용천검(龍天劒): '용천검(龍泉劒)'의 오기. 중국 진(晉)나라 때 오(吳) 땅에 자색 기운이 하늘의 우수(牛宿)와 두수(斗宿) 사이로 뻗치는 것을 보고 장화(張華)가 이 보검을 얻었다고 한다.
22) 용방: '용봉(龍逢)'의 오기. 성은 관(關)으로 하나라 걸임금 때 충간을 하다가 죽음을 당했다.
23) 어망살(魚網煞): 고기 잡는 그물. 살(煞)은 사람이나 생물을 해치는 독하고 모진 기운을 가리키는 말이다.

“小妾 鱉夫人언 두번 졀ᄒᆞ고 一張血書을 兎生員 座下의 올이나니다. 妾은 八字 기박ᄒᆞ와 十歲前의 父母을 여흐고 十五勢의 主傅을 맛나 승品이 至惡ᄒᆞ여 琴瑟이 不足ᄒᆞ여 마음의 잇난 슬음 부칠 곳 젼혀 읍셔 남모로게 玉皇[前의] 피눈물노 發願터니 玉皇이 하감ᄒᆞ사 쥰슈 男子 지시ᄒᆞ여 千金갓치 貴ᄒᆞᆫ 몸을 할로밤을 同枕ᄒᆞ니 탐탐ᄒᆞ고 貴ᄒᆞᆫ 情이 비할 곳 젼혀 읍다. 風彩 됴흔 우리 郞君 만나기도 느질시고. 百年이나 듁지 말고 이별 마자 ᄒᆞ여더니 國事의 私情 읍셔 一朝郞君 이別이야. 血氣로 ᄉᆡᆼ긴 몸이 일이 셜고 어이 살고? 三生의 重ᄒᆞᆫ 연분 一身의 病이 되여 紗窓의 비게 누어 蝴蝶夢[24] 으드랴들 無情ᄒᆞᆫ 져 쇠ᄉᆞ리 잠돗차 ᄊᆡ우나냐? 銀河水 烏鵲의 織女星의 몸이 되여 一年一渡 七[夕日의 郞君 面目 보고 지고. 瓊華水 地境 되여 水府 人世 ᄉᆡᆼ각ᄒᆞ니 연분언 重타마난 踪跡이 다르기로 一番離別 써난 後의 期約됴차 망연ᄒᆞ다. 앗갑고 ᄋᆡ달을사, 이 몸이 듁고 듁고 万 번 다시 쥭으기로 後世上의 女子 되여 人世上 다시 나셔 郞君과 스로 만나 翡翠衾 雌雄體로 연分 지여 넘놀고져. 風情 읍신 별쥬부난 ᄂᆡ사 슬의 ᄂᆡ사 슬의. 붓셜 잡아 씰랴 ᄒᆞ니 ᄒᆡ음 읍난 이ᄂᆡ 눈물 쥬쥴리 소사나고 胸膈이 沓沓ᄒᆞ여 大綱 쥬어 붓치나니 슈히 급히 도라와셔 쥬거가나 이ᄂᆡ 목숨 一時나 건져쥬옵기 千万 발ᄋᆡ압나이다. 할 말심 無궁無궁ᄒᆞ오나 다 하자 ᄒᆞ온즉 ᄂᆡ 속이 너머 상ᄒᆞ옵기로 그만 긋치나니다.”

톡기 보기을 다하ᄆᆡ 行裝 급박하고 耳目이 고이ᄒᆞ기로 答書난 못 ᄒᆞ거니와 단여온 후 반갑게 만날 뜻즈로 젼한이라.

---

24) 호접몽(蝴蝶夢): 중국 전국시대 때 장자가 꿈속에 나비가 되어 날아다녔다는 고사. 현실과 꿈의 구별이 안 된다는 비유로 자주 사용된다.

토끼의 생환과 별부주의 최후

잇ᄃᆡ 主傅 할일 읍셔 行裝을 써나올 제, 톡기 廣利 前의 下直ᄒᆞ고 ᄌᆞ리 등의 올나안자, 碧波上 둥둥 써셔, 가ᄌᆞ 가ᄌᆞ 어셔 가자. 二水을 밧비 건너 白露州 어셔 가자. 三山을 발아보니 靑天의 머러 잇고,[1] 日暮長沙秋色遠ᄒᆞ니 不知何處弔湘君[2]고, ᄒᆞᆫ 곳졀 다다르니 君子 ᄒᆞ나 게 잇시되 形容이 초최ᄒᆞ고 容貌가 긔괴ᄒᆞ여 靑衣黑冠의 擧手相揖,

"往來水로 其間이 千里여날 兎公은 何以至此오?"

톡기 對答ᄒᆞ되,

1) 이수(二水)를 바삐~멀어 있고: 당나라 이백이 지은 「등금릉봉황대登金陵鳳凰臺」의 두 구절을 변형시킨 것. 원문은 "삼산은 반이나 푸른 하늘 밖에 떨어졌고, 두 물은 백로주를 반으로 나누었다(三山半落靑天外, 二水中分白露洲)". 삼산은 남경 서남쪽에 있는 세 봉우리로 이루어진 산이고, 이수는 진수와 회수이고, 백로주는 양자강 가운데 있는 모래섬이다.

2) 일모장사(日暮長沙) 추색원(秋色遠)하니 부지하처(不知何處) 조상군(弔湘君): 당나라 이백이 지은 「족숙 형부시랑과 중서사인을 모시고 동정호에서 노닐다陪族叔刑部侍郎晔及中书贾舍人, 至游洞庭」 가운데 "장사에 해 떨어지자 가을빛 멀어라. 상군을 조문했던 곳이 어딜는지.(日落長沙秋色遠, 不知何處吊湘君)"에서 따온 구절. 상군(湘君)은 순임금의 두 아내인 아황과 여영을 가리킨다.

"兎屬千山ᄒᆞ니 觀不觀於졔觀이요, 托身無人ᄒᆞ니 行不關於峰壑인ᄃᆡ 必見不□ᄒᆞ고 寤寐 平生인듸 何以至此오?"[3)]

其人 涕泣長歎曰,

"君不見, 三閭大夫 魚腹葬ᄒᆞᆫ다. ᄂᆡ 일즉 世上事忠一君터니 時運이 不幸ᄒᆞ야 長沙의 困 한 몸이 이 물의 풍덩 밧자[4)] 人間의 셜운 뜻과 千古의 寃痛한게, ᄂᆡ 글이나 외와가 楚天日月 말근 셰상 우리 生前 同類들과 吟風詠月 文章덜게 자셰히 傳ᄒᆞ옵소."

그 글의 ᄒᆞ여씨되,

"帝高陽之苗裔兮, 朕皇考曰伯庸.[5)] 惟草木之零落兮여 恐美人之遲暮로다.[6)] 月黃昏而有時튼이 江中波之險路다.[7)] 衆人皆醉여던 我獨醒ᄒᆞ고 擧世皆濁이여던 我獨淸이라."[8)]

ᄒᆞ니 읍기을 다한 後의 톡기 ᄉᆡᆼ각ᄒᆞ니, 이난 魚腹忠臣 屈原이라.

溟羅水[9)] 지ᄂᆡ다가 五湖上 明[月]夜의 돗ᄃᆡ 치난 져 사람아, 越 범여[10)]

---

3) 토속천산(兎屬千山)하니 관불관어제관(觀不觀於졔觀)이요~평생(平生)인듸 하이지차(何以至此)오: 이 대목은 와음과 결락(缺落)이 많아 문맥을 파악하기 어렵다. 대체로 "토끼는 산에 살며 경관을 두루 구경하고, 사람에게 매어 살지 않아 봉우리와 골짜기를 거리낌없이 다니는데, 어찌하여 이곳에까지 이르렀소?"라는 의미인 듯하다.

4) 군불견(君不見) 삼려대부(三閭大夫)~풍덩 빠져: 초나라 회왕 때 굴원이 삼려대부가 되었다가 모함을 받아 유배되자 자신의 억울한 심정을 읊은 「이소」 등을 짓고 상강에 투신해 자살했다는 고사가 『사기』 「굴원열전」에 전한다.

5) 제고양지묘예혜(帝高陽之苗裔兮), 짐황고왈백용(朕皇考曰伯庸): 굴원이 지은 「이소」의 첫 두 구에서 가져온 대목이다.

6) 유초목지영락혜(惟草木之零落兮)여 공미인지지모(恐美人之遲暮)로다: 굴원이 지은 「이소」의 중간 부분 에서 가져온 대목이다.

7) 월황혼이유시(月黃昏而有時)튼이 강중파지험로(江中波之險路)다: 출전을 확인하기 어렵다.

8) 중인계취(衆人皆醉)이어든 아독성(我獨醒)하고~거세개탁(擧世皆濁)이여던 아독청(我獨淸)이라: 굴원이 지은 「어부사」에서 인용한 대목이다.

9) 명나수(溟羅水): '멱라수(汨羅水)'의 오기. 중국 호남성 상음현(湘陰縣) 북쪽에 있는 강. 굴원이 빠져 죽은 곳이라 전해진다.

10) 범려(范蠡): 중국 춘추시대 초나라 사람. 월나라 구천을 도와 오나라를 멸망시키고서 월나라를 떠나 오호에 배를 띄우고 돌아다니다가 제나라에 들어가 스스로 도주공(陶朱公)이라 일컬으며 큰 부자가 되었다는 사실이 『사기』 「화식열전貨殖列傳」에 전한다.

아니면 秋江의 ᄇᆡ을 타고 江東로 가난 거션 張翰[11]이 안일넌가? 檻外長江空自流[12]ᄂᆞᆫ 滕王高閣 져게로다. 王勃[13]이 萬古詩興 낙하난 여고木졔비하고 秋水난 공장 天一色이라.[14]

ᄒᆞᆫ 곳져 다다르이 白衣ᄒᆞᆫ 두 夫人 竹林으로 나오면셔 톡기 불너 일은 말이,

"져게 가난 져 兎公아, ᄂᆡ의 哀寃 드러다가 世上 傳ᄒᆞ옵소."

톡기 듯고 ᄉᆡᆼ각ᄒᆞ니 萬古貞列 堯女舜妻 二妃[15]로다.

瀟湘[浦]을 지ᄂᆡ더니 도도한 百万 요슈[16] 가난 길의 물길 치난듸 눈읍난 男子가 압헤 직긱 다디으며,

"여 져 톡기야, 오왕 ᄐᆡ부의 참소 듯고 忠魂이 랄나가니 이 물의 풍덩 ᄲᅡ자 千秋의 寃痛한 게 눈 읍난 기 恨이로다. 무덤 압희 시문 나무ᄒᆞ만 枯木 되여싯리. 원졈이며 조자을 역역히 보랴더니 ᄂᆡ 일즉 눈을 ᄲᆡ여 東門上의 달고 왓ᄂᆡ. 世上의 나가거던 그놈 차자 傳ᄒᆞ여라."[17]

11) 장한(張翰): 중국 진(晉)나라 사람. 낙양에 있을 때, 가을바람이 불자 고향 송강(松江)의 순채국과 농어회가 생각나 곧장 벼슬을 그만두고 귀향했다고 전한다.

12) 함외장강공자류(檻外長江空自流): "난간 밖 긴 강만 부질없이 절로 흐르네"라는 뜻. 당나라 왕발이 지은 「등왕각서」의 마지막 구절.

13) 왕발(王勃): 중국 당나라 때 시인으로 초당사걸(初唐四傑)의 한 사람으로 꼽힌다. 교지(交趾)로 가는 도중 남창(南昌)에서 지었던 「등왕각서」가 유명하다.

14) 낙하는 여고~공장 천일색(天一色)이라: 당나라 왕발이 지은 「등왕각서」에서 "지는 노을은 짝 잃은 따오기와 나란히 날고, 가을 강물은 끝없는 하늘과 한 색이로다(落霞與孤鶩齊飛, 秋水共長天一色)"라는 구절.

15) 이비(二妃): 순임금의 처인 아황과 여영. 순임금이 죽자 상강에서 슬피 울다가 물에 빠져 죽었는데, 이때 흘린 눈물방울이 대나무에 얼룩져서 소상반죽이 되었다고 한다.

16) 요수(遼水): 만주를 관류해 발해로 들어가는 강.

17) 오왕 태부의~찾아 전(傳)하여라: 본래 초나라 사람이던 오자서가, 초나라 평왕(平王)에 의해 부형이 살해되자 오나라로 도망가서 합려를 도와 부형의 원수를 갚았다. 나중에 오나라의 태재(太宰) 비(嚭)가 월나라의 뇌물을 받고 오자서를 참소하자, 합려의 아들 부차가 검을 내려 자결하게 했다. 그러자 죽기 전에 "나의 눈알을 뽑아서 오나라 동문에 걸어두어, 월나라가 오나라 멸망시키는 것을 보게 하라(抉吾眼, 置之吳東門, 以觀越之滅吳也)"라는 유언을 남겼다는 고사가 『사기』 「오태백세가吳太伯世家」에 전한다.

톡기 듯고 싱각ᄒᆞ되 萬古忠臣 五子胥라.

烏江을 얼는 지나 赤壁江 다다르니 三國 싸홈 破ᄒᆞᆫ 後의 蘇子瞻 泛舟遊라. 東山의 달이 돗고 斗牛間의 徘徊ᄒᆞ니 白露橫江 함게 가자.[18] 笑指蘆花月一船[19]은 楚江 漁夫 빈 ᄇᆡ로다. 騎鯨仙子 가신 後의 望月만 발가 잇고 彩石江 여게로다.[20] ᄌᆞᄅᆡ 등의 져 달 실고 還山弄明月[21]ᄒᆞ셰. 渭水의 도라드니 魚釣ᄒᆞ난 姜太公은 긔쥬로 도라들고 銀鱗玉尺 ᄲᅵᆯ 쁜이라. 潯陽江 도라드니 琵琶聲 ᄌᆞ약ᄒᆞ귀 예읍던 山川이요, 杜鵑子規 실피 우러 봄을 찻는 소ᄅᆡ 中 他鄕水國 갓던 톡기 어셔 오소 ᄒᆞ난 소ᄅᆡ 分明ᄒᆞ다 不如歸라 실푸도다.

碧海水邊 다다르니 景槪도 果然 됴타. 影山紅芦 봄쌀암의 넘노나니 鳳凰 白蝶 두루두루 피난 桃花 玉葩上의 불근 꼿 풀은 입흔 山容을 길음ᄒᆞ고, 나난 나부 운난 ᄉᆡ난 春光을 자랑한다. 너울너울 杜鵑花와 우질우질 桂樹 뜰기 날을 보고 반기난 듯, 조흘 桂樹 가지 古國山川 더욱 됴타. 山色도 明朗ᄒᆞ여 웃난 듯 반기난 듯.

물가이 漸漸 갓가오니 톡기 마암의 간간ᄒᆞ여 질의 ᄯᅱ다가 물의 ᄲᅡ지 거위 듀게 되여더니 主傅 求ᄒᆞᆫ ᄇᆡ 도여 沙場의 ᄂᆞᆸ더 셔며 갈오 ᄯᅱ며 셰로 ᄯᅱ며 압흐로 ᄯᅱ며 뒤흐로 ᄯᅱ며, 主傅달여 辱을 ᄒᆞ되,

---

18) 동산(東山)에 달이~함께 가자: 중국 송나라 소식의 「적벽부」 앞부분을 본뜬 구절. 원문은 "동산 위로 달이 올라 북두성과 견우성 사이에서 서성일 때, 이슬은 강에 비끼고 물빛은 하늘에 닿았더라(月出於東山之上, 徘徊於斗牛之間, 白露橫江, 水光接天)"다.

19) 소지노화월일선(笑指蘆花月一船): 『명시종明詩綜』에 당시(唐詩)로 실려 있는 시 가운데 "객이 와서 흥망의 일을 묻기에, 갈대꽃과 달 아래의 배 한 척을 가리키며 웃네(客來問我興亡事, 笑指蘆花月一船)"에서 따온 구절. 이 구절은 우리나라에서 시조창으로도 많이 불렸다.

20) 기경선자(騎鯨仙子) 가신~채석강(彩石江) 여기로다: 당나라 시인 이백이 채석강에서 뱃놀이하다가 술에 취해 물속에 들어가 달을 잡으려다가 죽었다는 고사가 『구당서』 「이백전李白傳」에 전한다. 기경선자는 이백을 가리키는데, 송나라 마존(馬存)이 지은 「연사정燕思亭」에서 "이백이 고래 타고 하늘로 날아가버리니, 강남의 풍월이 여러 해 동안 한가롭네(李白騎鯨飛上天 江南風月閑多年)"라고 읊었다.

21) 환산농명월(還山弄明月): 당나라 시인이 지은 「별주주인別酒主人」 가운데 "도시는 너무 시끄러워, 산으로 돌아와 맑은 달을 희롱하네(城市多囂塵, 還山弄明月)"에서 따온 구절.

"졀노 싱긴 五臟六腑 變通이 잇다 말가? 肝 出入훈단 말은 듯도 보도 못후여다. 네 人君 어리셕고 네 朝廷 無識더라. 陷井의 든 범이요 우물의 든 고기을 노와 살여 보닋면셔 骨髓의 깁히 든 病 속졀업시 되여구나. 山中 兎處士을 뉘라셔 유인할랴? 으수도 넉넉후고 口辯도 壯할시고. 山中興味 不足다고 水國 벼실할아 갓다 거위 듁게 되어더니 千尋万苦 살아구나. 이닉 計敎 싱각후면 妙할 妙字 飛点[22]이라. 五臟六腑 닉 빅속의 肝줌이나 잇다난 密然후다 져 주리야. 빅쇽의 잇난 肝을 엇지 닉고 들일숀야? 네 忠誠 至極키로 病든 龍王 살이자고 셩한 톡기 나 듁으랴? 水宮이 됴타 흐도 이 山中만 못하더리. 네의 水宮 第一珍味 紅桃碧桃 됴타 흐도 도토리만 못하더라. 千日酒가 됴타 흐도 甘露水만 못하더라. 不老艸가 됴타 흐도 측불이만 못후더라. 蘇子張子 漢列房이 造化 만키 날만후며, 말 잘하는 蘇秦 張儀 口辯 됴키 날만후며, 武陵桃源 神仙인덜 한가후기 날만 후며, 英雄 謀士을 다 말후되 날만하니 쉽잔켄."

잔방귀을 통통 쒸며,

"긋득후다 믯궁기야. 얌잔할사 믯궁기야. 숀맛더라 믯궁기야. 만일 둘만 되여던덜 게셔 발셔 듁어씰걸. 密然터라 네의 龍王, 닉 밀연키 龍王 갓고 龍王 실기 날 갓트면 게셔 빅을 갈일 거셜 술아나기도 닉 지듀라. 네 忠誠이 至極후니 名藥이나 쥬마. 浮腫의 砒霜셤과 삭신 쎈 듸 고초갈오, 口逆症의 生薑 물과 압흐잔코 잘 죽기난 北魚알이 名藥. 주리랴 잘 가거라. 무슌 일노 너 와던야. 간간이도 우숩고나. 네 마음 寃痛커던 식로 으수 다시 닉여 나를 쇠와보라. 네 事情 싱각후면 寃痛타 후련이와 네 面目 보자 후고 닉 목슘 어이하리. 故國의 도라오니 시원할연이와 네의 안히 未盡훈 情 쑴 싸온듸 依依후다. 네 집의 도라가셔 平安이 오신 消息 大綱이누 傳후여라."

22) 비점(飛点): '비점(批點)'의 오기. 시문 가운데 아주 잘된 곳에 찍는 둥근 점.

主傅曰,

"실읍신 쇼리 말고 肝 둔 듸나 速히 가자."

톡기 大笑曰,

"어허, 헛된 자식 만히 볼너고. 密然ᄒᆞ고 우순 놈아, 肝 둔 고지 別고 지냐? 腹中의 들어시니 엇쩌케 쥰단 말고. 우미한 鱉主傅야 치골[23)]에 子息 마니 보게다. 날 갓튼 英雄毫傑 네의 水宮 잇실손야? 글力 돗코 勇猛 잇거던 뭇트로 나와셔 육젼으로 ᄒᆞ여보자. ᄂᆡ 비록 고단ᄒᆞ나 故鄕의 도라오니 羽翼 許多ᄒᆞ다. ᄂᆡ 한번 소ᄅᆡᄒᆞ면 압山의 호랑 슉主, 뒤 굴의 사심 번임, 쐬 잇난 여회 親舊, ᄂᆡ 아들 톡기 等이 山川을 주룸잡고 운무 中의 날아들어 네갓치 못난 자식 魂이나 남아 갈야? 날 잡으러 너 와다가 너둣차 듁어가면 그 아니 寃痛할야. 正 밋지 못하거던 ᄂᆡ 뒤을 쏠아와보라."

ᄒᆞ고 靑山綠水 시ᄂᆡ가로 앙금 살랑 도라가며 蘭草□ 쓰더 먹고, 됴약돌도 담숙 집어 공기도 로려보고, 버들입도 조로록 훌터 淸溪水의 씌워도 보고, ᄉᆞ우숌 군소ᄅᆡ로 가불가불 드러갈 져, 강쫑강쫑 살랑살랑 앙금팔작 쒸여가다 탁쳠지 그물의 씔걱 치여 듸롱듸롱 ᄆᆡ달려 버셔날 슈가 읍셔 울며 歎息할 제,

"俗談의 不可大命[24)]은 독의 들어도 면치 모ᄒᆞᆫ다든이 날을 두고 일음이라. ᄂᆡ 當初 水宮의셔 듁어던들 듁은 後의 身體라도 錦衣華端 斂拾 온젼[이] 도라갈 거시요, 魂魄이라도 千秋香火 바다 榮華로 極盡이 할 거셜 간신이 命을 圖謀ᄒᆞ여 이 지경을 또 當ᄒᆞ엿시니 비록 諸葛孔明의 智略이며 五子胥의 글力인털 요듸읍난 곳졀 만나시니 變通을 어이 발아리요. 듁어도 씔듸읍난 귀신이 되리오다."

23) 치골(癡骨): 남이 비웃는 줄 모르고 제멋대로만 하는 요령 없고 어리석은 사람.
24) 불가대명(不可大命): '불가대명(不可代命)'의 오기.

ᄒᆞ며 실피 우더니 마참 쉬파이 잉잉ᄒᆞ고 지나가거날 문득 한 쇠을 ᄉᆡᆼ각ᄒᆞ고,

"야, 쉬팔아! 네 材됴가 이무리 용타 ᄒᆞᆫ덜 ᄂᆡ 왼몸의 빈틈읍시 쉬[25]을 씰짓던냐[26]?"

"네 하라비 갓튼 쇠 몸의도 빈틈읍시 씰어거든 네 몸의 못 씰겟단 말리냐?"

"네 어듸 씰어라."

한참 잉잉ᄒᆞ더니 빈틈 읍시 씰어쌔다.

"너, 그만 가기라."

쉬팔이 간 然後의 그물 논 軍들이 五六人이 오더니,

"잇기 톡기 걸여ᄊᆞ나."

쒸여 달여들어 궁둥이 ᄉᆞᆯ을 ᄃᆡ고 ᄂᆡ을 맛홀 져게 방긔 소ᄅᆡ 읍시 쒸니,

"어, 이것 님ᄉᆡ 나난고."

ᄂᆡ댜발리랴 할졔 그짓말 잘하난 놈이,

"입다 일이다고, ᄂᆡ나 구워먹자."

바다들고,

"어, 이것 쎠겻다."

ᄒᆞ고 ᄉᆞᆯ얼 톡 쫑기이,

톡기,

"아야, 코야!"

"잇기, 톡기 살이다."

"예이, 실읍의아들[27] 놈. 둑어 썩난 톡기가 살아단 말이랴."

25) 쉬: 파리의 알.
26) 슬겠느냐: 아무데나 알을 함부로 낳아놓겠느냐.
27) 실읍의아들: 시러베자식. 실없는 사람을 낮잡아 이르는 말.

"네 보와라, 아니 살아나."

ᄒᆞ고 훽 던지니, 톡기 ᄲᅢᆼ장 뛰여 달아날졔,

"얼사졀사 됴흘시고. 지야자 됴흘시고. 둇타 둇타 ᄂᆡ 일이야. 滋味잇다 ᄂᆡ 일이야. 웃기고도 신긔ᄒᆞ다. 龍王갓치 神靈함도 ᄂᆡ 한 말의 귀가 먹고, 사람갓치 靈惡함도 ᄂᆡ 한 ᄭᅬ의 눈 어두어 잇난 肝도 읍다 ᄒᆞ고 듁을 몸 다시 살아 極樂世界 차자가니 水宮과 人世界의 날 當할 이 뉘 잇시리."

無數히 기다가 太陽山 深谷으로 살랑살랑 들어갈 졔 여려 날 쥬린 독수리가 중쳔의 놉피 ᄯᅥ셔 [기웃기웃 발라보다 조와ᄒᆞ며 가난 톡기를 포ᄉᆡ로 을는 보고] 비호갓치 날아들려 톡기을 툭 차 들고 비호비호 ᄒᆞ거날, 톡기란 놈 긔가 막혀 일은 말리,

"일은 익운 ᄯᅩ 잇실가? 이졔는 할 수 읍시 쥭울 밧게 수가 읍다. 혹 소위 일은 말리, 조약돌을 피ᄒᆡ가면 슈만 셕을 당ᄒᆞ고, 놀늘 피ᄒᆡ면 범을 만난단 말이 날을 두고 이름이라. 千萬 가지로 ᄉᆡᆼ각ᄒᆞᆫ덜 웃지ᄒᆞ잔 말가?"

이리 ᄒᆞᆫ창 우다가셔 ᄯᅩ ᄒᆞᆫ ᄭᅬ을 ᄉᆡᆼ각ᄒᆞ고,

"여보시요, 슈리將軍."

"왜야."

"ᄂᆡ 말샴 드려보오."

"무ᄉᆞᆫ 말? ᄒᆞ랴무나."

"ᄂᆡ가 죽어도 못 잇고 주글 거시 잇쇼."

"무어시야?"

"ᄭᅬ칙이 잇스되, 嚴冬雪寒의 굴속의 안ᄌᆞ 도토리 칙 ᄉᆞᆫ [기금 과실] 나오라면 나오니, 수리 將軍이 가져시면, [먹기 조흔] 달기 창ᄉᆞ, [春三月의] 병아리 ᄉᆡᆨ기, [秋九月의 ᄉᆞᆯ 기ᄯᅴ의[28]] 강아지 ᄉᆡᆨ기 주근 거시 나오라면 나오는 冊이오니 그 아니 조흔 것가?"

"이야, 그러ᄒᆞ면 날을 주고 네 목숨을 살려내면 엇더ᄒᆞᆫ야?"
"에, 실소."
"야, ᄉᆡᆼ각ᄒᆞ여보와라."
"글어ᄒᆞ면 날을 쌀아가사이다."
"엇다 두어넌야?"
"젼 건너 굴속의 잇소."
"글여ᄒᆞ면 가자."
굴 압헤 당도ᄒᆞ여,
"ᄂᆡ가 들어가야 ᄂᆡ어오거소."
"아조 들려보ᄂᆡ지난 못ᄒᆞ것다."
뒤발을 잡고 들어보ᄂᆡ니,
"조곰만 노오."
"못 놋컷다."
"ᄎᆡᆨ이 만실만실 ᄒᆞ오."
"글리ᄒᆞ여라."
톡기 혼지말노 듕얼걸리것다.
"冊이 엇지 더 들어갓난가? ᄂᆡ 악가 饒飢을 두어든이 악가 어린 것덜이 作亂ᄒᆞ더니 굿ᄃᆡ 밀이여 더 들어간난가 보고. 됴곰만 더 노오."
"이제난 못 노케다."
"여보, 병알리 ᄉᆡᆨ기 달기 창사가 옴질옴질ᄒᆞ오."
독슐리 본ᄃᆡ 먹난 데난 허급ᄒᆞᆫ 놈이라 참지을 못ᄒᆞ야,
"온야, 더 들어가거라."
졔라셔 왈라락 밀어노니, 톡기 들어안자 詩調 한 장을 불을 져게,
"반나만 늘거시니 다시 졈던 못하리라. 일後 늑지 말고 每양 이만ᄒᆞ

28) 슐 기띄의: 술(戌) 개띠의. 술은 열한번째 지지인데, 동물로는 개에 해당한다.

여고져."[29]

일이 안져거날 독슐이 [밍낭ᄒᆞ여,

"앗뿔사 살 도리가 넉넉ᄒᆞᆫ 놈이로고. 이놈, 쐬冊 ᄂᆡ여 보ᄂᆡ라."

톡기 ᄃᆡ답ᄒᆞ되,

"쐬冊이 쐬冊 아니라 ᄂᆡ 목숨 사난 바회틈이 쐬冊이로다."]

독슐리 할일 읍셔 날아가거날,

잇ᄃᆡ 主傅난 톡기을 失捕ᄒᆞ고 긔가 막혀 우난 말이,

"ᄋᆡ고 ᄋᆡ고 ᄋᆡ고, 어ᄃᆡ 가셔 톡기을 잡을고? 일어케 孟浪[ᄒᆞᆫ] 일 쏘 어ᄃᆡ 잇난가? ᄂᆡ 忠誠 不足던가, 大王의 命이 잘으던가? 水宮ᄭᅡ지 갓던 톡기을 못 잡아 藥을 ᄒᆞ고, 青山碧溪 너른 곳셰 돌오ᄂᆡ니 放送ᄒᆞ니 四海八方 無定處의 어ᄃᆡ 가셔 잡으리요? 大王이 不幸ᄒᆞ면 水宮天地 許多事을 다시 뉘와 相議ᄒᆞ여 우리나라 구든 사직 쇽졀읍시 되여구나. 哀苦哀苦 셜운지고, 이ᄂᆡ 面目 발오 들어 우리 水宮 못 가게ᄂᆡ."

清江斜日 빗긴 길로 瀟湘江 도라가셔 ᄃᆡ숩풀의 으지ᄒᆞ여 亡命ᄒᆞ야 사난 골오 그 자숀 世上의 편만ᄒᆞ고, 鱉夫人 암ᄌᆞ릐은 兎先生 離別後의 相思로 病이 되여 數月 呻吟타가 쇽졀읍시 듁어시니 水宮의셔난 그 잔속을 모로고셔 主傅을 ᄉᆡᆼ각ᄒᆞ여 글어ᄒᆞ다 ᄒᆞ고 龍王게 장문ᄒᆞ여 貞列을 표ᄒᆞ여고, 龍王도 톡기 기다리다가 病이 漸漸 더ᄒᆞ여 世子의계 傳位ᄒᆞ고 別宮으로 피ᄒᆞ여더니, 그後의 赤勳公 鯉魚가 罪을 입어 洞庭湖로 定配 갓다가 마참 主傅을 만나 그 消息을 傳ᄒᆞ니, 主傅 痛哭ᄒᆞ고 그 길로 도라와셔 娥皇女英게 寃情을 올여 授明ᄒᆞ고 卽時 自結ᄒᆞ니 그 寃痛ᄒᆞ멀 알고 鱉主傅 無罪ᄒᆞ멀 玉皇 上達ᄒᆞ니 玉皇이 긍칙이 여게 使者을 龍國의 보ᄂᆡ여 主傅얼 알게 한지라. 그지음의 龍王이 別世ᄒᆞ고 世子 卽

29) 반나마 늙었으니~매(每)양 이만하여고저: 조선시대 널리 유행하던 시조창의 제1, 2구에서 따온 구절. 가사 전체는 다음과 같다. "반나마 늙었으니 다시 젊어지지 못해도/ 이후나 늙지 말고 매양 이만하고/ 저 백발아 네나 짐작하여 더디 늙게 하여라."

位ᄒᆞ여 主傅의 忠節을 알고 萬古忠臣으로 誦德을 標ᄒᆞ더라.

그後로 水國이 泰平ᄒᆞ고 水屬萬朝덜이 萬歲을 불너 帝德은 乾坤大 臣功은 日月明이라. 그 뒤야 거 뉘 알이 발도 깁고 言聲이 不出ᄒᆞ니 그만져만 더지더지 망충망총.

급히 쵸하기로 오자 낙셔 만흐니 루너보압.

右 丁亥 臘月 旬望間[30] 華川新社 錦南筆

30) 정해(丁亥) 납월(臘月) 순망간(旬望間): 정해년 음력 12월 10일에서 15일 사이. 여기에서 필사가 된 정해년은 1884년일 것으로 추정된다. 하지만 본문 가운데 "이천만 빅셩이"이라는 대목으로 미루어보면, 1944년으로 봐야 타당할 듯하다.

| 원본 |

장끼전

장끼와 까투리의 고단한 삶

건곤(乾坤)[1]이 ᄀᆡ탁(開坼) 후의 만물(萬物)이 품ᄉᆡᆼ(稟生)[2]ᄒᆞ니

실영(神靈)ᄒᆞᆯ손 사람이오 어린 거시 즘ᄉᆡᆼ이ᄅᆞ

유모츙(有毛蟲)[3]도 삼ᄇᆡᆨ(三百)이오 유우츙(有羽蟲)[4]도 삼ᄇᆡᆨ(三百)이라

난봉(鸞鳳) 긔린(麒麟) 졔일이오 ᄋᆡᆼ무(鸚鵡) 공ᄌᆞᆨ(孔雀) 벅금이라

ᄭᅯᆼ의 몸이 ᄉᆞᆷ긴 후의 죠수(鳥獸) 즁의 웃듬이라.

의관(衣冠)은 오ᄉᆡᆨ(五色)[5]이오 별호(別號)ᄂᆞᆫ 화츙(華蟲)[6]이라

문왕(文王)이 제탕(祭湯)할 제 우름으로 도와잇고[7]

---

1) 건곤(乾坤): 하늘과 땅.
2) 품생(稟生): 생명을 받고 태어남.
3) 유모충(有毛蟲): 털 달린 짐승. 길짐승.
4) 유우충(有羽蟲): 날개 달린 짐승. 날짐승.
5) 오색(五色): 고대로부터 정색(正色)으로 일컬어지던 청색, 적색, 백색, 흑색, 황색.
6) 화충(華蟲): 화려한 깃털을 가진 꿩을 일컫는 별칭. 꿩은 고대로부터 면목(冕服)을 수놓는 그림으로 사용되었다.

월상씨(越裳氏) 헌ᄇᆡᆨ치(獻白雉)도 상셔(祥瑞)로 감동ᄒᆞ니[8]

산금야수(山禽野獸)[9] 텬셩(天性)으로 낙낙ᄌᆞᆼ송(落落長松) 정ᄌᆞ(亭子) 사마

울임벽계(鬱林碧溪)[10] 시ᄂᆡ가의 졀노 듯ᄂᆞᆫ 구도토리

졈졈(點點)이 쥬어먹고 츈풍ᄉᆡᆼ장(春風生長)[11] 교열ᄆᆡ얼

근근이 맛셜 보니 인간을 ᄒᆡ(害)ᄒᆞ던가

오곡(五穀)[12]을 ᄒᆡ(害)ᄒᆞ던가 임ᄌᆡ 업시 노는 몸을

ᄀᆞᆺᄐᆡ야 ᄌᆞ바다가 삼ᄐᆡ육경(三台六卿)[13] 슈령방ᄇᆡᆨ(守令方伯)[14]

실토록 ᄌᆞᆼ복(長服)ᄒᆞ고 조흔 ᄌᆞᆼ목 골나ᄂᆡ여

화당(華堂)[15]의 ᄌᆞᆼ목비와 사명긔(司命旗)[16] ᄉᆞᆯᄃᆡ(撒帒)[17] 치레

---

7) 문왕(文王)이 제탕(祭湯)할 제 울음으로 도와있고: 은나라 고종 때 탕임금에게 제사를 지낸 다음날, 꿩이 날아와 솥귀 위에 앉아서 울었다. 이에 고종이 재상 조기(祖己)의 간언을 듣고 두려워하며 선정을 펴니 요사스러운 기운이 없어지고 은나라가 부흥했다고 한다. 『서경』「고종융일高宗肜日」. '문왕'은 '고종'의 착오로 보인다.

8) 월상씨(越裳氏) 헌백치(獻白雉)도 상서(祥瑞)로 감동하니: 주(周)나라 성왕(成王) 때 주공(周公)이 섭정해 천하가 태평해지자 월상씨(越裳氏)가 와서 주공에게 흰 꿩(白雉)을 바치며 "우리나라 노인들이 말하기를, '하늘에 풍우가 거세지 않고 바다에 해일이 일지 않은 지 3년이 지났다. 중국에 성인이 계신 듯한데, 어찌하여 가서 조회하지 않는가(天之不迅風疾雨也 海不波溢也 三年於玆矣 意者中國殆有聖人 盍往朝之)'라고 하기에 조공을 바치러 왔다"라고 했다 한다. '월상씨'는 교지(交趾) 남쪽에 있던 고국(古國)의 이름이다.

9) 산금야수(山禽野獸): 산속의 날짐승과 들판의 길짐승.

10) 울임벽계(鬱林碧溪): 울창한 수풀과 푸른 계곡.

11) 춘풍생장(春風生長): 봄바람에 자라나는.

12) 오곡(五穀): 주식으로 사용되는 다섯 가지 중요한 곡식. 흔히 벼·기장·조·보리·콩을 일컫는다.

13) 삼태육경(三台六卿): 중앙 조정의 최고위직인 영의정·좌의정·우의정의 삼정승과 이부·호부·예부·병부·형부·공부의 육판서.

14) 수령방백(守令方伯): 지방 관리나 고을 수령. 흔히 군수나 현감을 수령으로, 관찰사를 방백으로 일컫는다.

15) 화당(華堂): 화려한 집, 또는 그런 집의 대청마루.

16) 사명기(司命旗): 조선시대 군대의 각 진영에서 대장(大將), 유수(留守), 순찰사, 절도사(節度使), 통제사가 휘하 군대를 지휘하는 데 사용하던 깃발.

17) 살대(撒帒): 화살을 넣은 전통(箭筒). 『훈몽자회』를 보면 세속에서는 전통을 '살대'라고 불렀다고 한다.

이리져리 두로 쓰고 조흔 살깃 골나닋여

양각궁(羊角弓)[18] 흑각궁(黑角弓)[19]의 편젼살(片箭-)[20]과 양젼솔(兩箭-)[21]의

빅보쳥양(百步測量)[22] 졍양솔(正兩-)[23]을 이리져리 치중(治粧)ᄒᆞ니

긔 운이 공덕(功德)이며 노진ᄉᆞᆼ(老宰相) 뎔문 쵸관(哨官)[24]

우리로 살져스니 이리 헤ᄂᆞ 져리 헤ᄂᆞ

우리 공이 만컨ᄆᆞᆫ 야속ᄒᆞᄃᆞ 쉥의 팔진

쏫이눈이 ᄉᆞ람이ᄅᆞ 슈풀 아릐 숨어ᄃᆞ가

헌원세계(軒轅世界)[25] 보랴ᄒᆞ고 빅운산(白雲山) 상상봉(上上峰)의

허위허위 올나가니 산진믜 보릐믜ᄂᆞᆫ

예셔 덜넝 졔셔 덜넝 눈 큰 슈달피(水獺皮)[26]ᄂᆞᆫ

봉봉이 질너ᄋᆞᆫ고 뇝 잘 만은 산양기ᄂᆞᆫ

이리 숫숫 져리 숫숫 속싀 포기 썩갈입흘

뒤젹뒤젹 ᄎᆞᄌᆞ오니 ᄉᆞ라놀 길 젼혀 업ᄃᆞ

---

18) 양각궁(羊角弓): 양의 뿔로 만든 활.
19) 흑각궁(黑角弓): 검은 무소의 뿔로 만든 활.
20) 편전살(片箭-): 반으로 쪼갠 대나무 통에 넣어서 쏘는 매우 짧은 특수 화살. 우리말로 아기살이라고도 부르며, 한자로 번역해 '동전(童箭)'이라 쓰기도 한다.
21) 양전살(兩箭-): 조선시대 무과 시험과 교습 등에 사용하던 철전(鐵箭)의 하나. 무게에 따라 6냥이 되는 육량전(六兩箭), 4냥이 되는 아양전(亞兩箭), 1냥이 되는 장전(長箭) 등 세 종류로 나뉜다.
22) 백보측량(百步測量): 조선시대 무과 시험에서 육량전을 쏘는 거리가 100보가량 되었다. 춘추시대 초나라 공왕(共王)의 장수인 양유기(養由基)는 100보 거리의 버들잎을 활로 쏘아 백발백중했다는 고사가 『사기』 「주본기周本紀」에 전한다.
23) 정양살(正兩-): 무게가 6냥이 나가는 정량궁(正兩弓)에 사용되는 화살.
24) 초관(哨官): 조선 후기 각 군영에 둔 종9품 무관직. 100인 단위의 병사 집단인 초(哨)를 통솔하는 낮은 직위였지만, 실질적인 지휘관이자 무인으로서 승진의 발판이 되는 중요한 자리였다.
25) 헌원세계(軒轅世界): '헌원'은 고대 전설상의 제왕인 황제(黃帝)의 이름으로, 인간세계에 처음으로 곡물을 재배하는 법을 가르치고 문자·음악·도량형 따위를 정했다고 전한다.
26) 수달피(水獺皮): 수달의 가죽을 뜻하지만, 여기서는 수달이란 뜻으로 쓰였다.

ᄉᆡ이길논 가노라니 푸지ᄀᆡ군 포슈 몸은
왜물조총(倭物鳥銃)[27] 둘너뫼고 가만가만 드러서니
삼동셜한(三冬雪寒) 쥬린 짐ᄉᆡᆼ 그 어ᄃᆡ로 가ᄌᆞᆫ 말고
동ᄉᆞᆫ(東山)가 조흔 밧ᄐᆡ 상ᄒᆞ평젼(上下平田)[28] 눈 녹은 ᄃᆡ
콩낫치 드러쓰니 콩 쥬으로 가ᄌᆞ셔라
ᄌᆞᆼ기 치례 보ᄌᆞᆨ시면 ᄃᆡ홍ᄃᆡ단(多紅大緞)[29] 후리ᄆᆡᆨ이[30]
쵸록궁쵸(草綠宮綃)[31] 깃셜 다라 ᄇᆡᆨ방ᄌᆞ쥬(白紡水紬)[32] 동졍[33] 짓고
황운ᄃᆡ단(黃雲大緞)[34] 옷고름의 쥬먹 벼살 옥관ᄌᆞ(玉貫子)의
열두 ᄌᆞᆼ목 만신(滿身) 풍ᄎᆡ ᄃᆡᄌᆞᆼ부(大丈夫) 달을시고
ᄶᅡ토리 치장(治粧) 둘너보니 ᄌᆞᆫ누비 쥴누비을
폭폭이 ᄌᆞᆯ게 눕여 상하의복(上下衣服) 갓쵸와
ᄆᆡᆸ시 죠흔 머리고지 곱게 쎄셔 단ᄌᆞᆼᄒᆞ고
열두 ᄯᅡᆯ 아홉 아들 시물한아 쥬령[35]등을
압셔우고 뒤셔우고 어서 가ᄌᆞ 슈이 가ᄌᆞ
ᄒᆞ평전(下平田) 밧머리예 쥬쥬리 드러셔셔

---

27) 왜물조총(倭物鳥銃): 본래 의미는 일본에서 수입한 조총. 하지만 여기서는 임진왜란 중에 노획한 일본 조총을 모방해 만들어 조선 후기에 널리 보급된 조총 일반을 가리킨다.
28) 상하평전(上下平田): 평평하고 넓은 위아래의 밭. 평전은 산전(山田)에 대칭되는 밭을 일컫는다.
29) 다홍대단(多紅大緞): 짙고 산뜻한 붉은 빛깔이 나는 다홍색 비단. '대단'은 한단(漢緞)이라고도 하는데, 중국에서 들여온 비단 일반을 가리킨다.
30) 후리막이: '두루마기'의 방언. 외출할 때 가장 겉에 입는 옷으로 '주막의(周莫衣)' '주차의(周遮衣)'라고도 한다.
31) 초록궁초(草綠宮綃): 초록빛깔이 나는 비단. '궁초'는 엷고 무늬가 둥근 비단을 가리키는데, 댕깃감으로 많이 사용된다.
32) 백방수주(白紡水紬): 백방사로 짠 흰 비단. '수주'는 올이 조금 굵고 품질 좋은 비단의 한 가지. 수화주(水禾紬)라고도 한다.
33) 동정: 한복의 저고리 깃 위에 조붓하게 덧대어 꾸미는 하얀 헝겊 오리.
34) 황운대단(黃雲大緞): 노란 구름무늬를 수놓은 비단.
35) 주령: 자식을 뜻하는 말로 보인다.

너ᄂᆞᆫ 이 골 쥽고 나ᄂᆞᆫ 져 골 쥽고

ᄀᆡᄀᆡ습어두ᄐᆡ(箇箇拾於豆太)ᄒᆞ니 불원인지고량(不願人之膏粱)이
ᄅᆞ[36)]

쳔ᄉᆡᆼ만물유록(天生萬物有祿)ᄒᆞ니 일포식(一飽食)이 ᄌᆡ슈(在數)로
ᄃᆞ[37)]

시ᄌᆞᆼ 허긔(虛飢) ᄎᆡ우라니 그 머셜 못 먹으라

---

36) 개개습어두태(箇箇拾於豆太)하니 불원인지고량(不願人之膏粱)이라: "알알이 콩을 주워먹으니, 인간의 고량진미를 바라지 않는다"는 의미. 『맹자』「고자 상告子上」의 "인의에 배부르기 때문에 남의 고량진미를 원하지 않는다(飽乎仁義也, 所以不願人之膏粱之味也)"라는 말을 바꾼 표현.

37) 천생만물유록(天生萬物有祿)하니 일포식(一飽食)이 재수(在數)로다: "하늘이 만물을 냄에 모두에게 복록을 주었으니, 한번 배불리 먹는 것도 내 운수에 달려 있다"는 의미. 『명심보감』의 "하늘은 복록이 없는 사람을 내지 않고, 땅은 이름 없는 풀을 내지 않는다(天不生無祿之人, 地不生無名之草)"라는 말을 바꾼 표현.

콩을 둘러싼 장끼 부부의 논란

졈졈이 쥬어 드러가니 콩 ᄒᆞᆫ 난 덩글어케 노여거ᄂᆞᆯ
ᄌᆞᆼ기란 놈 ᄃᆡ혹(大惑)ᄒᆞ여 ᄂᆡ 복(福)으로 먹어보ᄉᆡ
쌋토리 이른 마리 아갸 그 콩 먹지 마소
드론 ᄌᆞ취 나간 ᄌᆞ취 비로 활활 씨 듯ᄒᆞ고
입으로 활활 분 듯ᄒᆞ니 분명ᄒᆞᆫ 인젹(人跡)이ᄅᆞ
ᄌᆞᆼ씨란 놈 이른 마리 너의 말이 ᄆᆡ욱ᄒᆞᄃᆞ
잇ᄃᆡ을 이를진ᄃᆡ 동지섯달 엄동(嚴冬)이라
쳡쳡(疊疊)히 싸인 눈이 쳐쳐(處處)의 더펴스니
쳔ᄉᆞᆫ(千山)의 죠비졀(鳥飛絶)이오 만경(萬逕)의 인죵멸(人蹤滅)이라[1]
ᄉᆞ람의 ᄌᆞ취 어이 이슬손고

1) 천산(千山)의 조비절(鳥飛絶)이오, 만경(萬逕)의 인종멸(人蹤滅)이라: 당나라 시인 유종원(柳宗元)이 지은 「강설江雪」이라는 시에서 "일천 산에 새들 나는 것 끊어지고, 일만 길에 인적도 보이지 않네. 도롱이에 삿갓 쓴 노인 외로운 배에 몸을 싣고, 눈 내리는 차가운 강에서 홀로 낚시질하누나(千山鳥飛絶, 萬逕人蹤滅, 孤舟蓑笠翁, 獨釣寒江雪)"라는 제 1, 2구를 따온 구절.

간밤의 꿈얼 꾸니 황학(黃鶴)을 비겨 타고
쳥쳔(靑天)을 소사올나 옥황(玉皇)게 문안ᄒᆞ니
옥황이 ᄒᆞ교(下敎)ᄒᆞᄉᆞ 살임쳐ᄉᆞ(山林處士) 봉(封)ᄒᆞᆫ 후의
만셕고(萬石庫)[2]의 콩 ᄒᆞᆫ 섬을 상급(賞給)으로 타이시니
오날 이 콩 ᄒᆞᆫ 낫 그ᄃᆡ 안이 반가오가
긔ᄌᆞ(飢者)의 이위식(易爲食)이오 갈ᄌᆞ(渴者)의 이위음(易爲飮)이라[3]
ᄒᆞ물며 굼던 ᄎᆞ의 오날 아침 식젼(食前)이라
ᄒᆞ날이 쥬신 복을 ᄂᆡ 어이 마다ᄒᆞ랴
쌋토리 이른 마리 그 꿈이야 죠커니와
ᄂᆡ 꿈으로 볼작시면 무비(無非) 다 흉몽(凶夢)이라
어졔밤 이경(二更) 쵸의 ᄒᆞᆫ 품의 좀을 ᄌᆞ고
찬바람 이러나며 ᄐᆡ아검(太阿劍) 드난 칼노
빗 죠흔 ᄌᆞᄂᆡ 머리 덩겅 비혀 나려지니
자ᄂᆡ 죽을 흉몽이라 부ᄃᆡ 그 콩 먹지 마소
장끼란 놈 이른 마리 그 꿈 죠타 ᄒᆡ몽(解夢)ᄒᆞᄌᆞ
츈당ᄃᆡ(春塘臺) 알셩과(謁聖科)의 문무방(文武榜)[4]의 참여ᄒᆞ여
계화(桂花)[5]을 무릅쓰고 츈풍(春風)의 흗날이며
낙슈교샹(洛水橋上) 쳥운간(靑雲間)의[6] 입신양명(立身揚名)ᄒᆞᆯ 꿈

2) 만석고(萬石庫): 곡식 만 석이 들어가는 창고.
3) 기자(飢者)의 이위식(易爲食)이오 갈자(渴者)의 이위음(易爲飮)이라: 『맹자』 「공손추상公孫丑上」의 "굶주린 자에게는 먹을 것을 마련해주기 쉽고, 목마른 자에게는 마실 것을 마련해주기 쉽다(飢者易爲食, 渴者易爲飮)"에서 나온 말.
4) 문무방(文武榜): 문과·무과 시험의 합격자를 적어 내걸었던 방목.
5) 계화(桂花): 계수나무의 꽃. 문과·무과의 합격자에게 임금이 조화를 하사했는데, 합격한 사람은 이 어사화를 사모에 꽂고서 3일 동안 유가(遊街)를 했다.
6) 낙수교상(洛水橋上) 청운간(靑雲間)의: '낙수교'는 당나라의 서울인 낙양으로 들어가는 곳에 있는 다리이고, '청운'은 높은 지위나 벼슬을 가리키는 말이다. 과거에 급제해 서울로 올라가서 귀하게 되리라는 의미.

이ᄅᆞ

과거(科擧)나 힘써보ᄌᆞ 쌋토리 이른 마리
ᄉᆞᆷ경(三更) 쵸의 ᄭᅮᆷ을 ᄭᅮ니 쳔근드리 무쇠 가ᄆᆡ
자ᄂᆡ 머리 덥벅 씨여 만경창파(萬頃蒼波) 기푼 쏘(沼)의
아죠 넙벅 ᄲᅡ져거ᄂᆞᆯ ᄂᆡ 호ᄌᆞ 그 물가의
실피 셔셔 통곡ᄒᆞ니 이 안이 흉몽(凶夢)이가
장ᄊᆡᄅᆞᆫ 롬 하난 마리 그 ᄭᅮᆷ이 더욱 죳타
ᄃᆡ명(大明)이 즁흥(重興)ᄒᆞ여 구원병을 쳥ᄒᆞ거던[7]
이ᄂᆡ 몸이 션봉(先鋒) 되여 투긔(妬忌)을 무릅쓰고
압록강(鴨綠江) 건ᄂᆡ가셔 즁원(中原)[8]을 항복 밧고
황하슈(黃河水)의 셰병(洗兵)ᄒᆞ고 고국으로 도라올 졔
슈륙ᄃᆡ장(水陸大將) 되올이ᄅᆞ 갓토리 이른 마리
삼경(三更) 아ᄅᆡ ᄭᅮᆷ얼 ᄭᅮ니 어룬이 당상(堂上)ᄒᆞ고
자손(子孫)이 잔체홀졔 시물두 폭 ᄇᆡ ᄎᆞ일(遮日)을
사명쳥쳔[9] 괴와더니 석 발 장ᄃᆡ 고칫ᄃᆡ가
직근 쑥닥 부러지며 이ᄂᆡ 머리 자ᄂᆡ 머리 덥퍼스니
답답ᄒᆞᆫ 일 볼 ᄭᅮᆷ이오 오경(五更) 쵸의 ᄭᅮᆷ얼 ᄭᅮ니
낙낙 쇼셩(小星) 만쳔(滿天)ᄒᆞᆫᄃᆡ ᄐᆡ을셩(太乙星)과 ᄉᆞᆷᄐᆡ셩(三台星)[10]은
자미셩(紫微星)[11]을 둘너 잇고 견우셩(牽牛星) 직여셩(織女星)은

7) 대명(大明)이 중흥(重興)하여 구원병을 청하거든: 명나라가 청나라의 공격을 받아 위기에 처하자 조선에 구원병을 요청한 역사적 사실을 염두에 두고 한 말.

8) 중원(中原): 중국 문화의 발상지로 일컬어지는 황하 중상류의 남북 양안(兩岸) 지역을 지칭하는 말.

9) 사명청천: 미상.

10) 삼태성(三台星): 상태, 중태, 하태에 각각 두 개 있는 별인데, 모두 제자리에 고르게 있으면 음양이 조화를 이루고 풍우가 순조로워 풍년이 들고 천하가 태평해진다고 한다.

11) 자미성(紫微星): 자미원에 있는 별로 천제가 거처하는 곳이라 일컬어진다.

은ᄒᆞ슈(銀河水)을 둘넛ᄂᆞᆫᄃᆡ 일졈(一點) 셩(星)이 쑥 ᄶᅥ러져
자ᄂᆡ 압ᄒᆡ 노혀스니 잔ᄂᆡ 쟝셩(將星)[12] 안이련갸
삼국풍진(三國風塵) 요란ᄒᆞᆯ 졔 한(漢) 모ᄉᆞ(謀士) 졔갈량(諸葛亮)도
오장원(五丈原) 운명ᄒᆞᆯ 졔 장셩(將星)이 ᄶᅥ러젓다 ᄒᆞ니
일노 바도 불길ᄒᆞᄃᆞ 장기란 놈 이른 마리
그런 ᄭᅮᆷ 염여 마라 일모쳥산(日暮靑山) 오랄밤의
화쵸병풍(花草屛風) 두러치고 등걸 베ᄀᆡ 취넙 요판
가락 이불 춰커 덥고 북덕 솔밧 더운 밤의
너와 나와 한몸 되여 이리져리ᄒᆞᆯ ᄭᅮᆷ이요
별 터러져 보이기난 헌원씨(軒轅氏) 예단ᄃᆡ도
북두츄셩(北斗樞星) 졍긔(精氣) 타셔 감이싱졔(感而生帝) ᄒᆞ여잇고[13]
견우셩(牽牛星) 직여성(織女星)은 칠셕상봉(七夕相逢)[14] 연분(緣分) 이ᄅᆞ
너 몸의 ᄐᆡ긔(胎氣) 이셔 아들 나흘 길몽(吉夢)이라
그러나마 그런 ᄭᅮᆷ은 벗젹 ᄭᅮ워 다고보자
갓토리 이른 마리 다 실 젹의 ᄭᅮᆷ을 ᄭᅮ니
쇡져구리 쇡치마을 이ᄂᆡ 몸의 단장ᄒᆞ고
건ᄂᆡ 쳥산(靑山) 단여더니 난ᄃᆡ업난 삽살ᄀᆡ가
왈각덜걱 달여드러 경황실식(驚惶失色) 갈 ᄃᆡ 업셔
삼밧트로 달여드니 굴근 삼ᄃᆡ 부러지고

12) 장성(將星): 고대에 제왕이나 장상(長相) 같은 사람에게 상응한다고 여겨지던 별자리를 가리킨다.

13) 헌원씨(軒轅氏) 예단대도~감이생제(感而生帝) 하여있고: 『사기』「오제본기五帝本紀」의 주석에 황제(黃帝, 곧 헌원씨)의 모친 부보(附寶)가 기(祁) 땅 들판에 있을 때, 번개가 크게 치며 북두칠성의 첫번째 별을 휘감는 것을 보고 감응해 24개월 만에 황제를 낳았다는 전설이 실려 있다.

14) 칠석상봉(七夕相逢): 견우성의 견우와 직녀성의 직녀는 음력 7월 7일에 까치와 까마귀가 놓은 다리인 오작교에서 한번 만난다는 전설이 전한다.

잔삼ᄃᆡ 씨러지며 자른 허리 가는 몸ᄋᆡ
휘휘친친 감겨 보이니 이ᄂᆡ 몸이 과부(寡婦) 되여
흉복(凶服) 이불 흉몽이라 졔발 그 콩 먹지 마소
장쎄란 몸 ᄃᆡ노(大怒)하여 엄발[15]노 휘두리쳐
이리 ᄎᆞ고 져리 ᄎᆞ고 도얄바슨 져 간나휘[16]
졔 덕으로 그져 두니 기동셔방 마다ᄒᆞ고
사이남닌 질기다가 참바 올바 쥬홍사(朱紅絲)로
동그릿쳐 결박(結縛)ᄒᆞ고 이 거리 져 거리 죵누(鍾樓) 네거리예
북 지여 동동 회시 ᄒᆞ고 두리장 삼모장(三-杖)으로
난장(亂杖)[17]마질 그 쑴이ᄅᆞ 그 쑴말낭 다시 ᄆᆞ라
암장강이 색그리라 가토리 무참ᄒᆞ여
져근닷 무럿ᄃᆞ가 쏘다시 이른 마리
홍비슈국(鴻飛水國)의 비필함노(非必含蘆)난[18] ᄃᆡ장부의 망신이오
봉비쳔인(鳳飛千仞)의 긔불탁속(飢不啄粟)은[19] 장부의 염치로ᄃᆞ
ᄒᆡᆼ신(行身)을 ᄒᆞ려 써셔ᄒᆞ면 염치도 볼 거시ᄅᆞ
ᄆᆡᆼᄌᆞ(孟子)의 인의(仁義) 염치 졔금(齊金)을 불슈(不受)ᄒᆞ고[20]

15) 엄발: 집게발. 게, 가재 따위처럼 발끝이 집게처럼 생긴 발을 가리킨다.
16) 간나이: '계집아이'의 황해도 방언.
17) 난장(亂杖): 신체 부위를 가리지 않고 매로 마구 치던 고문으로 영조 46년(1770)에 금지했다.
18) 홍비수국(鴻飛水國)의 비필함노(非必含蘆)는: "기러기가 수국으로 날아갈 때 갈대를 입에 물지 않고 가는 것은"이라는 의미. 『회남자』「수무훈修務訓』에 "기러기가 하늘을 날 때는 바람을 잘 이용해 힘을 아끼고, 갈대를 입에 물고 날아 주살에 맞을 것을 대비한다(夫鴈順風以愛氣力, 銜蘆而翔, 以備矰弋)"라는 구절에서 나온 말.
19) 봉비천인(鳳飛千仞)의 기불탁속(飢不啄粟)은: "봉황은 천 길 높이 날매, 굶주려도 좁쌀을 쪼아먹지 않고"라는 의미. 이백이 지은 「고풍오십구수古風五十九首」 가운데 제40수인 "봉황새는 굶주려도 좁쌀을 쪼아먹지 않고, 오직 대나무의 열매만 먹는다네(鳳飢不啄粟, 所食唯琅玕)"에서 나온 말.
20) 맹자(孟子)의 인의(仁義)~제금을 불수하고: 맹자가 제나라에 있을 때, 이유 없이 주는 돈은 돈으로 매수하려는 것이니 군자는 뇌물을 받지 않는다고 하며 제나라에서 주는 돈을 받지 않은 것을 말한다. 『맹자』「공손추장구 하」에 나온다.

안자(顔子)의 도덕(道德) 렴치 단표(簞瓢)을 낙을 삼고[21]
ᄇᆡᆨ이슉졔(伯夷叔弟) 슈졀(守節) 염치 쥬쇽(周粟)을 불식(不食)ᄒᆞ고
연명(淵明)의 후회(後悔) 렴치 오두미(五斗米)을 마다ᄒᆞ고[22]
즁자(仲子)의 올흔 염치 광장(匡章)의게 기름 듯고[23]
장양(張良)의 지혜 염치 사병벽곡(謝病辟穀) ᄒᆞ여잇고[24]
자ᄂᆡ 비록 미물(微物)이ᄂᆞ 군ᄌᆞ(君子) 염치 쎤을 바ᄃᆞ
졔발 그 콩 먹지 마소 장기란 놈 이른 마리
예의(禮儀)을 모라거든 염치(廉恥)을 어이 아리
ᄆᆡᆼ자(孟子)의 젼후상의(前後相議) 광장(匡章)으게 ᄀᆡ롱 듯고[25]
안ᄌᆞ(顔子)의 단표누공(簞瓢陋巷) 삼십(三十)의 요수(夭壽)ᄒᆞ고[26]

---

21) 안자(顔子)의 도덕(道德)~낙을 삼고: "안회는 도덕을 중히 여겨 밥 한 그릇과 물 한 바가지의 가난함도 즐거움으로 삼았다"는 의미. 『논어』 「옹야雍也」에서 공자가 제자 안회를 "밥 한 그릇과 물 한 바가지로 누추한 시골에 사는 것을, 사람들은 그 근심을 견뎌내지 못하는데, 안회는 그 즐거움을 바꾸지 않으니 어질구나, 안회여(一簞食一瓢飮, 在陋巷, 人不敢其憂, 回也, 不改其樂, 賢哉回也)"라고 칭찬한 데서 나온 말.

22) 연명(淵明)의 후회(後悔)~오두미(五斗米)를 마다하고: "도연명이 벼슬한 것을 후회하고, 봉록 오두미를 마다한 채 낙향했고"라는 의미. 진(晉)나라 도연명이 팽택현령(彭澤縣令)으로 있을 때 군(郡)에서 파견한 독우(督郵)의 시찰을 받게 되었을 때 아전이 의관을 갖추고 절을 해야 한다고 하자, "내가 쌀 다섯 말 때문에 허리를 꺾어 향리의 어린아이에게 굽실거릴 수는 없다(我不能爲五斗米, 折腰向鄕里小兒)" 하면서 수령의 인끈을 풀어놓고 고향으로 돌아갔다는 고사가 『진서晉書』 「도잠열전陶潛列傳」에 실려 있다.

23) 중자(仲子)의 옳은~기림 듣고: "오릉중자의 꼿꼿한 염치는 광장에게 칭찬을 받고"라는 의미. 광장이 맹자에게 전국시대 제나라의 오릉에 살았던 진중자가 먹을 것이 없어 사흘을 굶다가 샘가에 떨어진 벌레 먹은 오얏을 먹고서야 기운을 차렸다는 일화를 소개하며 그의 청렴함을 칭찬하는 대목이 『맹자』 「등문공하滕文公下」에 나온다.

24) 장양(張良)의 지혜~사병벽곡(謝病辟穀) 하여있고: "장량의 지혜는 병을 핑계로 사직하고 곡기를 끊고 신선술을 닦았으며"라는 의미. 장량은 유방을 도와 천하를 평정한 공을 인정받아 제나라의 삼만 호를 주겠다는 것도 마다한 채 병을 핑계로 벼슬을 버리고 신선 적송자를 따라갔다는 일화가 『사략史略』에 나온다.

25) 맹자(孟子)의 전후상의(前後相議)~기롱 듣고: "맹자가 오릉중자의 청렴에 대해 논의를 펼쳤다가 광장에게 기롱을 받았다"는 의미. 하지만 『맹자』를 보면 맹자가 오릉중자의 청렴함이 과도하다는 의견을 피력한 데 대해 광장이 반박하기도 하지만, 맹자는 자신의 견해를 끝내 굽히지 않고 있다.

ᄇᆡᆨ이슉졔(伯夷叔弟) ᄎᆡ미졀(採薇節)도 셔산(西山)의 아ᄉᆞ(餓死)ᄒᆞ고
연명(淵明)의 아여졀도 긔부부을 그릇치고[27]
즁ᄌᆞ(仲子)의 이목폐(耳目廢)여 병든 고약 쥬어먹고[28]
장량(張良)의 벽곡련(辟穀練)도 젹송자(赤松子) 못 차잣고
유휴(留侯) 쥭다 특셔(特書)ᄒᆞ고 후셰(後世)에 유젼(流傳)ᄒᆞ니[29]
염치도 부지럽고 먹ᄂᆞᆫ 거시 웃듬이ᄅᆞ
호타ᄒᆞ(滹沱河) 보리밥은 문슉(文叔)이 달게 먹고
평농망쵹(平隴望蜀) 싸오다가 즁흥쳔ᄌᆞ(重興天子) 되어 잇고[30]
표모(漂母)의 씨근밥은 힌신(韓信)이 달게 먹고
한즁ᄃᆡ장(漢中大將) 이러나셔 졔왕쵸왕(帝王楚王) 되어신이[31]
나도 이 콩 달게 먹고 크게 될 쥴 네 알숀야
가토리 이른 마리 ᄌᆞᄂᆡ 마리 가쇼롭다

26) 안자(顔子)의 단표누항(簞瓢陋巷) 삼십(三十)의 요수(夭壽)하고: "단표누항의 가난을 편안하게 여긴 안회도 결국 서른이란 젊은 나이에 요절하고 말았다"는 의미.

27) 연명(淵明)의 아여졀도 긔부부을 그릇치고: 미상.

28) 중자(仲子)의 이목폐(耳目廢)여~고약 주워먹고: "사흘을 굶은 오릉중자가 듣지도 보지도 못할 지경이 되자 겨우 엉금엉금 기어가서 벌레가 먹다 남긴 오얏을 주워먹었다"는 의미. '고약'은 '오얏(李)'의 오기.

29) 장양(張良)의 벽곡련(辟穀練)도~후세(後世)에 유전(流傳)하니: "곡기를 끊고 신선술을 닦던 장량도 끝내 적송자를 만나지 못해 유후(留侯)의 벼슬로 죽었다고 후세에 전해졌다"는 의미. 장량은 제나라 삼만 호를 주겠다는 유방의 제의를 거절하고 유(留) 땅의 제후에 봉해주면 족하다고 했다 한다.

30) 호타하(滹沱河) 보리밥은~되어 있고: 후한 광무제 유수(劉秀)가 왕랑(王朗)의 난에 쫓겨 굶주림에 시달렸을 때, 풍이(馮異)가 준 보리밥을 먹고 호타하(滹沱河)를 건너갔다는 일화가 『후한서後漢書』「풍이열전馮異列傳」에 전한다. 그뒤에 곤양(昆陽)의 전투에서 크게 승리해 왕망(王莽)을 몰아내고 후한을 다시 일으켜 황제에 올랐다. '평롱망촉'은 농 지방을 평정하고 촉 지방까지 원했다는 말이다. '문숙(文叔)'은 광무제의 자(字)이고, '호타하(滹沱河)'는 산동성에서 발원해 하북성으로 흘러들어가는 강물이다.

31) 표모(漂母)의 식은밥은~제왕초왕(齊王楚王) 되었으니: 한(漢)나라 개국공신 회음후 한신은 포의(布衣) 시절에 빈궁해서 끼니조차 잇지 못했는데, 빨래하던 아낙네(漂母)가 그를 불쌍하게 여겨 밥을 먹여주었다고 한다. 한신이 초왕이 된 뒤에 그 아낙을 찾아가 천금으로 보답했다는 일화가 『사기』「회음후열전」에 전한다.

콩 먹고 되단 마른 늬 먼져 아라반늬

동당(東堂)[32] 급졔(及第) 엄졔 ᄒᆞ고 셩균지ᄉᆞ(成均知事) 폭사(暴死) ᄒᆞ고

잔듸 찰방(察訪)[33] 이직(移職)ᄒᆞ고 황쳔부사(黃泉府使) 츄고(推考) 맛고

도ᄆᆡ 졍승(政丞) 될지라도 부듸 그 콩 먹지 마소

호싱오사(好生惡死)은ᄂᆞᆫ 인지상졍(人之常情)이라[34]

엇지ᄒᆞᆫ 자늬 셩품 그듸지 고집ᄒᆞᆫ고

옛글노 볼작시면 고집불통(固執不通) 과ᄒᆞ다가

망신ᄒᆞ 니 몟몟친고 역역히 혜오리라

진시황(秦始皇) 어린 고집 부소(扶蘇) 말 아니 듯고

인심소동(人心騷動) 사십연(四十年)의 이셰(二世)예 망국(亡國) 되고[35]

항우(項羽)의 못실 고집 범징(范增)의 말 아니 듯고

팔쳔졔ᄌᆞ(八千弟子) 다 쥬기고 무면도강(無面渡江) ᄒᆞ여시며[36]

오자셔(伍子胥)의 고든 말도 고집기로 아니 듯다가

32) 동당(東堂): 동당시(東堂試). 조선시대 문관을 등용하고자 실시하던 과거. '동당'은 임금이 기거하는 정침(正寢) 동쪽에 있는 집이라는 뜻인데, 과거 시험장의 별칭으로 자주 쓰였다.

33) 찰방(察訪): 조선시대 각 도의 역참을 관리하던 종6품 외관직.

34) 호생오사(好生惡死)는 인지상정(人之常情)이라: "사는 것을 좋아하고 죽는 것을 싫어하는 건 모든 사람이 늘 갖고 있는 정이라"는 의미.

35) 진시황(秦始皇) 어린~망국(亡國) 되고: "진시황이 어리석게 고집을 부리며 부소의 말을 듣지 않다가 인심을 소란하게 한 지 40년 만인 아들 대에 이르러 결국 망하게 되고"라는 의미. 진시황이 죽자 환관 조고가 거짓 조서(詔書)를 만들어 장자 부소(扶蘇)를 죽이고 어린 호해를 황제로 세웠다가 결국 망하고 만 사실이 『사기』「진시황본기秦始皇本紀」에 나온다.

36) 항우(項羽)의 몹쓸~무면도강(無面渡江) 하였으며: "항우가 서초패왕이 되어 천하를 호령했지만 부하 범증의 간언을 듣지 않고 고집을 부리다가 자신을 따라온 초나라의 부하 8천 명도 모두 죽어 강을 건너 돌아갈 면목이 없게 되었다"는 의미. 항우가 해하에서 패한 내용은 『사기』「항우본기」에 자세하게 실려 있다.

고소ᄃᆡ(姑蘇臺) 못셜 파셔 미록(麋鹿) ᄂᆡ유 ᄒᆞ여잇고[37]
굴삼여(屈三閭)의 올은 말도 고집기로 아니듯다가
진무관(秦武關)의 궂게 갓쳐 가련 고혼(孤魂) 되여슨이[38]
동문(東門)의 걸인 눈이 일편명모(一片明眸) 더풀소냐
삼강(三江) 가의 우난 져 ᄉᆡ 어복츙혼(魚腹忠魂) 븟그럽다[39]
걸쥬(桀紂)의 ᄌᆞᄑᆡ(自敗) 고집 비간(比干) 츙언(忠言) 아니 듯고[40]
경궁요ᄃᆡ원(瓊宮瑤臺園)을 짓고 육산포림(肉山脯林) 못다 먹고[41]
명죠 들 노ᄅᆡ퍼ᄅᆡ ᄌᆞ결(自決)ᄒᆞ여 죽어스니[42]
ᄌᆞᄂᆡ 역시 고집ᄒᆞ여 시환을 못 면ᄒᆞ고
금일 망신(亡身) 홀지라도 원망(怨望)을낭 부ᄃᆡ 마소

37) 오자서(伍子胥)의 곧은~내유 하여있고: 오왕 부차가 미인 서시를 위해 고소대를 세우고는 날마다 이곳에서 노닐며 정사를 돌보지 않았다. 이에 오자서가 간절히 간했는데도 듣지 않자, 오자서가 "이제 곧 오나라가 망하여 고소대 아래에서 사슴이 노니는 것을 보게 될 것이다(臣今見麋鹿游姑蘇之臺也)"라고 경고했는데, 과연 얼마 되지 않아 월나라에 멸망을 당한 고사가 『사기』「회남형산열전淮南衡山列傳」에 실려 있다.

38) 굴삼려(屈三閭)의 옳은~고혼(孤魂) 되었으니: 초나라 회왕이 굴원의 간언을 듣지 않고, 무관에서 만나 동맹을 맺자는 진나라 소왕(昭王)의 거짓 제의에 속아서 진나라에 갔다가 억류된 지 3년 만에 죽은 사실을 가리킨다.

39) 동문(東門)의 걸린~어복충혼(魚腹忠魂) 부끄럽다: 오자서가 오왕 부차에게 여러 차례 충간을 했으나 받아들여지지 않고 태재 비의 참소를 듣고 오자서에게 촉루검(屬鏤劍)을 내려 자결하게 했다. 그러자 오자서가 탄식하며 말하기를, "나의 눈을 파서 오나라 동문 위에 걸어두어 월나라가 침입하여 오나라를 멸망시키는 것을 보게 하라" 하고 스스로 목을 찔러 목숨을 끊었다. 그 소식을 들은 부차가 격노해 오자서의 시신을 말가죽 자루에 넣어 강물에 버렸다. 『사기』「오자서열전」.

40) 걸주(桀紂)의 자패(自敗)~아니 듣고: 비간은 은나라 주임금의 서숙(庶叔)인데, 주임금의 음란함을 극력 간언했다. 이에 주임금이 말하기를, "성인(聖人)은 심장에 구멍이 일곱 개가 있다고 하던데 내가 한번 보고 싶다" 하고, 비간의 심장을 갈라 죽였다고 한다.

41) 경궁요대원(瓊宮瑤臺園)을 짓고~못다 먹고: 경궁과 요대는 하나라 걸왕과 은나라 주왕이 옥으로 만든 궁전과 누대이고, 육산과 포림은 이들이 고기와 포를 산처럼 쌓아놓고 잔치를 벌인 것을 일컫는다. "하나라 걸은 육산포림 속에 지냈고, 은나라 주는 술로 채운 못과 고기 숲속에서 지냈다(夏桀爲肉山脯林, 殷紂爲酒池肉林)"는 기록이 『제왕세기帝王世紀』에 실려 있다.

42) 명조 뜰~자결(自決)하여 죽었으니: 주왕은 주(周)나라 무왕과의 목야 전투에서 패해 수도에 불을 지르고 자살했다고 전한다.

장기란 놈 이른 마리 콩 먹다고 다 쥭으랴
서직도량(黍稷稻粱) 옥곡(五穀) 듕의 콩이 웃듬이라
콩 ᄐᆡ ᄌᆞ 든 ᄃᆡ마다 오ᄅᆡ 살고 귀이 되니
ᄐᆡ고(太古) 쳔황씨(天皇氏)ᄂᆞᆫ 일만 팔쳔셰(一萬八千歲)요[43)]
ᄐᆡ호(太昊) 복히씨(伏羲氏)ᄂᆞᆫ 풍셩(風姓) 상승(相承)ᄒᆞ여
십오셰(十五世)을 유젼(遺傳)ᄒᆞ고[44)] ᄐᆡ공지ᄌᆞ(太公之子) 유방(劉
邦)이ᄂᆞᆫ
팔연풍징(八年風塵) 창업(創業)ᄒᆞ여 ᄐᆡ조ᄃᆡ왕(太祖大王) 되어 잇고[45)]
궁팔십(窮八十) 강ᄐᆡ공(姜太公)은 달팔십(達八十) 사라 잇고[46)]
시즁쳔자(詩中天子) 이ᄐᆡᄇᆡᆨ(李太白)은 ᄀᆡ경상쳥(騎鯨上天) ᄒᆞ여잇고[47)]
북방(北方)의 ᄐᆡ을셩(太乙星)도 별 즁의 웃듬이오[48)]
쥬(周)나라 모든 임군 ᄐᆡᄶᆞ(太字) 일홈 무슈(無數)ᄒᆞ다
ᄐᆡ임(太妊)[49)]의 단일셩도 문왕(文王) 갓흔 셩인(聖人) 낫코

43) 태고(太古) 천황씨(天皇氏) 일만 팔쳔세(一萬八千歲)요: 중국 태고 시대의 전설적 인물인 천황씨는 삼황의 으뜸으로 12형제가 각각 일만 팔천 년씩 임금 노릇을 했다고 한다.

44) 태호(太昊) 복희씨(伏羲氏)는~십오세(十五世)를 유전(遺傳)하고: 중국 전설상 인물인 복희씨는 태호(太昊)로 불리기도 하는데, 성은 풍씨(風氏)다. 복희씨가 죽은 뒤 자손들은 춘추시대에 이르러 임(任)·숙(宿)·수구(須句)·전유(顓臾)의 소국 네 개로 나뉘어 모두 15세대 동안 이어졌다고 한다.

45) 태공지자(太公之子) 유방(劉邦)이는~되어 있고: 태공(太公)의 아들 유방은 항우와 천하를 두고 8년 동안 다투다가 결국 승리해 한나라를 열어 태조(太祖)에 올랐다는 말.

46) 궁팔십(窮八十) 강태공(姜太公)은 달팔십(達八十) 살았고: 팔십 세가 되도록 위수에서 곧궁하게 곧은 낚시로 소일하던 강태공은 주문왕(周文王)을 만나 세상에 나와 무왕을 도와 주나라를 세워 만년에 팔십 년 동안 부귀영화를 누렸다고 한다.

47) 시중천자(詩中天子) 이태백(李太白)은 기경상천(騎鯨上天) 하였고: 당나라 때 시인 이태백은 채석강에서 뱃놀이를 하다가 술에 취해 물속의 달을 잡으려고 뛰어들었다고 전한다. 이를 두고 당나라 마존은 시 「연사정」에서 "이백이 고래 타고 하늘로 날아 올라가니, 강남땅 풍월이 한가한 지 여러 해라(李白騎鯨飛上天, 江南風月閑多年)"라고 읊었다.

48) 북방(北方)의 태을성(太乙星)도 별 중의 으뜸이오: 태을성은 하늘 북쪽에 있는 별로 병란과 재앙, 생사 따위를 맡아서 다스린다는 별이다. 여기에는 태일진군이 살고 있는데, 천신 가운데 가장 존귀한 신으로 일컬어진다.

공부ᄌᆞ(孔夫子)의 츈츄향ᄉᆞ(春秋享祀) ᄐᆡ뢰(太牢)로 예(禮)을 삼고
당ᄐᆡ죵(唐太宗) 명ᄐᆡ죠(明太祖) 아ᄐᆡ조(我太祖)도 ᄐᆡᄍᆞ(太字)을 슝상ᄒᆞ니
ᄂᆞ도 쏘ᄒᆞᆫ 이 콩 달게 먹고 ᄐᆡ공(太公) 가치 오ᄅᆡ 솔고
ᄐᆡᄇᆡᆨ(太白) 가치 상천(上天)ᄒᆞ여 ᄐᆡ을션관(太乙仙官) 될 거시니
이후의난 잡담 마라 ᄃᆡ답 로ᄅᆡ 허긔진ᄃᆞ

49) 태임(太妊): 주나라 문왕의 어머니. 주나라 태왕(太王)의 아들 왕계(王季)와 결혼해 문왕을 낳았다.

콩을 먹으려던 장끼의 죽음

가토리 홀말 업셔 경황(驚惶)업시 물너가니
장기란 놈 거동 보소 콩 어르며 드러갈 졔
열두 장목 아홉 살깃 좌르륵 펴타리고
고박고박 고ᄀᆡ 쏘와 죠굼죠굼 거러든이
비날 갓튼 부우리고 드립더 쏵 집으니
두곱ᄑᆡ 퉁귀치며 머리 넘의지ᄂᆞᆫ 소ᄅᆡ
박낭ᄉᆞ 즁(博浪沙中) 쇠방마치로 버금 수리 ᄊᆡ리ᄂᆞᆫ 듯[1)]
아방궁(阿房宮)[2)] ᄃᆡ들보을 쏵 ᄊᆡ혀 지군ᄂᆞᆫ 듯

1) 박낭사(博浪沙) 중~때리는 듯: 장양은 그의 조부와 아버지가 한(韓)나라 정승을 지냈는데, 진시황이 한나라를 멸망시키자 원수를 갚으려고 창해역사(滄海力士)를 구했다. 마침 진시황이 박량사중(博浪沙中)에 놀러갔을 때 역사를 시켜 철퇴로 진시황을 죽이려 했지만, 제대로 맞히지 못하고 다음 수레를 맞혔다는 사실이 『사기』 「유후세가留侯世家」에 실려 있다.
2) 아방궁(阿房宮): 진시황이 지은 궁전으로, 규모가 동서로 500보(步)가 되고 남북으로 50장(丈)이나 되어 그 위에 사람 1만 명이 앉을 수 있었다. 그리고 두루 복도를 놓아 궁전 아래서 곧바로 남산에 다다를 수 있게 꾸몄다는 기록이 『사기』 「진신황본기」에 실려 있다.

와지ᄭᅳᆫ 쑥닥 쌜쌜 푸두둑 변통 업시 치여고야

가토리 거동 보소 누영머리 펴터리고

상ᄒᆞ평젼(上下平田) ᄌᆞ갈밧ᄐᆡ 짝을짝을 궁으다가

발을 동동 글이며셔 ᄋᆡᄋᆡ 통곡ᄒᆞᄂᆞᆫ 마리

독약(毒藥)이 고귀(苦口)ᄂᆞ 이어병(利於病)이오 츙언(忠言)이 역이(逆耳)ᄂᆞ 이어ᄒᆡᆼ(利於行)이ᄅᆞ[3]

ᄂᆡ ᄒᆞᆫ 말 드러시면 져른 변(變)을 당ᄒᆞᆯ손가

쳔작얼(天作孼)은 유가위(猶可違)어니와 자작얼(自作孼)을 어이ᄒᆞ리[4]

장기란 놈 이른 마리 에라 이년 요란ᄒᆞᄃᆞ

션미련(先未練) 후실긔(後失機)라[5] 네 탓 ᄂᆡ ᄐᆡᆺ 부지럽ᄃᆞ

호환(虎患)곳 미리 알면 산의 가리 뉘 이스며

수환(水患)곳 미리 알면 ᄇᆡ예 드리 뉘 이스랴

연의 잡담(雜談) 다 던지고 이ᄋᆡ 겻ᄐᆡ 밧비 오라

쥭고 살기ᄂᆞᆫ ᄆᆡᆨ(脈)으로 간다 ᄒᆞ니

ᄆᆡᆨ이나 집허다고 가토리 ᄆᆡᆨ을 보니

비위ᄆᆡᆨ(脾胃脈)이 운동(運動)ᄒᆞ고 즁ᄆᆡᆨ(中脈)이 소실(消失)ᄒᆞ고

신ᄆᆡᆨ(腎脈)이 벌난ᄒᆞ고 간ᄆᆡᆨ(肝脈)이 셔늘ᄒᆞ고

ᄐᆡ츙ᄆᆡᆨ(太沖脈)이 ᄭᅳᆫ치이고 명ᄆᆡᆨ(命脈)이 긔절(旣絶)ᄒᆞ니

쟝기란 놈 이른 말이 ᄆᆡᆨ이야 그러나마

---

3) 독약(毒藥)이 고구(苦口)이나~역이(逆耳)나 이어행(利於行)이라: 한(漢)나라 유향(劉向)이 지은 『설원說苑』 「정간正諫」에 "좋은 약은 입에 쓰지만 병에는 이롭고, 충성스러운 말은 귀에 거슬리지만 행동에는 이롭다(良藥苦於口利於病, 忠言逆於耳利於行)"에서 나온 말.

4) 천작얼(天作孼)은 유가위(猶可違)어니와 자작얼(自作孼)을 어이하리: 『서경』 「태갑太甲」에 "하늘이 내린 재앙은 그래도 피할 수 있지만, 스스로 만든 재앙은 피할 길이 없다(天作孼猶可違, 自作孼不可逭)"에서 나온 말.

5) 선미련(先未練) 후실기(後失機)라: 깨끗이 잊지 못하고 주저주저하면 좋은 기회를 놓친다는 의미.

눈이ᄂᆞ ᄉᆞᆯ펴바ᄅᆞ 안쳥(眼睛)이 여상(如常)ᄒᆞ냐
가토리 눈얼 보고 이졔야 허릴 업ᄂᆡ
져편 눈의 동ᄌᆞ(瞳子) 붓ᄎᆡ 쳣ᄉᆡ비 써나가고
이 편 눈의 동ᄌᆞ(瞳子) 붓체 이졔야 써나랴고
파랑보[6]의 보짐 싸고 길목버션 간발ᄒᆞᄂᆡ
ᄋᆡ고ᄋᆡ고 이ᄂᆡ 팔ᄌᆡ 험ᄒᆞ고도 험홀시고
쳣졔 낭군 어더더니 ᄇᆡᆨ소ᄅᆡ기[7] ᄎᆡ여가고
둘졔 낭군 어더더니 곡지ᄀᆡ군[8] 더펴가고
셰졔 낭군 어더던이 삽살ᄀᆡ가 훌쳐가고
네졔 낭군 어더더니 난길 가셔 아니 오고
다셧졔 우리 님을 눈졍[9]으로 반겨 맛ᄂᆡ
신졍(新情)이 미흡ᄒᆞ고 사랑도 못 계워셔
엄돗갓치 져 ᄎᆞ위에 덜걱 치여 죽게 되니
원진ᄉᆞᆯ(元嗔煞)을 가잔든가 망신살(亡身煞)을 쒸엿든가
츙우츄약 ᄒᆞ옹동구 환과살(鰥寡煞)[10]을 가ᄌᆞᆺ던가
연만득병(年晩得病) 치ᄉᆞ(致死)ᄒᆞᆫ가[11] 도글임ᄒᆡ 이실가치
단불의 나위가치[12] 쇽졀업시 여혀고야
ᄇᆡᆨ연동거(百年同居) 바릿더니 쳔고영결(千古永訣) ᄒᆞᄌᆞ 말가
져러타시 죠흔 얼골 언졔 다시 보오릿가

6) 바랑보(--褓): 바랑은 '배낭(背囊)'이 변한 말로, 승려가 등에 지고 다니는 자루 모양의 큰 주머니.
7) 백소래기: '백소리개'의 오기. 흰머리 솔개. '소리개'는 솔개의 북한어.
8) 곡지게꾼: 꼭지게꾼. 우두머리 지게꾼.
9) 눈정(-情): 서로 눈이 맞아 맺어진 정.
10) 환과살(鰥寡煞): 홀아비나 과부가 될 운수.
11) 연만득병(年晩得病) 치사(致死)한가: 나이 많아 병들어 죽음에 이른 것인가라는 의미.
12) 단불에 나비같이: 나비가 단불로 달려들어 타 죽는다는 의미. '단불'은 한창 거세게 타오르는 불.

장기란 놈 반눈 쓰고 오호 탄식(歎息) ᄒᆞ난 마리
ᄂᆡ 신슈(身數) 불길(不吉)ᄒᆞ여 송부(喪夫) ᄌᆞ즌 네 가문(家門)의
당쵸의 장기들 졔 ᄂᆡ 원시(元始) 실체(失體)로다
인간의 죠흔 셔방 다셧분 아니어든
죽난 놈 날만 셜졔 못 보다고 계관(係關)ᄒᆞ랴
ᄉᆞᄌᆞ(死者)ᄂᆞᆫ 불가부싱(不可復生)이오 형ᄌᆞ(刑者)ᄂᆞᆫ 불가부속(不可復續)이라[13)]
다시 볼 길 업거니와 구타여 보랴거든
ᄂᆡ일 아ᄎᆞᆷ 죠시(早食)ᄒᆞ고 ᄎᆞ위 입자 ᄯᅡ라가면
츙쥬장(忠州場)의 마ᄂᆡ거나 젼쥬장(全州場)의 맛ᄂᆡ거ᄂᆞ
안동관외(安東官衙) 셩관외 관청고(官廳庫)의 걸엿거ᄂᆞ
병영도(兵營道) 슈영도(水營道)의 ᄉᆞᆺ도 상(床)의 올ᄂᆞ거나
이 밧게 어ᄃᆡ 가셔 ᄂᆡ 얼골 다시 볼고
쳔상(天上)의 월궁항아(月宮姮娥) 호ᄎᆞ야 ᄉᆞ라스랴
인간(人間)의 졍열여(貞烈女)ᄂᆞᆫ 슈졀(守節)ᄒᆞ니 만컨마ᄂᆞᆫ
ᄂᆡ ᄒᆞᆫ몸 죽은 후의 너의 심ᄉᆞ(心事) 어이 아리
져근닷 지ᄂᆡ다가 ᄉᆞᆷ혼(三魂)이 포탕(布蕩)ᄒᆞ니
우ᄎᆞ죠혜(于嗟徂兮)여 명지쇠의(命之衰矣)로다[14)]

13) 사자(死者)는 불가부생(不可復生)이오 형자(刑者)는 불가부속(不可復屬)이라: 『사기』「편작창공열전扁鵲倉公列傳」에 제나라 여인 제영(緹縈)이 죄지은 부친을 대신해 벌을 받겠다며 "죽은 자는 다시 살아날 수 없고, 육형을 받은 자는 원래의 모습을 회복할 수 없다(死者不可復生, 而刑者不可復屬)"라고 호소한 데서 나온 말.

14) 우차조혜(于嗟徂兮)여 명지쇠의(命之衰矣)로다: "아, 죽을 때가 되었구나! 명이 쇠하였으니"라는 의미. 백이가 수양산에서 굶어죽기 전에 "저 서산에 올라감이여, 고사리를 캐도다. 난폭함으로 난폭함을 바꾸면서도, 그릇된 줄을 모르는구나. 신농과 우하의 도가 홀연히 몰락하였으니, 나 어디로 돌아가야 할 것인가. 아, 죽을 때가 되었구나! 명이 쇠하였으니(登彼西山兮, 采其薇矣, 以暴易暴兮, 不知其非矣, 神農虞夏忽然沒兮, 我安適歸矣. 于嗟徂兮, 命之衰矣)"라는 시를 지었다는 사실이 『사기』「백이열전」에 나온다.

ᄎᆡ위 임자 탁쳠지(卓僉知)가 어ᄃᆡ셔 망보ᄃᆞ가
헌 페링이 슈기 시고 ᄌᆞ른 막ᄃᆡ 뒤던지며
허워허워 달여드러 장씨얼 쎄여 들고
히히락락(喜喜樂樂) 츔얼 츄며 얼ᄉᆞ덜ᄉᆞ 죠흘시고
ᄂᆡ ᄌᆡ쥬가 용ᄒᆞ던가 네 신슈가 불길턴가
산신임이 돌보신가 죠상임이 졈졔(點指)ᄒᆞᆫ가
암 남ᄉᆞᆫ(南山) 벽계슈(碧溪水)의 물 먹으로 네 와던가
뒷동산(東山) ᄌᆞᆨᄌᆞᆨ도화(綽綽桃花) 쏫쳘 보고 네 와던가
녹슈쳥ᄉᆞᆫ(綠水青山) 노든 너을 ᄂᆡ 손으로 ᄌᆞ밧고야
너의 구죡(九族)[15] 마죠 잡게 ᄉᆞᆫ신(山神)게 졔(祭)ᄒᆞ리ᄅᆞ
빗 문 혜얼 쎄야ᄂᆡ여 바위틈의 쏙 씨우고
두 손을 마죠 드러 구벅구벅 졋사오ᄃᆡ
악가 노흔 져 ᄎᆞ위의 가토리 마죠 잡게
아미타불(阿彌陀佛) 관음보ᄉᆞᆯ(觀音菩薩) 관음보살 아미타불
ᄒᆞ날을 우러러셔 ᄇᆡᆨ비(百拜) 츅슈(祝壽) 무슈(無數)트니
탁쳠지 도라간 후 가토리 뒤밋 바ᄃᆞ
바ᄒᆡ틈의 씨옛 헤을 간신이 ᄎᆞᄌᆞᄂᆡ여
칠입으로 호렴ᄒᆞ고 팅딩이로 결관(結棺)ᄒᆞ여
ᄋᆡ송목(-松木) 후듸ᄌᆞ바 명졍(銘旌)을 거러스ᄃᆡ
송ᄇᆡᆨ(松柏) 은ᄌᆞᆼ지(銀狀紙)의 갈필(葛筆) 덤벅 푸러
산임쳐ᄉᆞ(山林處士) 장씨지귀(-氏之柩)ᄅᆞ ᄃᆡ셔특셔(大書特書) ᄒᆞ엿
드ᄅᆞ
초상(初喪)이ᄉᆞ 쳣거이와 장ᄉᆞ(葬事)을 어ᄃᆡ ᄒᆞ리

15) 구족(九族): 고조부터 증조·할아버지·아버지·자기·아들·손자·증손·현손까지의 직계친을 중심으로 하여, 방계친으로 고조의 4대손 되는 형제·종형제·재종형제·삼종형제를 포함하는 동종(同宗)의 친족.

명산(名山) 어더 쓰ᄌᆞ ᄒᆞ니 풍수(風水)[16] ᄒᆞ나 못 맛ᄂᆡ고
션영부장(先塋附葬) ᄒᆞᄌᆞᄒᆞ니 길이 머러 못 갈ᄅᆡᄅᆞ
ᄀᆡ골산(皆骨山) ᄎᆞᄌᆞ 드러 묵밧머리 산ᄐᆡ(山汰) 굼의
산역(山役)ᄒᆞ기 쉬운 ᄃᆞ로 향ᄇᆡ(向背) 업시 터을 딱가
불시예 발인(發靷)ᄒᆞ여 당일 ᄂᆡ로 장사(葬事)ᄒᆞ니
산신졔(山神祭) 평토졔(平土祭)ᄂᆞᆫ 졔물(祭物)도 쵸쵸(草草)[17]ᄒᆞ다
콩 먹다가 죽어스니 곡긔(穀氣)야 노흘손야
가락 이슬 청감쥐(淸甘酒)[18]예 싸리 풍영 ᄇᆡᆨ셜기예
ᄉᆞᆼ걸 가ᄌᆡ탕 한 마리 썩ᄀᆡ구리 건어(乾魚) 반 짝
ᄊᆞᆯ밤 딱지 시졉 노코 존ᄃᆡ 열ᄆᆡ 과실 노코
속ᄉᆡ ᄃᆡ궁 졀을 거러 칭가유무(稱家有無) 형셰ᄃᆡ로
그리져리 ᄎᆞ렷드ᄅᆞ 집ᄉᆞ분졍(執事分定)[19] 볼작시면
의관(衣冠) 조흔 두름이ᄂᆞᆫ 헌관(獻官)으로 ᄆᆡ여 잇고
쇼ᄅᆡ 죠흔 짜옥이ᄂᆞᆫ 도츅(禱祝)[20]으로 ᄆᆡ여 잇고
진셜(陳設)[21]을 뉘 ᄒᆞ던고 목ᄀᆡ 구은 날졔비요
졔 공ᄉᆞ(供辭)은 위ᄒᆞ던고 말 ᄌᆞᆯᄒᆞ는 노구지리
짜옥이 ᄭᆞ러안ᄌᆞ 축사(祝辭)을 이르시ᄆᆡ
유셰ᄎᆞ(維歲次) 모월모일(某月某日)의 고ᄋᆡᄌᆞ(考哀子) 쥬령등은
살님쳐ᄉᆞ(山林處士) 부군젼(府君前)의 ᄇᆡ(拜) 업시 감소고우(敢昭告于)[22]

---

16) 풍수(風水): 지관(地官). 풍수설에 따라 집터나 묏자리 따위의 좋고 나쁨을 가려내는 사람.
17) 초초(草草): 갖출 것을 다 갖추지 못해 몹시 초라한 모양.
18) 청감주(淸甘酒): 찹쌀을 쪄서 누룩가루와 청주를 넣고 발효시켜 빚은 술. 술의 빛깔이 맑고 깨끗해 청감주로 불린다.
19) 집사분정(執事分定): 제사지낼 때 역할을 나눠 정하는 일.
20) 도축(禱祝): 제사지낼 때 축문을 읽는 사람.
21) 진설(陳設): 제사지낼 때 음식을 제기에 담아 상 위에 차려놓는 사람.
22) 감소고우(敢昭告于): "삼가 (아버님께) 고하나이다"라는 의미.

형귀둔셕(形歸窀穸) ᄒᆞ엿시니 신반실당(神返室堂) ᄒᆞ옵소셔[23]
신쥬미셩(神主未成)[24] 창졸(倉卒)ᄒᆞ니 혼빅상의(魂魄相依) ᄒᆞ옵소셔
근이쳥쟉(謹以淸酌)[25] ᄒᆞᆫ 잔 술을 ᄃᆡ궁 업시 모도 상향(尙饗)
독축(讀祝)을 다ᄒᆞᆫ 후의 부복흥(俯伏興)[26] ᄌᆡ빅(再拜)ᄒᆞ고
쳘상(撤床)을 ᄒᆞ렷더니 소ᄅᆡ기 즁텬(中天)의 쪄오다가
쥬령들을 구버보고 어너옴이 맛상ᄌᆡ(-喪主)뇨
ᄂᆡ ᄒᆞᆫ 놈 다려가ᄌᆞ 이놈 져놈 눈 쥬다가
얼는듯 덥치며셔 공즁(空中)의 툭 차들고
만장칭암(萬丈層巖) 졀벽상(絶壁上)의 너플 셥쥭 올나은ᄌᆞ
이리 뒤젹 져리 뒤젹 쬬흘시고 쬬흘시고
년 ᄉᆞ나흘 가문으로 식미(食味)가 다잔터니
인간의 졔일미(第一味)을 이졔야 어더고야
문어(文魚) 졈복(全鰒) ᄒᆡ숨탕(海蔘湯)은 경상가(卿相家)의 졔일미(第一味)오
잔쵸 ᄌᆞ반[27] 손엽쥬(松葉酒)는 슈ᄌᆡ(秀才)[28] 즁의 졔일미오
보리 탁쥬 막걸이는 농가(農家)의 졔일미오
졀노 쥭은 강아지는 ᄶᅡ막ᄶᅡ치 졔격이오
ᄉᆞ리 ᄋᆞᆫ난 병아리는 연장군(鳶將軍)의 졔일미라
굴그나 ᄌᆞ나 즁의 ᄭᅯᆼ ᄒᆞᆫ 마리 어더고야
이 아니 ᄉᆡᆼ광(生光)[29]이며 귀 아니 유복(有福)ᄒᆞᆫ가

23) 형귀둔석(形歸窀穸) 하였으니 신반실당(神返室堂) 하옵소서: “남기신 형체는 무덤으로 돌아가셨으니, 혼령께서는 집으로 돌아가사이다”라는 의미.
24) 신주미성(神主未成): “신주를 아직 세우지 못했다”라는 의미.
25) 근이청작(謹以淸酌): “삼가 맑은 술을 올리나니”라는 의미.
26) 부복흥(俯伏興): 몸을 구부려 절을 했다가 다시 일어나는 것.
27) 자반: 생선을 소금에 절여 만든 반찬감. 또는 그것을 굽거나 쪄서 만든 반찬.
28) 수재(秀才): 과거에 응시하는 선비를 부르는 호칭.
29) 생광(生光): 아쉬움을 면하게 해주는 일, 또는 영광스러워 빛이 나는 일.

넙풀너울 츔 츄다가 앗ᄎᆞ고야 도라보니
바위 아ᄅᆡ 쭁 나려져 쟈취 업시 슈며고야
방울눈을 부르쓰고 긔웃긔웃 샬펴본들
망명도ᄉᆡᆼ(亡命圖生) ᄌᆞ근 짐ᄉᆡᆼ 실힝소관 간ᄃᆡ 업ᄃᆞ
온야 그려 어이ᄒᆞ리 그거 일코 ᄂᆡ 못 사랴
속졀업시 물너 안ᄌᆞ 앙쳔ᄃᆡ소(仰天大笑) 이른 마리
연장사(燕壯士) 형경(荊卿)[30]이도 삼쳑비슈(三尺匕首) 도궁(圖宮)할 졔[31]
만고 영웅 진시황(秦始皇)을 ᄉᆞᄆᆡ 쥽고 찌르다가
팔쳡병풍(八尺屛風) 뛰여너머 환쥬이쥬(環柱而走) 못 붓들고[32]
ᄒᆞᆫ슈장(漢壽將) 관운ᄌᆞᆼ(關雲長)도[33] 삼국졍병(三國精兵) 다븨자고
화용도(華容道) 죱분 길의 ᄌᆞ분 죠죠(曹操) 노와 잇고[34]
발신지력(拔山之力) 쵸ᄑᆡ왕(楚霸王)도 가둔 ᄑᆡ왕(沛王) 뛰워 잇고
취즁(醉中)의 쥬신 범슈(范雎) ᄎᆡᆨ즁(策中)의 다라낫고[35]

30) 형경(荊卿): 전국시대 연나라 자객 형가를 가리킨다.

31) 삼척비슈(三尺匕首) 도궁(圖宮)할 제: 연나라 태자 단이 조나라 서부인(徐夫人)으로부터 천하의 이름난 비수를 백금(百金)을 주고 사서 형가에게 주어 진시황을 죽이려 한 일을 가리킨다.

32) 만고 영웅~못 붙잡고: 형가가 왼손으로 진시황의 소매를 잡고 오른손으로 비수를 잡아 찌르려 했으나 소매가 찢겨나가 진시황이 팔척 병풍을 뛰어넘어 기둥을 돌아 달아났다는 고사가 『사기』「자객열전」「형가」에 실려 있다.

33) 한수장(漢壽將) 관운장(關雲長)도: 위나라 조조가 후한 헌제에게 글을 올려 관우를 한수〔漢壽, 지금의 호남성 상덕시(常德市)〕의 정후(亭侯)로 봉했기에 수정후(壽亭侯)라고 불렸다.

34) 화용도(華容道) 좁은~놓아 있고: 적벽대전에서 대패한 조조가 도주하다가 화용도로 들어섰을 때 길목을 지키고 있던 관운장에게 사로잡혔으나 예전의 정을 생각해 놓아준 일을 가리킨다.

35) 취중(醉中)의 주신~책중(策中)에 달아났고: 범수는 적과 내통했다는 의심을 받아 위제(魏齊)에게 모진 고문을 받고 죽은 척하는 꾀를 내어 거적에 말려 변소에 버려졌다. 술에 취한 위제는 범수를 짐승 먹이로 교외에 내다버리라 했고 달아난 범수는 진나라 재상이 되었다는 고사가 『사기』「범수열전」에 전한다.

함곡관(函谷關) 효계(曉鷄) 우러 ᄆᆡᆼ상군(孟嘗君)을 노와스랴[36]
야착ᄒᆞᆫ 연장군(鳶將軍)도 쥬령 ᄒᆞ나 노와스니
이게 쏘ᄒᆞᆫ 젹션(積善)이라 ᄇᆡᆨ연음덕(百年陰德) 이부리ᄅᆞ
편편(翩翩)이 승텬(昇天)ᄒᆞ여 즁텬(中天)의 노피 쎳ᄃᆞ

36) 함곡관(函谷關) 효계(曉鷄)~맹상군(孟嘗君)을 놓았으랴: 전국시대 제나라 맹상군이 진(秦)나라에서 도망쳐 함곡관에 도착했지만, 아직 한밤중이라 관문이 열리지 않았다. 이때 식객 한 사람이 닭 울음소리를 잘 흉내내 닭 우는 소리를 내자 인근의 닭이 모두 울어 문지기가 새벽인 줄 알고 관문을 열어 무사히 탈출했다는 고사가 『사기』 「맹상군열전」에 전한다.

과부가 된 까투리의 수난

ᄇᆡᆨ두산(白頭山) 가마귀가 팔공산(八公山) ᄎᆞᄌᆞ갈 졔
즁노(中路)에셔 허긔(虛飢) 만ᄂᆡ 요긔차(療飢次)로 문상(問喪)ᄒᆞ고
탕쥬(蕩酒) ᄉᆞᆷᄇᆡ(三盃) 먹은 후의 ᄃᆡ취(大醉)ᄒᆞ여 이른 마리
그 버지 우리 즁의 긔슈ᄒᆞ든 어른이ᄅᆞ
심덕(心德)으로 볼지라고 향슈(享壽)할가 미더던니
콩 ᄒᆞᆫ 낫흘 못 차마셔 죽단 마리 친구 즁의 슈치(羞恥)라
우리ᄉᆞ 그른 음식 볼을 친들 먹을손가
오날날 이 말숨이 박졀(迫切)다 ᄒᆞ련이와
장군(將軍) 나ᄌᆞ 용마(龍馬) 나ᄌᆞ 문장(文章) 나ᄌᆞ 명필(名筆) 나ᄌᆞ[1)]
네 오날 과부(寡婦) 되ᄌᆞ ᄂᆡ 오날 여긔 오ᄌᆞ

---

1) 장군(將軍) 나자~명필(名筆) 나자: 훌륭한 사람이 있으면 저절로 그 사람에게 필요한 것이 마련되거나 그를 보좌할 사람이 따라 나온다는 말.

이도 ᄯᅩᄒᆞᆫ 연분(緣分)ᄅᆞ ᄇᆡᆨ연동낙(百年同樂) 엇ᄶᅧᄒᆞᆫ고
가토리 정ᄉᆡᆨ(正色)ᄒᆞ여 왈 졸곡(卒哭)도 아니 ᄒᆞ고
ᄀᆡ가(改嫁)ᄒᆞ여 가단 마리 어늬 션ᄉᆡᆼ(先生) 예문(禮文)인고
금ᄉᆡᆼ여슈(金生麗水)라 ᄒᆞᆫ니 물 마ᄃᆞ 금(金)이 ᄂᆞ며[2]
옥츌곤강(玉出崑崗)이ᄅᆞ ᄒᆞ니 뫼 마다 옥(玉)이 ᄂᆞ랴[3]
가마귀 정ᄉᆡᆨ(正色)ᄒᆞ여 이른 마리 네게 슈졀(守節)이 당ᄒᆞᆫ 말가
ᄒᆞᆫ광무(漢光武)외 누의임도 병푼(屛風) 뒤의 엿보와고[4]
쥬ᄆᆡ신(朱買臣)의 예단 ᄃᆡᆨ도 물동의 ᄶᅩᆺ고 가니[5]
고금(古今)쳔지간(天地間)의 열여(烈女)야 만컨마ᄂᆞᆫ
가토리 쥭은 고ᄃᆡ 열여비(烈女碑) 못 볼네ᄅᆞ
이를 ᄊᆡ 부헝 영감 달여드여 죠상(弔喪)ᄒᆞ고
가마귀을 도라보며 부우리도 고이ᄒᆞ고
검기도 흉(凶)시럽ᄃᆞ 어룬을 볼작시면
긔거(起居)도 아니ᄒᆞ고 엄연(儼然)이 안ᄌᆞ난다

2) 금생여슈(金生麗水)라 하니~금(金)이 나오며: 『천자문』에 나오는 구절로 "금이 여수에서 나온다고 하지만, 물마다 금이 나오느냐?"라는 의미.
3) 옥출곤강(玉出崑崗)이라 하니~옥(玉)이 나랴: 『천자문』에 나오는 구절로 "옥이 곤강에서 나온다 하지만, 산마다 옥이 나오느냐?"라는 의미.
4) 한광무(漢光武)의 누님도~뒤에 엿보았고: 후한 광무제가 과부가 된 누이 호양공주(湖陽公主)의 배필로 송홍(宋弘)을 맺어주고자 병풍 뒤에서 주고받는 말을 듣게 했다. 광무제가 "귀하게 되면 친구도 바꿀 수 있고, 부유해지면 아내도 바꿀 수 있다(貴易交, 富易妻)"라는 민간의 말을 인용해 의중을 떠보았는데, 송홍이 "빈천할 때 사귄 친구는 잊어서는 안 되고, 어려움을 함께한 아내는 버려서는 안 된다(貧賤之交不可忘 糟糠之妻不下堂)"는 말로 거절했다는 고사가 『후한서』 「송홍열전」에 전한다.
5) 주매신(朱買臣)의 예전~쏟고 가니: 한(漢)나라 주매신이 나이 50세가 되도록 책만 읽으며 궁하게 사니, 아내가 그를 버리고 도망간 일을 가리킨다. 나중에 주매신이 고을 태수가 되어 부임하니, 예전 아내가 개가한 남편과 길을 닦는 부역을 하고 있었다. 주매신은 그들 부부를 수레 뒤에 싣고 가서 마소 먹이는 심부름을 시켰더니, 부인이 부끄러워한 나머지 자결했다고 한다. "물동이의 물을 쏟고 가니"라는 구절은 아내가 잘못을 뉘우치며 재결합하자고 하자, 주매신이 물동이의 물을 쏟으면서 이미 엎질러진 물은 다시 담을 수 없는 법이라며 거절했다는 고사가 『한서』 「주매신전」에 전한다.

가마귀 정ᄉᆡᆨ(正色)ᄒᆞ고 하ᄂᆞᆫ 마리ᄉᆞ랑이 뭉툭ᄒᆞ고
두 눈이 우멍ᄒᆞᆫ 게 졔가 다 어룬이냐
오월왕(吳越王) 구쳔(句踐)이도 ᄂᆡ 입과 방불ᄒᆞ되
ᄑᆡ졔후(覇諸侯) ᄒᆞ여 잇고[6] 몸 검다 웃지 마소
우연비과산음현(偶然飛過山陰縣)타가 오락희지셰연지(誤落羲之洗硯池)라[7]
이 몸 거머시니 시(詩)예 왈(曰) 구왈여셩(具曰予聖)이언이
슈지오지ᄌᆞ웅(誰知烏之雌雄)고[8] 옛말의 ᄒᆞ여스니
ᄂᆡ가 먼져 어룬이졔 네가 무신 어룬인다
소상강(瀟湘江) 기럭이도 동졍호(洞庭湖) 급히 건ᄂᆡ
쵹즁강ᄉᆞᆫ(蜀中江山) 구경ᄒᆞ고 압녹강(鴨綠江) 건ᄂᆡ와셔
봉ᄂᆡ(蓬萊) 령쥬(瀛洲) ᄎᆞ즈랴고 반공(半空)의 쪄오다가
셤벅 나려 안ᄌᆞ보고 문상(問喪) ᄉᆞᆺᄒᆡ 이른 마리
네가 무신 어룬이다 ᄂᆡ가 먼져 어룬이ᄅᆞ
상임원(上林苑) 지ᄂᆡ다가 ᄒᆞᆫ츈신(漢忠臣) 쇼ᄌᆞ경(蘇子卿)이
ᄂᆡ 바ᄅᆡ 편지 부쳐 ᄒᆞᆫ쳔ᄌᆞ(漢天子)게 듸려 잇고[9]

6) 오월왕(吾越王) 구천(句踐)이도~하여 있고: 춘추시대 말기 월나라 임금 구천이 오나라 임금 부차에게 패해 회계산에서 항복했지만, 그뒤에 명신인 범려와 와신상담하여 마침내 20년 만에 부차를 죽여 회계에서의 치욕을 씻고 패자가 되었다. 구천은 목이 길고 입이 새의 부리처럼 튀어나왔다고 전한다.
7) 우연비과산음현(偶然飛過山陰縣)하다가 오락희지세연지(誤落羲之洗硯池)라: "우연히 날아서 산음현을 지나다가 실수로 왕희지의 세연지에 떨어졌도다"라는 의미. 성삼문이 연경에 사신으로 갔다가 어떤 사람이 그린 백로를 보고 지은 시구라고 전한다. '세연지'는 왕희지가 글씨 공부를 하면서 벼루를 씻은 승천귀종사(承天歸宗寺) 부근의 연못.
8) 시(詩)에 왈(曰) 구왈여성(具曰予聖)이언이 수지오지자웅(誰知烏之雌雄)고: 『시경』「소아小雅」「정월正月」의 "모두들 자기가 최고라 하지만, 누가 까마귀의 암수를 알 수 있을까?(具曰予聖, 誰知烏之雌雄)"라는 말로, 까마귀는 서로 비슷해 암수를 구별하기 어렵다는 말. 소인이 득세하는 난세를 풍자한 뜻으로 자주 쓰인다.
9) 상림원(上林苑) 지나다가~드려 있고: 한나라 무제 때 중랑장으로 있다가 흉노에 사신으로 간 소무의 고사. 소무는 흉노의 선우가 온갖 협박을 하는데도 굴하지 않고 갖은 고생을 하다가

츄월츈풍(秋月春風) 경(景)을 ᄯᅡ라 옥경쳥쳔(玉京靑天) 바ᄅᆡ보며
ᄐᆡᄒᆡᆼ(太行) 쇼식 젼ᄒᆞ시니[10] ᄂᆡ가 먼져 어룬이ᄅᆞ
이러타시 긔롱(譏弄)ᄒᆞᆯ 제 압 연당(蓮塘) 오리란 놈
엇그제 ᄉᆞᆼ쳐(喪妻)ᄒᆞ고 오ᄆᆡ사복(寤寐思服)[11] 구ᄒᆞ더니
가토리 과부(寡婦) 되엿단 말 풍편(風便)의 좀간 듯고
문ᄉᆞᆼ(問喪)도 ᄒᆞ련이와 ᄌᆞᆼᄀᆡ 밧비 ᄎᆞ려보ᄌᆞ
옹옹명안(雝雝鳴雁)[12] 기려기ᄂᆞᆫ 혼슈(婚需)예 ᄌᆞᆼ을 지고
관관져귀(關關雎鳩) 우난 ᄉᆡᄂᆞᆫ ᄉᆞ모관ᄃᆡ(紗帽冠帶) 판을 지고
볍ᄉᆡ 도령 즈시 셔고 황ᄉᆡ ᄃᆡ감 ᄉᆞᆼᄀᆡᆨ(上客) 셔고
길ᄌᆡ비예 왜거리요 구부지기[13] 검ᄉᆡ[14]로다
가치 신부 게 잇넌야 오리 셔방 으르간ᄃᆞ
가토리 반만 웃고 교ᄐᆡ(嬌態)ᄒᆞ여 이른 마리
아모리 미물(微物)인들 겁혼(劫婚)을 ᄒᆞ랴ᄂᆞᆫ가
궁합(宮合)도 아니 보고 ᄇᆡ필(配匹)을 졍ᄒᆞᆫ손가

소제(昭帝)가 흉노와 화친하게 되어 비로소 19년 만에 한나라로 돌아왔다. 소무는 잡혀 있는 동안에도 기러기 다리에 편지를 매어 소식을 전했는데, 천자가 상림원에서 그 편지를 보고 근황을 알았다는 고사가 『한서』「소건전蘇建傳」「소무蘇武」에 전한다. '자경(子卿)'은 소무의 자.

10) 태행(太行) 소식 전했으니: 당나라 적인걸(狄仁傑)이 병주(幷州)의 법조참군(法曹參軍)으로 부임할 적에 태항산(太行山)에 올라 흰구름이 외롭게 흘러가자 "우리 어버이가 저 구름 아래에 계신다"며 한참 동안 구름을 보다가 구름이 사라진 뒤에 떠나갔다는 고사가 『구당서』「적인걸전」에 전한다.

11) 오매사복(寤寐思服): "자나깨나 생각하노니"라는 의미. 『시경』「관저」에 "들쭉날쭉 마름 나물을, 좌우로 물길 따라 취하도다. 요조숙녀를 자나깨나 구하도다. 구하여도 얻지 못하는지라, 자나깨나 생각하고 그리워하니, 아득하고 아득해라 전전반측하노라(參差荇菜, 左右流之 窈窕淑女, 寤寐求之, 求之不得. 寤寐思服, 悠哉悠哉, 輾轉反側)"에서 나온 말.

12) 옹옹명안(雝雝鳴雁): 남녀의 혼인을 노래한 『시경』「패풍邶風」「포유고엽匏有苦葉」에 "끼룩끼룩 기러기 울고 아침해가 솟아오르네. 남자가 아내를 데려오는 일은 얼음이 풀리기 전에 해야 하네(雝雝鳴雁, 旭日始旦, 士如歸妻 迨氷未泮)"에서 나온 말.

13) 구부지기: '가마지기'의 오기인 듯하다. 신부를 데리고 올 가마를 메는 사람.

14) 검새: '물수리'의 옛말. 물수리는 매목 수리과의 조류로, 물가나 해안, 저수지에 살면서 주로 물고기를 잡아먹으며 지낸다.

오리란 놈 ᄃᆡ로(大怒)ᄒᆞ여 아무려면 후실실랑(後室新郞)

나무 과부(寡婦) 다려올 졔 졀체(節次) 보고 예문(禮文) 보랴

실낭(新郞) 신부(新婦) ᄒᆞᆫᄃᆞ ᄌᆞ면 궁합(宮合)은 졀노 되고

나리ᄂᆞ 엇더ᄒᆞᆫ고 ᄉᆞᆫ금이나 집허 보ᄌᆞ

일ᄉᆞᆼ싱긔(一上生氣) 이즁쳔ᄋᆡ(二中天宜) ᄉᆞᆷᄒᆞ졀체(三下絶體) ᄉᆞ즁유혼(四中遊魂)

오상화ᄒᆡ(五上禍害) 육즁복덕(六中福德) 칠ᄒᆞ졀명(七下絶命) 팔즁귀혼(八中歸魂)[15]

션쳔수(先天數)[16]로 집퍼 보나 후쳔수(後天數)[17]로 집퍼 보니

ᄂᆡ일은 희살(戱殺)[18]이고 모ᄅᆡ난 쥬당[19] 잇고

오날날이 웃듬이라 잡말 마고 ᄌᆞ고 가ᄌᆞ

갓토리 이른 마리 싱ᄋᆡ(生涯)나 엇더ᄒᆞ고

오리라 놈 이른 마리 우리 싱ᄋᆡ(生涯) 뭇지 마소

봉ᄂᆞ(蓬萊) 여쥬(瀛洲) 바ᄃᆞ물의 모든 신션(神仙) ᄇᆡ를 타고

완월취소(玩月吹簫)[20] ᄒᆞᄂᆞᆫ 경(景)을 역역히 구경ᄒᆞ고

---

15) 일상생기(一上生氣) 이중천의(二中天宜)~칠하절명(七下絶命) 팔중귀혼(八中歸魂): 쌀을 가지고 숫자를 세어 길흉을 판단하는 점법의 용어. 쌀점을 치는 방법은 제사상에 올려놓은 쌀을 손가락으로 조금 집어 위로 던져 올린 뒤에 손바닥으로 잡아 손에 잡힌 쌀알의 수를 세어 길흉을 판단한다. 판단 방법은 이른바 생기법(生氣法)의 원리로 해석하는데, 역학에 조예가 있어야 가능하다.

16) 선천수(先天數): 명리학에서 우주의 생성원리를 설명하기 위해 천간과 지지에 각각 배정한 수. 갑(甲), 기(己), 자(子), 오(午)는 각각 9, 을(乙), 경(庚), 축(丑), 미(未)는 8, 병(丙), 신(辛), 인(寅), 신(申)은 7, 정(丁), 임(壬), 묘(卯), 유(酉)는 6, 무(戊), 계(癸), 진(辰), 술(戌)은 5, 사(巳), 해(亥)는 4다.

17) 후천수(後天數): 명리학에서 지상에서 일어나는 생물의 생장소멸을 설명하기 위해 천간과 지지에 의해 각각 배정한 수. 임(壬), 자(子)는 1, 정(丁), 사(巳)는 2, 갑(甲), 인(寅)은 3, 신(辛), 유(酉)는 4, 무(戊), 진(辰), 술(戌)은 5, 계(癸), 해(亥)는 6, 병(丙), 오(午)는 7, 을(乙), 묘(卯)는 8, 기(己), 축(丑), 미(未)는 10, 경(庚), 신(申)은 9다.

18) 희살(戱殺): 장난을 하다가 잘못해 죽임.

19) 주당: 뒷간을 지킨다고 전해지는 귀신으로, 혼인할 때 크게 꺼린다.

20) 완월취소(玩月吹簫): 군선도(群仙圖) 가운데 통소를 불고 있는 신선은 한상자(韓湘子)다. 당

삼강(三江)[21] 오호(五湖)[22] 동졍수(洞庭水)의 홍요(紅蓼) 빅빈(白蘋)[23] 집을 삼아

오나락 느즌 피을 임의로 훌터 먹고

은린옥쳑(銀鱗玉尺) 좋은 생선 식량(食量)대로 장복(長服)하니

천지간(天地間)의 조흔 생애 물밧게 또 있난가

까토리 하난 말이 물 생애 좋다 한들 육디(陸地) 생애 같을소냐

우리 생애 드러보소 평원광야(平原廣野) 너른 들의

오락가락 논일다가 층암절벽(層巖絶壁) 높흔 봉에

허위허위 올라가서 사해팔방(四海八方) 구경하고

춘삼월(春三月) 느진 봄 객사청청(客舍靑靑) 유색신(柳色新)[24]할 씨

황금(黃金) 같은 꾀꼬리난 양류간(楊柳間)에 왕래(往來)하고

춘풍도리(春風桃李) 화개야(花開夜)[25]에 초혼조(招魂鳥) 슬피 울어

불여귀(不如歸) 하는 소래 초목금수(草木禽獸)라도 심회(心懷) 산란하니

그도 또한 경(景)이로다 추팔월(秋八月) 황국시(黃菊時)

만산실과(萬山實果) 주어다가 압뒤로 로적(露積)하고

치장군(雉將軍)의 조흔 복색 춘치자명(春雉自鳴) 우난 소래

나라 한유의 조카로 알려진 그는 퉁소를 불며 떠돌아다녔는데 그 감미로운 소리를 듣고 항상 새와 금수가 모여들었다고 한다.

21) 삼강(三江): 『서경』「우공채전禹貢蔡傳」에는 누강(婁江)·동강(東江)·송강(松江)을 삼강으로 봤고, 송나라의 소식은 민산강(岷山江)·파총강(嶓冢江)·예장강(豫章江)을 삼강으로 봤다. 하지만 이 밖에도 여러 설이 있다.

22) 오호(五湖): 춘추시대 범려가 월왕 구천을 보좌해 오나라를 멸망시킨 뒤에 월나라를 떠나 오호에 배를 띄우고 돌아다니다가 수만금을 모아 거부가 되었다는 고사가 『사기』「월왕구천세가越王句踐世家」「화식열전」에 전한다.

23) 홍료(紅蓼) 백빈(白蘋): 붉은 여뀌꽃과 흰 마름풀.

24) 객사청청(客舍靑靑) 유색신(柳色新): 당나라 왕유가 지은 「송원이사안서送元二使安西」에 나오는 구절로 "객사에는 푸릇푸릇 버들빛도 싱그럽네"라는 의미.

25) 춘풍도리(春風桃李) 화개야(花開夜): 당나라 백거이(白居易)가 지은 「장한가長恨歌」에 나오는 구절로, "봄바람에 복사꽃 오얏꽃 피는 밤이요"라는 의미.

고금에 무쌍(無雙)이라 수궁생애(水宮生涯) 좋다 한들
육지생애 당할소냐[26]
ᄭᅩᆼ지가 몽통ᄒᆞ니 남ᄌᆞ(男子) 풍ᄎᆡ(風采) 바히 업고
셩음(聲音)이 쌕쌕ᄒᆞ니 부부(夫婦) 졍담(情談) 어이ᄒᆞ리
다시곰 ᄉᆡᆼ각ᄒᆞ니 허신(許身)ᄒᆞᆯ ᄯᅳᆺ 젼혀 업ᄃᆞ
그 잡소ᄅᆡ 고만ᄒᆞ고 밧비밧비 도라서소
오리ᄅᆞᆫ 놈 무참(無慘)ᄒᆞ여 무류(無聊)이 도라서니
황ᄉᆡ ᄃᆡ감 ᄃᆡ로(大怒)ᄒᆞ여 오리 불러 ᄭᅮ즁ᄒᆞ되
못들 상ᄀᆡ 느려 ᄒᆞ고 셤ᄌᆞᆫᄒᆞᆫ 날 다ᄅᆡ고
ᄀᆡ구험노(崎嶇險路) 와다가셔 불가ᄉᆞ문욕(不可使聞辱)[27]을 보니
그를 도리(道理) 어이스라 만일 동유(同類) 뭇게 되면
무ᄉᆞᆷ 말노 ᄃᆡ답ᄒᆞ여 어ᄃᆡ 갓다 층탁(稱託)ᄒᆞᆯ고
너 비록 우츙(羽蟲)이ᄂᆞ 우리과 ᄯᅩ 다로니
ᄎᆞ후(此後)의ᄂᆞᆫ ᄂᆡ 눈 ᄋᆞᆸᄒᆡ 다시 볼변 못 ᄒᆞ리ᄅᆞ
오리ᄅᆞᆫ 놈 무류(無聊)ᄒᆞ여 발명(發明) ᄒᆞᆫ 변 못 ᄒᆞ고셔
그 압ᄒᆡ 웅덩 쏘(沼)의 덤벙 ᄲᅡ져 슈며더라
그후의 목두름이[28] 이 소문 어픈 듯고
복쳡(復妾)을 졍ᄒᆞ려고 의ᄉᆞ(意思)을 널이 먹고
ᄎᆡ머리를 흔들며셔 허허 웃고 ᄒᆞ난 마리
여렵슨[29] 오리ᄅᆞᆫ 놈 겁혼(劫婚)을 ᄒᆞ려 ᄒᆞ고

26) 고대본 『자치가』의 원본은 23면과 24면이 찢겨나가고 없다. 이 부분은 오리와 까투리가 각각 자신의 생애를 자랑하는 대목이다. 이에 그 결락 부분인 "은린옥쳑(銀鱗玉尺) 좋은 생선"부터 여기까지를 영화출판사에서 간행한 구활자본 『장끼전』으로 대신 채워넣기로 한다.
27) 불가사문욕(不可使聞辱): 알려져서는 안 될 치욕.
28) 먹두루미: '흑두루미'의 북한어.
29) 열없는: 열없다. 어설프고 짜임새가 없는 모양.

ᄆᆡᄌᆞ(媒子)도 아니 보ᄂᆡ고 우각쇽발(牛脚速發)[30] ᄒᆞ려던가
ᄉᆞᆼᄃᆡ(相對)ᄒᆞ여 퇴혼(退婚)ᄒᆞ니 젹슈공권(赤手空拳) 도라와셔
연당(蓮塘) 못 흐른 물ᄋᆡ 엉머구리 버지 되니
무ᄌᆞ졀손(無子絶孫) 부상ᄒᆞ고 경경환목(煢煢鰥鶩)[31] 졔 아니가
엇지타 황ᄉᆡ손은 그ᄅᆡ도 장부(丈夫)거든
미묘(微眇)ᄒᆞᆫ 오리 ᄭᅬᄋᆡ 그다지 덥벅 ᄲᅡ져
남의 ᄇᆡᄒᆡᆼ(陪行)[32] 갓다가 쥬육(酒肉) ᄒᆞᆫ번 못 먹고셔
퇴혼(退婚)ᄒᆞ여 도라올 졔 ᄭᅮ짓기난 무ᄉᆞᆷ 일고
ᄂᆡ가 보고 말ᄒᆞ면 안이 될 일 어이스리
만단구변(萬端口辯) 죠흔 말노 이리져리 얼너쥬면
쳥춘과부(靑春寡婦) ᄶᅡ치 신부 졔 ᄯᅩ 아니 ᄭᅩ리칠가
그ᄅᆡ도 쵸면목(初面目)의 의관(衣冠) 치례 쳣낫치라
분홍(粉紅) ᄃᆞ단(大緞) 뒤ᄐᆡ기을 허리 늘셩 질너 입고
거문 공단(貢緞) 션을 다라 ᄭᅩ리 질뭄 둘러 입고
ᄇᆡᆨ호장경(白毫長頸)[33] 뒤ᄭᅩᆨ지의 거문 터리 길게 ᄡᆡ여
ᄃᆡ공단(大貢緞) 갓 ᄉᆡᆫ 쳬로 허리 아ᄅᆡ 치렴치렴
원앙(鴛鴦)의 ᄌᆞᆼ경(長頸) 쳬로 목안지 길게 ᄡᆡ고
쥬둥이 져근 거시 풍ᄎᆡ(風采)가 젹다 ᄒᆞ여
ᄃᆡ동쳑(童尺)[34] ᄋᆞ홉 치로 부우리 길게 ᄡᆡ고
웃치례 고만ᄒᆞ고 요ᄒᆞ(腰下) 치례ᄒᆞ여보ᄌᆞ
셩검ᄒᆞᆫ 긴 다리예 쥬홍칠(朱紅漆) 진케 ᄒᆞ고

30) 우각쇽발: 우각속발(牛脚速發), 곧 소걸음으로 빨리 뛰어보려 한다는 뜻인 듯하다.
31) 경경환목(煢煢鰥鶩): '외롭고 외로운 홀아비 오리'라는 의미.
32) 배행(陪行): 높은 사람을 모시고 오고가는 일.
33) 백호장경(白毫長頸): 흐니 털이 난 긴 목의 의미인 듯하다. '백호'는 미간 사이에 난 희고 부드러운 털.
34) 대동척(-童尺): 대나무로 만든 짧은 자.

말썩지 너분 거시 보기 졔일 미워셔
남작ᄒᆞᆫ손 셰 가락의 힝간 나게 쉼며ᄂᆡ고
만신치장(滿身治粧) 다ᄒᆞᆫ 후의 언건이 나셔보니
쥰슈(俊秀)ᄒᆞᆫ 션풍도골(仙風道骨) ᄂᆡ 밧게 ᄯᅩ 잇ᄂᆞᆫ가
미슈렴ᄒᆞᆫ(美鬚髥閒) ᄑᆡ공(沛公)은 융쥰용안(隆準龍顔) 그ᄲᅮᆫ이오[35]
삼각슈(三角鬚) 관운장(關雲長)[36] 봉(鳳)의 눈만 굴거지고
즁동(重瞳) 항우(項羽) 졔 닐넌고 관옥(冠玉) 진평(陳平)[37] 붓그럽다
쵹ᄒᆞᆫ왕(蜀漢王) 유현덕(劉玄德)은 귀만 클 다름이오[38]
두귤만거(投橘滿車) 두목지(杜牧之)[39]ᄂᆞᆫ 당일 풍ᄎᆡ ᄌᆞᆷ ᄶᅡᆫ이라
ᄂᆡ 얼골 쥰슈(俊秀)ᄒᆞ니 뉘 아니 칭찬ᄒᆞ리
남 보고 쳣 인사가 말삼이 읏듭이라
고담쥰논(高談峻論) 시작ᄒᆞ면 쇼진(蘇秦)[40] 장의(張儀)[41] 다름쥬고
지혜장약(智慧將略) ᄂᆡ여스면 졔갈양(諸葛亮)이 탄복ᄒᆞᆫ다

35) 미수염한(美鬚髥閒) 패공(沛公)은 융준용안(隆準龍顔) 그뿐이오: "수염이 아름다운 한고조는 코가 큰 용의 얼굴을 했을 뿐이다"라는 의미. 한고조 유방의 이런 모습은 『사기』「고조본기高祖本記」에 묘사되어 있다.

36) 삼각수(三角鬚) 관운장(關雲長): "삼각 수염의 관운장"이라는 의미. 삼각수는 두 뺨과 턱에 세 갈래로 난 수염. 「적벽가」에서는 관운장의 외모를 "주안봉모(朱顔鳳眸, 붉은 얼굴 봉의 눈) 와잠미(臥蠶眉, 누운 누에 눈썹) 삼각수(三角鬚)에 봉의 눈을 부릅떠"라고 묘사하고 있다.

37) 관옥(冠玉) 진평(陳平): "관옥처럼 아름다운 진평"이라는 의미. 관옥은 모자를 장식한 아름다운 옥을 말하는데, 미남으로 소문난 한(漢)나라 진평에 대해서 주발(周勃)과 관영(灌嬰) 등이 "진평이 비록 외모는 잘생겨서 관을 장식한 옥과 같다 할 수 있지만, 속마음까지 꼭 그렇다고 보장할 수는 없다(平雖美丈夫 如冠玉耳 其中未必有也)"라고 했다는 고사가 『사기』「진승상세가陳丞相世家」에 전한다.

38) 촉한왕(蜀漢王) 유현덕(劉玄德)은~클 따름이오: 유비는 "신장이 7척 5촌인데, 손을 아래로 내리면 무릎에 닿았고 눈을 돌려 자신의 귀를 볼 수 있었다"고 전한다.

39) 투귤만거(投橘滿車) 두목지(杜牧之): 당나라 시인 두목은 워낙 풍채가 좋아 지나가면 아낙들이 귤을 던져 수레에 가득찼다고 전한다.

40) 소진(蘇秦): 전국시대 때 강국 진(秦)나라에 대적하려면 나머지 6국이 연합해야 한다는 합종설을 주장한 유세객(遊說客).

41) 장의(張儀): 전국시대 때 동서로 잇닿은 6국을 설득해 진나라를 중심으로 하는 연횡(連橫)의 동맹관계를 맺게 한 유세객.

그만코 놉피 나라 ᄇᆡᆨ운산(白雲山) ᄎᆞᄌᆞ가셔
가토리 보을 젹의 상향곡(尙饗哭) 셜게 울고
쵸상(初喪) 인ᄉᆞ 길게 ᄒᆞ고 엽눈으로 살펴보니
알묘ᄒᆞᆯ손 갓치 거동 뉘 아니 ᄃᆡ혹(大惑)ᄒᆞ리
황져포(黃苧布) 속젹ᄉᆞᆷ의 아롱베 상복(喪服) 입고
두 눈의 눈물 씻고 머리 푸러 ᄉᆞᆼ글이고
쳥죄(聽罪)ᄒᆞᆫ 두 무릅헐 고이 ᄭᅮ러 답예(答禮)ᄒᆞ니
쳥연이팔(靑年二八) 졀문 ᄯᆡ예 박명홍안(薄命紅顔) 가련ᄒᆞᄃᆞ
두롬이 이른 마리 부인 신셰 어이ᄒᆞᆯ고
가ᄉᆞ치ᄌᆞᆼ(家事治庄) 쥬장(主掌) 업셔 어린 아기 다리시고
ᄇᆡᆨ연신셰(百年身世) ᄉᆡᆼ각ᄒᆞ면 혈혈고고(孑孑孤孤) 가이 업ᄂᆡ
불ᄉᆞᆼᄒᆞᆫ손 장쳐ᄉᆞ(-處士)은 나와 ᄯᅩᄒᆞᆫ 동갑(同甲)이라
원원왕ᄂᆡ(源源往來)[42] 단일 젹의 위슈교졍[43] ᄆᆡᄌᆞ두고
ᄂᆡ 마ᄋᆞᆷ 임ᄌᆞ 알고 임ᄌᆞ 말을 ᄂᆡ ᄯᅩ 드러
둘의 뜻시 교칠(膠漆)[44] 되여 못ᄒᆞᆯ 말이 업슬 젹의
ᄂᆡ 몬져 상쳐(喪妻)ᄒᆞᄂᆞᆫ ᄌᆞᄂᆡ 혹시 상ᄇᆡ(喪配)ᄒᆞ나
두리 서로 역권(易勸)ᄒᆞ여 즁ᄆᆡ(中媒)ᄒᆞ기 긔망(期望)ᄒᆞ셰
부인의 어진 소문 버즈게 ᄯᅩ 드르니
봉제ᄉᆞ(奉祭祀) 졉빈ᄀᆡᆨ(接賓客)은 극진이 졍셩(精誠)ᄒᆞ고
방적(紡績) 직임(織紝) 여공ᄉᆞ(女功事)[45]의 가장 치례 곱게 ᄒᆞ고
유ᄌᆞ유손(有子有孫) 셩덕(承德)ᄒᆞ여[46] 가문(家門)이 빗난스니

42) 원원왕래(源源往來): 끊임없이 오고감. '원원(源源)'은 물이 끊임없이 흐르는 모양.
43) 위수교정(爲首交情): 제일로 깊은 정을 맺어두고.
44) 교칠(膠漆): 매우 친밀해 떨어질 수 없음을 비유한 말. '교칠'은 아교와 옻을 말하는데, 아교로 붙인 것은 떨어지지 않고 옻칠을 한 것은 벗겨지지 않는다는 데서 유래했다.
45) 여공사(女功事): 여자들이 하는 길쌈 같은 일.
46) 유자유손(有子有孫) 승덕(承德)하여: "자식 낳고 손자 두어 집안의 덕을 이어"라는 의미.

ᄂᆡ 혹시 반겨 드니 가빈양쳐(家貧良妻) 치ᄉᆞ(致辭)ᄒᆞ고[47]

붕쥬ᄉᆞ락(--四樂)[48] 도도(滔滔)ᄒᆞ여 이셩(二姓) 쳔윤(天倫) 갓삽더니[49]

근ᄂᆡ예 셜ᄒᆞᆫ(雪寒)으로 슈일(數日) 상통(相通) 업ᄉᆞ와셔

부유쳔지(浮游天地) 이 셰ᄉᆞᆼ의 죠로인ᄉᆡᆼ(朝露人生) 가이 업ᄃᆞ[50]

ᄂᆡ 쏘ᄒᆞᆫ 상ᄇᆡ(喪配)ᄒᆞ여 상장졔례(喪葬祭禮) 골몰ᄒᆞ고

가련타 우리 버지 엇지 쏘 쥭어신고

산쳔(山川)이 간죠ᄒᆞ여 문부(聞訃)도 느졋도다

쵸ᄉᆞᆼ(初喪)은 인졔 치고 장ᄉᆞ(葬事)은 언졔 ᄒᆞᆫ고

ᄉᆡᆼ젼(生前) 죠흔 의(誼)로 만장(輓章)이나 지어보ᄌᆞ

가락입흘 쥬어 모와 오언졀귀(五言絶句) 지어스되

일필휘지(一筆揮之) ᄒᆞ여슨니 귀귀(句句)마다 비ᄎᆞᆼ(悲愴)ᄒᆞᄃᆞ

산즁유양붕(山中有良朋)ᄒᆞ니 풍류장화츙(風流-華蟲)이라

졍의(情誼)ᄂᆞᆫ 비원동(比願同)이오 긔며ᄂᆞᆫ 난즁봉(難重逢)이ᄅᆞ

셕일ᄉᆞᆼ붕히(昔日相逢邂)터니 금위송ᄒᆞ진(今爲松下塵)이ᄅᆞ

영영환우셩(永永喚友聲)은 막여누쳠건(莫如淚添巾)이라

다 쓴 후 투필(投筆)ᄒᆞ고 오호 탄식ᄒᆞ여

갓치을 향ᄒᆞ여셔 다시곰 이른 마리

옛글의 ᄒᆞ여쓰ᄃᆡ 의지 업ᄂᆞᆫ 과부 몸의

---

47) 가빈양처(家貧良妻) 치사(致辭)하고: "가난한 집안의 어진 처를 칭찬하고"라는 의미.

48) 붕주사락(--四樂): '사락(四樂)' 또는 '사희(四喜)'를 가리킨다. 오랜 가뭄에 단비를 만남(久旱逢甘雨), 타향에서 친구를 만남(他鄕遇故知), 동방화촉의 불을 밝힘(洞房花燭夜), 과거에 급제해 금방에 이름이 걸림(金榜掛名時)을 가리킨다.

49) 이성(二姓) 천륜(天倫) 같았더니: "두 성씨가 결합하는 것이 천륜과 같았더니"라는 의미. 흔히 결혼을 뜻하지만, 여기서는 장끼와 두루미가 동류가 아닌데도 형제처럼 친밀하게 지냈다는 뜻으로 사용했다.

50) 부유천지(浮游天地) 이 세상에~가이 없다: "뜬구름 같은 세상천지에 아침이슬 같은 인생이 끝없다"는 의미.

픿한아ᄉᆞ(悖漢餓死) 무셔워셔 희졀기가(毁節改嫁) ᄒᆞ여잇고
붕우(朋友)가 죽은 후의 무쇼우귀(無所又歸) 홀길 업셔
공ᄌᆞ(孔子) 갓흔 ᄃᆡ셩인(大聖人)도 ᄂᆡ 고ᄃᆡ와 빈소ᄒᆞ고
벗의 ᄌᆞ식 귀ᄒᆞᆫ 마음 ᄂᆡ ᄌᆞ식의 다를손가
ᄂᆡ 집이 유여(有餘)ᄒᆞ여 의식(衣食) 염여(念慮) 바히 업고
부인 고단(孤單)ᄒᆞ미 ᄂᆡ 보기 불상ᄒᆞ니
슈졀졍(守節貞)예 예의졀(禮儀節)도 ᄂᆡ 몸이 이슨 후라
셜만궁학(雪滿窮壑) 기픈 고ᄃᆡ 굼고 어러 지ᄂᆡ다가
잔명(殘命) 보젼(保全) 못ᄒᆞ여셔 쇽졀업시 죽어지면
어린 ᄌᆞ식 갈 ᄃᆡ 업셔 열여(烈女)졍문(旌門) 뉘 아던고
고집다이 그지 말고 ᄂᆡ 말삼 드르시면
일ᄉᆡᆼ신셰(一生身世) ᄐᆡ평(太平)ᄒᆞ여 죡과평ᄉᆡᆼ(足過平生) ᄒᆞ오리니
쳘가권속(撤家眷屬) 다 다리고 날 ᄯᅡ라가ᄉᆞ이ᄃᆞ
만단셜화(萬端說話) 기리ᄒᆞ니 일모쳥산(日暮靑山) 거의로다
쳔연(天然) 염치(廉恥) 무릅시고 도라올 듯 젼혀 업다
가토리 춈ᄌᆞᆨ(參酌)ᄒᆞ고 죠흔 말노 위로(慰勞)ᄒᆞ되
션ᄉᆡᆼ(先生)의 ᄒᆞ신 말ᄉᆞᆷ 말ᄉᆞᆷ마ᄃᆞ 비감(悲感)ᄒᆞᄃᆞ
평ᄉᆡᆼ(平生)의 우리 님과 그다지 유신(有信)ᄒᆞ되
남녀유별(男女有別) ᄒᆞ옵기로 젼연(全然) 부지(不知) 몰ᄂᆡ시ᄂᆞ
만ᄉᆞ(萬事)로 긔졍(旣定)ᄒᆞ여 ᄉᆞᄉᆡᆼ이별(死生離別) 셔로 ᄒᆞ고
날가치 바릿 몸을 불상타 위로(慰勞)ᄒᆞ고
갈 ᄃᆡ 업ᄂᆞᆫ 어릿 것들 이다지 연권(戀眷)ᄒᆞ니
일노 바도 감ᄉᆞᄒᆞ고 이ᄂᆡ 신셰 ᄉᆡᆼ각ᄒᆞ면
ᄇᆡᆨ사쵹쳐(百思觸處) 의지 업셔 젹막심회(寂寞心懷) 못 이겨셔
창ᄉᆡᆼ쳔지(蒼生天地) 이 셰ᄉᆞᆼ의 아모린 쥴 모로오니
아모려면 이ᄂᆡ 팔ᄌᆡ 다시 볼 길 업ᄂᆞᆫ지ᄅᆞ

션ᄉᆡᆼ의 말ᄉᆞᆷᄃᆡ로 복명시힝(服命施行) ᄒᆞ오리ᄃᆞ
그ᄅᆡ도 온갖 셰간(世間) 어린 ᄌᆞ식 거ᄂᆞ리고
금일(今日) 발힝(發行) 못 ᄒᆞᆯ지라 후일(後日) 긔약(期約) ᄒᆞᄉᆞ이ᄃᆞ
두름이 그 말 듯고 히ᄉᆡᆨ(喜色)이 만면(滿面)ᄒᆞ여
허허덩실 우스시고 안마음의 ᄌᆞ랑ᄒᆞ되
유명ᄒᆞᆫ ᄂᆡ 솜씨로 단ᄃᆡ번의 발셜(發說)ᄒᆞ여
곱ᄉᆞ올손 가치 신부 일언결지(一言決之) 쾌허(快許)ᄒᆞ니
후일 긔약 둘지라도 불원일시(不遠日時) ᄒᆞ오리ᄅᆞ
ᄯᅩ다시 평좌(平坐)[51]ᄒᆞ여 가치다려 이른 마리
부인 뜻시 그르진된 ᄉᆞ후(死後) 죵신(終身) 으듬이라
ᄂᆡ 오날 도라가셔 신힝구쳐(新行區處) ᄎᆞ련 후의
일ᄌᆞ(日者)[52]의게 ᄐᆡᆨ일(擇日)ᄒᆞ여 슈일(數日) 후의 올 거시니
금셕언약(金石言約) 변치 말고 죵고낙지(鐘鼓樂之)[53] ᄒᆞᄉᆞ이ᄃᆞ
가토리 이른 마리 아모리 편소(編小)ᄒᆞ나
션ᄉᆡᆼ과 말ᄉᆞᆷᄒᆞ고 달은 뜻결 두오릿가
츄호(秋毫)도 염여 말고 슈이 도라가ᄋᆞᆸ소셔
두름이 쾌락(快樂)ᄒᆞ여 편편(翩翩)이 나라오니

51) 평좌(平坐): 격식을 차리지 않고 편하게 앉음.
52) 일자(日者): 시일의 길흉을 점치는 사람.
53) 종고낙지(鐘鼓樂之): 부부의 금슬이 좋음을 비유한 말. 『시경』「주남」「관저」의 "들쭉날쭉한 마름 나물을 좌우로 취하여 가리로다. 요조숙녀를 거문고와 비파로 친애하도다. 들쭉날쭉한 마름 나물을 좌우로 삶아 올리도다. 요조한 숙녀를 종과 북으로 즐겁게 하도다(參差荇菜, 左右采之, 窈窕淑女, 琴瑟友之, 參差荇菜, 左右芼之, 窈窕淑女, 鍾鼓樂之)"에서 나온 말.

과부 ᄭᅡ투리와 홀아비 장ᄭᅴ의 결합

가토리 젼송(傳送)ᄒᆞ고 외로이 ᄉᆡᆼ각ᄒᆞ니
여럽신 부목(鳧鶩)[1]드리 ᄌᆞ죠 와셔 침노(侵虜)ᄒᆞ고
연약ᄒᆞᆫ 이ᄂᆡ 몸이 ᄉᆞ라씰 곳 젼혀 업ᄃᆞ
ᄎᆞ라리 동ᄒᆡ슈(東海水)의 졈복(全鰒)이ᄂᆞ 되야나셔
만경창파(萬頃蒼波) 물 가온ᄃᆡ 시름업시 지닐지라
의ᄉᆞ(意思)을 구지 먹고 ᄇᆡᆨ운ᄉᆞᆫ(白雲山) 써나가셔
고봉졀경(高峰絶頂) 지ᄂᆡ여셔 십쥬ᄉᆞᆷᄉᆞᆫ(十洲三山)[2] 마쥐 보고
날고 긔며 신고(辛苦)ᄒᆞ여 남악화ᄉᆞᆫ(南岳華山)[3] 지ᄂᆞ더니

---

1) 부목(鳧鶩): 오리.
2) 십주삼산(十洲三山): 십주는 신선이 산다는 열 개의 섬으로 조주(祖洲)·영주(瀛洲)·현주(玄洲)·염주(炎洲)·장주(長洲)·원주(元洲)·유주(流洲)·생주(生洲)·봉린주(鳳麟洲)·취굴주(聚窟洲)를 말하고, 삼산은 역시 신선이 산다는 세 개의 산으로 봉래(蓬萊)·방장(方丈)·영주(瀛洲)를 말한다.
3) 남악화산(南岳華山): 중국의 오대 명산 가운데 하나. 오악은 중악인 숭산(崇山), 동악인 태산(泰山), 서악인 화산(華山), 남악인 형산(衡山), 북악인 항산(恒山).

ᄉᆞᆫ쳔경ᄀᆡ(山川景槪) 거록ᄒᆞ고 이쵸긔화(異草奇花) ᄌᆞ즌 고ᄃᆡ
청숑록쥭(青松綠竹) 셩을 ᄶᅡ라 힝ᄎᆞ모귀(行次暮歸) 쉬울 젹의
이고ᄃᆡ 부ᄌᆞᆼ기(夫--)ᄂᆞᆫ 우족(羽族) 쥬의 거말(居末)이ᄅᆞ
유연(六年) 묵은 ᄭᅩᆼ지터리 벌기 먹어 다 ᄲᅡ지고
긔한(飢寒)도 골골몰ᄒᆞ여 우목 실명(失明) 구진 눈의
좌편(左便) 다리 총을 마ᄌᆞ 목동발이 져ᄂᆞᆫ 양과
현슌ᄇᆡᆨ결(懸鶉百結) 헌 누비예 다신 양지 ᄃᆡ히 안ᄌᆞ
만신긔실 자불며셔[4] ᄌᆞᆼᄐᆡ식(長太息) 이른 마리
인간쳔지(人間天地) 반물(萬物) 즁의 ᄶᅡᆨ 업는 이 뉘 잇ᄂᆞᆫ고
호지(胡地)예 묵툭후ᄂᆞᆫ 왕소군(王昭君)[5]을 ᄶᅩᆨ을 삼고
불ᄉᆞ산업 유방(劉邦)이ᄂᆞᆫ 여ᄐᆡ후(呂太后)을 ᄶᅩᆨ을 ᄉᆞᆷ고
표한활젹 항젹(項籍)이ᄂᆞᆫ 우미인(虞美人)의 ᄶᅩᆨ이 되고
그나마 온갖 짐싱 유류ᄉᆞᆼ죵(類類相從) ᄶᅩᆨ이 되니
하쥬(河州)의 우난 ᄉᆡ는 부부유별(夫婦有別) 극진(極盡)ᄒᆞ다
청강(晴江)의 원왕ᄉᆡᄂᆞᆫ 범범즁유(泛泛中流) 질기거든
어지타 이ᄂᆡ 몸은 오륜(五倫) 밧ᄀᆡ 버셔ᄂᆞ셔
연장(年長) 사십(四十) ᄌᆞᆼ도령이 쵸야심ᄉᆞᆫ(草野深山) 무뒤여셔
동유(同類) 즁의 못싸 들고 ᄋᆡᄒᆞ경득[6] 간졀ᄒᆞᄃᆞ
젼젼반측(輾轉反側) ᄉᆡᆼ각ᄒᆞ이 통입골슈(痛入骨髓) 한(恨)할 젹의
쳔만의외(千萬意外) 과부 각씨 소복(素服)으로 나라와셔
문로라니 동ᄒᆡ슈(東海水)ᄂᆞᆫ 이고ᄃᆡ셔 어ᄃᆡᄆᆡ요
부ᄌᆞᆼ기 졀쒸며셔 밥비 나와 인졉(引接)ᄒᆞᄃᆡ

4) 만신긔실 자불며셔: 미상.
5) 왕소군(王昭君): 중국 한나라 원제(元帝)의 후궁이었으나 황제의 사랑을 받지 못하고 흉노의 호한야(呼韓邪) 선우에게 시집보내진 여인.
6) ᄋᆡᄒᆞ경득: 미상.

어ᄃᆡ 계신 부인씬고 붕셩지통(崩城之痛) 홀몰 업ᄂᆡ
멀고 먼 동ᄒᆡ슈을 엇지ᄒᆞ여 무르신고
ᄂᆞ도 ᄯᅩᄒᆞᆫ 이고ᄃᆡ셔 셰구연심(歲久年深) 지ᄂᆡ오ᄃᆡ
미실기가[7] 홀노 이셔 동유(同類) ᄒᆞᆫ아 못 보너니
부인 ᄒᆡᆼᄎᆞ ᄉᆞᆯ펴보니 날과 가치 불상ᄒᆞᄃᆞ
가토리 이 말 듯고 눈물 씻고 이른 마리
젼ᄉᆡᆼ(前生)의 무ᄉᆞᆷ 죄로 이ᄂᆡ 팔ᄌᆡ 귀험(崎險)ᄒᆞ여
우리 낭군 ᄉᆞᆼ부(喪夫)ᄒᆞ고 슈졀죵연(守節終年) ᄒᆞᄌᆞ더니
뉴 다른 부목(梟鶩)드리 위력겁탈(威力劫奪) ᄒᆞ려 ᄒᆞ고
ᄉᆡᆼᄋᆡ(生涯) ᄌᆞ랑 갸록ᄒᆞ고 의관(衣冠) 치레 빗ᄂᆡ 입고
오락가락 츄츅(追逐)ᄒᆞ여 ᄂᆡ일모ᄅᆡ 긔약(期約)ᄒᆞ니
일가친쳑(一家親戚) 의지 업셔 어느 뉘가 돌볼손고
현황쳔지(玄黃天地) ᄌᆞ글시고 이ᄂᆡ 몸 갈 ᄃᆡ 업셔
ᄌᆞ결(自決)ᄒᆞ여 죽ᄌᆞ ᄒᆞ니 모든 ᄌᆞ식 만실(滿室)ᄒᆞ고
다른 가문(家門) 취(娶)ᄎᆞᄒᆞ니 박명쳥ᄉᆞᆼ(薄命青孀) 긔롱(譏弄)ᄒᆞᄂᆡ
동ᄒᆡ슈(東海水)을 향ᄒᆞ여셔 덥벅 ᄲᅡ져 죽ᄌᆞ ᄒᆞ여
노즁연(魯仲連)의 ᄌᆞ취 다라[8] 명월긔ᄉᆞᆼ[9] 되어 잇고
굴ᄉᆞᆷ여(屈三閭)의 혼이 되여[10] 소실풍임[11] 의지ᄒᆞ고

---

7) 미실기가: 아직 가정을 꾸리지 못했다는 의미인 듯하다.
8) 노중련(魯仲連)의 자취 따라: 춘추전국시대 때 유세(遊說)하는 사람이 진(秦)을 황제로 떠받들자고 말하자 노중련이 "진나라는 예의를 버리고 수공(首功)을 숭상하는 나라다. 만일 진나라를 황제로 받든다면 나는 동해에 빠져 죽겠다"라고 한 고사가 『사기』 「노중련추양전魯仲連鄒陽傳」에 전한다.
9) 명월긔ᄉᆞᆼ: 미상.
10) 굴삼려(屈三閭)의 혼이 되어: 삼려대부 굴원이 유배객이 되었다가 멱라수에 몸을 던져 죽은 일을 가리킨다.
11) 소실풍임: 미상.

공강(共姜) ᄇᆡᆨ쥬(柏舟) 돗쳘 다ᄅᆞ[12] 범피즁유(泛彼中流) 흘너 가고

소ᄉᆞᆼ반쥭(瀟湘斑竹) 황능ᄉᆞ(黃陵祠)[13]의 이비(二妃) 졍영(精靈) 쫏ᄌᆞ더니

망명(亡命) 무지(無知) 가ᄂᆞᆫ 길을 ᄒᆞ날임이 지슈ᄒᆞ여

ᄉᆞᆫ명곡응(山鳴谷應) 늠늠ᄒᆞᆫᄃᆡ 동유(同類) 집의 ᄎᆞᄌᆞ오니

ᄒᆞ로밤 지ᄂᆡᆫ 졍(情)이 말이ᄌᆞᆼ셩(萬里長城) 노파셔라

부ᄌᆞᆼ기 이른 마리 부인 말솜 가틀진ᄃᆡᆫ

그ᄅᆡ도 이 셰ᄉᆞᆼᄋᆡ ᄉᆞ라 잇고 볼 거시라

도동ᄒᆡ상(蹈東海上) 노즁연(魯仲連)도 쳔ᄒᆞ고ᄉᆞ(天下高士) 못 되엿고

ᄌᆞ투멱ᄂᆞ(自投汨羅) 굴원(屈原)이도 어복츙혼(魚腹忠魂) 쑤니 되고

공강(共姜)의 범쥬시(泛舟詩)도 ᄉᆞ라 이셔 지음이라

이비(二妃)의 황능ᄉᆞ(黃陵祠)도 지별긔쥬[14] ᄒᆞ여씨니

ᄂᆡ 몸이 ᄉᆞ 연후의 졀ᄒᆡᆼ(節行) 치례 버금이ᄅᆞ

우리 가튼 미물(微物)이야 회졀ᄀᆡ가(毁節改嫁) 계관(係關)ᄒᆞ리

ᄊᆡ 다른 부목(鳧鶩)의ᄂᆞᆫ 헌신(許身)ᄒᆞ기 어렵거니와

날 가튼 장도령은 불실 기븐[15] 화충(華蟲)이ᄅᆞ

죠실부모(早失父母) 상화(喪禍) 만ᄂᆡ ᄌᆞᆼ기 진족 못 드려셔

누ᄃᆡ봉ᄉᆞ(屢代奉祀) ᄒᆞ올 몸이 무ᄌᆞ졀손(無子絶孫) 두렵고셔

다른 동유(同類) ᄌᆞ웅(雌雄)드른 부부ᄉᆞᆼ락(夫婦相樂) 부러워ᄅᆞ

ᄂᆡ 쇼견(所見)이 이러ᄒᆞ니 부인 의ᄉᆞ(意思) 엇더ᄒᆞ요

갓토리 이 말 듯고 묵묵히 안ᄌᆞ다가

---

12) 공강(共姜) 백주(柏舟) 돛을 달아: 『시경』「백주」의 시서(詩序)에 "위(衛)나라 세자 공백(共伯)이 일찍 죽자 그 처 공강(共姜)이 남편을 위해 의리를 지켰다. 부모가 그 뜻을 꺾어 개가시키려 하니 공강이 시 「백주」를 지어 거절하였다"라고 했다.

13) 황릉사(黃陵祠): 순임금의 두 비인 아황과 여영을 모신 사당.

14) 지별긔쥬: 미상.

15) 불실 기븐: 미상.

다시곰 ᄉᆡᆼ각ᄒᆞ여 아무려면 이ᄂᆡ 팔ᄌᆡ
ᄒᆞᆫ두 낭군 아니어든 졀ᄒᆡᆼ(節行) 잇다 뉘 이르며
ᄉᆡᆼ남ᄉᆡᆼ여(生男生女) 만이 ᄒᆞ여 남의 가문(家門) 일어노코
ᄌᆞᆼ창쌍미(長窓雙楣)[16] 다시 되여 연리지(連理枝) 버러잇고
월ᄒᆞ연분(月下緣分)[17] 다시 ᄆᆡᄌᆞ 부부은졍(夫婦恩情) 둘 거시ᄅᆞ
이고ᄃᆡ 기리 이셔 ᄌᆞ량으로 지ᄂᆡ더라
두름이 도라와셔 신ᄒᆡᆼ범졀(新行凡節)[18] ᄎᆞ린 후의
졀도(絶島)의 나려가셔 오나락 후터다가
박문쥬(方文酒) 과ᄒᆞ쥬(過夏酒)을 신도쥬(新稻酒) 비져노코
굿ᄀᆡ논[19] 올칭이며 시ᄂᆡ가의 골빙이을
갓가지로 쥬어모와 안쥬(按酒) 등물(等物) ᄌᆞᆼ만ᄒᆞ고
압 모셰 넙은 연입 뒤집의 ᄎᆞ일(遮日) 치고
갈사리 쥬어모와 쥬렴발(珠簾-) ᄌᆞᆼ만ᄒᆞ고
쳥물익기 쳥ᄌᆞᆼ 다라 ᄇᆡᆨ납으로 편쇠 올여
걸나무 물어다가 벌연 독고 ᄎᆡ올ᄒᆞ고
ᄶᅡ막ᄶᅡ치 모든 손임 다 오시라 쳥ᄒᆞ시고
평원광야(平原廣野) 너른 드ᄅᆡ ᄉᆞᆷ일ᄃᆡ연(三日大宴) ᄇᆡ셜(排設)ᄒᆞ고
날ᄂᆡ 시ᄆᆡ 건ᄂᆞᆫ 말게 ᄆᆡ치ᄅᆡ기 구종(丘從)[20] 들고

16) 장창쌍미(長窓雙楣): 방을 밝게 하기 위해 방과 마루 사이에 낸 두 쪽의 미닫이인 영창을 길게 낸 집. 또는 충신·효자·열녀들을 표창하고자 대들보 두 개를 가로질러 세운 홍살문을 가리킨다.
17) 월하연분(月下緣分): 월하노인이 맺어준 연분. '월하노인'은 중국 고대 전설에서 혼인을 관장하는 신으로 알려져 있다.
18) 신행범절(新行凡節): 신부가 혼례를 마치고 신방을 치른 뒤에 신랑집으로 가는 의식과 관련된 절차.
19) 굿개논: 미상.
20) 구종(丘從): 구종(驅從). 관원을 모시고 따라다니는 하인. 혹은 말을 탈 때 고삐를 잡거나 뒤에서 따라다니는 하인.

유여여옥 ᄇᆡᆨ운ᄉᆞᆫ(白雲山)의 ᄇᆡᆨ양아지 마즈려고
두름이 먼져 가셔 ᄶᅡ치집을 ᄎᆞᄌᆞ가니
젹젹ᄒᆞᆫ 빈방 안의 종젹(蹤迹)이 간ᄃᆡ업고
심심ᄒᆞᆫ ᄉᆞᆫ곡즁(山谷中)의 흰구룸이 더펴스니
칭암졀벽(層巖絶壁) 바위 아ᄅᆡ 긔웃긔웃 ᄉᆞᆯ펴본들
불원쳘이(不遠千里)[21] 와다 가셔 ᄃᆡᄉᆡᆨ십일[22] ᄒᆞᆯ 길 업다
긴 고ᄀᆡ 느리치고 만호쳔환(萬呼千喚) 불너본들
망명도쥬(亡命逃走) 다른 몸이 ᄃᆡ답하 리 뉘 이스리
무쥬ᄌᆞ되[23] 도라올 졔 분통(憤痛)ᄒᆞ여 이른 바리
졔의 ᄒᆡᆼ실(行實) 그러키로 ᄉᆞᆼ부(喪夫)ᄒᆞ고 박복(薄福)ᄒᆞ니
ᄂᆞᆯ 가튼 어룬 셔방 어이ᄒᆞ여 마다ᄒᆞ고
졈ᄌᆞᄒᆞᆫ 나을 쏘겨 교언영ᄉᆡᆨ(巧言令色)[24] 죠흔 말노
쳘가도쥬(撤家逃走) 갓거니와 복종졀ᄉᆞ(復終絶死) 아니ᄒᆞ랴
당쵸의 ᄂᆡ의 ᄯᅳᆺ지 이물ᄉᆞᆼ통(異物相通) 불길(不吉)ᄒᆞ되
취처악쳡 승공방의 요ᄒᆡᆼ소치 말ᄒᆞ다가
간ᄊᆞᄒᆞ고 요망ᄒᆞᆫ 연 긔망(欺罔)ᄒᆞᆯ 쥴 어이 아랴
가는 연 졔 아니 되졔 복쳡(復妾) 못ᄒᆡ 계관(係關)업ᄃᆞ
ᄇᆡ치ᄅᆡ기 빈말 모고 두름리 무ᄉᆡᆨ(無色)히 도라오니
ᄌᆞᆫ치예 모든 손임 의관(衣冠) 치례 갸륵ᄒᆞᄃᆞ
황ᄉᆡ 덕ᄉᆡ[25] ᄶᅡ오이며 검ᄉᆡ ᄇᆡᆸᄉᆡ 기럭이며

21) 불원천리(不遠千里): "천 리 먼길을 멀다고 여기지 않고"라는 의미로 『맹자』「양혜왕편」에 나온 말.
22) 대색십일: 미상.
23) 무주자되: '무류하여'의 오기인 듯하다.
24) 교언영색(巧言令色): 『논어』「학이學而」에 나오는 말로, 남의 환심을 사려고 교묘히 꾸미는 말과 아첨하는 얼굴빛.
25) 덕새: '두루미'의 방언.

ᄋᆡᆼ무 공ᄌᆞᆨ ᄭᅬ고리며 두견 졉동 ᄒᆡᄒᆞᄅᆡ비
ᄭᅡ막ᄭᅡ치 등물(等物)이 ᄎᆞᄅᆡᄎᆞᄅᆡ 안ᄌᆞ드라
금슈(禽獸)도 이러커든 ᄉᆞ람이야 일너 무엇 ᄒᆞ리
여보소 벗님ᄂᆡ야 비의욕심(非義欲心) ᄒᆡᆼ치 마소
효도(孝道)로 양친(養親)ᄒᆞ고 츙셩(忠誠)으로 ᄉᆞ군(事君)ᄒᆞ여
오륜(五倫)을 발키여셔 일마다 측히 되리

『토끼전』 해설

동물우화로 담아낸 봉건국가의 해체

끝내 합의하지 못한 『토끼전』의 결말

『토끼전』은 토끼와 자라 그리고 용왕을 주요 인물로 등장시켜 중세 봉건국가에서 빚어진 갈등을 다루는 판소리계 우화소설이다. 『토끼전』은 수많은 필사본으로 전승·향유되었는데, 현재 학계에 보고된 것만 해도 무려 70여 종이 넘는다. 고전소설은 이처럼 이본이 많아 어느 것을 읽어야 할지 난감해도 나름대로 흥미로운 고전소설 독법이 있다. 이본을 견줘가며 읽는 것이 그 방법이다. 『토끼전』에서 보듯, 고전소설은 한 작품에서 여러 이본이 파생되었다.

『토끼전』은 이본의 양상이 흥미롭다. 이본 간에 줄거리의 차이가 몇몇 대목에 그치지 않고 작품 결말까지 사뭇 다르게 난다. 어떤 이본에서는 토끼를 놓친 자라가 바위에 머리를 부딪쳐 자결하자 용왕이 약을 구하지 못하고 죽는가 하면, 어떤 이본에서는 도사가 나타나 자라에게 불로초를 주어 용왕이 살아나기도 한다. 이처럼 결말에 차이가 나는 까닭은 『토끼전』이 제기한 문제에 대해 합의된 결론을 도출하지 못했기 때문이다. 어째서 결말에 대해 합의를 보지 못한 것일까.

위기가 반복되는 구조, 수탈당하던 민중의 삶

많은 사람이 『토끼전』을 재담에 불과한 작품으로 여긴다. 그도 그럴 것이 『토끼전』은 끊임없이 우리를 웃긴다. 죽을 위기에 빠진 토끼가 매번 번뜩이는 재치로 살아나곤 한다. 죽을 위기와 극복이 수없이 반복되는 것이다. 예컨대 토끼가 용궁에서 죽지 않고 살아 돌아와도 작품은 바로 끝나지 않는다. 토끼는 살아난 기쁨에 팔짝거리며 뛰놀다가 그만 올가미에 걸려 다시 죽을 지경에 빠진다. 물론 토끼는 그 위기를 벗어나고 또다시 방정맞게 굴다가 이번에는 독수리에게 잡혀 다시 죽을 위기에 처한다. 물론 그 위기도 벗어난다. 이처럼 계속 이어지는 위기-극복의 구조는 수궁에 잡혀가서도 거듭된다. 자라의 달콤한 유혹과 토끼의 의심, 토끼의 재치 있는 속임수와 용왕의 의혹이 반복되는 것이다. 토끼가 재치 있게 위기를 벗어나는 흥미진진한 과정은 판소리 현장을 웃음판으로 만들어버린다.

그러나 토끼의 재치를 배꼽 잡고 웃어넘길 일은 아니다. 위기가 반복되는 구조가 뜻하는 바에 주목해야 한다. 토끼에게는 자기 목숨을 노리는 위험이 도처에 상존하고 있다. 이렇듯 위기가 반복되는 구조는 토끼라는 힘없는 존재의 불안정한 삶을 반영한다.

한편 자라는 육지에 나가 토끼를 만나자마자 그의 처지를 여덟 가지 어려움, 곧 세상 팔난으로 제시한다. 엄동설한에는 추위와 굶주림에 시달리고, 꽃 피는 봄이 온다 한들 조금도 나아지지 않는다. 호시탐탐 먹잇감을 노리는 독수리를 피해 굴속에 숨어 가슴 졸이며 살아야 한다. 어디 그뿐인가? 호랑이, 초동, 목동, 매사냥꾼 등이 도처에서 자기 목숨을 노리고 있다. 그 가운데 포수의 총은 가장 큰 위협이다.

토끼란 놈 거동 보소. 떼굴떼굴 굴러가더니 정신 차려 하는 말이, "애고, 죽겠다. 아니 여보쇼, 어찌 말씀을 그리 몰강스럽게 하오? 총하고 나하고는 같은 하늘 아래 살 수 없는 원수요." "어찌 그렇다는 말이오?" "우리 조부께서 탕 소리가 나더니 한번 가 소식이 없으시고, 부친께서 탕 소리가 나더니 갑자기 눈에 보이시질 않고, 백씨께서 탕 소리가 나더니 석양 바람에 날아가버리셨기에 나하고는 같은 하늘 아래 살 수 없는 원수요. 남이 듣기 싫어하는 소리 너무 하지 마오."

토끼는 할아버지, 큰아버지 그리고 아버지가 총에 맞아 죽는 것을 목도했다. 그뿐 아니라 부인도 총에 맞아 죽었고, 외아들도 총에 맞아 죽었다. 자신도 언제 총에 맞아 죽을지 몰라 전전긍긍한다. 토끼는 위험하기 그지없는 삶을 살아야 해서 안전하게 지낼 수 있는 어디론가 숨어들고 싶던 차에 수궁에 가면 높은 벼슬도 주고 어여쁜 여인도 구해주겠다는 자라의 유혹을 뿌리치기 어려워한다. 어차피 비명횡사할 목숨이라면 죽든 살든 바닷속으로라도 따라가보자는 토끼의 결행은 가슴 짠하다.

토끼라는 작은 산짐승이 겪는 고난의 과정은 때로 희극적으로 그려지지만 조선 후기 서민이 겪어야 했던 힘겨운 삶을 우의한다는 점은 두말할 나위 없다. 토끼가 온갖 재치로 죽을 위기를 모면하고 뭍으로 되돌아와도 떠나기 전에 겪던 고난까지 모두 벗어난 것은 아니다. 고향에서는 예전의 고난이 여전히 엄존한다는 사실을 보여주는 것이 바로 작품 후반부에서 이어지는 위기-극복의 삽화다. 위기는 올가미와 독수리 외에 이본에 따라 포수, 노구할미, 보라매 등 다양하게 그려진다. 그러나 어떤 위협이든 세상에서 겪는 어려움이 실제로 들이닥친다는 점에서 비슷하다.

토끼와 자라의 맞섬과 어울림

『토끼전』은 단지 동물들이 벌이는 우스갯소리가 아니다. 조선 후기 인간 사회를 동물에 빗대어 풍자하고 있다. 토끼의 목숨을 노리던 용왕과 자라는 각각 타락한 봉건 군주, 맹목적인 충성을 바치는 신하를 상징하고, 토끼는 그런 자들에게 수탈당하던 서민을 상징한다. 그런데 『토끼전』의 주인공은 토끼 혼자가 아니다. 자라 역시 주인공이다. 그런 사실을 반영하듯, 『토끼전』은 이본에 따라 제목이 다양하다. 『토끼전』도 있고 『별주부전』도 있으며, 둘의 이름을 나란히 드러낸 『토별가』 또는 『별토가』도 있다. 19세기 중반 송만재宋晩載는 『토끼전』의 줄거리를 이렇게 압축했다.

동해 수궁의 신하 거북은 왕명을 받아
한마음으로 임금 위해 영약 찾아 나서고
앙증맞은 째진 입의 토끼는 잔말을 내어
간을 넣었다 뺐다 한다고 용왕을 우롱했네.

송만재는 『토끼전』을 읽으며 토끼 못지않게 자라에게도 깊은 관심을 보였다. 1~2구에서는 자라가 충직하게 임금을 위하는 장면을, 3~4구에서는 토끼가 꾀를 내어 용왕을 속이는 장면을 나란히 배치했다. 많은 사람은 자라를 조역으로 취급하거나 용왕과 함께 비판받아 마땅한 존재로 치부하기도 하지만, 실제로 자라의 작중 역할은 막중하고도 흥미롭다. 토끼와 자라는 온갖 위험을 무릅쓰고 서로의 목숨을 노릴 정도로 치열하게 맞선다. 그렇다고 해서 자라가 토끼의 적대자인가 하면 그렇지 않다. 누가 진정한 적대자인가? 자라가 아니라 바로 용왕이다. 토끼의 간을 필요로 하는, 곧 무고한 서민의 생명을 빼앗으려던 사건의 발단은 바로 용왕의 병환이다.

그래서 우리는 용왕이란 인물도 자세하게 들여다봐야 한다. 요즘 판소리 명창들은 용왕이 우연하게 병에 걸린 것처럼 그리기도 한다. 하지만 본래 용왕의 병은 과도한 주색에 빠져 생긴 것이다. 한문본 「토선생전」에서는 그런 사실을 더 노골적으로 표현하기도 한다. 용왕 스스로도 "생각하지 않으려 해도 저절로 생각나는 것은 색이고, 잊으려 해도 잊기 어려운 것은 술이다"라고 말했다. 병의 가짓수가 얼마인지 헤아릴 수 없이 많고, 그처럼 병든 몰골은 차마 보기 끔찍할 정도다. "눈은 끔적끔적, 코는 빌룩벌룩, 불알은 달랑달랑 하는구나"라고 그린다. 이런데도 용왕은 "밤이면 아름다운 여자와 풍류로 밤을 지내고, 낮이면 의원과 점쟁이에게 병 고칠 방도를 묻느라고 국력을 소진"한다.

용왕이 엉엉 울면서 병을 고칠 방도를 묻건만 서로 얼굴만 쳐다보고 묵묵부답하던 수궁 신하들의 모습 역시 가관이다. 도사가 나타나 용왕이 토끼의 간을 먹으면 병이 낫는다는 비법을 일러주지만, 토끼를 잡아오겠다고 나서는 신하는 없다. 토끼를 잡으러 육지에 간다는 것이 얼마나 위험한 일인가를 모두 알고 있었기에 뒤꽁무니를 빼기에 급급하다. 서로 가겠다며 호기를 부리는 내용의 이본이 없는 것은 아니지만, 모두 토끼를 잡아올 만한 능력이 없는 위인으로 그려진다. 이 대목에서는 무능력한 신하의 몰골이 여지없이 폭로된다.

이처럼 용왕의 애달픈 하소연에 신하들이 전전긍긍할 때 자라가 등장한다. 말석에 앉아 있던 자라가 토끼를 잡아오겠다고 나서는데, 자라의 자청은 벼슬에 눈먼 행위로 보이기도 하고 충이라는 봉건 윤리에 사로잡힌 행위로 보이기도 한다. 승상 거북, 영의정 금고래, 해운군 방게처럼 평소 당당한 척 위세를 떨던 고관대작들은 뒤꽁무니를 빼지만, 자라는 위험천만한 육지행을 결연하게 자임하고 나선다. 미관말직에 있다고 모두에게 업신여김을 받던 그 보잘것없는 자라가 말이다. 이렇듯 자라의 등장으로 수궁 신하의 한심한 처지는 만천하에 폭로되고 만다.

수궁 신하들의 갑론을박으로 어수선할 때 독자의 시선은, 말석에서 엉금엉금 기어나오는 자라에 집중된다. 느릿느릿한 자라가 난생처음 육지에 나가 펄펄 뛰는 토끼를 과연 어떻게 잡아올 것인가에 이목이 쏠리는 것이다. 자라가 토끼를 유인해가는 악역을 맡고 있음에도 토끼와 적대적인 관계로만 읽을 수 없는 이유, 또는 봉건 군주에게 빌붙어 지내는 다른 수궁 신하들과 동일하게 취급할 수 없는 이유가 바로 여기에 있다. 많은 사람이 자라를 용왕의 하수인으로 보지만, 자라는 토끼와 맞설 뿐 아니라 어울리기도 한다. 토끼의 말을 들어보자.

> 네 마음 원통하거든 새로 의사를 내어 나를 다시 꾀어봐라. 네 사정 생각하면 원통하다 하려니와 네 면목 보자 하고 내 목숨 어이하리.

토끼가 죽을 고비를 겨우 넘기고 수궁에서 탈출한 뒤 자라에게 한 말이다. 자기를 속여 죽을 곳으로 끌고 들어간 자라의 소행을 생각하면 괘씸하기 그지없지만 자라의 입장에서는 원통하기 그지없는 일이다. 서로 처지가 달랐어도 타락한 봉건 군주로부터 극심한 곤욕을 치르기는 마찬가지다.

자라가 겪는 시련은 참으로 참혹하다. 자라는 위험한 육지에 나가 천신만고 끝에 토끼를 잡아오지만, 용왕은 자라가 어렵게 유인해온 토끼의 꾀에 속아 다시 살려 보내고 만다. 그렇게 해서 토끼를 놓치게 된 자라는 자기 잘못도 아니건만, 차마 수궁으로 돌아가지 못한다. 토끼를 놓쳐 돌아갈 면목이 없기 때문만이 아니다. 용왕이 자신이 저지른 과오를 자라에게 뒤집어씌울 게 게 분명하기 때문이다. 그리하여 자라는 소상강으로의 망명을 선택한다. 수궁으로 돌아가지도 못하고 산중에서도 살 수가 없어 그 경계인 강에 숨어 목숨을 부지하고 살아간다. 어디에서도 환영받지 못하는 경계인의 삶을 선택한 셈이다.

자라의 비극은 거기서 끝나지 않는다. 어느 날, 소상강으로 유배를 온 메기에게 부인이 죽었다는 소식을 듣고 자신도 바위에 머리를 부딪쳐 죽는 길을 택한다. 자라 부인은 함께 하룻밤을 보낸 토끼를 남몰래 그리다가 상사병으로 죽은 것인데, 자라는 부인이 자신을 기다리다 죽은 걸로 오인한다. 자라는 온갖 시련을 감수하며 토끼를 잡아오고 토끼의 꾀에 속아넘어가지 말라 끊임없이 경계하건만, 탐욕에 눈먼 용왕에게 받아들여지지 않는다. 결국 자라는 용왕에게 버림받고 아내에게 배반당해 파멸의 나락으로 떨어지고 만다. 자라가 겪는 이런 비극은 용왕의 향락으로부터 비롯된 시련이 토끼뿐 아니라 자라에게까지 미치고 있음을 명확하게 보여준다. 어쩌면 진정한 피해자는 자라일지도 모른다.

『토끼전』의 결말이 던지는 질문

『토끼전』의 결말은 무척 흥겹다. 토끼는 살아 돌아온 기쁨에 마음껏 춤을 추고, 미련한 용왕에 대해서는 실컷 핀잔을 퍼붓는다. 모든 이본에서 토끼는 죽지 않고 살아 돌아와 깡충깡충 뛰어놀다가 훨훨 사라진다. 토끼가 힘없는 존재라 해서 아무 잘못도 없는데 죽게 해서는 안 된다는 결말에 완전한 합의를 본 것이다. 그러나 토끼가 사라졌다고 해서 『토끼전』이 제기한 문제가 종결되는 것은 아니다. 토끼에게 숱한 핀잔을 받은, 또다른 주인공 자라의 문제가 남아 있다. 자라는 토끼를 놓치고 갈 곳을 몰라 망설인다. 가장 많은 사랑을 받은 이본인 가람본 『별토가』에서는 소상강으로 망명한다. 그러다가 부인이 죽었다는 소식을 전해듣고 자신도 목숨을 끊는 비극적 주인공이 된다.

물론 자라의 최후는 그런 식으로만 그려지지 않는다. 어떤 이본에서는 용왕을 뵐 면목이 없다고 자결하기도 하고, 어떤 이본에서는 빈손으로 갔다가 토끼를 놓쳤다고 곤장을 맞고 귀양을 가기도 한다. 어떤 이본에서는 토끼를 놓쳐 망연자실하고 있는 자라 앞에 신선이 나타나 불로초를 주기도 한다. 이렇듯 대부분의 이본에서 자라는 비극적인 최후를 맞이한다. 이는 자라가 발 딛고 있는 사회의 모순에서 비롯된 것이다. 용왕이란 존재는 옳고 그름을 판단할 수 있는 능력을 상실한, 부패하고 탐욕스러운 봉건 군주일 뿐이다.

자라가 봉건 군주에게 이용당한 끝에 비극적인 최후를 맞는다 해서 토끼와 동등한 역할을 담당하고 있는 건 아니다. 자라는 아무리 성실하게 살아가려 해도 몸에 밴 낡은 습관을 버리지 않는 한 새롭게 다가오는 시대에 적응하지 못하는 인물로 그려진다. 반면 토끼는 새로운 시대를 맞이할 수 있을 만큼 발랄하고 건강한 인물이다. 토끼는 "수궁이 좋다 해도 이 산중만 못하더라"고 노래하며 청산으로 훌훌 떠나간 반면, 자라는 갈 곳을 몰라 주저하다가 끝내 비극적인 최후를 맞이한다. 이는 부패한 국가가 부당한 요구를 해올 때 우리는 누구의 행로를 따라가야 하는가에 대한 정치적 우의와 다름없다.

『장끼전』 해설

동물우화에 담은 유랑민 부부의 비극적 삶

『장끼전』을 읽는 기본 시각

『장끼전』은 조선시대 말까지 판소리로 불리다가 소설이나 가사 또는 민요, 민담 등으로 생명력을 지속시켜나간 판소리계 우화소설이다. 『장끼전』이 19세기 후반까지 판소리 현장에서 불리던 상황은 송만재宋晩載, 1788~1851의 「관우희觀優戱」와 이유원李裕元, 1814~1888의 「관극팔령觀劇八令」을 통해 확인할 수 있다. 실제로 정노식은 『조선창극사』에서 철종 · 고종대 판소리 명창으로 이름을 날린 염계달廉季達과 한송학韓松鶴이 「장끼타령」을 잘 불렀다고 기록하고 있다. 심지어 명창 김연수金演洙, 1907~1974가 1940년에 레코드에 취입했다는 사실을 참고하면, 그 전승은 일제강점기까지도 이어지고 있었다.

『장끼전』은 아내의 충언을 듣지 않다가 죽음을 맞이한 가장에 대한 경계, 재물을 밝히던 탐관오리 같은 특권계급의 최후에 대한 풍자, 남편이 죽어 홀로 남은 과부의 개가를 둘러싼 야유로 요약한 초기 연구자의 시각이 지금까지 대체로 받아들여지고 있다.[1] 장끼는 아내 까투리의 말을 듣지 않고 자만에 빠져 있다가 난데없는 콩 하나에 정신을 잃어 죽고, 까투리는 가혹한 운명을 그대로 받아들이지 않고 개가를 해서 새로운 삶을 찾는 것[2]으로 요약된다. 하지만 『장끼전』의 주제를 장끼의 죽음으로 보는 가부장제의 모순이라거나 까투리의 개가로 보는 수절 윤리에 대한 거부라고만 파악하면 작품이 말하고자 하는 구체적인 실상을 놓치고 만다.

『장끼전』에는 판소리계 소설 전반이 그러하듯, 조선 후기 시대적 상황이 뚜렷이 반영되어 있다. 특히 18세기 중반 이후 급속하게 진행된 향촌 사회의 분화, 그로 말미암아 수없이 늘어난 하층 유랑민의 삶이 뚜렷하게 각인되어 있다. 실제로 조선 후기 유랑민의 대대적인 발생은 봉건 해체기 징후의 하나였을 뿐 아니라 그 분화를 가속화하는 동력으로 작용했다. 그런 까닭에 유랑민의 존재는 『장끼전』만이 아니라 판소리 문학의 소재로 자주 등장한다. 『토끼전』에서도 토끼가 자라를 따라 수궁으로 가는 것은 조선 후기 하층 유랑민의 모습을 반영한다. 『장끼전』의 주인공인 장끼와 까투리는 유랑민이 겪어야 했던 고난에 찬 삶을 생동하게 보여준다.

장끼의 비극적 죽음을 희화화하다

조선 후기에 판소리로 불리던 『장끼전』(『장끼타령』)에서 인상 깊은 장면은 까투리의 간곡한 만류에도 덫에 놓인 콩을 먹으려다 장끼가 죽는 대목이다. 『장끼타령』을 듣고 난 소회를 시로 남긴 송만재나 이유원 모두 이 장면을 중요하게 여긴다는 점에서 그런 추정이 가능하다. 이유원

---

1) 김태준, 『조선소설사』, 학예사, 1939, 125~26쪽.
2) 조동일, 『한국문학통사』 3권, 지식산업사, 1984, 98쪽.

의 감상은 이러하다.

눈 쌓인 온 산에 새도 끊어졌는데
꿩들 어지러이 내려앉았으나 계책 그릇 되었네.
아녀자의 간곡한 부탁을 저버리고
먹을 것에 급급해하다 덫에 걸려버렸구나.[3]

장끼가 위험한 콩을 먹으려다가 죽는 대목에서 많은 사람은 허욕과 오만에 매몰되어 죽음에 이르는 완고한 가장에 대한 신랄한 풍자를 읽어내고자 했다. 하지만 장끼가 까투리의 간곡한 만류에도 콩을 먹으려 한 것은 허욕 이전에 먹고사는 일에 급급했기 때문이다. 허기를 견딜 수 없었던 것이다. 그들 부부가 하얗게 눈 덮인 밭에 내려앉은 까닭은 엄동설한의 극심한 굶주림을 해결하기 위해서였다. 그리하여 이 골 저 골로 먹을 것을 찾아다니며 "허기를 채우려니 그 무엇을 못 먹으랴"라던 절박한 상황에서 문제의 그 콩을 발견했다. 장끼가 콩을 먹을까 말까 고민하던 건 생사가 달린 문제지 단순한 식탐의 문제가 아니었다.

장끼도 자신의 선택이 초래할지 모를 위험을 충분히 알고 있었다. 장끼의 죽음이란, 까투리가 사별한 다른 장끼 남편들의 죽음과 마찬가지로, 험난한 세상에서 목숨을 잃는 비극이다. 까투리는 그런 사실을 몇 차례의 상부로 뼈저리게 경험한 바 있다. 그래서 본능적으로 그 콩의 위험성을 알아채고 콩을 먹으려던 장끼를 결사적으로 만류한 것이다. 그렇기에 장끼가 죽는 대목은 장끼에 대한 조롱·풍자의 차원을 넘어서서 당대 청중의 공감 속에서 비감을 자아내기도 했다. 장끼의 죽음이 비극적 정조를 자아내던 정황은 송만재의 다음과 같은 감상에 잘

3) 이유원, 『觀劇 八令』. "雪積千山鳥不飛, 華蟲亂落計全非, 抛他兒女丁寧囑, 口腹區區觸駭機."

드러나 있다.

> 푸른 꽁지 수놓은 가슴의 장끼와 까투리
> 묵은 밭 무덤가의 붉은 낟알이 의심스럽건만
> 한번 쪼다 덫에 걸려 푸드덕거리니
> 추운 산 바싹 마른 나뭇가지에는 잔설이 녹네.[4)]

위의 시 마지막 구절에 묘사된 비극적 정황은, 현재 전하는 『장끼전』에도 유사하게 그려지고 있다. "상하 평전 자갈밭에 떼굴떼굴 구르다가 발을 동동 구르면서 에에 통곡하는" 까투리의 슬픔은 무한한 애통함을 자아낸다. 사태의 실상이 이러하다면 "남자라고 여자의 말 잘 들어도 패가하고, 계집의 말 안 들어도 망신하네"라는, 그것도 구활자본 『장끼전』에만 나오는 구절에 주목해 '봉건적인 가부장적 권위에 대한 풍자'라는 주제의식을 도출해내기도 한 기존 연구는 적절하지 않다. 죽어가는 남편 장끼에게 퍼부은 이런 핀잔은 장끼가 부리던 고집, 그것이 개인의 성격적 결함이든 아니면 가부장적 권위에 매몰된 시대적 결함이든, 그것 자체를 꾸짖는 것이 아니다. 또다시 지아비를 잃어버리게 된 까투리의 신세한탄으로 읽어야 온당하다.

까투리의 이런 자탄을 듣고 "에라 이년, 요란하다. 미련을 두면 좋은 기회를 잃게 되는 법이니라. 네 탓 내 탓 부질없다. 범에 물려 죽을 재앙을 미리 알면 산에 갈 사람 누가 있으며, 물에 빠져 죽을 재앙을 미리 알면 배에 탈 사람 누가 있으랴?"라는 장끼의 어깃장도 가장의 권위를 내세우다가 죽어가는 자의 어리석음보다는 숱한 죽을 위험을 겨우겨우 피해가다 끝내 죽어가는 한 가장의 비극적인 회한으로 읽는 것이 타당

4) 송만재, 『觀優戲』. "靑楸繡臆雉雄雌, 霤畝蓬科赤豆疑, 一啄中機紛幷落, 寒山枯樹雪殘時."

하다. 물론 장끼의 죽음이 외부 세계의 횡포에서 비롯되었을지라도, 거기까지 이르는 대목은 분명 희화적으로 묘사되어 있다. 그런 희화화는 위험천만한 사태를 정반대로 해석하는 장끼의 태도로 야기된다. 해몽을 하는 대목에서 이 점이 두드러진다. 자신이 죽어가는 과정을 암시하는 흉몽을 길몽으로 해석하고 있는 장끼의 태도는 그 자체로 희화와 풍자다. 하지만 까투리의 애절한 만류와 함께 읽어가노라면, 곧바로 들이닥칠 비극적 정조를 이끌어내는 서사적 장치로 기능하기도 한다.

장끼가 가부장적 권위에 매몰되어 까투리에게 횡포를 부리거나 쓸데없는 고집을 부리는 인물이라 하더라도, 그의 죽음이 홀로 남게 된 까투리의 처지와 무관한 사건일 수 없다. 까투리를 비롯한 어린 자식들에게는 그나마 의지하고 살던 못난 가장마저 잃어버리는 최악의 상황을 의미하기에, 장끼의 죽음은 비극적으로 읽힌다. 실제로 장끼의 죽음에 내포된 비극성은 까투리의 비극으로 온전하게 전이된다.

현재 전해지는 『장끼전』은 장끼 부부가 유랑민으로서 겪은 비극적인 삶의 모습이 일정 정도 약화되어 있다. 판소리로 전승이 끊기는 대신 규방가사로 전이되면서 향유층이 대대적으로 변했고, 그런 과정에서 작품의 초점이 과부가 된 까투리의 수난으로 옮겨갔기 때문이다. 그럼에도 분명하게 짚고 넘어갈 점은, 위험한 콩을 눈앞에 두고 장끼와 까투리가 벌인 갈등의 양상이 외부 세계로 향하기보다 그들 부부 사이에 국한된다는 사실이다. 죽을 위험을 애써 외면한 채 고집을 부리며 까투리의 만류를 받아들이지 않는 장끼의 태도가 그러하다. 장끼는 불리한 사태를 자신에게 유리하게 해석하는 과정에서 어림도 없는 억지를 부리는가 하면, 그게 통하지 않을 때는 폭언과 폭력도 서슴지 않는다.

장끼의 폭력성은 가부장적 가족제도가 지닌 모순이 더해진 결과이기도 하다. 장끼가 보이는 과도한 고집이나 몰염치, 그리고 아내 까투리를 대하는 난폭한 행동은 불안정한 유랑민의 삶을 살아가던 인물에게서 자주 발견된다. 변강쇠가 옹녀에게 가한 폭력이 전형적인 사례다. 심지어 착한 심성의 흥부도 여기저기 떠돌아다니던 시절에는 아내에게 난데없는 폭력성을 보이기도 했다. 그렇지만 이런 태도는 분명 버려야 할 장끼의 부정적 요소다. 그가 보인 가부장적 폭력성은 이후 그에게 들이닥치는 엄청난 비극에도, 그를 희화적인 인물로 비치게 만드는 결정적 요인이 된다.

작품의 핵심 사안은 여전히 굶주림의 문제다. 콩을 먹을 수밖에 없었던 장끼, 그렇게 또다시 다섯번째 가장을 잃어버리고 아홉 아들 열두 딸을 혼자 키워야 하는 과부 신세로 전락한 까투리. 떠돌이로서 궁핍하고 불안정한 삶이 그들 앞에 놓인 최대 문제였다. 그러나 장끼가 선택한 길은 둘이 힘을 합해도 감당하기 어려운 삶의 무게를 의지할 곳 없는 까투리에게 모두 넘겨주는 쪽으로 향하고 만다. 험난한 세상에 까투리 혼자 남게 된 것이다. 앞으로 모든 고난은 연약한 까투리 홀로 헤쳐나가야 하는데, 실제로 장끼의 죽음 이후 이어지는 숱한 잡새의 구혼으로 그 시련은 현실화된다.

까투리의 개가, 그 현실적 의미

『장끼전』에서는 장끼가 죽고 난 이후 하층 유랑민이 겪은 또다른 문제로 초점이 옮겨간다. 바로 남편을 잃어 의지할 데 없어진 아낙네가 겪은 문제, 곧 뭇 사내의 겁탈이라는 시련이 그것이다. 그 문제는 쉽사리 허용되지 않던 과부의 개가와 맞물린 문제라 더 복잡한 양상으로 전개된다. 『장끼전』 후반부에서 까투리가 겪던 뭇 새의 위력 행사 및 겁탈과, 새로운 장끼와의 만남은 전반부에서 장끼의 비극적인 죽음과 함께 높은 비중을 차지한다.

그 문제를 살펴볼 때 까투리가 이전에도 여러 번 개가를 했다는 사실을 상기해야 한다. 장끼가 죽은 뒤에 까투리가 개가를 하는 과정은 홀로 된 하층 부녀자가 겪은 기구한 삶의 반복을 보여준다. 까투리가 덫에 걸려 죽어가는 장끼를 보고 "애고애고 이내 팔자, 험하고도 험할시고. 첫째 낭군 얻었더니 흰 솔개가 채어가고, 둘째 낭군 얻었더니 곡지게꾼 덮어가고, 셋째 낭군 얻었더니 삽살개가 훌쳐가고, 넷째 낭군 얻었더니 난장 길 가서 아니 오고, 다섯째 우리 임을 눈이 맞아 정들어 반갑게 만나 새로운 정이 미흡하고 사랑에도 못 겨웠는데, 콧대 같은 저 차위에 덜컥 치어 죽게 되었으니, 원진살을 가졌던가 망신살을 띠었던가?"라고 탄식하는 데서 그런 사실을 분명하게 확인할 수 있다.

까투리의 고백에서 알 수 있듯이, 예전 남편들도 모두 솔개, 지게꾼, 삽살개 같은 외부 세계의 횡포로 비명횡사했다. 그런 까투리의 운명은 작품 서두에서 꿩의 생애를 소개할 때 이미 암시된 바 있다. 그렇다면 다섯번째 낭군으로 맞아들인 장끼의 죽음을 다루는 『장끼전』 전반부의 사건은, 고난과 비극으로 점철된 까투리의 삶 가운데 조명된 한 부분일 따름이다. 『장끼전』 후반부에서 까투리를 둘러싸고 집요하게 펼쳐지는 구혼과 거절 그리고 다른 장끼와의 결합은 홀로 남은 여인네에게 또다시 들이닥친 비극적인 상황에서도 포기하지 않고 다시 한번 희망을 걸어보며 가혹한 삶을 정면 돌파해보려던 까투리의 의지를 보여준다.

작품 후반부에서는 까투리가 과연 어떻게 자기 삶을 개척해 나아가는가에 초점을 맞춘다. 장끼가 죽자마자 까마귀, 기러기, 물오리 들이 찾아와 집요하게 구혼을 해오지만, 까투리는 이런저런 구실을 들어 모두 거절한다. 이는 현전하는 모든 이본에서 동일하다. 가장 먼저 찾아와 구혼을 하는 새는 까마귀다. 그는 "요기할 요량으로 문상하고 국과 술석 잔에 크게 취해" 백년동락을 맺자고 다짜고짜 다가온다. 까투리는 이에 대해 "졸곡도 안 하고 개가하여 간다는 말이 어느 선생의 예법인고?"

라며 거절한다. 그러자 이번에는 조문 온 부엉이와 기러기가 자신의 가세를 내세워 관심을 끌어보려 온갖 애를 쓴다. 하지만 까투리는 홀로된 자신을 만만하게 여겨 무례하게 가세를 앞세워 접근하는 이들을 모두 물리친다. 비록 의지가지없는 처지이지만, 그렇다고 아무에게나 자기 삶을 의탁하지 않겠다는 결연한 의지를 표명한다.

그들이 물러가자 이번에는 엊그제 상처했다며 오리가 찾아온다. 혼인 준비를 성대하게 차려오는 걸 보면, 오리는 앞서의 부류보다 훨씬 풍족한 삶을 영위하고 있는 존재다. 까투리는 그런 오리에게 잠시 호감을 갖는데, 궁핍한 그에게 오리의 구혼은 뿌리치기 힘든 유혹이다. 하지만 만나자마자 바로 동침을 요구하는 오리의 무례함에 까투리는 구혼을 거절한다. 끝으로 두루미가 자신의 첩으로 들어오라며 유식한 문자를 써가면서 유혹한다. 두루미는 앞선 부류들과는 다른 신분, 곧 향촌 사회에서 행세하던 양반임에 분명하다. 하지만 까투리는 양반의 허위의식을 간파하고는 며칠 뒤에 뒤따라가겠다고 좋은 말로 속여 돌려보낸다.

까투리는 온갖 새의 구혼에 시달리다가 결국 자신을 만만하게 여기는 모욕을 피할 수 있는 길은 죽음밖에 없다는 결론에 도달한다. 그리하여 바닷물에 빠져 죽겠다면서 동해를 향해 떠난다. "열없는 오리들이 자주 와서 침노하니, 연약한 이내 몸이 살아 있을 곳 전혀 없다. 차라리 동해의 전복이나 되어 만경창파 가운데 시름없이 지낼지라"라고 다짐한다. 그런데 뜻밖에 새로운 삶을 맞이하게 된다. 까투리는 절망적인 상황에서 자신이 원하던, 곧 홀로된 자기 처지를 진정으로 이해하는 장끼를 만난다. 하지만 그 장끼는 참으로 초라한 몰골이었다. 벌레가 파먹어 다 빠진 꽁지, 오랜 굶주림으로 움푹 들어간 눈, 총에 맞아 다리를 저는 절뚝발이, 옷은 누덕누덕 기운 옷. 이것이 까투리가 죽으러 가는 도중에 만난 장끼의 모습이다. 그러나 까투리는 초라한 장끼의 처지에 개의치 않고 그를 선뜻 배우자로 정한다. 위력적인 겁탈, 화려한 의관, 넉넉한 재물, 번지르르한 구변을 내세운 구혼도 모두 물리친 까투리는 무엇을 보고 보잘것없는 장끼를 배우자로 받아들인 것일까? 장끼가 청혼을 하는 대목을 살펴보자.

> 나도 이곳에서 오랜 세월 지내오되 아직 장가를 들지 못해 홀로 있어 동류 하나 못 보더니, 부인 행차 살펴보니 나와 같이 불쌍하다. (…) 우리 같은 미물이야 훼절 개가 관계있으랴? 종이 다른 물오리에게는 몸을 허락하기 어렵거니와 나 같은 장도령은 화충이라. 일찍 부모 여의고 부인 죽는 상을 가져 장가 진작 못 들어서 누대봉사할 몸이 대를 이을 자손 끊기는 것이 두렵구나. 다른 동류 암수들의 부부 상락 부러워라. 내 소견이 이러하니, 부인 의사 어떠하뇨?

장끼의 말 속에는 이제까지 과부가 된 자신을 위력으로 겁탈하려던 부류의 오만함이나 음험함이 없다. 대신 불쌍한 처지에 있는 서로가 가정을 꾸려 조상의 대를 이어가고, 다른 새들처럼 부부의 정을 단란하게 나누고 싶다는 노총각 장끼의 진정이 절절하다. 까투리는 이런 장끼의 태도를 보고 새로운 삶을 시작해봐도 좋겠다는 마음을 갖게 된다. 이는 죽음이라는 절망적인 상태까지 내몰렸던 까투리에게는 새로운 희망과 용기였다. 자신도 새로운 낭군을 만나 떳떳한 가정을 꾸려나갈 수 있겠다는 자신감을 얻고, "아들과 딸 많이 낳아 남의 가문 이뤄놓고, 영창을 길게 낸 집을 다시 지어 연리지 심어놓고, 월하노인의 연분을 다시 맺어 부부 은정 둘 것이라"는 말로 마음을 다잡아본 것이다. 이번 개가도 다시 외부 세계의 횡포로 무참하게 꺾일지 모르지만, 그가 택할 수 있는 최선의 길이기도 하다. 결국 하층 유랑민에게 들이닥치는 비극적인 삶을 겪으면서도 건강한 삶의 기대를 잃어버리지 않고 꿋꿋하게 다시 시작하겠다는 다짐을 제시하는 것, 그것이 바로 우여곡절을 겪으며 개가를 결행한 까투리가 갖는 현실적 의미다.

문학동네 한국고전문학전집을 펴내며

우리가 고전에 눈을 돌리는 것은 고전으로 회귀하기 위해서가 아니다. 한국의 고전은 고전으로서 계승된 역사가 극히 짧고 지금 이 순간에도 발견되고 있으며 심지어 어떤 작품은 저 구석에서 후대의 눈길을 간절하게 기다리고 있기도 하다. 우리의 목표는 바로 이런 한국의 고전을 귀환시키는 것이다. 그러니까 고전 안에 숨죽이며 웅크리고 있는 진리내용들을 다시 불러들이고 그것으로 이 불투명한 시대의 이정표를 삼는 것, 이것이 우리의 궁극적인 목적이다.

문학동네 한국고전문학전집은 몇몇 전문가의 연구실에 갇혀 있던 우리의 위대한 유산을 널리 공유하는 것은 물론, 우리 고전의 비판적 · 창조적 계승을 통해 세계문학사를 또 한번 진화시키고자 하는 강한 열망 속에서 탄생하였다. 그래서 문학동네 한국고전문학전집은 이미 익숙한 불멸의 고전은 말할 것도 없고 각 시대가 새롭게 찾아내어 힘겨운 논의 끝에 고전으로 끌어올린 작품까지를 두루 포함시켰다. 뿐만 아니라 한국 고전의 위대함을 같이 느끼기 위해 자구 하나, 단어 하나에도 세밀한 정성을 들였다. 여러 이본들을 철저히 비교하는 과정을 거쳐 정본을 획정했고, 이제까지의 모든 연구를 포괄한 각주를 달았으며, 각 작품의 품격과 분위기를 충분히 살려 현대어 텍스트를 완성했다. 이 모두가 우리의 고전을 재발명하는 것이야말로 세계문학의 인식론적 지도를 바꾸는 일이라는 소명감 덕분에 가능했음은 물론이다. 부디 한국의 고전 중 그 정수들을 한자리에 모은 문학동네 한국고전문학전집이 그간 한국의 고전을 멀리했던 독자들에게 널리 읽히고 창조적으로 계승되어 세계문학의 진화를 불러오는 우리의, 더 나아가 세계 전체의 소중한 자산으로 자리하기를 기대해본다.

문학동네 한국고전문학전집 편집위원
심경호, 장효현, 정병설, 류보선

옮긴이 **정출헌**
부산대학교 한문학과 교수. 고려대학교 국어국문학과를 졸업하고, 동 대학원에서 고전문학으로 박사학위를 받았다. 고려대학교 민족문화연구원 연구교수, 부산대학교 점필재연구소장을 역임했다. 현재 한국고전번역원 부산밀양분원을 맡고 있다. 조선 전기 유교 지식인의 시대정신과 동국 문명의 변화 과정, 일제강점기 유교 지식인의 대응 양상과 만주 망명의 여정을 탐색하는 데 관심을 갖고 있다. 저역서로 『조선후기 우화소설 연구』 『고전소설사의 구도와 시각』 『조선 최고의 예술, 판소리』 『고전문학사의 라이벌』(공저) 『김부식과 일연은 왜』 『추강집』 『남효온 평전』 등이 있다.

한국고전문학전집 033
『토끼전 · 장끼전』

초판 인쇄 2024년 1월 2일
초판 발행 2024년 1월 8일

옮긴이 정출헌

책임편집 유지연 구민정 | 편집 이희연
디자인 윤종윤 이주영 | 저작권 박지영 형소진 최은진 서연주 오서영
마케팅 정민호 서지화 한민아 이민경 안남영 왕지경 황승현 김혜원 김하연 김예진
브랜딩 함유지 함근아 고보미 박민재 김희숙 정승민 배진성 조다현
제작 강신은 김동욱 이순호 | 제작처 영신사

펴낸곳 (주)문학동네 | 펴낸이 김소영
출판등록 1993년 10월 22일 제2003-000045호
주소 10881 경기도 파주시 회동길 210
전자우편 editor@munhak.com | 대표전화 031)955-8888 | 팩스 031)955-8855
문의전화 031)955-3579(마케팅), 031)955-2671(편집)
문학동네카페 http://cafe.naver.com/mhdn
인스타그램 @munhakdongne | 트위터 @munhakdongne
북클럽문학동네 http://bookclubmunhak.com

ISBN 978-89-546-9709-5 04810
978-89-546-0888-6 04810(세트)

www.munhak.com